謎とき『悪霊』

亀山郁夫

新潮選書

謎とき『悪霊』——目次

謎とき『悪霊』

図版写真提供：ユニフォトプレス

はじめに

二〇〇二年十二月、ドレスデン――。

底冷えのするベルリン・ツォー駅を出て三時間余り、東ドイツ製とおぼしき鋼鉄のかたまりのような列車が、ザクセン州の都ドレスデンの中央駅プラットホームにすべりこんでいく。円筒形の屋根から洩れてくる光も乏しく、さながら工事現場のたたずまいを見せる駅舎のいたるところに土嚢のような褐色の袋が積まれている。わたしは一瞬、第二次大戦下のドレスデンに迷いこんだかのような錯覚を覚えた。聞くところによると、この夏のヨーロッパを襲った異常気象により町の中心部を流れるエルベ川が五百年に一度という大氾濫に見舞われ、支流のヴァイサリッツ川からあふれた水がそのまま駅舎に襲いかかったという。氾濫の原因は、四十四年間続いた共産党政権による地下水道の整備がいちじるしく立ち遅れたことにあるらしかった。

駅舎を出ると、エルベ川を北から渡ってくる刺すような風に一瞬体がすくんだ。つい一昨日、東ベルリンを訪れたときに目にした光景と寸分たがわない殺風景な広場が目の前に迫ってくる。

ドレスデンでの滞在予定はわずか二日、これほどにも訪ねたいと思った町の記憶もいつしか灰色の霧におおわれてしまうのだろうか。市電を待つひと時さえわずらわしく感じられて、タクシー乗り場に立った。「Xホテル」に向かう車窓にのぞくドレスデンの町の重苦しいたたずまいにも気分は沈む一方だった。ゼンパーオーパー（国立歌劇場）や、ドレスデン美術館の華やかなイメージばかりが先行し、アールデコ調の瀟洒な町並みを期待していただけに失望ははげしかった……。

さて、一八六七年四月に四度めのヨーロッパ旅行に出たドストエフスキーが、その後四年三カ月におよぶ遍歴の終わりにこのドレスデンの町に再び辿りついたのは、一八六九年八月のことであった。ドストエフスキーにとってこの町はことのほか愛着があったらしく、最終的に帰国を決断するまでの約二年近い月日をこの町で過ごすことになった。その年の十二月、夕刻の散歩がてら市内の行きつけのカフェに足を運んだ彼は、モスクワにあるペトロフスカヤ農業大学で起こった内ゲバ殺人事件に関する記事を読み衝撃を覚えた。わたしはそのときの作家の姿を、なぜかしらファヴォルスキーの木版画（15ページ）で知られる彼の毅然たる立ち姿に重ねあわせてきた。それればかりか、モスクワで起こったあの忌まわしい事件と際立ったコントラストをなして彼の脳裏に輝いているラファエロの『サンシストの聖母』やクロード・ロランの『アシスとガラテア』（18ページ）は、それまで何度も美術全集などで確かめてきた。だが、同じ『悪霊』のなかで描き出されている法悦にも似た感覚を得るには、じかにこの眼で見なければはじまらないという気になっていた……。

ホテルでひと息してから、ロビーのカウンターに用意されたドイツ語の地図を頼りに町に出る。エルベ、アウグスト橋、ゼンパーオーパーぐらいの文字は何とか判別できた。不思議なもので、見知らぬ町に来ると、はじめに見たいと思うのが、川である。おそらく一人旅の心もとなさが無意識のうちにそうさせるのだろう。川を見ることで、自分の体がこの町と繋がっていることを確認する。道順はひどくややこしかったが、ひたすら北をめざしてあてずっぽうに歩きだした。するとやがて、軽快な音楽や笑い声とともに、急に目の前に人々の賑わいが広がった。地図で確かめると、アルトマルクトとある。夕暮れ時の薄闇の中にピラミッドのような形をしたクリスマスツリーが見えた。そこで、はたと明日がクリスマスイブにあたっていることを思い出した。いくつもの列をなして細々とデコレーションを施した屋台には、クリスマスにちなむ人形やお祝いのお菓子シュトーレンが所狭しと並んでいる。しかし、この賑わいに長く身を置くのは、なんとも苦しい気がした。ホットワインやソーセージを手にした中年の男女や綿あめらしきものをついばんでいる子どもたちの幸せそうな姿をながめ、冷気にふくらんだ湯気をかき分けながら歩きまわるうち、いつしか、クリスマス・マーケットの賑わいを抜けて、だだっ広い大通りに出た。すると風景は一瞬にして様変わりした。殺風景でものものしい石造りの建物の向こうに、ひときわ高い、バロック式の教会が見える。大戦末期の大空襲で崩れおち、長く瓦礫のまま放置されてきた聖母教会の建物である。戦争の悲劇を後世に伝

ファヴォルスキーによる「ドストエフスキーの肖像画」(© FAVORSKI/RAO, Moscow/JASPAR,Tokyo, 2012　B0005)

えようとの目的でそのまま残されてきたらしいが、それはたんに、教会再建のためにお金を使いたくない共産政権の口実ではなかったろうか。東西統一から十二年が経ち、再建の作業もようやく軌道に乗りだしたらしく、完成までもう一息という印象を受ける。その聖母教会を右手に見ながら、工場の跡地のようなたたずまいを見せるノイエマルクトをやみくもに通りぬけ、石作りのじめじめした古い建物の間を斜めに歩いていく。ドストエフスキーが新妻のアンナを伴い、ドレスデンを訪れた際に泊った「ホテル・ベルリン」がこのあたりにあるはずだった。当時、最高クラスのホテルだったらしいが、ドストエフスキーの正直な気持ちとしてはわが身にのしかかる莫大な借金のことはしばし忘れ、新妻アンナとともに、せめてもの新婚の喜びを味わうつもりだったのだろう……。

すさまじく道が入り組んでいるために、徐々に方向感覚が失われていく。やがて薄闇のなかに扇型をしたトンネル状のアーケードが見えてきた。ここをくぐり抜ければ何とかなるかもしれない、と思ったが、ひと気のない暗い道をくぐり抜ける勇気はなかった。しかし、いずれにしても、地図にあやまりはなかった。暗闇でまだこの目にすることはできないが、自分がエルベ川の近くに立っていることはほぼまちがいなかった。

やがてふいに視界が開けてきた。道になれない旅行者がおちいる短絡的な直感が働く。だだっ広い広場の正面に見える威風堂々とした黒い建物は、かの有名なゼンパーオーパー（国立歌劇場）にちがいない。「直感」は当たった。ただ、周囲のたたずまいが、あまりに散文的な感じがするのに驚かされた。世界に名だたるこのオペラハウスも、この夏に襲った大洪水の被害を受け、しばらく閉館を余儀なくされたという。復旧作業も順調にすすみ、最近オープンにこぎつけたらしいが、傾きかけた薄日のなかで、地面から一メートルの幅でぐるりと建物を取り巻いている帯状の黒さがやけに痛々しかった。

ゼンパーオーパーの右隣に見えるバロック調の建物が、ツヴィンガー宮殿であることはまちがいなかった。ここには、ドストエフスキーも足を運んだ「王立絵画館」が入っており、ラファエロの『サンシストの聖母』をはじめ、ルネサンスやバロック時代の名品が展示されている。

ゲーテが「永遠の泉」と呼んだこの美術館は、第二次大戦中の攻防でいちじるしい破壊にさらされ、建物ばかりか、収蔵された作品も大きな損傷をこうむったという。敗戦と同時にソビエト解放軍によって大部分の絵が接収されたが、スターリン批判後まもない一九五八年に返還され、その後まもなく建物も修復されて今日に至っている。一瞬、中庭のまん中に堆《うずたか》く積まれたガレキの山が目に入ってきた。これも第二次大戦中の「遺品」だろうかと思いかけて、ふとわれに返った。エルベの氾濫はツィンガー宮殿にも容赦なく襲いかかった……。

翌日、ふたたび美術館を訪れたわたしは、いの一番にクロード・ロランの『アシスとガラテア』の前に立った。だがしかし悲しいことに、わたしの期待は大きく裏切られた。このカンバスは、『悪霊』の主人公スタヴローギン、『未成年』の主人公ヴェルシーロフが倦むことなく語った黄金時代の原像ともいうべき風景画だが、わたしが受けた印象はなぜか驚くほど冷たかった。期待していたターナー風の、夏の夕暮れのけだるいぬくもりがなく、空気や水の冷たさまでが伝わってきそうな感じで、このカンバスがなぜ、ドストエフスキーにあれほどの叙情的な告白を生み出したのかわからない。ロランの絵の背後に描かれたエーゲ海、そのかすかな湿り気を含んだ空の日没の光は心もとなく、海辺のテントのなかにまでそのわびしさは伝わってきそうな感じがす

クロード・ロランの『アシスとガラテア』

る。半裸の男女の営みとその傍らにいる幼子の姿もどこか痛々しい……。スタヴローギンが経験するつかのまの高揚は、やはり、夢という独特のバイアスなしには実現されなかったものではないのか。いや、そもそも、なぜ、悪の系譜につらなる主人公ばかりが、この絵に魅かれてきたのか。

『悪霊』の主人公スタヴローギンは、ドイツを旅している途中、乗り換え駅をちがえ、町のホテルで九時間も待たされるはめになった。夜十一時に到着する次の列車を待つ間、彼はホテルで軽い食事をとり、午後の四時ごろ眠りについた。

「それは――ギリシャの多島海の一角。穏やかなコバルトブルーの波、島々、巨岩、花咲く岸辺、魅惑的な遠いパノラマ、呼びまねくような夕陽――言葉ではとても言いつくせない。ヨーロッパの人類がここをわが揺籃の地と記憶し、神話の最初の舞台となり、地上の楽園であったところなのだ。ここには、すばらしい人たちが住んでいた！　彼らは、幸福に、汚れも知らず、朝、目覚めては、夜、眠りについた。木々は彼らの朗らかな歌に満たされ、溢れかえる大いなる力が、愛と素朴な喜びに変わった。……なんという不思議な夢、気高い迷い！」（第二部「チーホンのもとで――スタヴローギンの告白」2）

ドストエフスキーがこの夢に託していたのは、黄金時代の再現だったが、スタヴローギンがその夢の終わりにさらされたのは、楽園からの追放である。この、「あかあかと輝く光のなかに」突然現れ、「ちっぽけな赤い蜘蛛」の姿をとりはじめたもの――それは、後に彼が、バーゼルの美術館で見るハンス・ホルバインの『アダムとイヴ』の、あの、黴りかけのリンゴの白い果肉に印された黒い「腐敗」の最初のしるしと同じものではなかったろうか。そしてスタヴローギンに凌辱され、自殺に追いやられた十四歳の少女は、楽園を追われたイヴではなかったろうか。そうであるなら、スタヴローギンとは何ものなのか。アダムなのか、それとも、マトリョーシャにリンゴを食べさせた蛇だったのか。

伝記1　ドレスデンの日々

1　ネチャーエフ事件

一八六七年四月、ドストエフスキーと妻のアンナ夫人は、ベルリンで二泊し、しばし旅の疲れを癒《いや》してから鉄道でドレスデンにやってきた。雑誌『エポーハ』の廃刊、死んだ兄の債権にからむ莫大な借金を背負いこみ、『罪と罰』の出版でひと息をつくことができたとはいえ、債権者はひきもきらず、ついに四度目のヨーロッパ旅行を決行せざるをえなくなったのである。一八六二年以来五年ぶりに見るドレスデンは、荒廃の気を漲らせていた。ノイエマルクトにある高級ホテル・ベルリン（"Stadt Berlin"）で旅装をといたドストエフスキーは、ホテルから徒歩で十分ほどの距離にあるツヴィンガー宮殿内の王立絵画館へとさっそくに足を運んだ。けっして気分の高ぶりだけが理由ではなく、何よりも当時、執筆中の小説『白痴』と深く関わるラファエロ作『サンシストの聖母』を見ることが第一の目的だった。

その日、絵画館からの帰り道、書店に立ち寄ったドストエフスキーは、本国ロシアでは手に入らないアレクサンドル・ゲルツェンの回想録『過去と思索』や雑誌『北極星』を探しもとめた。そして翌日、再び絵画館を訪ねたドストエフスキーは、クロード・ロラン作『アシスとガラテア』を見た。二年後ふたたびドレスデンに戻ってきた彼が、『悪霊』の執筆にとりかかった際、きわめて重要な意味をもつことになったカンバスである。ドレスデンに来た興奮はなかなか冷めず、彼はその後も絵画館に足を運んでは、カフェに立ち寄って新聞を読むという日々をくり返した。図書館では、ロシア国内で発禁処分となっているいくつかの文書を借りだして読んだ。アンナ夫人の回想を引用する。

「三時には美術館はしまるので、近くのレストランに食事に行く。『イタリア村』という店で、屋根のある回廊が川の上に突きだしていた。大きな窓から両側にエルベ川の景色が見わたせ、天気のいい日にここで食事をしたり川の上での様子を眺めたりするのは何ともいえず楽しかった。……夫は、毎日、『青うなぎ』を注文した。……そのころハーフボトル十グロッシェンしたラインの白ワインを飲むのがすきだった。また、店には外国のいろいろな新聞が置いてあったので、夫はいつもそこでフランス語の新聞を読んでいた。家でひと休みして、六時に『大公園』に散歩にでかける。この大きな公園は、主としてイギリスふうのすばらしい芝生があって、緑も多いので、夫はたいへん気に入っていた。家から公園まで往復すると六、七キロあるいはそれ以上あったが、歩くことの好きな夫は、この散歩をとても大事にしていた。そして体にいいからといって、雨の日でもかかさなかった。

九時半には家にかえって、お茶を飲んだ。そのあと夫は買ってきたゲルツェンの本を読み、わたしは自分の日記帳をひろげるのだった」

ドレスデン滞在中の五月二十六日、ドストエフスキーは、パリ万国博覧会を訪問中のアレクサンドル二世にたいする暗殺未遂事件が二十五日に起こったことを町の噂で知る。いわゆるベレゾフスキ事件である。アンナ夫人は書いている。

「夫がどれほどつよい衝撃をうけたかは、容易に想像できよう。農奴解放とその後の一連の改革をおこなったアレクサンドル二世を、夫は熱烈に崇拝していた。そればかりか、夫はこの皇帝を自分の恩人と思っていた。即位にさいして夫の誇りとする世襲貴族の身分に復してくださったからだ。また、陛下は、シベリアからペテルブルグに帰ることを許してくださり、それによって、心からの願いだった文学の仕事がふたたびできるようになったからである」

事件の真相を確かめるため、ドストエフスキー夫妻はすぐにロシア領事館に飛びこんだ。

「彼は極度にとりみだして、途中もほとんど駆けださんばかりだった。わたしは今にも発作におそわれはしないかとひどく心配した（はたしてその晩に発作が起こった）」

グロスマンの年譜を読むと、ドレスデン滞在中のドストエフスキーの行動は、逐一、皇帝官房第三課（いわゆる秘密警察）に報告され、同じ時期、ペテルブルグの警視総監官房外事課でも、ドストエフスキーの外遊について何度か文書が交わされている。

当初、ドレスデンでの二人の新婚生活は、ワーグナーのオペラを鑑賞したり、ベートーヴェンの交響曲を楽しむなど、精神的に満ちたりた気分のなかで過ぎていった。ところが、その後まもなく家庭内でいくつか悶着が持ちあがった。かつてのドストエフスキーの恋人で、いちどはヨーロッパ旅行を共にしたことのあるアポリナーリヤ・スースロワから、手紙が届けられてきたのである。どうしてこのような事態が生じたのか、理由は不明である。ドストエフスキーが妻に隠して自分の滞在先を知らせたと考えるのが妥当だろうが、結婚からまだ間もないアンナ夫人は、夫の過去にまったく無関心というわけにもいかず、夫の愛を失う恐怖と嫉妬に苦しんだ。

ドイツの温泉地ホンブルグでのルーレット賭博に費やした十日を間にはさむ約二カ月の滞在を経て、一八六七年六月、ドストエフスキーは、ドレスデンを後にした。その後、バーデン、ジュネーヴ、ヴェヴェー、さらにはイタリア各地を転々とし、主として『白痴』の執筆を進めていくが、彼が身重の妻といっしょにふたたびドレスデンに戻ってきたのは、一八六九年八月初めのことだった（その間に夫妻は、前年五月にジュネーヴで生後三カ月の長女ソフィヤを失っている）。ドレスデンでの新たな落ち着き先は、イギリス地区ヴィクトリア通りにあるアパートで、九月十四日に、ここで娘のリュボーフィが生まれた。

十月中旬、妻の弟イワン・スニートキンがモスクワからドレスデンを訪れてきた。グロスマンによると、モスクワにあるペトロフスカヤ農業大学に在学中の学生であったスニートキンは、学生運動やあいつぐストライキによって一時、大学を離れてきたものだとされている。他方、アンナ夫人によると、農業大学内での不穏な空気を知ったドストエフスキーが、スニートキン青年にドレスデンへくるように夫人と説得したのだという。到着からほぼ一カ月後の十一月、ドストエフスキーの予感は現実となった。

一八六九年十一月に同大学内で起こった、とある革命結社での内ゲバ殺人事件である。革命結社「人民の裁き」を率いるセルゲイ・ネチャーエフ（『悪霊』に登場するピョートル・ヴェルホヴェンスキーのモデル）は、同結社からの脱退を申しでた大学生イワン・イワーノフ（作品中の、イワン・シャートフのモデル）を、同志四人と共謀して殺害し、遺体を大学構内の池に沈めた。事件はおよそ一週間後に発覚した。

「ラズモフスキー区にあるペトロフスカヤ農業大学で、同聴講生イワーノフが死体で発見された。

犯行は残忍きわまるもので、死体発見時は氷が溶けて死体が透けて見えた。弾丸がうなじから眼孔に貫通していた。至近距離からの発射と見られている。両足は防寒用頭巾にくるまれ、そのなかにレンガ数個が入れられ、頸部はマフラーできつく縛られていた。犯人は犯行現場から死体を運び、池に沈めたものと推定される。イワーノフが被っていた帽子（他人のもの）はしわだらけの状態にあったが、鈍器による殴打が原因と見られる。未確認だが、イワーノフはカザン県の出身、三年前に農業大学に入学した。学友たちの信望は厚かったが、無口な性格で、人づき合いはよくなかったという。給費生であったが、そのほとんどを母親と妹に送っていた」（『モスクワ通信』）

事件は次のような経緯をたどった。

一八六九年九月、スイス・ジュネーヴからミハイル・バクーニンの委任状をたずさえてロシアに戻ったネチャーエフは、ペトロフスカヤ農業大学（現チミリャーゼフ記念農業大学）にねらいをつけ、同大学の学生を中心とする秘密結社を組織した。五人組からなるこの結社は、ネチャーエフもその一人として加わる「委員会」の司令下に置かれた。結社は、ネチャーエフがジュネーヴで発表した「革命家のカテキジス（教義問答）」の戒めにのっとり、厳格な中央統制と絶対服従を特色としていたが、みずからのイニシアチブで別グループを結成することをほのめかしてきたメンバーの一人イワン・イワーノフと衝突したため、十一月二十一日に他の四人のメンバーとともに殺害を計画した。アレクサンドル二世暗殺未遂事件（一八六六年四月）のさいカラコーゾフ一派が隠したとされる印刷用活字の捜索と称して、学内の公園にイワーノフをおびき出し、ピストルで殺害した後、大学構内の池に投げこんだ。ネチャーエフはその後まもなく国外に逃れたが、事件は一週間後に発覚し、残りのメンバーは逮捕された。

事件発覚からおよそ一カ月を経た十二月二十日、事件の主犯としてセルゲイ・ネチャーエフの名前があげられ、年明けて一八七〇年一月、ロシアの新聞は、事件の黒幕としてミハイル・バクーニンの名前を明らかにした。無政府主義者として当時のヨーロッパの革命運動に名を轟かせていた人物である。

「あらゆる国家的権力機構の破壊、個人の財産所有の排除、共産主義の支配――を目的とすることの陰謀の計画指導者は、まちがいなくバクーニンである」

セルゲイ・ネチャーエフは、モスクワ東部ウラジーミル県で酒屋を営む商人の家に生まれ、独学で読み書きを学んだあと、十八の年にモスクワに上京、教師の免状を得るかたわら、ペテルブルグ大学の聴講生となった。一八六〇年代の終わりには折からの学生運動に加わり、六九年三月、ジュネーヴの無政府主義者バクーニンの前に姿を現わした。ロシアから来たこの若者に魅了されたバクーニンは、物心両面で彼を支えたが、より穏健な立場をとるナロードニキの革命家アレクサンドル・ゲルツェンは、このネチャーエフに対して当初から距離を置き、懐疑的な態度をとったとされる。他方、ゲルツェンの盟友である革命家のオガリョーフは、バクーニン同様、この青年に魅了され、「学生」と題する頌詩を捧げている。

ロシアの研究者カントールによると、ネチャーエフは、政治闘争と刑事犯罪すなわちテロの原則を結合したヨーロッパ最初の革命家であるという（『悪霊』では「血の膏薬」という言葉が用いられる）。しかしその彼を支えていた信念とは、ほかでもない、ミハイル・バクーニンの政治的な信条「破壊のパッションとは、同時に、創造的なパッションでもある」であった。ネチャーエフ事件が起こる八カ月前に、バクーニンが書いた政治ビラには、次のように書かれていた。
「しからば、若い友人たち、破滅の運命づけられているこの世界をいち早く捨てよ、きみたちを追い払い、きみたちと民衆とをつねに分断することをめざしてきた大学、アカデミー、学校を捨てよ」

2　革命の嵐

モスクワの農業大学で起こったこの内ゲバ殺人事件のニュースに接したドストエフスキーは、ロシアの革命家たちを糾弾し、彼らを戯画化する小説の執筆を思いたつ。殺された学生が、アンナ夫人の弟であるスニートキンと友人同士の関係にあったこともあり、義理の弟のドレスデン訪問から一カ月後に起こった事件に大きな衝撃を受けたのもむりはなかった。ちなみにドストエフスキーは、実務家タイプながら、きわめて公正なこの青年につよい印象を受けたと当時の手紙に書いている。

ドレスデンのドストエフスキーが、新しい小説の執筆を決断した背景には、いくつか副次的な要因も働いたとみられている。そもそも彼が住んでいるドレスデンの町が、ロシアの政治とつねに深い因縁をもち、複雑かつ不吉な役割を果たしてきたこともその理由の一つに挙げられる。時代は、ピョートル大帝にまで遡る。サンクトペテルブルグ建設の大事業をなしとげた大帝は、息子のアレクセイ皇子をこのドレスデンに送り、外国語や幾何学などの学問を学ばせようとした。アレクセイ皇子は、この地でシャルロッタ王女を見染め、故国にもどるとすぐに結婚式を挙げるが、これが悲劇の発端となった。シャルロッタは皇子との間にピョートル二世をもうけたもののまもなく産褥で死に、その後、反ピョートル派にかつがれた皇子は、改革派である父皇帝との確執の末、帝位継承権を奪われたあげく獄死することになる。ドレスデンはまさに「文明とアナーキーという来るべきロシア的ドラマの一種の序奏」の役割を果たしたとカントールは書いている。

それから百五十年後、ドレスデンは、一人のロシア人の「活躍」によって革命運動の揺籃の地となった。そのロシア人とは、ほかでもない、一八四九年五月のドレスデン蜂起のさいに「活躍」したミハイル・バクーニンである。プロイセン軍の進攻によって反乱軍の孤立が深まるなか、バクーニンは徹底抗戦をとなえ、町の城壁にラファエロとムリリョのカンバスを掲げて、プロイセン軍が町に砲撃を加えるなら、この不朽のカンバスが破壊される、と脅し、相手軍の撤退を迫った。

ドレスデンの五月蜂起が失敗に帰し、逮捕されたバクーニンは祖国に送られ、一八五一年にペテルブルグのペトロパーヴロフスク要塞に収監された。そこで七年におよぶ牢獄生活を強いられたあと、シベリアに流刑となっている。

「ロシアにとって、ドレスデンは事実上、ロシア思想の射撃場《ポリゴン》だった。……ロシアの悪霊たちは、まず最初にドレスデンで一八四九年に姿を現した。ペテルブルグの大火は、ドレスデンの市議会堂を焼き払えという提案を踏襲したものである。ドレスデンの五月蜂起は、ドイツ史の事実のみならず、ロシアの運命にとってはるかに大きな意味を持っている」（カントール）

カントールの文章に述べられている「ペテルブルグの大火」についてひと言述べておく。一八六二年五月、異常な暑さと空気の乾燥が原因と見られる大火がペテルブルグで起こった。消防対策の整備が根本的に遅れていたことも被害の拡大に拍車をかけた。ところが、当時は、一八六一年の農奴解放後の異常な緊張と革命運動の盛り上がりもあって、ニヒリストやポーランド人学生による放火であるとの噂が市内に広まった。事件後、事態を重視したペテルブルグ市当局は、軍事的な意図をもつ臨時の三権制度を導入し、放火事件についても軍事法廷において審議をおこなった。最終的に犯人らしき人物はあがらなかったが、同年六月、進歩派の雑誌と目されてきた『現代人』と『ロシアの言葉』が発行停止となり、翌七月には、『何をなすべきか』の著者で革命家のニコライ・チェルヌイシェフスキーが逮捕された。

ドストエフスキーが、この大火から生じた噂にかなりの程度、影響されたことはまちがいない。『悪霊』第三部のクライマックスで使用される大火は、この大火のイメージを再現したと思われる。第三部第二章で県知事のフォン・レンプケーが叫ぶ次のひと言である。

「こいつはニヒリズムなんだ！　燃えているものがあれば、そいつはニヒリズムだ！」

しかし火事の恐怖は、記憶の世界にとどまらず、ドレスデンで『悪霊』を構想中の彼の心にふたたび襲いかかってくる。パリの大火である。

一八七〇年七月、皇帝ナポレオン三世はプロイセンに宣戦したが、まもなく皇帝自身が捕虜となって帝政はあえなく崩壊した。プロイセン軍がパリを包囲すると、戦争終結をねがう国防政府の意とうらはらに、徹底抗戦を主張する民衆が蜂起し、国防政府にかわったティエール政府に対して反旗を翻した。一八七一年三月、パリを制圧したコンミューン政府は、反撃を試みる政府軍と一週間にわたる市街戦をくり広げたのち、二万人以上の犠牲者を出して瓦解した。

すでに『悪霊』の執筆にかかっていたドストエフスキーは、パリ・コンミューン政府樹立の報に接してまもなく、パリの大火についてもくわしい情報を得た。市議会堂や、多くの芸術品を収蔵したチュイリュリー宮殿を焼き払い、人類が残してきた精神的価値など一顧だにしない革命の猛威に、ドストエフスキーはおびえ、悪霊たちの跳梁という恐ろしい現実の到来を予感した。同じ五月、ストラーホフ宛ての手紙に書いている。

「パリの火事はじつに恐るべきことです、『ことが成らぬなら世界は滅ぶがいい。なぜなら、コンミューンは世界とフランスの幸福以上のものなのだから』ということなのです。ところが、彼らの目にはこの狂乱が恐るべきこととは見えず、むしろ逆に美しいこととして映るのです。このように美学上の根本理念が、新しい人類においては濁ってしまいました。……西ヨーロッパにおいて、人々はキリストを失ったのです。そのために、まさにそのために西ヨーロッパは没落しつつあります」

ここには、コンミューン批判をとおして、共産主義の理念に対する、そして革命運動に対する根本的な疑いが表明されている。コンミューン政府に対する怒りは、当然のことながら、ネチャーエフ事件に対する怒りとオーバーラップしていた。『フランスの内乱』において、理想の平等社会を手にするための手段を労働者たちが発見したと歓迎したのがマルクスなら、ドストエフスキーはこれを「没落」ととらえた。ドストエフスキーはかつて『夏の印象をめぐる冬の随想』で、ブルジョワに立ち向かう労働者を、有産階級になろうとするなり上がりの願望と見たが、その一徹ともいえる革命否定のまなざしに変わりはなかった。

3　最後のルーレット——「告白」の誕生

『悪霊』の構想が本格化しはじめた七〇年八月半ば、作者の脳裏に、一種の「創造的啓示」とでも呼ぶべき瞬間が訪れてくる。グレゴリオ暦で「八月十六日」（ユリウス暦では、四日）とある創作ノートに次のようなメモが書きこまれている。

「いっさいはスタヴローギンの性格にあり、スタヴローギンがすべて」

『悪霊』の構想が、たんなる政治小説から、「悲劇」（リュドミラ・サラスキナ）へと変貌を遂げた瞬間である。それから二カ月後の七〇年十月、滞在先のドレスデンから『ロシア報知』の出版者カトコフ宛てに手紙を書き、小説のあらましを次のように説明してみせた。

「わたしの物語の中心的な事件の一つは、モスクワで有名なネチャーエフによるイワーノフ殺害事件です。……わたしはたんに実際に起こった事実を借りるだけです。……わたしの書くピョートル・ヴェルホヴェンスキーは、ネチャーエフとは似ても似つかないかもしれません。……しかしかりにその人物一人だけであったなら、わたしはこれほど惹きこまれることはなかったでしょう。わたしに言わせると、あんなふうな醜い不具者どもは文学に値しないからです……それはやはり、真にこの長編の中心人物と呼ぶことのできるもう一人の人物の行動のアクセサリーであり、舞台装置であるにすぎません。このもう一人の人物（ニコライ・スタヴローギン）は、同じく陰惨で、同じく悪人です。しかしわたしには、これは悲劇的な人物と思われるのです……。わたしの考えでは、これはロシア的であり、かつ、ひとつの典型的な人物なのです」

一八七一年一月、雑誌『ロシア報知』に待望の『悪霊』連載がはじまり、一月号には、第一部第一章から第三章までが掲載された。こうして、ドストエフスキーの脳裏をそれまで占めていた「偉大な罪びとの生涯」の構想にひとまず終止符が打たれた。罪人の精神的復活をメインテーマに据えた物語から、救済も、治癒も存在しない、ひとりの人間の悲劇をつづる小説の連載がスタートしたのである。

三月には、すでに紹介したパリ・コンミューン（三月十八日〜五月二十八日）が起こり、大きな衝撃を受けたが、『悪霊』の執筆はほぼつつがなく進んでいった。しかし、いかに文化的な重厚さがただようドレスデンとはいえ、娘の育児を手伝いながら変化にとぼしい執筆生活を送るなかで、著しくストレスが高じていたと思われる。アンナ夫人は回想する。

「七月か八月初めには新しい家族がふえる見こみだったし、もし子どもが生まれる一カ月前までにロシアに帰りつくことができなければ、新しく生まれる子を晩秋につれて旅行することはとうてい考えられないので、春まで、あと一年はここで過ごさなければならなくなる。ひょっとすると、まだあと丸一年はロシアが見られないかもしれないと思うと、ふたりとも絶望的になって、これ以上異郷で暮らすのはとても耐えられない思いだった。夫は、もしこうして外国にいつづけなければならないとしたら、自分は『滅びてしまう』、もうこれ以上小説を書くことはできない、材料が何もない、ドレスデンのロシア人の知り合いたちは、自分の見るところ、もはやロシア人ではない、ロシアを愛することができず、すすんで祖国を永久に捨てた亡命者にすぎない、と言い暮らした」

七一年四月の中旬、ヨーロッパでの生活に見切りをつけたいと願うかのように、ドストエフスキーはひとり、『罪と罰』誕生の地として知られるルーレットの町ヴィスバーデンに向かった。妻のアンナは、ロシアへの帰国に必要な三百ターレルのうち三分の一にあたる百ターレルを握らせ、励ますようにして夫を送り出した。むろん、夫がその金を使いはたしてしまうことを見こんでの励ましだったが、ひょっとして大金を持って帰るかもしれないという淡い期待もなくはなかった。苦労人のアンナは、二十五歳にしてすでに白髪だらけだったという。奇妙なことに、ヴィスバーデンに出発する前夜、ドストエフスキーは、死んだ父親の夢を見た。

「昨日の夜の夢に父を見たのだ。それがじつに恐ろしい姿をしていて、いままで夢で父のそんな姿を見たのはたった二回しかない。それがぞっとするような災厄を予告するのだ。しかもそれが二度とも正夢だった」

ヴィスバーデンに到着すると早々賭けに没頭し、最初は多少のツキもあって儲けを得たが、最後はドレスデンに戻る交通費まで使い果たしてしまった。

「アーニャ、今度こそ最後だ。ぼくを助けてくれ、三十ターレル送っておくれ。……アーニャ、ぼくは土下座する。そして君の足に接吻する。君はぼくを軽蔑して当然だし、それなら、『あの人はまた博打をするだろう』と考える権利を十分に君が持っていることだって承知している。もうやらない、と何に誓ったらよいのか。ぼくはすでに君を欺いているのだから。……ぼくは気狂いじゃない。とんでもない。そんなことになったら自分自身も破滅だということは承知している。もうやらない、やらない、やらない、すぐ帰る！　だから信じてくれ。最後だから信じてくれ」

断末魔の叫びだった。ドストエフスキーは、シベリアから戻った彼が「ほとんど十年間」、間歇的に襲われてきた賭博という「悪霊」を魂の中からつかみ出さなくてはならなかった。

ここに興味深いエピソードがある。最後の賭けに敗れた夜、カジノを出たドストエフスキーは、現地の教会に住むロシア人の司祭でヤーヌイシェフという男のもとに駆けつけた。彼は手紙に書いている。

「わたしは、暗闇のなか、知らない通りを彼のところに向かって走っていく途中、考えていた。

彼は、神の牧師《パストゥイリ》なのだから、個人として話をするのではなく、懺悔をするような気持ちで彼と話をしよう、と」

ところが、這々のていでたどりついた教会は、土地の人から教えられたロシア正教会ではなく、ユダヤ教会《シナゴーグ》であることがわかった。ドストエフスキーは、「冷や水を浴びせられたような気がして」、ただちにホテルに駆けもどった。その夜、アンナ夫人宛てにこう書きつづっている。

「司祭のところには、どんなことがあっても、何があっても行かない。彼は、古いもの、過ぎ去ったもの、以前のもの、消え去ったものの証人の一人だ！　彼と会うことも辛いものになる！」

「ぼくの身に偉大なことが起こって、ぼくをほとんど十年間ものあいだ苦しめてきたいまわしい幻想が消えた。十年間（それとも、ぼくがとつぜん借財に押しつぶされた兄の死以来といったほうがいい）、ぼくはずっと勝つことを夢みてきた。真剣に、熱烈に夢みてきたのだ。ところがいま、すべてが終わった！　これは、ほんとうに最後の最後だ！　……ぼくはこの三日間で生れかわる、ぼくは新しい人生をはじめる……」

幻想からの目覚めの時が訪れてきた。

ドレスデンに帰還すると、ドストエフスキーは早々に『悪霊』の執筆を再開した。そのときとりかかった章こそが、本来ならば、第二部第九章に予定されていた「チーホンのもとで」の章である。創作ノートの段階では、「公爵とチーホン」と名づけられており、そこには、ドストエフスキー小説のなかでもっともスキャンダラスとされる主人公ニコライ・スタヴローギンの「告白」が書き込まれていた。まさに、ゼロ地点での再開だったといってよい。あたかも憑きものがとれたかのように、彼はこの章の執筆に没入した。ある意味で「もっとも危険な芸術作品」であるこの章こそが、ドストエフスキーを、ルーレットという破滅的な情熱から掬いあげる力の源泉となった。ルーレットの魔力に代わって、ドストエフスキーの想像力にいま新しい魔力がとりつこうとしていた。それこそは、ニコライ・スタヴローギンというはかりしれず深い暗黒だった。

第一部　謎

【予備の資料1の1】　時系列

一八一七年、ステパン・ヴェルホヴェンスキー生まれる。

一八四〇年、ニコライ・スタヴローギン生まれる。

一八四二年、ピョートル・ヴェルホヴェンスキー、イワン・シャートフ、アレクセイ・キリーロフ生まれる。

一八五五年、フセヴォロド・スタヴローギン将軍、クリミヤ遠征の途中死亡。

一八五九年、ヴェルホヴェンスキー氏、ワルワーラ夫人とともにモスクワ、ペテルブルグに赴く。

一八六〇年、ヴェルホヴェンスキー氏、ヨーロッパ旅行。

【予備の資料1の2】　ニコライ・フセヴォロドヴィチ・スタヴローギンの履歴

一八四〇年、＊県生まれ。

一八四八年、ヴェルホヴェンスキー氏による家庭教育が始まる。

一八五五年、ペテルブルグの学習院入学。

一八六一年、親衛隊に入り、社交界で人気を博する。

一八六二年、決闘事件を起こし、一兵卒に降格。

一八六三年、ポーランド一月蜂起の鎮圧軍に加わる。軍功が認められ下士官となり、退役。

一八六四年、ペテルブルグの巣窟で遊蕩に耽り、ピョートル・ヴェルホヴェンスキー、レビャートキン兄妹、キリーロフらと知り合う。

一八六四年六月、マトリョーシャ事件を起こす。

一八六五年三月、マリヤ・レビャートキナと結婚。

一八六五年六月、帰郷（「牙をむく」）、その後療養生活を送る。

一八六六年四月、ロシアを出て、世界遍歴の旅をはじめる。アイスランドに赴く。

一八六六年秋、シャートフとキリーロフに対する知的実験、新計画にのっとって秘密結社の再組織化に加わり、そのための戒律を書く。

一八六八年五月、幻覚症状が現れ、懺悔と告白を着想する。

一八六八年末、ロシア市民権を放棄し、スイス・ウリー州に家を購入。

一八六九年一月〜七月、マリー・シャートワと関係、リーザ・トゥーシナの情熱、ダーシャと関係、リーザとの二重結婚をもくろむ。

一八六九年七月〜八月、「告白」を執筆し、外国の印刷所で印刷。

一八六九年八月、「告白」を携えて、ロシアに到着。

一八六九年九月十二日（または十四日）、帰郷。

一八六九年十月十一日（または十三日）、自殺。

【予備の資料1の3】『悪霊』第一部（梗概）

物語は、一八六九年の夏の終わりから秋にかけて、ロシアのとある地方都市と、その郊外にあるスクヴォレーシニキと呼ばれる領地を舞台に展開する。舞台となるこの県では、最近、県知事が入れ変わったばかりだった。温厚なイワン・オーシポヴィチは、「いくつかの不祥事」が重なって更迭され、新たにペテルブルグから、急遽、アンドレイ・レンプケー新知事が、妻のユーリヤ夫人をともなって赴任してきた。レンプケーはすぐさま旧勢力の排除を試みはじめた。

この町に、ピョートル・ヴェルホヴェンスキーという名の革命家がスイスから戻ってきた。彼は、五人組による秘密結社をこの町に組織し、それを梃子に全ロシアに革命組織を網羅し、政府を転覆しようという野心を胸に秘めていた。ピョートルにつづいて、もう一人、この小説の真の主人公であるニコライ・スタヴローギンが同じスイスからペテルブルグ経由で戻ってくる。しかし、彼がロシアに帰国し、故郷であるこの町にやってきた真の意図はわからない。ピョートルはこのスタヴローギンを神のごとく崇めており、自分たちのもくろむ「革命」が成就した暁には、新たな王国の主に据えようとの腹づもりである。

ピョートルの父親ステパン・ヴェルホヴェンスキーは、一八四〇年代のロシアを代表する自由主義者の一人で、かつては大学の教壇にも立ったことのある心優しい知識人だが、今は、スタヴローギン家の女主人ワルワーラの世話を受け、同じ屋敷内で日頃から夫人と手紙を交わしあっている。ロシアの思想界ではほとんど活躍らしきものもできなかった彼は、日頃の憂さを晴らそうとするかのように「血肉と化した非難」の役どころを演じ、周囲に、町の、進歩的な連中を集めては、アルコールと議論とカードにうつつを抜かす毎日である。

ワルワーラ夫人の思惑もあり、その彼と、養女ダーリヤ（ダーシャ）・シャートワとの間に結婚話が持ち上がっている。この結婚話は、ヴェルホヴェンスキー氏をひそかに愛しつづける夫人が、悩みに悩んだうえでの決断だった。

スタヴローギン家のひとり息子ニコライ（「ニコラ」）は、このヴェルホヴェンスキー氏のもとで教育を受けたあと、学習院に進学し、卒業後、軍務に服してからにわかに放蕩にふけりだした。二度にわたって決闘事件を起こし、放蕩三昧の生活をおくるなどとかく不吉な噂が絶えず、母親のワルワーラを不安に陥れている。四年前、ニコライが突如この町に姿を現した際には、仮面のように美しく端正な顔立ちで人々を驚かせたが、ある日、公の席で町の有力者ガガーノフの鼻を引きまわしたり、県知事の耳に嚙みついたりするなど、奇怪なふるまいが目立ったため、町から放逐された。

物語は、九月半ばの日曜日、町の教会堂で足の悪いマリヤ・レビャートキナがワルワーラ夫人の前に跪くところからはじまる。かねがね首都でのニコライの行状を耳にしていた夫人は、マリヤの出現を不審に感じて、彼女を自宅に連れかえった。

この日は、ヴェルホヴェンスキー氏と養女ダーリヤの婚約発表が行われる日に当たっており、ワルワーラ夫人の幼馴染の娘で、美貌の誉れ高いリーザ・トゥーシナも教会から夫人に同行し、あとから婚約者マヴリーキーを伴ってリーザの母親であるプラスコーヴィヤ夫人もスタヴローギン家に来ていた。そこへピョートル・ヴェルホヴェンスキーとニコライ・スタヴローギンの二人がまるで申し合わせたように到着する。

広間に集まった一同に、スタヴローギンは、「結婚」の事実を暗に否定したまま、マリヤを紹介し、彼女を外に連れ出す。ヴェルホヴェンスキー氏の婚約者であるダーシャの兄イワン・シャートフは、戻ってきたスタヴローギンの頬を拳でなぐり、一同を驚かせる。スタヴローギンにひそかに恋するリーザは、その場で気をうしなった。

シャートフはスイス時代、つかのまながらもマリー（マリヤのフランス語名）という女性と結婚生活を送ったことがあった。その後、結婚生活に破れたシャートフは、同志のキリーロフと太平洋をわたり、アメリカの農園で働いた過去があった。シャートフの殴打は、足の悪い女マリヤとの「結婚」を否定したスタヴローギンの「狭さ」にたいするやみくもの抗議を意味しているかのように見えた。

Ⅰ 『悪霊』はこうして生まれた

1 混沌のなかで——「偉大な罪びとの生涯」

『悪霊』の創作ノートは、今日までほぼ完全なかたちのまま残されている。K・モチューリスキーは次のように書いている。

「ドストエフスキーの塑像した登場人物たちが芽生え、形をとり、成長していくこの周縁の光景ほど感動的なものはない。生まれでるまでの彼らの運命は変転と苦難と破局にみちている。それは、作品のなかの彼らの人生よりはるかにドラマティックなものだろう」

モチューリスキーの言葉通り、発生状態における『悪霊』は驚くばかりのダイナミクスと混沌に満ちあふれている。なぜ、これほどの混沌が、最終的には『悪霊』という、わたしたち読者の理解に届く小説にまで成長できたのか。感動的というより、強い「驚き」の念を覚える。そのプロセスについては改めてくわしく検証することになるが、当面、ドストエフスキーの関心を占めていたのは、『無神論』と題する長編小説の構想だった。

一八六八年十二月、彼は、『白痴』の完成を前に、友人マイコフ宛ての手紙に書いている。

「いま私の頭のなかにあるのは、1、『無神論』と題する一大長編です（どうか人に言わないでください）。……この作品は、完全に生活を保証されて仕事に打ちこんでも、完成には二年以上はかかります。人物はこうです――ロシア人で、われわれの社会層に属し、かなりの齢で、それほど教養があるわけではないが無教養というわけでもなく、官等も低いわけではありません。それが突然、すでにかなりの齢になって、神への信仰を失うのです。……神への信仰の喪失は彼に強烈な作用をおよぼします。……彼は、若い世代、無神論者たち、いろいろなスラブ人、ヨーロッパ人、ロシアのさまざまな狂信的連中及び隠者たち、そして幾人もの司祭たちのもとを訪ねまわります。そしてその間、イエズス会士で改宗勧誘に当たっているポーランド人の罠にすっかりはまってしまいますが、そこから抜けだして、今度はロシアのキリスト教の一派、鞭身派に深く身を投ずるのです。――そしてついに、キリストとロシアの大地を、ロシアのキリストとロシアの神を獲得する（どうかだれにも言わないでおいてください。私としては、この最後の長編を書き上げられれば、死んでもいい、自分の一切を表現するのだ、とそんな気持でいるのですから）」

もっとも、新しい小説の構想を他人に明かすという行為は、多くの場合、原稿料の前借りが目的だった。相手が編集者であれ、友人であれ、目的は変わらなかった。右の構想を、友人である詩人マイコフにうち明けてから三カ月後、今度は姪のソフィア宛てに同じような構想を手紙に書き、その際にもやんわりと借金の願いを書いている。『無神論』を書くには二年を要する、しかもロシアに帰って、ロシアの現実を肌で見聞きしなくてはならない、という理由である。「ソーニャ、私はいま六千あるいは、少なくとも五千ルーブルの現金がなければ、ロシアへは何としても帰れないのです」（六九年三月）

しかし、前借りの口実であれ何であれ、『無神論』の構想は確実に熟していった。もっとも現実に目前に迫っている『永遠の夫』の完成も急がなくてはならず、これから新たな小説に着手するとすれば、ロシアの空気をじかに吸う必要性を痛感していた。ドレスデンから同じソーニャに宛てて書いている。

「全体は五年で完結するかどうかというもので、それぞれ別個の三つの物語に分かれます。この長編こそは、わたしの念願であり、わたしの生活の一切の望みなのです——たんに金銭上の意味だけではなく」(六九年十二月)

しかし、時を経るにつれて、『無神論』の構想は大きく変容をとげ、より具体的に「偉大な罪びとの生涯」と呼ばれる新しい小説の構想へと関心が移りはじめていった。最初にその構想を打ちあけるのは、先に述べたネチャーエフ事件からひと月ほど経過した六九年十二月のことで、この時点でドストエフスキーはすでに『悪霊』の構想に触手を伸ばしていたことが明らかになる。

「これがわたしの最後の長編になります。分量は『戦争と平和』ぐらいで、構想は君に褒めていただいたはずです……。この長編は五つのかなり長い物語から成りたっています。……長編全体のタイトルは、『偉大な罪びとの生涯』ですが、それぞれの物語がおのおの題名をもっています。全篇をつらぬいて流れる中心問題は、ほかでもありません、私が生涯にわたって意識的無意識的に苦しんできた問題、すなわち神の存在です。主人公はその生涯において、あるときは無神論者、あるときは信仰をいだく者、あるときはファナティックにして分離派の信者、そしてまたあるときは無神論者となります」(七〇年三月、マイコフ宛ての手紙)

『偉大な罪びとの生涯』の構想は、その後、七〇年五月初旬まで続けられた。しかし、「五つのかなり長い物語」からなるこの小説も現実にはついに着手されずに終わった。草稿を見るかぎり、ドストエフスキーは、「罪人」のテーマ、すなわち、罪人の、人間としての精神的な甦りをめぐる問い、さらには罪を克服して更生にいたる人間の道筋を具体的に提示することはできず、「精神的浄化」という漠たるヴィジョンを脳裏にイメージしていたにすぎない。

興味深いのは、『無神論』にしろ、『偉大な罪びとの生涯』にしろ、いわばそれらの主人公が精神的再生へと至るプロセスを描こうとするなかで、作者がつねに、異端派や分離派といった非正統のキリスト教との接触を念頭に置いていたことである。この問題についてはいずれくわしく述べることにするが、最終的には、「罪びと」の精神的浄化という結論にたどりつくことができず、『悪霊』の主人公のニコライ・スタヴローギンもまた、浄化や再生といった地点とはほとんど絶縁したかたちで最後を迎えることになった。

さて、ドストエフスキーは、この時期、いずれも『悪霊』の萌芽状態ともいうべき二つの小説『羨望』『カルトゥーゾフ』の構想を進めている。前者の『羨望』は、明らかに、『悪霊』から、ネチャーエフ事件にかかわる政治的モチーフの部分をとりのぞいた、いわば感情面でのドラマのみを扱った小説である。主人公（A・B）は、将来のニコライ・スタヴローギンを予感させる若い公爵であり、公爵家の養女（＝ダーシャ）がその公爵と関係をもって妊娠するが（「お腹が大きくなる」）、結婚を前提としてのつきあいではない。他方、公爵の母親は隣人の金持ちである「美女」（＝リーザ）と息子を結婚させようとたくらんでいる。そこで公爵と母親との間に亀裂が生じる。そうしたなか、養女は、教師（＝イワン・シャートフ）に心を開き、教師の結婚の申し込みを受ける……。

『羨望』と題された小説で、「羨み」の対象となるのは、この「教師」であり、公爵のなかに微妙に生じるこの「教師」への嫉妬がテーマとなっている。『羨望』のかなり早い段階のメモには、ネチャーエフ事件が途中から混入したとみられる形跡が見られる。

「NB　もう一人、隣人のニヒリスト、大金持ち、学生たちと付き合う。教師の指摘――ニヒリストは例外なく金儲けが大好きなものさ。（アジびら。ネチャーエフがちらちらと姿を現わす、教師殺害［?.］）」

これらの走り書きを読むかぎり、ネチャーエフ事件をきっかけに、『悪霊』をめぐるドストエフスキーの想像力が一気に膨れあがった、という理解は多少訂正する要があるかもしれない。ドレスデンにあってドストエフスキーは、事件の推移を注意深く見つめ、むしろ目前の、『羨望』という「感情」のドラマの行方を見きわめようとしていたと考えるほうがより事実に近い。ネチャーエフ事件はまだ小説の外部に置かれており、『悪霊』のもつ感情面でのドラマのみが創作ノートのなかで自律的な生成をくり返していたと見るべきである。

創作ノートを読んでいると、ドストエフスキーは、あたかも楽譜を前に反復練習を試みる演奏家のように、自分がいま生みだそうとする小説のプロットを何度も執拗になぞりつづけていることがわかる。創作ノート全体が、とにもかくにも、なぞる、という精神に貫かれている。

それにしても、多くの読者は、『羨望』に見られる人間関係と『悪霊』という完成形とのあまりの断絶に驚かされるのではないだろうか。その支配的イメージや役割を、本来的にになうべきではない人物がになっているといった状況がはっきりと見える。たとえば、第一部第五章に現れる「殴打」のモチーフを例にとってみよう。

「なにかのことである隣人と口論。殴打（美女の目の前で）。教師は、彼女も前の晩からもう殴打のことで軽蔑していることがわかっている。その紳士に決闘を申し込む。……公爵は自分から介添え人を申し出る。それが原因で決闘が成立する。彼は相手の発砲をもちこたえ、自分は撃たない。美女は衝撃を受け、情熱に燃えたつ」

要するに、『悪霊』では、スタヴローギンになわされた役割を一部、教師（イワン・シャートフと一部はヴェルホヴェンスキー氏）が肩代わりしているということだ。しかも、次の一行は、『悪霊』のラストを知る読者にとってちょっと衝撃的なのではないだろうか。

「養女と教師との決別（彼女は不幸だ）。

彼は金もなく、小さなカバン一つをさげて出てゆく。

？（途中で彼は殺される）？」

つまり、作者は、ダーシャと決別し、最後の放浪の旅に出たヴェルホヴェンスキー氏の死について、最終形とは別の結末をも思い浮かべていたということである。さらに興味をそそられるのは、この『羨望』から『悪霊』へと直接につながるテーマが次のように記されている点である。

「構想。教師は、長編の全体を通じて、ますますその美しさを増していく。はじめは滑稽な人物だが、最後は完璧な美の理想にいたる。A・Bは光輝あふれる人物、羨望心が強く、プライドが高く、低劣、その他もろもろ」

教師、すなわちイワン・シャートフの原型が徐々に形づくられていく様子が見える。

「一つの構想。A・Bはたえず（全編を通じて）ますます教師に羨望をおぼえる。……美女が教師に媚態を見せはじめる。あいびき。ここで他の男と決闘。A・Bは教師の優越を羨む……別れにあたって教師をなぐる。教師はひと言もいわずに旅立つ」

「A・Bはピストル自殺（?）ができるか?」

そしてついに次のような一行が現れる。

「N・B　長編の最初から、なんとか公爵を長編の主人公、理想として位置づけ、そのまま事態を拳固での顔の殴打にまでもっていく」

創作ノートにおける走り書きを読むと、『白痴』同様、〈羨望〉（すなわち三角関係）のメカニズムが今回もまたほとんどオブセッションのようにして作家の想像力にのしかかっていることが理解される。そもそも、『悪霊』の読者からすると、スタヴローギンがイワン・シャートフに「羨望」を覚えるといったシチュエーション自体考えられない。つまり、ドストエフスキーの想像力をある混沌とした感情のドラマが支配しているが、個々の人物はそのヴェールの下に隠されている。そして時間とともに彼らが自立し、ヴェールの破れめから顔をのぞかせてはいるものの、この段階に及んで最終のキャスティングはまだ決定していない。思えば、そうした感情のヴェールを一気に引きはがした事件が、ネチャーエフ事件であったといえるのだろう。

一八七〇年一月二十二日、事件から二カ月後にして、ドストエフスキーはようやく『悪霊』の構想に本格的にとりかかった。この日のノートの冒頭には、「T・N・グラノフスキー」という固有名詞が記されている。グラノフスキーとは、ほかでもない、一八四〇年代を代表するリベラル派の知識人チモフェイ・グラノフスキーの略であり、『悪霊』に登場するステパン・ヴェルホヴェンスキーのモデルとなる人物である。「教師」のダブルキャストとしてこの人物を導入しようと決意した瞬間、小説は、ついに『羨望』の殻を突きやぶり、『悪霊』の世界に入り込んでいったと見ることができる。そこでドストエフスキーはまず、グラノフスキーを一つの世代を代表するモデルとして、若い革命家たちの世代が敵視する父親の世代を設定した。ドストエフスキーの苦しみは、まさにこの瞬間からはじまった。

グラノフスキーに次いで、イワン・シャートフの原型であるシャーポシニコフ（「帽子屋」の意味がある）という名前が現れる。「土着人のタイプ」とひと言で書かれているが、彼の信条である「スラブ派」は、「旦那衆の思いつき」であり、ニヒリストは、「地主の子どもたち」であるといった批判が投げかけられる。シャーポシニコフの名前は、一八六八年に他界した古儀式派（分離派）の主教の名前から採られたものと思われる。

次に「学生の登場」——。これは、ネチャーエフ（＝ピョートル・ヴェルホヴェンスキー）に該当する。

「学生、市内で社交界に出入り。……シャーポシニコフが町に来たのは、妹を凌辱した公爵を監視するため」

興味深いのは、右に引用した後半部である。『悪霊』の最終形を知る読者として、ドストエフスキーの想像力がかなり逸脱した部分にまで及んでいることに驚きを禁じえない。『悪霊』の決定稿との対比という点では、グラノフスキーの妻となった養女（＝ダーシャ）に公爵が恋をしているという設定も注意すべきディテールの一つだろう。

「公爵はあいかわらずグラノフスキーの妻に思いを寄せ、自分の情熱と闘っている」

他方、リーザの原型である「美女が」、「すでに外国で」「学生」（＝ピョートル）と逢瀬を重ね、「学生に駆け落ちを申し入れ」ている。このあたりの走り書きを念頭に置くと、スタヴローギンとリーザの情事《ロマンス》を画策するピョートルの微妙に入りくんだ心理が説明できるかもしれない。他方、ピョートルは、彼のモデルとなったネチャーエフが「革命家のカテキジス」に書き記したとおり、徹底した自己否定を体現しようとした人物でもある。

一八七〇年二月中旬の創作ノートには、「最終案」のかたちで、全体で三部構成からなる物語のプロットが書きこまれている。しかしその物語にはまだ中心となる軸がなく、世代論、宗教論が展開されているにすぎないという印象を受ける。

面白いことに、ネチャーエフ事件が徐々に創作ノートの中心を占めはじめているにもかかわらず、物語は、依然として『羨望』の中心プロットである公爵、教師、養女の三角関係のしがらみから脱しきれていない。

「公爵は世のいっさいを憎悪し、ついには、シャートフを殺すことで、ネチャーエフと意見が合う。養女は殺人を呪い、あとになってから、政治的殺人であったことを推察する」

しかし、公爵が『羨望』と『悪霊』の間をゆきつ戻りしながら徐々に前者のしがらみを抜けだし、一個の高貴な人間に進化していくプロセスも手にとるように理解できる。

「公爵は口は重いが、強い人間」

「公爵——感じのいい人間、すばらしい（軽薄をよそおいながら、深い感動を抱き、思索する）。懐疑論者にしてドン・ジュアン、しかしただ絶望のゆえ」

そしてついに、『悪霊』の最終場面のイメージが完成する。スイス・ウリー州への養女との駆け落ち、ピストル自殺、といったプランに辿りついたところで、ドストエフスキーは次のような二行を残している。

「小説の全パトスは公爵にある、彼が主人公である。残りすべてのものは、彼のまわりを万華鏡

のようにめぐる。……途方もない高さ」（七〇年三月二十九日）

ところが、創作ノートはこの後、一八七〇年三月末から約二カ月間にわたる長い中断をむかえる。この間、彼は、ホンブルグに赴き、ルーレットに興じていたのだった。次に創作ノートのメモが現れるのは五月下旬、「最終メモ」と題された作業がその後六月の終わりまで切れめなく続行されていく。

ところが、六月の時点にいたってもなお、公爵をめぐる最終のイメージは確定していない。それは、ことによると、公爵を見つめる作者の目がきわめて柔軟でありかつ多面的であることの証とも言えるかもしれない。たとえば、公爵についていったんは「途方もない高さ」と表しておきながら、二カ月後に次のような評価に変化している。

「結局は、甘やかされてだめになったお坊ちゃん以外の何ものでもない。ただの放埒にすぎない」

創作ノートで見落としてはならないのが、公爵の「幼児にたいする下劣な行い（強姦）」のモチーフで、書き込みは五月末とある。公爵は、その事実を書きしるした「告白」をシャートフに見せ、「顔に唾を吐きかけてほしい」と懇願している。その後、公爵はまもなくシャートフを憎みだし、「彼が殺されたことを喜ぶ」。いかにもドストエフスキーらしい感情のメカニズムである。

このようにドストエフスキーは、プロットの表面をなんどもスクロールしながら、整地の作業を進めていく。スクロールするたびに、登場人物に対する印象や評価が変化していく。それこそ、彼の小説がはらむ「多声性」（グロスマン）の証でもあった。しかし、それでもいったん確立された結末は、ゆるがざる目標となり、最終的なかたちを取りはじめた。

「全体として念頭に置くべきこと、公爵は、悪魔のように魅力的であり、恐ろしいばかりの情熱が……功業と闘っている。そのさい、不信と、信仰ゆえの苦悩。功業が力を占め、信仰が勝とうとするが、悪霊たちも信仰をもち、おののいている。『遅い』と公爵は言い、ウリーへ逃げ、その後、縊死する」

その後、創作ノートは、シャートフと公爵の対話に占められ、最終稿ではほぼ完全に封印されていた公爵（＝スタヴローギン）の「思想」が明らかにされる。創作ノートにおける公爵は雄弁である。それを「思想」と呼べるのか、たんなる「アイデア」と呼ぶべきか、にわかには判断しがたいが、その議論は、やがて公爵と僧正（チーホン）との対話にスライドされ、劇的な変化を招き寄せる。

「疑問、この小説は書く必要があるのか」

問題は、シャートフ殺人事件（＝ネチャーエフ事件）の主役をどう扱うか、ということにあったと思われる。『悪霊』におけるピョートルの登場はいささか唐突な感じを与えるし、その目的とするところもにわかには理解できない。最終的には、シャートフ殺害のみが目的であったような印象すら与えるが、ドストエフスキーはわざとそのあたりを曖昧なものにしようとしていた。

「重要なのは、物語の始終をとおしてネチャーエフがなんのためにやってきたかが十分に説明されないことである」

もっともこの一行にこめた意図は、最後まで曲げられることがなかった。ドストエフスキーは、さまざまな手段を講じて、ピョートルの帰郷の目的をぼかし、『悪霊』という物語そのものを意図して不安定な状態に陥れようとしていた。しかし創作ノートを読みすすめていくと、ドストエフスキー自身は、ピョートルの帰郷の目的を正確にみさだめていたことが明らかになる。「ネチャーエフがなにを望んでいたかについて」というメモで、彼はその目的を十三項目（！）にわたってあげつらっているのだ。その前半部分を短くまとめてみると次のようになる。第一、結社の設置、二、結社内でアジびら撒布と印刷、三、職工への働きかけ、四、分離派教徒と首都のニヒリストへの働きかけ。五以下については、いずれ述べるが、おそらく意図して選ばれたにちがいない第十三番目すなわち最終段階については次のように書かれている。

「十三、最後に、もし可能ならば、カラコーゾフを。目当ては技師。『正直のところ、ぼくはキリーロフに望みを託しているんです』」

創作ノートでは、最終目標である「カラコーゾフ」の役割を、技師（＝アレクセイ・キリーロフ）に託そうとしていたことが明らかになる。

ドストエフスキーの想像力は、その後、次のように進展している。技師が皇帝暗殺を断っているので、代わって、「火事とシャートフを引き受けさせようとする。火事と冒瀆は自然証明されたので、シャートフ殺しを技師におっかぶせる」。

『悪霊』がはらむ根源性という観点からみて、とくに興味を引くのは、シャートフがグラノフスキー（ヴェルホヴェンスキー氏）に尋ねる次の一行だろう。

「もし、カラコーゾフのことが、二時間前にわかったら、あなたは密告しますか？」

書き忘れたが、「カラコーゾフ」とは、いうまでもなく、ネチャーエフ事件に先立つ三年半前の一八六六年四月にペテルブルグで起こったアレクサンドル二世暗殺未遂事件の犯人である。右の引用にさりげなく書きこまれた「質問」には、ドストエフスキーの一種の固定観念を思わせる何かが隠されていた。それは、ほかでもない、「黙過」のテーマである。最終的には、これがイワン・シャートフの運命を決する問いとなる。

このようにして、ネチャーエフ事件をモデルとする『悪霊』の第一段階の構想は終わった。といっても、この小説の中心をどちらがになうことになるのか、ネチャーエフ事件か、それとも『羨望』の物語かはまだ、完全に決定していたわけではなかった。

2 「創作ノート」の中の『悪霊』1——一八七〇年夏

創作ノートを読んでいくと、なぜ、これほどの混沌から、『悪霊』として最終的に形を整えることができたのか、という素朴な疑問が浮かんでくる。たしかに『悪霊』の外形だけを見るかぎり、かならずしも完璧な小説と呼ぶわけにはいかない。それには、後に詳しくふれるように、検閲との戦いによって生じた内容面、構成面でのいくつもの歪みが影響している。つまり、最終形にみる空間的な広がりはまだ得られていないということである。とにもかくにも物語の骨格を作る作業といおうか、一種の「地ならし」の作業に膨大な時間とエネルギーが費やされていることは明らかである。より具体的には、アカデミー版ドストエフスキー全集で三百頁近いボリュームが、『悪霊』に賭けた作家の執念と情熱のほどを物語っているが、しかし、創作ノートの段階での記述には、一種の宇宙的ともいうべき広がりがまだまだ欠けている。一例として、八月十三日の創作ノートから、リーザとシャートフ、あるいはリーザとカルトゥーゾフらをめぐる関係を挙げてみよう。

「シャートフは妻帯している。妻をいびっている。

あるいは公爵が彼の妻を誘惑する。

シャートフは彼の手からリーザを奪う（彼を殺すことを彼女に約束して）」

ところが、『悪霊』全体の構想にとって劇的ともいうべき転換がこの直後に訪れてきた。一八七〇年八月十四日が分岐点となった。その前日とこの日とでは、雲泥の差といってよいほどの開きがある。

まず、翌日すなわち八月十四日のノートには、「最後の構想」と題して新たに次のように書かれている。

「シャートフは妻帯者にあらず。独身で、商人のもとに住む。ワルワーラ夫人を避けている。彼の妹がワルワーラ夫人の養女となっている。彼女をワルワーラ夫人は、ステパン・ヴェルホヴェンスキーと結婚させせようとしている」

こうして『悪霊』における人間関係の骨格ができあがった。物語はまさにこれを基本線として語りだされるが、ただしこの段階でも、シャートフがリーザに恋をしている設定は残りつづけていた。たとえば「リーザにたいするシャートフの恋。リーザも同様に、時としてシャートフを愛していると妄想する。物語がすすむなかで、彼に愛を告白し、彼の住まいを訪ねようとする」

『悪霊』を読みおえている読者には周知のことだが、最終的にこれらのディテールはすべて放棄された。かわって新たに浮上してきたのが、公爵の結婚のモチーフである。ドストエフスキーは、あたかも結婚の仲介者でもあるかのように、物語の内側にもぐりこみ、右往左往しながら公爵の相手を探しもとめている。

「彼女は（＝リーザ）、公爵が結婚していることを知り、彼を憎む。

（だれと結婚？　養女とではないか？）（N・B　否）

（？　カルトゥーゾワと？　もしくは女ニヒリストと？）

あるいは彼女が公爵の子を身ごもっている。

しかし彼を憎み、シャートフに恋する。

しかし、シャートフの情熱の怪奇さと闘ううち、心理的なうごきで、真剣にカルトゥーゾフとの結婚を望む」

それにしても、何という混沌の世界だろうか。『悪霊』はすでにプロット自体に生命力がうまれ、作者の思惑とは関わりなく勝手に動きはじめている。右の引用のなかでの、「カルトゥーゾワ」とは、足の悪いマリヤであり、「女ニヒリスト」とは、旅の女マリー・シャートワである。このあたりの走り書きを読んでいると、わたしたち読者が『悪霊』の登場人物たちの心理をいかに一面的にしか理解していないか、思い知らされる。ドストエフスキーの脳裏に描かれていた『悪霊』とわたしたちが現に手にしている『悪霊』とはことによるとまったく別世界なのかもしれない、といった疑問さえ浮かんでくる。

「最後の構想」と書かれた十四日から翌々日にあたる八月十六日の創作ノートにおいて、スタヴローギンの像はすでに最終形に近づいている。スタヴローギンとリーザの謎に満ちた関係は、次のように解き明かされる。

「彼女が苦しみの果てに、みずから自分のところにくる時を待っている。彼女を拒絶するという異常な秘密の快楽を味わうために」

ただし、先に述べたシャートフとリーザの関係はまだ改められておらず、実のところ、リーザの感情の正体も見きわめられていない。

「リーザは物語を通じて、はじめはシャートフに、その後シャートフを捨てて、大尉のもとへ——興奮のあまり前後を忘れる」

「美人は物語を通して彼をしりぞけ、シャートフのほうへ」

ドストエフスキーの脳裏からなかなか消え去ろうとしないリーザとシャートフの愛というモチーフには、少くともリーザの側からすると、何かしら無視できないつよい動機が隠されていたのかもしれない。確実に心の病いに苦しんでいるリーザが、その活路を出版事業に求めて、シャートフに接近していった事実がその裏づけとなるだろう。

問題は、「足の悪いマリヤ」の運命について、ドストエフスキーがどのような結末を思い描いたかということである。驚くべきことに、マリヤは最初から「殺害」を運命づけられていた。創作ノートでは、「突然、足の悪い女が殺される」が五度ばかりくり返され、そのたびに物語に変化が生じ、この「事件」が登場人物にもたらす衝撃の度合いを物語っている。

ドストエフスキーには、人間をコマとして動かすことはできても、客観的な心理力学としてその現実がどこまで見きわめられているのか、という疑問が生まれてきても不思議ではない。

さて、創作ノートの第一段階で、スタヴローギンはニヒリストたちの陰謀をあばき、パニックに陥る町に秩序をとりもどし、こう演説する。

「正教は、キリストの正しく輝かしい永遠の信仰であり、彼の名による道徳の完全な復興である。そしてわれわれのなかから、反キリスト、つまり西欧の精神とたたかうイリヤとエノクが出現するだろう」

右の引用に出てくる「イリヤ」とは、旧約聖書に登場する預言者エリヤのロシア語名であり、エノクとは、アダムの直系でノアの曾祖父にあたる。

ところが、この演説は、まさに「僭称者」の演説であった。「僭称者」とは、王の名を騙り、王の地位を要求する者のことを言うが、ロシアでは、中世以来、政治的混乱が生じるたびに「僭称者」が現れ、皇帝の地位をうかがってきた。むろん、キリスト教的な伝統において「僭称者」とは、キリストの名を騙る悪魔を意味する。いずれにしても、創作ノートにおけるスタヴローギンは、キリストの名を騙る反キリストとしてこの演説を行うのであり、この演説ののちすみやかにスクヴォレーシニキで縊死をとげる。その死は、たしかに、スタヴローギンの死ではあったが、少なくともドストエフスキーの脳裏においては、新たな「再生」を意味づけるものとなった。「僭称者」は、より悪魔的な相貌を得て再登場することになるが、その生々しい個性こそが、イデオロギー小説としての『悪霊』を、黙示録的ともいうべき新しい眺望のなかで築きあげた力だった。あるいは、たんなる人間の感情ドラマとしての『羨望』の残滓をすべて破棄させた正体だったといってもよい。八月十六日、ドストエフスキーは創作ノートに記している。

「いっさいはスタヴローギンの性格にあり、スタヴローギンがすべて」

しかし、この一行をもって、『悪霊』の全体像が確定したと考えるのは早急である。実際、妻アンナに対する口述筆記と執筆による作業をとおして、最後の焦点が合うぎりぎりのポイントまで作業は続けられていったからである。

3 「創作ノート」の中の『悪霊』2――語り手の問題

さて、『悪霊』の第一章は次のような書きだしではじめられる。

「今日まで何ひとつきわだったところのないわたしたちの町で、最近たてつづけに起こった奇怪きわまりない事件を書きしるすにあたり、わたしはいくらか遠回りを覚悟して、まずは手はじめに、才能豊かにして敬愛すべきステパン・トロフィーモヴィチ・ヴェルホヴェンスキー氏の経歴にまつわる細かい話を、いくつか紹介することからはじめなくてはならない。なにぶん、わたしに文才が欠けているためである。といっても、これらの細かい話は、このクロニクルの前置きをはたすだけのもので、わたしがもくろんでいる物語の本編は、そこから先の話ということになる」

この文章が示すように、『悪霊』では、確実に語り手の存在が意識されている。「わたしに文才が欠けている」という一文からもそれがはっきりと見てとれるだろう。

たしかに『悪霊』において、方法論的な視野からつねに関心の対象となってきたのが、この語り手の問題である。多くの研究者が、この小説がかかえる構造上の「欠陥」にとまどい、その最大の欠陥として、語り手にかかわる不整合、非一貫性の問題を挙げてきた。他方、一般の読者は、『悪霊』という小説が放射する過剰ともいえるエネルギーに圧倒され、そうした方法上の問題に目をつぶってきた。しかし、それはさておき、語り手が、実際には耳にすることのできない会話や場面を書いているという問題は無視できない。とりわけ、修道院の庵室内でのスタヴローギンとチーホン僧正との会話、県知事フォン・レンプケーとユーリヤ夫人の寝室でかわされた会話などは、常識的に考え、噂や伝聞その他をもってしても知り得ないことである。『悪霊』のもつこうした構造上の問題を合理的に説明するために、ほとんどこじつけに近い理由づけが生まれてくる。最終的に『悪霊』を「地方都市のゴシップの巨大な破片と分類できるかもしれない」とまで断言する研究者もいるほどである。

ところが、創作ノートを眺めるかぎり、作者が「語り手」の問題について何かしら真剣に頭を悩ませた形跡は見あたらない。語り手について最初に言及がなされるのは、一八七〇年の二月十六〜十八日、「最終案」として全三部からなる小説の筋立てを書き記したあとのことである。そこには次のように書かれている。

「わたしはグラノフスキーのもとで、彼とシャートフとの熱い会話に第三者として立ち会っていた。わたしが二人のやりとりを会話体で叙述するからといって、わたしがたしかな資料をもっているか、それとも、ひょっとして、自分で創作しているか、といったことには注意を払わないでいただきたい。ただし、すべてが確実な話だということは保証する。

わたしはクロニクルの方式を採用したのだ」

それから一週間後のノートにはこうある。

「語りによって、荒削りなところが一点もない、すばらしいものができあがる。肝心なのは、クロニクルであることだ」

この一文を読んでもわかるように、ドストエフスキーは、「語り」のスタイルにも、「クロニクル」のジャンルを選ぶことにも、かなり楽観的だったことがうかがえる。では、そもそも「クロニクル」（ロシア語では、「フロニカ（хроника）」とは、どのようなジャンルの書きものをいうのだろうか。これは、日本語でしばしば「年代記」と訳されるが、「歴史的な事件を、時系列に沿って記述したもの」とするくらいが適当である。ただし、『悪霊』を、「年代記」と翻訳するのは、どうみても不適切だろう。『悪霊』の物語がリアルタイムで語り出されるまでに長い前史があることはいうまでもないが、物語のなかで描かれているのは、わずか一カ月半の出来事にすぎない。そこで、あえて「クロニクル」という訳語を選んだわけだが、現にロシア語の「フロニカ」には、さらに広い語義で用いられている。一に、年代記、二、（社会、家庭の出来事を歴史的に記述した）記録文学作品、三、（口語的に）物語、四、（新聞、雑誌などの）雑報欄、四、ニュース映画、テレビニュースなどである。『悪霊』がどれに該当するか、といえば、おそらくは、二、ないし、四ということになるが、この「クロニクル」を記録する人物「クロニクル記者（フロニキョール、хроникер）」にどのような意味があるか、というと、これがたちまち雑誌、新聞などの雑報欄記者の意味に転化してしまう（ちなみに、「年代記作者」の訳語としては、「フロニスト（хронист）」という別のロシア語が用いられる）。つまり、アントン・ラヴレンチエヴィチ・G氏には、「雑報記者」「事件記者」といった役回りをイメージしておく必要があるということだ。

さて、ドストエフスキーは、それまで小説の執筆に際し、「わたし」を主語とする語りか、「作者」による語りか、という問題でつねに頭を悩ませてきた。『罪と罰』の場合、連載開始というぎりぎりの瀬戸際で、「わたし」を主語とする物語から、「作者」による語りの物語へと切り替えた経緯があった。ロシアの研究者カリャーキンが書いている。

「《クロニクル》の調子、語りの調子はただちに選びとられ、驚くほど自由に、『自然に』、何かしらそれが自明のことでもあるかのように、この場合は、（創作ノートから判断すると）いっさいの動揺もなかった」

ちなみに、クロニクル記者である語り手のG氏の一挙一動が、じつは『悪霊』の世界と読者であるわたしたちをつなぐ唯一の回路である。しかし逆にわたしたち読者の印象は、すべてこのG氏の印象のもとにコントロールされている可能性もある。これは同時に、一つの視点、すなわち、このクロニクルにおける語りの不徹底にたいしてどこまで寛容な態度をとるべきか、という問題に帰着する。

同じ年の五月、ドストエフスキーは書いている。

「クロニクル記者は、公爵（＝後のスタヴローギン）の死後に、彼の性格解剖を行う（ぜひとも『分析』の章を設ける）」

ドストエフスキーの研究者によってしばしば指摘されることだが、『悪霊』は、神秘と謎、嘘と噂に満ちた小説である。読者の好奇心をあおるというねらいもあって、作者はしばしば度が過ぎると思えるほど謎かけにつぐ謎かけをおこなった。少なくとも第一部を読むかぎりにおいて、どこにどのような事実が隠されているのかわからない仕組みである。『悪霊』全体は、第一部にしかけられた謎を、残りの第二部と第三部が解いていくといった構造としてとらえることも可能だろう。それは、むろん、ドストエフスキーが意図的に作りあげた構造なのだが、他方、これもまた、語り手の存在そのものがはらむ矛盾に深く関わっているように思える。

ここで、読者の頭を整理していただくために、いくぶん専門的と見られる問題に足を踏みいれておきたい。オランダの研究者ムーアは、『悪霊』における語りのカテゴリーを次の四つに分けている。すなわち、一に、目撃者による証言、二に、また聞きによる説明、三に、町全体に流れている噂、四に、全知全能的な立場からの推測である。このなかでもっとも大きな問題点となるのは、四である。というのも、一から三までは、語り手の存在なり立場なりが前提とされているのに対し、全知全能的な立場からの推測というのは、一から三と明らかに矛盾する語りのスタイルであって、逆に、語り手の立場を失わせる可能性もあるからである。そこで語り手もふくめて、すべてが一つのフィクショナルな全体である、とするゆるやかな見方がより合理的な説明として浮かび上がってくる。

他方、謎とされる事象が、たんに語り手の印象にすぎないのか、謎を裏づける真実は確実に存在し、ある程度の想像力を介して明らかにできるのか、あるいは逆に、謎や、神秘は、全体として作品に神秘的雰囲気を醸し出すための便法にすぎないのかという疑問も生まれてくる。主人公のニコライ・スタヴローギンだけではなく、「ある宿命的な家庭的謎」に包まれたリーザ、「謎のびっこ女」と表されるマリヤ・レビャートキナほかもろもろの登場人物が一種のスフィンクスと化して、読者に謎ときを迫るのである。むろん、それは、クロニクル記者であるG氏を設定したことのなかに多くの原因が潜んでいるが、それだけではない。

『悪霊』がはらむ特異性は、語り手が物語に介入しているという点にあり、この事実を前提とするかぎりにおいて『悪霊』という小説の理解にはおのずから二つの態度が生まれてくる。

一、作者は、ある程度までG氏に語り手としての役割をになわせながら、折りにふれて彼を代弁する。

二、『悪霊』は、すべてG氏によって書かれた年代記であり、本来、G氏が知りえない部分は、

G氏が、ここに書かれた事実を何らかの資料や伝聞、さらには空想によって補っていると仮定される。

次に語り手による謎と仕掛けの問題にも少し詳しくふれなくてはならない。『悪霊』に仕掛けられたさまざまなレベルでの謎が、語り手のレベルですべて説明しつくせるのか、という問題である。『悪霊』は、象徴的なレベルでのさまざまな読み解きを可能とする小説だけに、答えはそうかんたんに出てこない。そこで、本書がとるべき姿勢は、一つということになる。『悪霊』とは、語り手のG氏が登場人物の一人である小説であり、作者はドストエフスキーである、という考え方である。したがって、今後は、アントン・G氏を語り手とは呼ばず、「クロニクル記者」という役割でその位置を示すことになる。

では、そもそもクロニクル記者のG氏とは、どのような人物なのだろうか。小説のなかからそのプロフィールをあぶり出してみよう。

名前は、アントン・ラヴレンチエヴィチ・G—V（原文では末尾に「V」が付されている）。Gではじまり、Vで終わる姓をもつ人物として考えられるのは、ガガーノフがいる。ただし、ガガーノフの親子は、父親がピョートル、息子は、アルテーミーである。また、『悪霊』の創作ノートを見まわした場合、シャートフのモデルの一人ともされるキリスト教の哲学者であるゴールボフという人物の名前が思いつく。それはともかくこのG氏については、「古典の教育も受けられ、社交界にもつての<u>、</u>ある青年です」（リプーチン）とあるが、彼がとりわけ親密な関係をもっているのが、ステパン・ヴェルホヴェンスキー氏であり、彼の「相談役」を務めている。個人的には、物語に登場する富豪の娘リーザ（リザヴェータ）・トゥーシナに強い好意を抱いており、見方によっては、彼女に恋している可能性もある。外見については、他の登場人物の口をとおしてもほとんど言及されることがない。また、作者の意向を反映してだろうか、同時代の文学に対する批判もしばしば口にし、若い頃の彼が愛読したカルマジーノフ（ツルゲーネフがモデル）にとくに厳しい見方をしている。新たな仮説として思い浮かぶのは、事件から三カ月後に書かれたというこのクロニクルを、G氏のまさに作家修業の一つとする見方である。しかし、とくに『悪霊』の執筆にあたってモデル問題にどこまでもつよいこだわりを持ちつづけてきたドストエフスキーであるし、しかもこの記者がここまで個性豊かな登場人物として描かれている以上は、当然のことながら、モデルの問題にも言及せざるをえなくなる。

ロシアの研究者カリャーキンが唱えている仮説を紹介しよう。

そもそも「クロニクル記者」と訳したロシア語には、先にも述べたように「事件記者」と言ってもよい側面があるが、『悪霊』においてその訳語を用いることには少し抵抗がある。理由は単純で、そもそも『悪霊』全編は必ずしも社会的事件を数珠つなぎにしたものではない。シャートフ殺害につながる一連の事件は、たしかにそれに近いものといえるし、事実、ドストエフスキーも、当時のロシアに、G氏のような「事件記者」ならざる「クロニクル記者」に近い若者が多数現われ、さまざまな事件を取材しては記録していることを知っていた。カリャーキンはそのような事実を踏まえたうえで、次のような仮説を立てていく。

すでに伝記1でも紹介したように、ネチャーエフ事件が起こるちょうどひと月前、アンナ夫人の弟スニートキンが、ドレスデンにいるドストエフスキー夫妻のもとを訪ねてきた。彼はネチャーエフ事件の犠牲者、イワン・イワーノフとかなり近いところにいた。カリャーキンは、この青年こそが、クロニクル記者G氏のプロトタイプのひとつではないかと推測する。たしかに、ドストエフスキーがこの『悪霊』を「クロニクル」にすると決意した一八七〇年二月当時、ドストエフスキーのかたわらにいた人物こそ、このスニートキン青年だった。

「彼がどんなに若かろうが、彼のなかには今もすでに、未来の、公正で毅然たる実務的な人間がはっきりと見える。むろん彼は、高潔といってもあまりにナイーブで、夢中になりがちな男だが、彼は今ではもうはっきりと分別をもって物事を眺めており、理に反したことはしない……そこには、純粋な心と原初的な無垢さがうかがえる……」

事実、彼は、文字通りの意味でドストエフスキーにとっての「事件記者」だった。つまり、『悪霊』の執筆にかかった当時、ほかでもない、このスニートキン青年から、来るべき「クロニクル記者」の「生きた声」を得ることができたと考えていい。カリャーキンはさらに次のように述べる。

「まさにこのような事情があったからこそ、芸術家がすぐに容易かつ自由に、小説の調子と恩寵を、それも『いっさいのわだかまりなしで』発見することができたことが説明づけられるのではないか？　それともう一つ、スニートキン青年とクロニクル記者の性格の類似は明らかではないだろうか？　このように、何もかもが一致するなどといったことはめったに見られることではない」

もしも、カリャーキンの説が正しいとすると、わたしたち読者はもう少し注意深くこの語り手の存在に注視してかからなくてはならなくなる。『悪霊』はまさに、ドレスデンの地で種がまかれ、ロシアの地で誕生を見たが、小説が生まれるまでのプロセスにおいて、ドストエフスキーこそがステパン・ヴェルホヴェンスキーのモデルである、とする仮説を、多かれ少なかれ裏づけてくれる証拠となるからである。

ここで、クロニクル記者の情報源をめぐってひと言だけつけ加えておく。それは、清水正が主張しているアントン・ラヴレンチエヴィチ・G氏＝スパイ説である。清水は、このGの頭文字に「国家の《ゴスダールストヴェンヌイ》」の頭文字を読みとり、『悪霊』に盛られた膨大な情報を知りえる立場にいる人間は、その筋の人間である可能性があると推論した。アントン・G氏＝イワン・スニートキンを唱えるカリャーキンの立場からすれば、とうてい受け入れられない独断ということになるが、頭文字Gの問題はさておき、清水の主張を、「独断」「妄想」として一方的に退けることができない裏の事情がある。第一に、『悪霊』の創作ノートには、クロニクルの方法の導入に言及した部分に、「スパイ論までもやっていい」という走り書きがあるのである。創作ノートは、クロニクル記者が、ネチャーエフ＝ピョートルについてさまざまな事前の情報を手にできる立場にあったことを暗示している。清水の仮説は、G氏の姓の語尾の部分「—V」の問題をクリアできないところに難点があるが、清水に代わってこの線での「妄想」を少し膨らませるなら、クロニクル記者の名前が「アントン」である点にいやおうなく目が行く。なぜなら、若いドストエフスキーが加わっていたペトラシェフスキーの会を内偵したスパイが、ほかでもない、ピョートル・アントネッリという名前の大学生だったからである。『悪霊』には、まさにそんな妄想さえ膨らませなくては読みとけない高度に入り組んだ人間関係が描かれているということだ。ただし、ここであえてクロニクル記者の名誉のために言い添えておくなら、最近のドストエフスキー研究で、このピョートル・アントネッリに二重写しされているのは、スイスでの革命運動と皇帝官房第三課（秘密警察）の双方に関わっていると見られるピョートル・ヴェルホヴェンスキーその人である。

Ⅱ　「わたしは彼を魂の中から……」

1　スイスの《悪霊》たち

『悪霊』の舞台となるのは、ロシア中西部のとある地方都市（モデルはトヴェーリ）とその郊外にあるスクヴォレーシニキである。ドストエフスキーは、およそ十年間におよぶシベリアでの生活からペテルブルグに帰還する途中、約四カ月間、このトヴェーリに滞在した。一八五九年の後半のことである。ロシアの研究者アリトマンは、この町に新知事として赴任してくるアンドレイ・フォン・レンプケーのモデルとなる人物までもふくめ、『悪霊』に描かれた県庁所在地とトヴェーリの類似性をめぐって詳しい検証を行った。

他方、この県庁所在地を中心として遠い軌道を動いているサテライトがある。それがスイスのジュネーヴである。しかし考えようによっては、『悪霊』の舞台となるこの町こそが、革命運動の拠点スイスを中心としてはるかに遠い軌道をまわるサテライトであったという言い方もできる。事実、スイスを中心に展開されたインターナショナルの運動は、一八七一年のパリ・コンミューンへと向けて、不気味な緊張をはらみつつあった。ちなみに、町の郊外に広がるワルワーラ夫人（スタヴローギン夫人）の領地「スクヴォレーシニキ」には「むくどりの巣箱」の意味がある。

さて、物語は、スイスを起点として語り出される。前作『白痴』では、冒頭で主人公レフ・ムイシキンのペテルブルグ帰還が描かれ、彼のスイス送還が暗示されるところで幕となるが、『悪霊』では、物語の中心を構成するほとんどの登場人物がスイスからロシアに戻り、ひとりピョートル・ヴェルホヴェンスキーのみがスイスへの帰還を果たすことになる。

『悪霊』をかりに四幕もののドラマに見たてるなら、わたしたちはいきなり第四幕めから客席に腰を下ろしたことになる。『悪霊』という小説がはらむ謎と秘密を構造的に理解するなら、まさにそういう説明がいちばん理に適っているだろう。すべてはスイスに発端があった。では、彼らはなぜ帰郷してくるのか。少し極端な言い方をすれば、彼らはまさにスタヴローギンの帰郷を予感し、それに合わせて帰ってくる、いや、スタヴローギンの運命をともに全うすべく帰郷してくると言ってもよい。この吸引力は何を意味しているのだろうか。ドストエフスキーは、どのようなモデルを念頭に置きながら、ブラックホールめいた物語の舞台をしつらえたのか。ある意味できわめて不自然な状況設定であるにもかかわらず、すべてが必然めいて見える。では、必然的に見える理由とは何だろうか。理由は、この町全体が、一種の神話的な空間と化しつつあるというわたしたちの想像力のなかに潜んでいる。彼らはある「世界の終末」という舞台に登場する役者たちなのである。

では現実的に主人公ニコライ・スタヴローギンの帰郷の理由とは何だったか？　創作ノートに目を通してみよう。

「ニコラは、じっさいにひどい、謎めいた精神状態で帰ってくる。彼の内部で二つの考えが闘っている。

一、リーザ、彼女を所有したい――凶暴、冷酷なアイデア。
二、功業、悪への立ち向かい、勝利せんとするおおらかな心。そのために彼は初め、シャートフと、次にチーホンと会う。全員の前で懺悔し、足の悪い女との結婚という恥辱によってみずからを罰したいと願う」

ここには、スタヴローギン個人の内的動機しか書かれていない。ロシアの研究者アシンバーエワの意見をここに重ねてみよう。

「『悪霊』におけるスイス、それは、ある特殊な場所であり、小説の舞台の前史において重大きわまりない事件や出合いが起こり、小説の主人公たちのほぼ全員の運命が始まった場所である。スイスは、彼らの現在に運命的なかたちで影響している主人公たちの過去なのだ。読者の『目の前』で起こる直接的な小説の舞台で、過去、すなわちスイスにはじまった結び目が解かれる」。また、モルソンによれば、スイスはまさに、「いっさいの動機づけなく突然訪れてくる事件の説明を、必要に応じて引きだすことのできる独自の貯蔵地」ということになる。

それでは、なぜ『悪霊』の物語の出発点が、スイスでなくてはならなかったのか？

周知のとおり、十九世紀後半のスイスは、リベラルな法律ゆえにヨーロッパの革命家たちにとって格好の隠れ蓑となり、「インターナショナル（Internationale）」運動の表舞台として世界から脚光を浴びた（もっとも、スイス自体は、それによってなんらの影響も被ることなく、社会主義の運動も広がりを見せることはなかった）。

ここで注意しておきたいのは、『悪霊』という物語のすべての出発点にスイスがあることはたしかだが、スイスないしスイスで展開されたこの運動をめぐる情報がほぼゼロに近いことである。

いや、「インターナショナル」の用語さえ、第一部で言及されることがない。読者は、『悪霊』誕生のきっかけとなったネチャーエフ事件が、『悪霊』の連載が開始される一年二カ月前の出来事であったことを忘れてはならない。そしてこの小説が、直近のスキャンダラスな事件を扱っていることを読者が知ったのは、連載の開始から半年後すなわち、第二部第九章「チーホンのもとで」掲載直前に連載がストップする一八七一年十月の頃であったと想像される。というより、その直前の二つの章すなわち、第七章「同志仲間で」と第八章「イワン皇子」と読み進めてきて、読者ははじめてこの物語がはらむただならぬ気配を感じとった。しかしそれでも、それがよりにもよってネチャーエフ事件を扱った小説であると気づくことはなかったろう。それゆえ、もしもそれが公然化した場合、事件のもっている猟奇的な性格もくわわって、読者の関心は一気に盛り上がったことが予想される（むろんドストエフスキーはそれを期待していた）。しかしそれにしても、物語の登場人物の多くがスイスから戻ってくるという設定のなかにすでに不気味な予感を抱いていた読者も少なくなかったと思う。というのも、先にも述べたように、スイスにかんする叙述は、驚くほど少なく、『悪霊』という物語自体がはらむ時代性が必ずしもヴィヴィッドに把握できないうらみがあったからである。しかも、物語全体にコミカルなニュアンスが漂っているため、この小説が、約二年前のネチャーエフ事件を扱っているなど考えようもなかったのではないか。では、この曖昧さがどこから生じたのか、ということである。

思うに、第一の原因は、叙述の構造そのものにあった。より端的には、すでに述べた語り手＝クロニクル記者の存在である。そこで読者に注意していただきたいのは、彼のプロフィールである。ステパン・ヴェルホヴェンスキー氏の盟友であるこの人物は、思想的にはきわめて保守的で、なおかつ外国経験もない市役所の職員である。いかに彼が将来、クロニクル記者となることをめざしていたとはいえ、彼自身、スイスにおける亡命者たちの活動までくわしく知りえる立場にはなかった。先に紹介したスニートキン青年とも大きくプロフィールを異にしていた。G氏が革命家たちの情報源にアクセスすることは著しく困難だったし、もとより亡命した革命家たちが出版している雑誌などに触れる機会もなかったはずである。ところが、『悪霊』そのものは、逆にそうした背景となる状況の理解なくして物語の深層に入り込むことが不可能な小説なのである。そこでせめて時代状況のスケッチだけでも試みることで、『悪霊』内部に断片的にまかれているいくつかの謎めいたディテールとの照合を行ってみよう。

ドストエフスキーが『悪霊』の執筆に入る五年前の一八六四年、英国・ロンドンで、ヨーロッパの労働者や社会主義者を巻き込んでの第一インターナショナル（国際労働者協会）が創設された。創設のマニフェストを起草したのは、カール・マルクスである。二年後の六六年、最初の年次大会がスイス・ジュネーヴで開かれ、労働組合設立の奨励や労働時間の制限その他の条項が決議された。さらに翌六七年には、同じスイスのローザンヌにて年次大会が開かれ、ガリバルディ、ユゴー、バクーニンらの組織する「平和と自由の連盟」との統合が決議された。これによって名実ともに、ヨーロッパ全体の社会主義運動を牽引する組織として体裁がととのったわけだが、六八年のブリュッセル大会では、私有財産の撤廃が決議されるなど、運動は徐々に過激な色合いを帯び、六九年のバーゼル大会では、ついに土地私有の廃止が決議された。しかしこの大会で戦わされた、「遺産相続の廃止」をめぐる議論では、総評議会と無政府主義者バクーニンとの間に意見の齟齬が生じたとされている。

この時期、ジュネーヴには、このバクーニンのほか、アレクサンドル・ゲルツェン、ニコライ・オガリョーフといった旧世代の革命家たちも徘徊し、この年の一月には、若い世代の革命家として注目されていたセルゲイ・ネチャーエフが、ペテルブルグからジュネーヴに亡命していた。彼は、スイスの地で、「革命家のカテキジス」を著わし、その後まもなくジュネーヴを発ってモスクワに向かうことになるが、これが、事件が起こる二カ月前、すなわち一八六九年の秋口である。

『悪霊』を読むさい、これらの歴史的背景を頭に置いておくと、一見、つながりのない個々のディテールの意味がよりくっきりと見えてくる。たとえば、スタヴローギンがただ同然でレビャートキン大尉に領地を譲りわたすといった「噂」なども、インターナショナル内での議論や、スタヴローギンのモデルの一人とされるバクーニンの主張と重ねあわせることで、背景をなしている歴史的な文脈が明らかになるだろう。

さて、ドストエフスキーがスイスに滞在したのは、一八六七年の八月中旬から六八年五月末までのことである。また六八年のインターナショナルの大会はスイスではなく、ベルギーのブリュッセルで行われたため、作家自身はそこでの議論に身近に接することができなかった。ちなみにその年の三月、彼は路上でたまたま、ゲルツェンと鉢合わせしている。一八六三年の十月以来、四年半ぶりの再会だった。この時、ゲルツェンは、無二の親友で革命家のオガリョーフに宛てて、「昨日、ドストエフスキーが訪ねてきました。ナイーブで、言うことはあまりにはっきりしないけれども、なかなかどうして気持ちのいい男です。ロシアの民衆を狂信しています」と書いている。ちなみにこの時期、ドストエフスキーの行動を監視していた皇帝官房第三課のスパイは、

「追放されたゲルツェン、バクーニンと親しくつきあっている」との報告をペテルブルグに入れている。ドストエフスキーは、六八年のこのゲルツェンとの再会について、「十分ばかり、ものものしい、慇懃な物腰で、冷笑をまじえながらおしゃべりをし、それきり別れました」とそっけない手紙を残しているにすぎない。おそらく彼は、極度の警戒心を働かせ、その手紙自体を秘密警察に読まれていることも意識していたにちがいない。

2 光源、ペトラシェフスキー事件

さて、『悪霊』が書かれた背景には、右に述べた同時代の状況のほかに、作者自身の過去にまつわる関心が大きく影を落としていたと考えられる。それが、一八四九年のペトラシェフスキー裁判である。第一部第一章「序に代えて」には、「一八四〇年代の終わり」、「大学講師としてははなばなしく」デビューしたステパン・ヴェルホヴェンスキーの経歴を紹介するくだりに、次のような暗示的な文章が見える。

「これとちょうど同じ時期にペテルブルグでは、何やらきわめて大がかりで、想像を絶する反国家的な秘密結社が摘発されたと主張するものもいた。十三人のメンバーからなり、国の屋台骨さえ揺るがしかねない結社だったという。聞くところによると、彼らはなんでも、フランスの空想的社会主義者シャルル・フーリエの翻訳にとりかかっていたということである」

このくだりを読んだ何人の読者が、二十二年前のペトラシェフスキー事件に思いいたっただろうか。おそらくは、これもまた多くの読者には謎かけと映る、知る人ぞ知るの世界だったのではないか。

しかし創作ノートでは、『悪霊』とペトラシェフスキー事件との関わりが、よりはっきりと記されている。

「ネチャーエフは、ある程度、ペトラシェフスキーだ」

「ペトラシェフスキーのタイプにもっと近づけること」

時代は、『悪霊』の構想からちょうど二十年さかのぼる。一八四九年四月一日、革命家でフーリエ主義者であるミハイル・ペトラシェフスキーの家で開かれていた秘密集会で、出版言論の自由と農奴制の廃止が宣言された。それから三週間後の四月二十三日未明、ドストエフスキーを含む会のメンバー三十四名は、皇帝直属の秘密警察（第三課）による家宅捜索によって検挙され、ネヴァ川のほとりにあるペトロパーヴロフスク要塞に収監された。およそ半年後の十一月十六日、ペトラシェフスキーの会のメンバーに対する裁判は結審し、軍法会議は、会のメンバー全員に有罪の判決を下した。ドストエフスキーの罪状としては、急進派の批評家ベリンスキーがゴーゴリに宛てた書簡を朗読したこと、秘密印刷所の設置に協力したことが挙げられていた。

ペトラシェフスキーの会ははじめ、農奴制、裁判制度、出版事情など一連の社会問題、あるいはそれと関連して、ユートピア社会主義、無神論、検閲、家族制度などを自由に論じあう一種の勉強会だった。しかし、一八四八年にフランスで起こった二月革命に刺激されて、会はいくつかに分裂し、魅力的な風貌をもつカリスマ的人物ニコライ・スペシネフのリードによって、にわかに政治結社的な色合いを強めていった。それまでユートピア的社会主義の理想にのっとり、社会の自由化について論じあってきたメンバーが、堰を切ったように、その現実的な可能性をめぐって議論するようになったのである。急進派の一人、セルゲイ・ドゥーロフは「悪の根源を指し示すことが、すなわち法と皇帝の悪を指摘することが、すべての人の義務である」と断言し、皇帝暗殺を仲間たちに示唆した。急進化しはじめた会の内部では、ドストエフスキーの「激情的な性質」や「アジテーターの才能」にも注意が向けられるようになった。ドストエフスキーは、個人的な共感も手伝ってスペシネフのグループに接近し、徐々に急進化を深めていった。次に引用するのは、ドストエフスキーの罪状にも挙げられたベリンスキーの手紙の一部である。

「現在のロシアでもっとも焦眉の国家的課題は農奴制と体罰の廃止であり、せめて現在すでにある法律の可能なかぎり厳正な実施です。そのことは政府自身も感じています（政府は地主が自分の農民にどのようなことをしているか、また、毎年、農民が何人の地主を切り殺しているかを知っているのですから）。……教会とは位階制にほかならず、したがって、不平等の擁護者、権力への追従者、人間同士の博愛の敵、迫害者でした。今日も依然としてその通りであります」

正教会にたいする厳しい批判に貫かれたこの手紙は、神に仕える敬虔な民衆という通念をしりぞけ、将来における政府転覆をも匂わせる内容のものだった。ペトラシェフスキーの会を内偵したスパイは、報告書にその内容をくわしく説明し、彼の朗読に対するメンバーの反応を次のように記している。

「四月十五日。……ベリンスキーはロシアとロシアの民衆の現状を論じている。……正教はあらゆる宗教のなかでもっとも卑劣な宗教であり、常に権力の武器となり、世俗の権力に服従してきた。……この手紙に、一同は有頂天となった。……要するに、全員が電気ショックを受けたかのようだった」

十一月十九日、軍法会議委員会がくだした判決文にはこう書かれていた。

「宗教と主権に悖る文学者ベリンスキーの……奸計《かんけい》をめぐらす作品を、無断で流布せしめたかどにより、……官位並びに財産私有権を剝奪し、銃殺刑を科す」

十二月二十二日早朝、セミョーノフスキー練兵場に集められた二十一名の被告に対して、最高裁判所による死刑の判決が読み上げられる。ドストエフスキーは、ペトラシェフスキー以下の会のメンバー三名が、練兵場に打ち込まれた灰色の杭に縛りつけられ、銃眼にさらされるさまを目撃した。ところが、「撃て」の号令が下される直前、突如として太鼓の音が鳴りひびき、馬で駆けつけた伝令により、皇帝による特赦文が読みあげられた……。

異国の地にあって、祖国を舞台とする小説を書きすすめながら高い精神的ボルテージを維持しつづけるには、何かしら核《コア》となり、媒介となる記憶が不可欠だったと思われる。アンナ夫人の弟であるスニートキン青年の話に耳を傾け、新聞記事で追うだけでは、事件にまつわるリアルな空気や気分を知ることは不可能だった。ドストエフスキーは、彼自身がそれに加わり、十年近いシベリアでの苦しい生活をなめたペトラシェフスキー事件からそのエネルギーを汲みだそうと考えていた。そのことは、少なくとも二つの観点から裏づけられる。第一には、ニコライ・スタヴローギンのモデルとしてニコライ・スペシネフを念頭に置いた事実、第二に、ピョートル・ヴェルホヴェンスキーを肉付けしていくさい、会の主宰者であるペトラシェフスキーを彼に二重写しにしていた可能性があること。

3　スタヴローギンとはだれか

一八七〇年八月、「いっさいはスタヴローギンの性格にあり、スタヴローギンがすべて」の二行をノートに書きつけてから二カ月後、ドストエフスキーはカトコフ宛ての手紙で、「わたしは彼を自分の魂から取り出してきました」と書いた。このとき、彼は、「自分の魂から」という言葉を介して、はたしてだれを念頭に置いていたのか。答えは、二つの視点から探りだすことができる。まず、――。

第一に、スタヴローギンとは、ドストエフスキー自身が過去に直接かかわり、深くその「魂」を揺すぶった人物の記憶。

第二は、ドストエフスキー自身にまつわる過去の記憶。この場合、「魂から」という言葉は、スタヴローギンとはわたし自身である、という自覚の表明となる。

これまで『悪霊』研究では、スタヴローギンのモデルについていくつかの説が唱えられてきた。ソビエト時代の研究者レオニード・グロスマンは、『悪霊』が書かれた時代にスイスを拠点に活躍したロシアの革命家で無政府主義者のミハイル・バクーニンと、ペトラシェフスキーの会のメンバーであるニコライ・スペシネフをスタヴローギンのモデルにあげた。また現代を代表する『悪霊』研究者リュドミラ・サラスキナは、『悪霊』研究の一環として、スペシネフの伝記研究に精力的に取り組んできた。

では、モデルとなったといわれている三人の人物についてここに紹介しよう。

Ⅰ、ミハイル・バクーニン（一八一四～一八七六）
Ⅱ、ニコライ・スペシネフ（一八二一～一八八二）
Ⅲ、フョードル・トルストイ（一七八二～一八四六）

まず、創作ノートを見るかぎり、バクーニンへの言及は、一カ所しかなく（グラノフスキー

「バクーニンは、たわごとを詰め込んだ、腐った古い袋だ、彼が楽にできるのは、子供たちを便所に抱いていくことくらいだ」)。スタヴローギンとの関係は、あくまでピョートル＝ネチャーエフの関係性から紡ぎだされてきたものとしかみなしようがない。ただし、『悪霊』の舞台となったトヴェーリがバクーニンの故郷であるという事実は見のがせない。ドストエフスキーは確実にバクーニンの存在を意識していたし、二人の関係に、そういう布置を想定することは何ら不自然さはない。しかしそれ以上の連想を見いだすことはむずかしく、F・ステプーンなどは、スタヴローギンとバクーニンに共通する破壊への癒しがたい情熱にもかかわらず、二人はまったく別の人間であると主張する。

「バクーニンは、炎を呼吸する火山であり、スタヴローギンは、だいぶ前に火の消えた火山である。バクーニンは、精力的に生命のうえを駆け回っているのに対し、スタヴローギンは、死人のように身動きせず、生命の飛翔を観察する」

破壊への情熱こそがまことの創造的な情熱であるとし、「破壊の永遠の霊」に殉じるように呼びかけたバクーニンの旺盛な生命力を、すくなくとも現時点でのスタヴローギンに見届けることは不可能である。

では、ペトラシェフスキーの会の同志であり、なおかつ、ドストエフスキーが「ぼくのメフィストフェレス」と呼んだスペシネフはどうだろうか。『悪霊』が、たんに、一八六九年のネチャーエフ事件のみを扱ったものではないことは知られている。そもそもの中心人物、ネチャーエフに、会の主宰者であるペトラシェフスキーの影が二重映しされていたことはすでに述べたとおりである。しかし、『悪霊』が、いかに深くペトラシェフスキーの会の記憶を宿していたとはいえ、それだけで、スタヴローギンのモデルを議論する材料として充分とはいえない。創作ノートには次のように書かれている。

「公爵は沈黙し、何もしゃべろうとしないが、彼はあきらかに会話を仕切っている……ときおりだまったまま好奇の色をうかべ、メフィストフェレスのように毒々しい。権力をもっている者のように、どこにあっても権力をもっているかのように尋ねる」

しかし、「メフィストフェレスのように」と創作ノートに書きつけたとき、作家の脳裏にいきいきと甦っていたのが、おそらく、クールスク郡出身の大貴族ニコライ・スペシネフだった。ドストエフスキーと同年のこの青年は、その風貌といい、知性といい、あるいは過去の経歴といい、すべての面で他を圧する魅力の持主であり、同時代の回想家の一人は、「スペシネフは、特筆すべき男性的美しさに際立ち、彼からはそのまま救世主イエスの顔や姿を描きとることができた」とまで述べている。興味深いことに、ドストエフスキーがスペシネフと出合ったのは、彼が二十七歳のときと、スタヴローギンとほぼ同年齢であり、彼の名前は、スタヴローギンと同じニコライだった。では、スペシネフとスタヴローギンとの間に、年齢や名前以外、どのような一致点があったのか。

ペトラシェフスキーとともにペテルブルグのツァールスコエ・セロー（学習院《リツェイ》）で学んだスペシネフは、二十一の年にロシアを出てヨーロッパで四年間を過ごした。パリ時代のスペシネフの周辺にいたのは、社交界の花形たちや、革命的気運をもつポーランド人の貴族たちだが、帰国に際して彼ら一同をロシアに連れ帰ったとされる。ペトラシェフスキーの会への出入りがはじまるのは、一八四六年頃のことで、まもなく急進派をリードする立場に立ったが、彼の夢は、シベリアで金鉱山を経営し、ウラル、ヴォルガ、シベリアの一帯に革命運動を起こすことだった。同じ時期、ドゥーロフ、プレシチェーエフら他の急進派グループにも接近し、外国での発禁本の印刷や、印刷所の設置などをめぐる議論に加わっている。ドストエフスキー同様、一八四九年四月に逮捕され、同年十二月に死刑を宣告されたが、恩赦により、十年の鉱山労働に切り替えられた。その後、一八五六年には、東シベリア総督ムラヴィヨフによる計らいでイルクーツク居住が認められ、アムール河畔の植民にかかわる仕事に携わっている。

ドストエフスキーはスペシネフとの交流がはじまると、がらりと人が変わったように口数が少なくなり、仲良しだった兄のミハイルとも疎遠になったという。その後、オムスクの監獄を出た彼は、兄に宛てて次のように書いた。

「あの男の運命たるや、異常です。どこに姿を現そうと、どんな現れかたをしても、あの男が顔を出すというと、まったく直情径行の連中や、頭の固い、どうにも始末におえぬ連中までが、たちまち敬意を払い、崇拝して彼を囲むのでした」

ドストエフスキーは、その後も、スペシネフを表し、ペトラシェフスキー派の連中のなかで、「彼こそもっとも非凡な人間だと断言できる」と書いた。

では、補足的ながら、第三のモデル、フョードル・イワーノヴィチ・トルストイ伯爵（一七八二～一八四六）について言及しておこう。ロシアの研究者オルナツカヤによると、バクーニン、スペシネフにもまして、スタヴローギンのモデルとしてその人物こそがもっともふさわしいとされる。放蕩者で、賭博狂のうえ、無類の決闘好き（十一人を殺害した）だった彼は、レフ・トルストイから「異常で犯罪的で魅力的な人間」と表され、常軌を逸した行動ゆえに「アメリカ人」

のあだ名をつけられた。一八〇三年八月、クルーゼンシュテルン提督の探検隊に入って世界一周の船旅に出た彼は、船上で乱暴狼藉を働き、まったく抑えがきかなかったため、カムチャッカ半島の岸辺ないしアリューシャン列島のどこかの島で船から降ろされた。そのためトルストイは数カ月間、未開の人々のあいだに暮らしたともされている。

その後、祖国戦争（ナポレオン戦争）に義勇兵として参加し、有名なボロジノの決戦でのめざましい活躍によって一八一二年に英雄としての勲章を授かり、同時に軍籍も取りもどした。何よりも特筆すべき点は、このフョードル・トルストイが、その生涯の終わりに「巡礼者」となり、キリスト教徒として一生を終えている事実である。このあたりなど、まさに「偉大な罪びと」の最後を思わせるものがあるし、ボロジノの決戦での活躍のエピソードは、スタヴローギンが、一八六三年一月のポーランド蜂起の際に見せた軍功のモチーフとも一脈通じている。端的に言うなら、ドストエフスキーの脳裏でスタヴローギンは、おそらく小説に描かれた人物像よりもはるかに型破りな人間としてイメージされていたということである。

Ⅲ 「序文」に何が書かれているか

1 時代の気分

『悪霊』に登場する主要人物は、ぜんぶで二十一名、物語が終わるまでの段階で、そのうちの三分の一にあたる七名が死ぬ。物語の犠牲者たちは、まさにデラシネのように異郷の地をめぐってきた「よそ者」であり、あたかも死に場所を求めてこの町に舞いもどってきたかのような印象を受ける。ちなみに、「五人組」とよばれた「革命家」たちは全員が死を免れた。つまり、小説の冒頭に示された「ルカによる福音書」の預言とは、意外なへだたりが見られるということだ。

終末論という観点から見た場合、作品の読みに重くのしかかってくるのが、そこに描かれる一八六九年という年である。一八六六年に連載が開始された『罪と罰』を、かりに分離派の誕生二百年を意識しながら書かれた小説とみるなら、『悪霊』もまた、二百年前の記憶を基底にすえ、その時代の遠いこだまに耳を傾けながら書かれた小説といえるだろう。小説全体に不気味な影を落とすコレラ流行のきざしは、分離派の人々の世界観に個有の終末的気分にいっそう拍車をかけた。しかしドストエフスキーにとってはむしろ革命という名の「ウィルス」とともに「終末」が迫ってくる、というのが実感だったのではないか。

戦争と革命の不吉な予感が支配するヨーロッパを旅しながら、おりに触れてロシアで起こる事件に接するドストエフスキーの脳裏で、祖国ロシアが徐々に神秘主義的な色合いに塗りこめられていった。一八六六年の皇帝暗殺未遂事件以降、ドストエフスキーの中で「終末」の予感は強まる一方だった。ドストエフスキーのそうした印象や予感を裏付けるかのように、ロシア社会の底辺でもとくに精神面で驚くべき変化が生まれつつあった。主として地方の農民たちの宗旨替えである。当時の記録を見ると、正教会から分離派（より正しくは旧教徒、あるいは古儀式派）ないし異端派へ宗旨替えする人々の数が加速的に増大していく状況が浮き彫りになる。時代の終末的な気分を伝える貴重な記録であるので、少し長くなるが引用しておく。

「一八六〇年代の中葉、シンビルスク県では、二万五千人が一挙に分離派に鞍替えした。一八六七年には、サラトフ県ペトロフカ市の市民の半数（約五千人）が分離派に移った。同年、ニジェゴロド県ゴルバトフスキー郡ボロゴーツコエ村の半数近い三千人が、正教を捨て分離派に加わっている。民衆の生活に通じているベリュスチン司祭は、『今や（一八六五年の時点で）、農民階級には、いまだかつてないほど強烈かつ確実に、だれもがその理念そのものを否定し、神聖の名のもとに聞こえるだけの教えが広まり、受けいれられている』。彼が主張するには、全員が一団となって分離派に鞍替えしているとのことである。その際、司祭は、……分離派たちのプロパガンダがとくにうまく進んでいる土地（トヴェーリ県）の村と教区のリストを引いている。トヴェルドインスキー司祭はこう語っている。『悲しいことだが、分離派を擁護する人々の意見に同意しなければならない』。正教会から分離派に宗旨替えする人々の数は、『数千人単位』で増大している。『今では、分離派は、かつてそれがまったく存在していなかった教区ですら追随者を獲得している』。宗教雑誌の編集者のS・M・Vは、……こう述べている。『かつては、分離派にたいする迫害から秘密裡に増大したが、今では、もう堂々とあからさまに増大しつつある』」(フランチューク『ロシアは天に雨乞いした』、二〇〇二年)

さしあたりは、この記録の一部に、『悪霊』の舞台となる「トヴェーリ県」が言及されている点だけを指摘しておく。

時代の終末的な気分を醸しだしている事件として、先ほども少し触れたコレラの侵入も見逃せない。『悪霊』には次のような一節がある。

「三週間ほど前、一人の労働者が真性コレラに感染して死亡した。つづいて何人か発症した。コレラが隣の県から迫りつつあったので、町じゅうの人々が怖気づいた。断っておくが、町ではこの招かれざる客のため、可能なかぎりの衛生手段が講じられた」(第二部第六章2)

クロニクル記者は、わたしたちの町に起こった現象を一種のコレラになぞらえたが、コレラは、パニックにおちいった町の騒乱を表現するうえでの格好な比喩であるにとどまらず、作者が濃厚に「最後の審判」のテーマを意識していたことをうかがわせている。他方、「終末」の徴は、登場人物一人ひとりの内面にも不吉な影を落とし、たとえば、「どこから来たかは」わからないユートピア理論家シガリョーフについて、クロニクル記者は次のように書く。

「これまでわたしは、顔にこれほどの陰惨さ、うっとうしさ、憂鬱さを浮かべている男を見たことがない。彼は、世界の滅亡を待っているとでもいった顔をしていた。それも、ことによると実現しないかもしれない予言にしたがっていつかは起こるだろう、という感じのものではなく、たとえば明後日の午前十時二十五分きっかりに、寸分のくるいもなく、正確にそれが起こると信じ

て待ちうけている顔なのである」（第一部第四章4）

また、西欧派の作家イワン・ツルゲーネフをモデルにした文豪カルマジーノフの、西欧では、「バベルの塔が崩壊し」たが、「このロシアじゃ崩壊すべきものがなにもない」「ロシアじゃ石が倒れるんじゃなく、すべてが風化して泥になっていく」（第二部第六章5）との発言にも、「終末」の気分は濃厚にうかがわれるし、建築技師のキリーロフは、流刑囚フェージカに「『黙示録』を読んでやりました」（第二部第六章6）と告白する。

ここでもう一度コレラの話にもどそう。黙示録的な気分は、登場人物の心どころか、肉体までも侵しかねない勢いである。ヴェルホヴェンスキー氏をしばしば襲う「擬似コレラ」がそうだが、ロシアでは、歴史上、何度もコレラ禍に見舞われ、おびただしい数の死者を生みだしてきた。そのなかで『悪霊』の時代から約四十年前に起こった、最大規模とみられる流行では、じつに五十三万四千人が罹患し、うち二十三万人が死亡したとされている。

コレラ禍は、ヴォルガがカスピ海に注ぐデルタ地帯の町アストラハンからはじまり、ヴォルガ沿いに、ツァリーツィン（現在のヴォルゴグラード）、サラトフ、サマーラを経て、ニージニー・ノヴゴロドに広まった。通例、コレラはヴォルガ交易の中心地とりわけ市場がその病原地となって市民に感染し、感染の恐怖にかられた人々が、別の町に避難して感染を広めるといった悪循環がつづき、被害の拡大を生んだとされている。当然のことながら、『悪霊』の舞台であり、ヴォルガ河畔の町トヴェーリでも、過去に多くの犠牲者を生んでいた。

ロシアにおけるコレラの歴史を考えるうえで見逃せないのは、それが、社会不安と暴動化、さらには、革命の記憶と密接につながっていることである。コレラの流行はおのずから、検疫所の設置、防疫線の武装化、移動の制限といった非常措置に通じていたため、民衆のあいだからはおのずから反抗的気運が生まれ、しばしば、市民、農民、兵士を巻き込んでの反政府行動へと導き、最終的には軍隊の出動といった事態にまで立ちいたることもあった。

2 ヴェルホヴェンスキー氏の過去

『悪霊』の物語は、一八六九年八月三十一日に始まる。もっとも作者はこの日付を明示しているわけではなく、たんに次のように書いているにすぎない。

「八月も押しつまったころ、ついにドロズドワ親娘も帰ってきた。二人の到着は、総じて社交界に目ざましい印象を与えた」（第一部第二章6）

ちなみに、右の引用に記されている「ドロズドワ親娘」とは、リーザ・トゥーシナとその母親のプラスコーヴィヤ夫人である。

『悪霊』の世界では、曖昧さと謎に満ちた雰囲気とはうらはらに、精巧な歯車のように時が刻まれている。したがって時間の経過をしっかりと押さえることが、『悪霊』という物語の深層にいたる最短の道といえる。ただし、ひと言述べておくと、小説の執筆にあたって、ドストエフスキーは、一八六九年のユリウス暦を基本に用いながら、同時に彼なりにイメージしたある《理想的》な暦をそこに一体化させるかたちで時間の場を作りあげていた。

さて、時間は遠く二十年前に遡らなければならない。一八四九年といえば、ドストエフスキーがペトラシェフスキー事件に連座し、逮捕されて死刑宣告を受けた年である。その時代の記憶が一種の疼きとなって小説全体に脈打っている。そこは、小説の物語層と歴史層そして作者ドストエフスキーの自伝層が混沌として一体化している時間帯である。そしてその中心に位置しているのが、「われらが敬愛する」ステパン・ヴェルホヴェンスキーということになる。いずれにせよ、一八四〇年代の思想家チモフェイ・グラノフスキーをモデルにしたこの人物は、表向きのソフトな物腰の奥にドストエフスキー自身のあるひそやかな内面を代弁する人物として想定されていた。すなわち、ヴェルホヴェンスキー氏の心の深層に刻みつけられている傷《トラウマ》こそ、ドストエフスキー自身の二十年前の傷でもあるということである。

『悪霊』第一部では、ステパン・ヴェルホヴェンスキーとワルワーラ・スタヴローギナ夫人の、過去二十年あまりにおよぶ「友情」の歴史が綿々とつづられている。一般の読者にとっては、はて、と思わせる、何ともはがゆく、悩ましい、そしていささか滑稽な物語である。だが、この二人の関係に生じた亀裂と波紋が、『悪霊』のドラマを駆動する歯車の一つとして機能していることはまぎれもない事実である。一八四〇年代半ばに始まる二人の「友情」は、時として恋愛を思わせる高まりを見せることもあったが、とうとう一線を越えるまでにはいたらなかった。この、曖昧に一線がひかれた二人の「友情」については、創作ノートの段階でもけっしてゆらぐことのない基本軸として設定されていた。「公爵夫人」の名前で呼ばれるワルワーラ夫人とグラノフスキー（ヴェルホヴェンスキー氏のモデル）の関係は、次のように要約されている。

「グラノフスキーと公爵夫人は古くからの変ることなき友人だが、その友情は特別のもの。どちらもが長年の経験で相手を知りつくし、お互いの欠点を熟知している。長所も評価している。友情はきわめて固く、たいそう温かみもある。二人のうちどちらかが死んだら、もう一人も生きてはいられまい（少なくとも近しい人たちは二人の友情についてそう言っており、二人もそれを本気にしている)。公爵夫人のほうがいくぶん口やかましく、冷淡で、グラノフスキーのほうが感じやすく、気まぐれ。こんな友情にもかかわらず――双方が訪問の数を数えんばかり体面を気にしている。グラノフスキーの感じでは(それは事実)、公爵夫人はどうかすると彼を相手に疲労感を覚えるほどだが、どうかするとヒステリックなくらい彼を必要とする(あらゆる汚水の捨て場として。学生(=ピョートル)に言わせると、親友は、汚水の捨て場としてこそ必要なものだ)」

ヴェルホヴェンスキー氏とワルワーラ夫人の関係は、創作ノートにみられるこの記述でほぼ言い尽くされていると言って過言ではない。しかし、現に小説のなかで描写された二人の関係はおどろくほどの豊穣かつ濃厚なディテールに満ちており、ワルワーラ夫人の心に渦巻く嫉妬、怒りや愛情といったもろもろの感情の表現は、五十代に入った作家ドストエフスキーの人間的成熟をうかがわせている。しかし、いずれにせよ、最大の問題は、ワルワーラ夫人の胸のうちにしぶとく渦巻くある種の「恨み」にある。現に出会いから二十年あまりの時を経てともに老境に入ろうとするいま、二人の「友情」に宿命的ともいうべきひびが入りはじめた。

わたしたち読者にとって、途方もなく魅力的に映るステパン・ヴェルホヴェンスキー――。しかし、彼が生きてきた生活が、現実の社会の過酷さとくらべいかに「なまぬるい」、矛盾に満ちたものであったか、をわたしたちは見届ける。農奴制に深く安住しながら、社会変革の夢を見つづける「四〇年代人」が好人物ぶりを発揮すればするほど、物語全体は深い矛盾とジレンマをはらんでいく。彼の心根の優しさ、そしてある種の絶望的なオプティミズムから、『悪霊』の真の悲劇は芽を吹きはじめた、といっても過言ではない。なぜなら、最終的に、シャートフ殺害へと突っ走る「五人組」の多くが、このヴェルホヴェンスキー氏の「妄想」の共有者だったからだ。フーリエ主義者のリプーチン、ヴィルギンスキー、リャームシン……。

『悪霊』第一部第一章は、読者の印象が大きく分かれる部分だろう。若い時代の彼が書いた博士論文が、ハンザ同盟的なハノーバーの興隆にかかわるものであるというディテールが、中世ヨーロッパの研究の先駆者グラノフスキーをパロディ化したものであったことはいうまでもない。ドストエフスキーは、そうしてアカデミズムに淫したリベラル派知識人の自足ぶりや、現実にたいする関心の希薄さを嘲っていたかのように見える。事実、モデルとなったグラノフスキーは、モスクワとベルリンの二つの大学で学び、若い時には、ゲルツェン、オガリョーフ、スタンケーヴィチらと交友を結び、彼らと等しく、ヘーゲル哲学から強烈な影響を受けている。その後、モスクワ大学で教鞭をとり、「フランスの共同体について」と題する論文で博士号を得た。一八五〇年代に入ってからは、『世界史』の教科書の編纂に従事し、いわゆる中世から新世紀にまたがる「過渡期」の問題や、政治と法の観点から、封建主義の問題に興味をもった。

ドストエフスキーは、創作ノートのなかで、このグラノフスキーについて次のように書いている。

「純粋に理想主義的な西欧派のあらゆる美点をそなえた肖像画。……

主な特徴。人生全般にわたる抽象的なものの見方と、見解、感情の定まらなさ、以前はそれが悩みであったが、いまは第二の天性に変わった（息子はこの欲求を嘲笑する）。

三度結婚している（特徴点）。

迫害されることを渇望し、迫害を受けた者について好んで語る。真に誠実で純粋であり、自身を英知の精髄と考えている。見解の不安定さ。……ロシアの生活を完全に見落としてきた。ニヒリズムを敬遠し、それを理解していない。五十五歳。文学的回想。ベリンスキー、グラノフスキー、ゲルツェン。……ツルゲーネフ、その他。シャンパン党。寝取られ男サックスの役割。涙っぽい手紙を書くことを好む。あちらこちらに涙を流す。『ぼくと神に芸術を残しておくれ。キリストはきみに譲ろう』『キリストは女性を理解しなかった』」

創作ノートから、行替えを無視して引用してみたが、これが「グラノフスキー」、つまり実在したチモフェイ・グラノフスキーではなく、ステパン・ヴェルホヴェンスキーの原型的なイメージだった。なかでもとくに興味を引くのが、「ロシアの生活を完全に見落としてきた」という一節だろう。この一行を記していたとき、ドストエフスキーがどこまで具体的なディテールをそこに忍ばせようとしていたか明らかではないが、『悪霊』における彼の罪業はすべてこの一行に原点を置いている。

それにしても、ネチャーエフ事件をモデルとした『悪霊』を構想し、「偉大な罪びとの生涯」のプランから徐々に離れようとするドストエフスキーが、一八四〇年代の典型的知識人ヴェルホヴェンスキー氏の「経歴」から物語を始めようとした動機とは何なのだろうか。それはむろん、作者が、二つの世代間の戦いとしてこの物語を構築しようとしていたことを物語っている。しかしむしろ問題は、ドストエフスキーが、この二つの世代間で繰り広げられたドラマを、継承とみていたか、対決とみていたかという点にある。一見、答えは自明のように見えるだろうが、しかしその内実はけっして単純ではない。

さて、ヴェルホヴェンスキー氏の「伝記」のなかでとくに気になるディテールに注目する。それは、ペテルブルグでペトラシェフスキー事件とおぼしき反国家的結社の摘発が行われていた一八四〇年代の終わり、「大学講師」として思想界に復帰した彼が書いた「奇妙といえば奇妙な」物語詩である。「抒情劇の形式で書かれた一種のアレゴリー」とクロニクル記者は書いているが、その内容はほとんどが意味不明である。物語の初めで、ゲーテの『ファウスト』第二部よろしく、生きとし生けるものたちの賛歌（「生命の祝典」）が描かれるが、やがて舞台はがらりと一変し、「文明人たるひとりの青年」がさまよう荒涼たる土地が現れる。そこへ「えも言われぬ美しい青年が黒馬で乗りつけ」、つづいて死を渇望するおびただしい数の民衆が登場し、終幕にいたっては忽然とバベルの塔が現れるという筋書きである。

わたし自身、あらましを紹介しながら、これが果たして何を言わんとするものなのか、ほとんど理解できていない。作者はたんに、ごく少数ながらも同時代人の受けをねらったか、それともそこに、『悪霊』の根本的読解にかかわる何がしかの重大なヒントを提示しようとしていたのか。まさに、物思わせぶりな内容なのである。しかし一般読者としては、単純に、一八四〇年代人の荒唐無稽さを示すためだけのディテールととらえて一向に差しつかえない。『悪霊』が、総じて、一般読者になかなか届きにくい理由は、このような、戯画化とパロディ化を過剰に意識しすぎた点にある。作者が、同時代性を意識することは、同時代を生きる読者にとっては、きわめてわかりやすく、ありがたい話でもある。しかも、当代「有数」の知識人が、まるごとパロディ化され、笑いの餌食にされるのだから、保守派の読者にとってこれ以上に愉快なことはない。逆に、同時代的な感覚や知識を共有できない現代の読者からすると、かなり不都合なディテールということになる。その典型例が、ヴェルホヴェンスキー氏が若い頃に書いたこの物語詩である。しかし、ドストエフスキーはあえてこの物語に何かしら重大な暗示を忍びこませたと信じることにしよう。そしていずれ、その謎解きにも挑戦してみたい。

3　ルソーの影

『悪霊』第一部には、同時代の政治状況のみならず、ドストエフスキー個人にとってもきわめて重大な自己吐露が隠されていたと考えられる。『悪霊』の執筆にとりかかった時点での作者はちょうど五十歳、年齢的に五十三歳のステパン・ヴェルホヴェンスキーとかなり近い地点にいた。かりにヴェルホヴェンスキー氏が、グラノフスキーやゲルツェンといった同時代ロシアの知識人へのパロディとしてのみ描かれていたとすれば、『悪霊』のテーマはそのまま二つの世代間の戦いという問題に収束してしまったろう。ところが、このヴェルホヴェンスキー氏には、ロシアのもろもろの進歩派知識人のほかに、もう一人異国のモデルが存在していた。その人物は、『悪霊』が隠しもつ自伝的な部分での筋の運びといおうか、作家個人と『悪霊』の関係を照らしだすきわめて重要な役割をになわされたモデルだったといって過言ではない。では、その隠されたモデルとははたしてだれであったのか。

『悪霊』全体を、ジャン・ジャック・ルソー『告白』のパロディととらえたアメリカの研究者ミラーは、四〇年代の自由主義者の一人で、「血肉と化した非難」と自嘲し、「亡命者」として誇大妄想的な自己像にナルシスティックに溺れるヴェルホヴェンスキー氏に、ほかならぬ『告白』に描かれたルソー自身の姿をみた。そして、あまたある根拠のなかでももっとも注目すべき例の一つとして、ヴェルホヴェンスキー氏の「五十三歳」という年齢設定を指摘した。『告白』に手を染めた時点でのルソーの「五十三歳」と一致するというのである。ミラーはまた、スタヴローギン家に居候として留まるヴェルホヴェンスキー氏とワルワーラ夫人が交し合う書簡を、ルソー自身が、当時としては先進的な女性解放論者でもあったマダム・ド・エピネーと交わしあった往復書簡になぞらえた。わたしたち読者の率直な印象として、『悪霊』は、最初の三十ページがなかなか読みこえられない難点を抱えているが、ドストエフスキーがあえて冒頭の部分で二人の長談義にこだわったのは、ヴェルホヴェンスキー氏とルソーを二重写しにするという遠謀があったからと思われる。たんに両者の年齢上の一致にとどまらず、たとえば、教育者としてのヴェルホヴェンスキー氏と、『エミール』の著者であるルソーの資質のちがいや前者がスタヴローギンに対してもたらした影響力の意味についても考えなくてはならない。

「母親はひとりヴェルホヴェンスキー氏にまかせきりにしていた。そのころ夫人は、彼をまだ完全に信頼しきっていたのである。ただこの教育者は、自分の教え子の神経を、いくぶんなりとも狂わせたと見るべきふしがある。数えで十六になったとき、少年は学習院《リツェイ》に入れられたが、そのときの彼はといえば虚弱体質で、顔も青白く、妙にひっそりと考えこんでばかりいた（のちに並みはずれて体力に秀でることになる）。これまた念頭に置いておきたいと思うのだが、この親友同士が夜の夜中しっかりと抱きあい涙にかき暮れた理由は、なにも家庭内のごくつまらない内輪話のせいだけではない、ということだ。ヴェルホヴェンスキー氏は、友だちの奥深い心の琴線に触れ、まだぼんやりとしたものながら、あの永遠に消えることのない神聖な憂いの最初の感覚を、少年の心のうちに呼びさますことができた」（第一部第二章1）

　しかし両者の教育観のちがいといった問題について、いま、あえてここでつまびらかにすることはしない。ただし、あらかじめ述べておこうと思うのは、のちにドストエフスキーは、スタヴローギンの「告白」において、ルソーが『告白』で明らかにした少年時代の「悪徳」をスタヴローギンのそれに重ねあわせる一方、ルソーが壮年時代に陥る感傷主義や病的な被害妄想を、ヴェルホヴェンスキー氏のそれに投影している事実である。

つまり、ドストエフスキーは、スタヴローギンとヴェルホヴェンスキー氏を一体化させるかたちで、ジャン・ジャック・ルソーという稀代の意識家に二人を収斂した、あるいは『悪霊』においてルソーは、スタヴローギンとヴェルホヴェンスキー氏の二つの個性に枝分かれしたということができる。

ヴェルホヴェンスキー氏とルソーの共通点は他にもある。前者は、二人の妻との間で十分な精神面の交流をもつことなく、生まれると早々に一人息子のピョートルを遠い親戚にあずけたのにたいし、ルソーもまた、五人の子どもを幼いときから養育院にあずけてきた事実がある。しかし、ルソーとの共通点としてあげられる最大のモチーフとは、ヴェルホヴェンスキー氏がワルワーラ夫人からの自立を宣言し、「最後の放浪」に出るエピソードではないだろうか。たしかに若い時代のルソーにも、パトロンとの別れという伝記上の事実がある。ただし『悪霊』執筆中のドストエフスキーがこの時イメージしていたのは、自由放任を是とする教育論『エミール』を著し、パリ大学から断罪されて国を追われた五十代のルソーである。そのルソーが、晩年の亡命生活のなかで『告白』に手を染めたのが、なんと五十三の年であった。このように、『悪霊』の読解に、ルソーという新たな分析格子を導入するとき、『悪霊』第一部におけるヴェルホヴェンスキー氏の人物描写は、その外観とはうらはらにきわめて複雑な意味を帯びはじめることがわかる。ミラーは書いている。

「かりにルソーが、四〇年代人であるヴェルホヴェンスキー氏と、六〇年代の神秘的なヒーロー、スタヴローギンの背後に立っているとすると、たがいに深刻に論争しあう二つの世代はおたがい密接にリンクしていることになる」

　おそらく、ドストエフスキーが思いえがく世代間の対立のイメージとはそのようなものだったのだろう。対立というよりむしろ継承とも呼ぶことのできそうな悲劇的な一体性である。クロニクル記者のG氏は、若い時代のヴェルホヴェンスキー氏と幼いスタヴローギンの関係について、次のように書いていた。

「自然のなりゆきとして、二人のあいだにはほんのわずかな距離すら見当たらなくなった」

　他方、ミラーは書いている。

「クロニクル記者の考えによれば、彼らはともに絶望的なロマンチストだった。二人とも、よくても役に立たず、悪ければ、破壊的なものとなる借り物のヨーロッパの思想を信奉するのだが、これらの借りものの多くが最終的にルソーに由来している」

　ヴェルホヴェンスキー氏＝ルソーこそは、ことによると現にあるドストエフスキー自身の肖像画の一部をなし、「血肉と化した非難」とは、まさに作家個人の現にある状態を暗示しているのではないか。ドストエフスキーの才能の発見者である批評家のベリンスキーは、かつてルソーについて次のように語ったことがある。

「わたしはこの人物にたいして胸くそ悪くなるような思いを抱いていた。彼はドストエフスキーにひじょうによく似ている」

他方、ドストエフスキーの同志で、かつ離反者でもあった批評家のストラーホフは、作家の死後、トルストイ宛ての手紙で、彼を底意地が悪く、嫉妬深く、放蕩好きな男であるとしながら、こう書いていた。

「彼は、ルソー同様、自分を、人間のなかでも最高でもっとも幸運な男とみなしていました」

左右それぞれの陣営を代表する二人の批評家がいみじくも語るように、ドストエフスキー＝ルソーはまさに、同時代人の印象においてもっとも連想しやすい人物類型だったのだろう。このようにして、ヴェルホヴェンスキー氏のモデルには、グラノフスキー、ゲルツェン、チチェーリンといった同時代人の系列に、もう一人、老ルソーが並び立つことになったが、当然のことながら、前者は、一八四〇年代人と六〇年代人の対決という構図のなかで位置づけられ、後者は、ドストエフスキー自身の隠されたドラマを照らしだす自伝的な意味を帯びるにいたった。では、どういう意味で自伝的だったのか。

問題となるのはまず、罪の継承という観点から見たヴェルホヴェンスキー氏とスタヴローギンの一体性である。その場合、一八四〇年代と一八六〇年代を統合するモデルが必要とされてくる。むろんそれが、ドストエフスキー自身ということになる。事実、ドストエフスキーは、必ずしも典型的な一八四〇年代人ではなかった。なぜなら、ユートピア社会主義にかぶれ、ペトラシェフスキー事件に連座して逮捕され、死刑宣告まで受けるほどのラディカル性は、一八四〇年代人の穏健なリベラリズムとは、明らかに一線を画しているからである。つまり、ドストエフスキー自身のなかに、それら二つのモメントが緊密にからみあっていたということだ。

問題はこれを図式化すると、どうなるか。すなわち、ドストエフスキーはいま、六〇年代人の台頭を前に（スタヴローギンがその最大のシンボルということになる）、四〇年代人のヴェルホヴェンスキー氏を理想化し、逆に、一八四〇年代人である自分が、一八六〇年代人として甦るという倒錯した関係に立たされていた。

思いだしてほしいのは、現在のスタヴローギンがどれほど無気力かつ自堕落で無感動な日常生活を生きているにしても、彼のゆるぎない原型として、六〇年代人の典型的人物であるミハイル・バクーニンが存在し、かつてドストエフスキーとともにペトラシェフスキー事件に関わったニコライ・スペシネフが一体となっている事実である。

4　永遠のコキュ

わたしたち読者の前でいま、一つの事実が明らかになる。ヴェルホヴェンスキー氏には、二人の息子がいるということである。彼らは、容貌、性格ともに似ても似つかないが、義理の兄弟といってもおかしくない関係にある。精神的な嫡子としてニコライ・スタヴローギンがおり、名義的な嫡子として、ピョートル・ヴェルホヴェンスキーがいる。二人ともに、ヴェルホヴェンスキー氏の「教育」による負の部分を受け入れ、彼が潜在的にもっていた矛盾が、二人の「息子」のうちに、両極的な「罪」として顕在化されていく。二人の「息子」とも、「父親」との血縁は驚くほど薄い。

親子関係、という視点から読者の興味をそそるのが、「コキュ」（寝取られ亭主）としてのステパン・ヴェルホヴェンスキーの役割である。作品の中では、ピョートルとの親子関係について特異な仄めかしがおこなわれている。たしかに、父親自身の口をとおしてなされた説明を読むかぎり、とくに不審な点はみあたらない。

「最後の三年間、彼女（＝最初の妻）は彼（＝ヴェルホヴェンスキー氏）と別々に暮らし、五歳になる息子（＝ピョートル）を残したままパリでこの世を去った。その息子というのが、わたしの前でヴェルホヴェンスキー氏があるときふと口をすべらせた言葉にしたがうと、『喜びに満ちた、まだ翳りのない、初めのころの愛の結晶』だった。ひな鳥は、生まれ落ちるとすぐにロシアに送りかえされ、その後、人里離れた片田舎に住む遠縁の叔母たちの手で育てられた」（第一部第一章2）

ところが、この「翳りのない、初めのころ」という言葉を疑わせるような「事実」が、ピョートルの口から洩らされる。自分の真の父親は、母親が関係をもった某ポーランド人であることを示唆するのだ。

「いいから、最後にひとつだけ答えろ、この人でなし、おまえはわたしの息子か、そうじゃないか？」

「それなら、あんたのほうがよく知ってるでしょう。むろん、どこの父親も、こういう場合、目がくらみがちで……」（第二部第四章2）

小説そのもののなかに、二人の親子関係の有無を解きあかす答えはない。どこまで読者サービスを考慮していたかはわからないが、ドストエフスキーはここでも徹底してあいまいさを貫きとおした。答えのヒントとなるのが、創作ノートにも出てくる「サックス」への言及である。一八四七年に書かれたA・ドルジーニンの小説『ポーリンカ・サックス』は、高潔で人間的な夫がその苦しい経験の果てに、愛する妻とその愛人の幸福を満たしてやるという物語だが、少なくとも創作ノートの段階では、ヴェルホヴェンスキー氏にこの「高潔な」夫の役が割りふられていた。
このようにして、生物学上の親子関係が故意にあいまいにされた結果、『悪霊』の読解そのものもきわめて困難になり、逆にまた、一筋縄ではとらえられないコミカルな陰影が生みだされる結果となった。

では、ヴェルホヴェンスキー氏とピョートルの親子関係を故意にあいまいにすることで、ドストエフスキーはどのような効果を期待していたのか。「父と子」の二つの世代間における継承ではなく、対立を際だたせるためのトリックだったのだろうか、あるいは、彼自身が、何かしら性的なトラブルをかかえ、つねにコキュとしての役割をになわされてきた事実を暗示しようとしたのだろうか。現にヴェルホヴェンスキー氏は、ダーシャとの婚約式を前にして次のように宣言している。

「結婚っていうのはです、あらゆる誇り高い精神、すべての独立心にとって、精神的な死を意味するんです。……それで子供でもできれば、……それも、ぼくの子じゃなくて、つまりです、当然ぼくの子ではないってことになるわけでね」

セリフの最後でヴェルホヴェンスキー氏が微妙に言い淀んでいるところから見て、性の問題についてもきわめてあいまいな態度を取りつづけていることがわかる。果たしてそれは彼の性的能力そのものに関わっているのか、それともたんに、ダーリヤの妊娠の可能性（「他人の不始末」）と合わせて、二人の結婚後の生活を予言しようとしただけだろうか。むろん、ダーリヤに子どもが生まれることになれば、ヴェルホヴェンスキー氏と彼女との間には昔から肉体関係があったという風聞がまき散らされることになる。ヴェルホヴェンスキー氏としては、大いに不本意だろう。

それならば、彼は何を思って、白いネクタイをし、香水をふりかけ、鏡の前に立ったのか？

そこで生まれてくる疑問の一つは、ヴェルホヴェンスキー氏にとって「女性」とは何か、ということである。「シェイクスピア、そしてラファエロは、農奴解放よりも上である、国民性より上であり、社会主義より、若者より、化学より、ほぼ全人類よりも上である」と宣言し、物語の終わり近くでは、福音書売りの女性に「ぼくにとっては女性がすべてです」とフランス語でつぶやき、「女性がそばにいないと生きていけない、ただ、そばにいるだけでいいんです」と告白する彼が念頭に置いていた「女性」とは何なのか。女性というよりは女性性とでもいうべきもの、ことによると、ラファエロの「聖母」に通じる「永遠に女性的なもの」へのプラトニックな憧れだろうか。

ステパン・ヴェルホヴェンスキーの性を考えるうえで欠かせないセリフが一つある。

「で、キリスト教についていうと、自分なりに真剣に尊敬していますが、ぼくはキリスト教徒じゃありません。ぼくはむしろ、かの偉大なゲーテとか古代のギリシャ人みたいな、古代の異教徒なんです。キリスト教が女性を理解しなかったという一点だけでも、そうです」（第一部第一章9）

ヴェルホヴェンスキー氏には、二つの顔があった。女たらしの顔と性的不能者としての顔である。どちらがほんものの顔かは、読者の想像力に委ねられている。

5　ハリー王子の青春

『悪霊』の第一部は、各章のタイトルにも示されているように、おどろくほど寓意的な遊びに満たされている。「ハリー王子」「他人の不始末」「賢《さか》しい蛇」といった抽象的で、どことなくコミカルなタイトルは、同時に、物語第一部の出だしとしては少し凝りすぎの印象すらある。事実、寓意的な遊びにかまけるあまり、物語はなかなか動きだささず、動きだすことを怖れているかのような観さえある。おそらく作者は、「魂から」取り出した主人公をどう調理すべきか、腕利きの料理人さながら思索を重ねていたのだろう。

小説全体にかすかながら動きが生まれるのは、第二章「ハリー王子。縁談」に入ってからのことで最初に注目すべき点は、微妙な筆遣いで述べられるヴェルホヴェンスキー氏と少年ニコライ（ニコラ）の師弟関係である。微妙な筆遣い、と述べる理由はいくつかある。というのも、クロニクル記者のG氏が、二人の関係をどこまで踏み込んで理解できているのか、若干の疑問が残るのだ。要するに、学習院を出てまもなく「牙」をむくスタヴローギンとヴェルホヴェンスキー氏の教え子ニコライとの接続がかならずしも自然ではなく、そこには、明らかに断絶があると感じられる。

「数えで十六になったとき、少年は学習院《リツェイ》に入れられたが、そのときの彼はといえば虚弱体質で、顔も青白く、妙にひっそりと考えこんでばかりいた」（第一部第二章1）

問題は、この記述のあとにカッコつきで記されている「のちに並みはずれて体力に秀でることになる」という一行なのだが、これが何ともどこかとってつけたような印象を否めない。

いずれにせよ、ヴェルホヴェンスキー氏は、「永遠に消えることのない神聖な憂いの最初の感覚」を少年ニコライの胸に呼び覚ますことができた。こうして、故郷スクヴォレーシニキでロマンティックな思春期を過ごしたあと（「いずれにせよ、ひな鳥にもひとしい教え子と教師が、遅きに失したとはいえ、別々の道へと引き離されていったのはよいことだった」）、スタヴローギンはいよいよ学習院に入学するのだが、卒業後、「もっとも名高い近衛騎兵連隊」に配属されるとまもなく、狂ったような放蕩三昧の生活にのめり込む。クロニクル記者は書いている。

「何かしら奇怪というしかないはめの外しようで、競走馬で人を踏みつぶしたとか、上流社会のある夫人に対して獣じみた行為におよんだ、つまりその夫人と関係をもちながらその後公の席で夫人を侮辱した、といった類の話ばかりが聞こえてくるのである。……ワルワーラ夫人は動揺し、心を痛めていた。ヴェルホヴェンスキー氏は、それは体力がありあまるほどあるせいで突発的に起こる若気の至りにすぎず、いずれ荒れた海も鎮まるはずだ、シェイクスピアが描いたハリー王子が、フォールスタフやらポインズやらクイックリー夫人とさんざん遊びふけった青春時代と少しもちがわない、と説いて聞かせた」（第一部第二章1）

ワルワーラ夫人は、そこで「わざわざシェイクスピアを手にとり」、この戯曲を読みとおすが、「両者が似ているとされる点もすぐには発見できなかった」。

ワルワーラ夫人の胸に高じた不安は、おそらく母親ならではの直感がなせるわざだったし、不安な予感に圧倒されている夫人としては、ヴェルホヴェンスキー氏の、第三者的な視点からの楽観論は受けいれられるはずもなかった。彼女の予感は悲劇的だった。

「でも、少なくともわたしの見方からすると、あの子は、それよりかむしろ、ハムレットに似ているような気がするんです」

「で、もし、ニコラのそばに……、穏やかで、謙虚さということから言って偉大なホレーショのような人がいてくれたら、……ところがニコラのそばには、ホレーショもオフィーリアも、いち

どもいたためしがないんです」（第一部第五章6）
つまり、スタヴローギンの実像をめぐる二人の見立ては根本から異っていたことになる。では、この見立てちがいが何を意味するか、といえば、逆に、この二つの人物像の合体の上に現実のスタヴローギンが存在していたということでもある。もっとも物語の進行とともに徐々に明らかにされるのは、ハムレット的悲劇に向けてのひたすらな疾走である。少くとも、二人の主人公の周辺で生じる犠牲者の数の多さに目を見はらされる。しかし反面、ハムレットとスタヴローギンの間にはやはり根本的ともいえる資質の差、越えがたい溝を見ることができる。みずからの正義の実現と運命の謎を解きたいという執念ゆえに、殺戮もいとわず破滅の道をひた走るハムレットとは対極的に（ハムレットの自我の犠牲となって死ぬのは、六名）、スタヴローギンは、逆にみずからの無関心とサディスティックな欲望のせめぎあいのなかで多くの人間を破滅の淵に引きずり込んでいく（スタヴローギンの無関心の犠牲となって死ぬのは、同じく六人）。
しかし、どうやら話を急ぎすぎているようである。
息子ニコラの帰郷をまちわびるワルワーラ夫人の耳に、次々と恐ろしい噂が飛びこんでくる。伝説の人物フョードル・トルストイよろしく、一種の決闘狂いと化した息子は、ほとんど同時に二度にわたる決闘をおこない、相手の一人を一撃のもとに即死させ、もう一人は回復不能の傷を与えた。その結果、裁判にかけられて一兵卒に格下げとなり、さまざまな権利を剝奪されたあげく歩兵大隊勤務を命じられた。ところが、一八六三年、スタヴローギンは武勲を立てることに成功し、十字勲章を授けられて下士官に昇進する。サラスキナによれば、これは、ポーランドでの「一月蜂起」における「活躍」を意味しているという。授けられた勲章は、ロシア語でごくあっさりと、крестик（十字）と書かれているにすぎないが、一兵卒として彼がどのような「活躍」をみせたか、大いに気になるところでもある。「一月蜂起」をめぐる歴史的な史料は、すさまじい事実を明らかにしている。市街戦で何千人という「共和国」市民が命を落としただけでなく、「首吊り屋」の異名をもつミハイル・ムラヴィョフ将軍は、百二十八名の反乱者を絞首刑に処し、一万人近い男女をシベリアの地に送ったとされている（イギリスの歴史家デイヴィスは、流刑囚の数を八万人と見積もり、ロシア史における最大規模の囚人移送だったと述べている）。では、一兵卒として鎮圧軍に加わったスタヴローギンの「活躍」とは具体的にどのようなものだったのか、ここはもう読者の自由な想像にまかせるしかない。何よりも興味深いのは、早々に復官をはたした彼がとつぜん軍務を退き、ペテルブルグの巣窟で放蕩にふけりはじめている事実である。ポーランドの「一月蜂起」が、スタヴローギンの精神に何かしら重大な転機を招き、それが退役の動機になったと考えるのは、うがちすぎだろうか。

そして翌年、スタヴローギンは故郷の町に戻ってきた。

その美貌と、「だれにもまして優雅なジェントルマン」ぶりに、「町じゅうの人々が、驚きの声をあげた」。ところがその彼がとつぜん、「牙をむいた」。しかもその剝き方が異常だった。

1　町のクラブの最古参の一人ガガーノフの鼻をひきずりまわした事件

2　夜会の最中、リプーチン夫人の唇に三度ばかり「心ゆくまで」キスした事件

3　県知事イワン・オーシポヴィチの耳の上半分にいきなり嚙みついた事件

しかしさらに興味を惹くのは、欲望そのものをむきだしにさせた彼の行為ばかりではなく、捕縛されて営倉に送られ、戸口に特別の番兵をつけた独房に監禁された「ニコラ」が、その夜あら

わにした獣的な素顔である。

「しかし、ついにすべてが明らかになった！　真夜中の二時、それまで驚くほど静かにして眠りこんでいた囚人がいきなり騒ぎだし、両のこぶしでどんどんと激しくドアを叩きだしたかと思うと、人間業とも思えない力でドアののぞき窓についている鉄格子をもぎとり、ガラスを叩き割って手に傷を負うという事件が起こったのだ」（第一部第二章3）

クロニクル記者は、スタヴローギンのこの状態を、「極度の幻覚症」に帰している。「幻覚症」と翻訳した元のロシア語は、「ベーラヤ・ガリャーチカ（белая горячка）」といい、長時間におよぶ飲酒から数日後に症状が現れる精神障害で、アルコール依存症の第二段階とされている。しかし、小説には、スタヴローギンがこの事件に遡る何日か前、長時間にわたって飲酒に耽ったという記述はない。かりにそれほどの飲酒に耽っていたとするなら、その原因はどこにあったというのか。

スタヴローギンはその後しばらく治療に専念したあと、母親の勧めもあってヨーロッパへの旅に出る。しかし、その足跡をめぐる記述はおそろしく断片的で、ほとんど読者に知らされることがない。

こうして物語は一巡して一八六九年の現代にもどり、ワルワーラ夫人の養女ダーリヤ（愛称ダーシャ）とヴェルホヴェンスキー氏の「婚約」という第一部のクライマックスへと焦点が絞られていく。

息子ニコライ（ニコラ）の様子を案じ、養女ダーシャを引きつれてスイスにまで出向いていったワルワーラ夫人が、帰国後まもなく思いたったこの「結婚話」にはどのような意味が隠されていたのか。ワルワーラ夫人はなぜ、日々の安定した生活を犠牲にしてまで二人の結婚をすすめようともくろむのか。確実に言えるのは、ワルワーラ夫人がそうした決意を下す背景には、スタヴローギンとリザヴェータ（愛称リーザ）のスイスでの「恋」の顚末が影を落とし、同時にワルワーラ夫人自身が、まさに引き裂かれた存在であったという事実である。では、スタヴローギンとリーザのスイスの「恋」は、どのようなかたちで破綻したのか。原因は、プラスコーヴィヤ夫人が説明するリーザの「強情で、ひとを見下すような性格」にあったのか。おそらくそればかりではない。しかしともかくも現在のリーザの心を深くむしばんでいる神経症的な病いには、スタヴローギンとの間で生じたすれちがいが大きく影を落としていることはまちがいない。

『悪霊』第一部を読み進めるうえでとくに注意を払わなければならないのは、登場人物の一人ひとりが抱いている階層意識である。とくにリーザがダーシャに抱いている屈折した感情をしっかり見きわめなくてはならない。二十万ルーブルの遺産を相続しているリーザと、農奴あがりのダーシャとの間には、身分上ではそれこそ、雲泥ともいえる開きがあった。貴族社会全体をまきこみながらそうしたヒエラルヒーを根底から突きくずしていくのが、スタヴローギン本人なのである。その衝動が、何かしら思想的なものに根ざしているのか、あるいはたんなる気まぐれ、いや衝動そのものであるのかは、わからない。読者、いや周囲の人間にとってそのストレスがどれほどのものであったろうか？

さて、農奴解放からすでに八年が経ち、地主たちの多くが領地収入を激減させるなか、「最初のうちは以前の半分にも足りない収入」しか得られなかったワルワーラ夫人は、長期間にわたる節約のおかげでかなりまとまった蓄えもあり、大地主としての矜持をそれなりに保つことができた。問題は、今なお大地主としてある夫人の入りくんだ胸中である。この時点で、夫人には、遅からず解決しなければならない問題が三つあった。第一に、不穏な噂ばかり聞こえてくる息子〈ニコラ〉の先行き、第二に、ヴェルホヴェンスキー氏との「関係」の行きづまり、第三に、遺産処理の問題である。端的に言うなら、それらの問題をすべて解決する手立てとして、養女ダーシャとヴェルホヴェンスキー氏の結婚というアイデアが生み出された。まさに熟慮の結果だったのである。

Ⅳ　運命的な一日

1　ワルワーラ夫人の悪意

読者は、ここでひとつ想像力を働かせなくてはならない。夫人の心のなかに渦を巻く、農奴あがりの養女ダーシャに対する屈折した感情である。ダーシャは、夫人が早くから目をつけ、養女として迎えいれただけあって、驚くばかりに自己抑制のきいた娘だが、その彼女にたいする微妙な嫉妬心が時おり夫人の心に顔をのぞかせることも否めない。同時にまた農奴あがりのダーシャにたいする差別意識も見のがせない。たとえば三年前、ダーシャが十七歳になった年、ヴェルホヴェンスキー氏は本格的な「ロシア文学史」を彼女に教授すると申しでた。しかしこの授業は、一日かぎりで沙汰やみとなった。ほかでもない、夫人の心のうちに嫉妬がめばえたのが原因である。しかし嫉妬と差別意識は、ある意味で表裏一体だった。創作ノートを見よう。

「彼女（＝ワルワーラ夫人）は息子（ニコラ）が養女（ダーシャ）を愛していることを察していて、彼と話して『そんなことはけっしてさせません！』と言う。母と息子の関係を心理的に」

しかし根本において夫人はダーシャに魅了されており、魅了されているという事実そのものが、『悪霊』第一部に描かれる登場人物たちの心理的葛藤をより込みいったものにしていった。ダーシャは、ある意味で、夫人が永遠にもちえなかった理想的な資質の持ち主であるだけでなく、ヴェルホヴェンスキー氏の理想である「マドンナ」の形象もそこに見てとることができる。ダーシャは、みずからがかかえる苦しみをいっさい明かそうとしないが、それは、読者の好奇心をできるだけ長引かせたいドストエフスキーの計算がそうさせているばかりではない。

さて、夫人が、このダーシャをヴェルホヴェンスキー氏に嫁がせようとした背景には、もう一つ別の原因も働いている。息子〈ニコラ〉の「感情」をめぐる母親の思惑である。スタヴローギンとリーザの関係が座礁した背景には、〈ニコラ〉の気まぐれはもとよりダーシャに対するリーザの屈折した思いが影を落としていた。他方、ワルワーラ夫人は、愛する〈ニコラ〉と（すでに妊娠している可能性のある）ダーシャとの結婚だけは何としても回避させたいという一念に突きうごかされていた。このように、スタヴローギンとダーシャの愛は、まさにタブー視され、周囲の人間によって何重にもブロックされていたのである。ここであらためてこの間の状況を時系列でたどっておく。

三月〜四月　パリでリーザと知り合う
四月中旬　パリで母とダーリヤと出あう（パリ→スイスへ）
七月初め　リーザに情熱を感じ、二重結婚の誘惑にかられる
七月中旬　ダーリヤに接近し、彼女の忠告で二重結婚を諦める
九月中旬　帰郷

スタヴローギンとダーシャが急接近したのは、夫人がダーシャをひとりスイスに残したまま、単身でロシアに戻ってきたあとの、およそ七月中旬と想像される。言いかえるとリーザとの関係

が一時的に冷えこんだすきに生じた関係とみなしてよい。

ただし、ここでもう一点だけつけ加えておかなくてはならない。スイスでリーザとダーシャの間に三角関係が生じる半年前、いや、パリでリーザと出合うおよそ二カ月前の一月、スタヴローギンは同じパリで（?）、シャートフの元妻マリヤ（マリー）とも関係をもち、彼女を妊娠させている事実である。このあたりのスタヴローギンの「遍歴」を見ると、彼がすでにいっさいの「規範」を失っているかのような印象を受ける。

さて、本題にもどるが、ワルワーラ夫人がヴェルホヴェンスキー氏に結婚話をもちかけ、事実上、『悪霊』の物語が動きはじめる九月初めの時点で、かねて二人の関係を危ぶんでいたワルワーラ夫人はダーリヤの妊娠という可能性までも念頭に置いて行動していた。このあたりの事情について、『悪霊』の本文に必ずしも言及があるわけではなく、二人の謎めいたやりとりにそれとなく暗示されているにすぎない。しかし、少なくとも創作ノートを見るかぎり、状況がかなり切羽つまったものであったことはうたがう余地がない。

「妊娠。女あるじとして夫人は凝然とする。妹たちに隠す、娘は、いっさい抵抗なしになんの媚びをみせずに身をまかせた。……結婚などということは頭から問題にならない。それに彼女自身も結婚などという考えをもっていない、それが可能だとも思っていない」

創作ノートどおり、ダーシャは、スタヴローギンとの「結婚」などという野心を抱いていなかった。ワルワーラ夫人もおそらくそれはわかっていた。だが問題は、ダーシャではなく、むしろ息子のニコラにあった。スタヴローギン家の「女あるじ」として、二人の結婚をどうしても回避させたいという邪悪な野心は、もとを正せば、夫人の胸にいまなお燃えさかる血への執念であり、本能だったと思う。農奴解放の知らせを耳にして「ばんざい！」とひと言叫んでみせたヴェルホヴェンスキー氏にたいし、夫人が「目をうるませながら」ささやいたひと言を思いおこそう。
「さっきのあなたの仕打ち、わたし、ぜったいに忘れませんから！」（第一部第一章4）
ワルワーラ夫人のもとで長年居候をつづけるヴェルホヴェンスキー氏の能天気ぶりも驚くべきだが、このひと言はまさに農奴制時代のメンタリティに今なお支配され、貴族としての自己保存本能から脱け出せていない夫人の内心の叫びだった。夫人が、ヴェルホヴェンスキー氏との「再婚」に必ずしも前向きになれなかった理由もまたこの「執念」にあったと見てよい。
『悪霊』の物語は、出発点において、「他人の不始末」という小石が徐々に波紋を広げはじめる光景を描き出している。ではなぜ、スタヴローギンとダーシャの「恋」は禁じられているのか。それはおそらくダーシャこそが、スタヴローギンが唯一帰ることのできる、原初的ともいうべき愛、限りない受容性のシンボルだからである。ダーシャは、ワルワーラ夫人がついに体現できなかった、永遠の母のイメージをになっていつづけている。その意味で、ダーシャへの屈服は、スタヴローギンがみずからのアイデンティティとする〈唯一性〉の敗北を意味づけるものとなるはずだった。では、その〈唯一性〉とは何であり、彼の存在理由はどこにあるのか、ということだ。

2　マリヤの「出現」

『悪霊』を執筆するにあたって、ドストエフスキーはいくつかの暦を念頭に置いていたと思われる。じつは、この物語を、一八六九年の「事件」と一概に決めつけるわけにはいかない事情がある。すでに述べたように、暦は、あくまでドミナントとして存在している。あるいは、ドストエフスキーが念頭に置いていたのは、空想的な暦、あるべき暦ということになる。暦のモチーフについては、第三部第三章でスタヴローギンが「暦どおりに暮らすなんて退屈」と謎めいたセリフを吐く場面があり、ドストエフスキーが意識的に暦をねつ造していることの意図的な仄かしと読むことができる。いずれにせよ、一八六九年の暦から逸脱している例がいくつか見うけられる。そもそもシガリョーフの次のセリフからして大きな矛盾を来たす。「これまで社会システムの創造者と呼ばれてきた人々とは、遠い古代から現代の一八七＊年にいたるまで、一様にみな夢想家であり……」ドレスデン滞在中のドストエフスキーは、このように、『悪霊』が、一八六九年の物語ではないことも想定して可変的な時間の設定を行っていた可能性があるが、かりにこの『悪霊』の物語を一つの暦に収約した場合、いくつかの点で、彼の基本的な「イデー」が壊される危険があった。しかし、いずれにせよ、基本的には、節目となる二つの祭日が意識されていた。一つは、九月十四日の「十字架称賛の日（十字架挙栄祭）」と、十月一日の「ポクロフ祭」である。『悪霊』は、精巧な時計のように、しっかりとリズムを刻みながら、さまざまな人間の運命の同時性（シンクロニシティ）とでも呼ぶべきものを確保する。同じ時間のなかにそれぞれの登場人物がそれぞれの行動を起こしている。読者は時刻や日付に細心の注意を払い、「翌日」「翌々日」といった表現をも軽々に読みとばすことなく、しっかりと手もとの手帳にメモしておくぐらいの心構えが必要だろう。この同時性の原理によって、物語はしばしば意外な深さを明るみに出すことになる。たとえばサラスキナは、第一部第四章で教会に姿を現したマリヤの行動について、スタヴローギンがペテルブルグから直接フィリッポフの家にやってくることを（恐らくはカード占いで）予感した彼女は、「夫」との邂逅から生じる身の危険を恐れ、教会に来るはずの「夫」の母のワルワーラ夫人に救いを求めてやってきた、と解釈する。

こうして物語は長い助走を終え、いよいよ中心となるドラマに入りこんでくる。

「一週間が過ぎて、事件はいくぶん進展しはじめた」（第一部第三章1）

『悪霊』の物語は、この日を起点として約一カ月間の間にほぼすべての事件が経過する。読者に記憶してほしいのは、ヴェルホヴェンスキー氏とダーシャの婚約式が催される九月第二週の日曜日である。では、「わたしのこのクロニクルのなかでも特筆すべき日の一つ」であり「驚くほどいろんな偶然が折りかさなった」この日の選択にどのような意味がこめられていたのか。

その日の描写がはじまるのは、第一部第四章「足の悪い女」の後半である教会堂の場面である。注意深く読んでほしい。町の上流階級のほぼすべての人々が顔を出していたこの教会に、突然、足の悪い女が姿を現し、つかのまの混乱を引き起こす。そこには、次のような描写がある。

「婦人は病的なほど痩せこけていて、軽く足をひきずっており、顔には頰紅や白粉《おしろい》をぬりたくっていた。スカーフもまとわず、コートもはおらず、細い首をすっきりむき出しにしたまま、古くて黒っぽい服を身につけているだけだった。……頭には何もかぶっておらず、髪を小さくたばねてうしろで結び、右わきにバラの造花が一輪さしてあった」

興味深いのは、この「足の悪い女」のむき出しの髪にさされた「バラの造花」である。むろん、そこには、「バラの聖母」のイメージを喚起しようという狙いが隠されていた。

マリヤはこのあと、教会堂に入る。

「女は教会の板張りの床にひれ伏すと、白粉を塗りたくった顔を床に近づけ、しばらくそのままひれ伏していた。どうやら泣いているらしかった」

この描写に、マリヤにおける信仰の本質を表すひとつの行為が示されている。

しかしいま問題となるのは、マリヤの信仰ではなく、彼女が教会に現れたという事実そのものである。ドストエフスキーとしては、何としても今日のこの日に、マリヤの登場をうながしたかったとわたしは考える。それは、なぜか?

ワルワーラ夫人が教会を訪れマリヤが「バラの造花」を髪にかざして姿を現したその日がいかに特別な日であったかは、次の描写からうかがい知ることができる。

「教会堂での礼拝式には、ほとんど町じゅうの人々が集まっていた。といっても、むろん町の最上流クラスのことである。県知事夫人が、この町に着いて初めて礼拝式にお出ましになることが知れわたっていた。……町のご婦人がたの装いも、この日だけはきわだって洗練された華やかなものとなった」（第一部第四章7）

「やがて説教が終わり、十字架が運び出されてきた」

ドストエフスキーの筆は驚くほど淡泊で、その日、教会堂内で行われた儀式をかならずしも正確に記録しているとは思えない。しかし、この日に何かしら「運命的な」意味が込められていたことはほぼまちがいない。ヒントは、「十字架が運び出されてきた」という一行にある。ロシアやヨーロッパの教会で、十字架が堂内に運びだされる日はきわめて少なく、夏から秋にかけてはこの月の一日だけで、それこそ九月十四日（ロシア正教会では九月二十七日）の「十字架称賛の日」である。

では、「十字架称賛の日」とは、どのような日を意味するのか。そしてそれは『悪霊』の物語とどのような有機的な結びつきをもっているのか。

コンスタンティヌス一世の母である母太后ヘレナは、救世主イエス・キリストの受難の丘ゴルゴタに、十字架を探すため総主教マカリーとともに旅に出た。老ユダヤ人の案内で「ゴルゴタの丘」と目される場所が判明し、地中を掘ると、三つの十字架が現れた。三二六年三月十九日のことである。だが、これら三つの十字架のうち、イエスが架けられた十字架がどれか判らなかった。そこへたまたま死者を葬るために横を通りすぎるものがおり、マカリー総主教が彼をとどめ、死者の棺のそばに三つの十字架を持って来させたところ、そのうちの一つに触れさせると死者はただちに復活した。こうしてこの十字架こそが救世主キリストの十字架であるとして人々は褒めたたえた。その後、ヘレナは、十字架が発見された場所に聖堂を建設し、その十字架を安置した。ヘレナは、その十字架の一部を、イエスの血が塗られた釘とともにコンスタンティノーポリに持ち帰り、後の世にその一部がロシアにもたらされた。聖堂の建設にはまる十年を要し、九月十三日に清めの儀式が行われた。以来カトリック教会では翌十四日に、ロシア正教会では旧暦九月二十七日を「十字架挙栄祭」として祝うならわしとなった。

話を『悪霊』にもどすと、この日、教会では、三度の聖なる祈りの歌が歌われるなか、主任司祭が十字架の運び出しを行い、頭上に十字架を掲げると、蠟燭を携え、たえず十字架を香で燻らせる輔祭に先導されながら、北の扉からそれを運び出したはずである。その後、主任司祭は聖堂の中央に十字架を置き、経机にそれを安置したと思われる。典礼によれば、安置された十字架は、十月四日の最終日に司祭によってしまわれるならわしだった。

ドストエフスキーは、この日を、九月十四日と明示していないが、とくに明示できない理由があったわけではない。しかし、あえて隠した。物語のもつ象徴的な神秘感が損なわれるのを怖れたから、といってもいいかもしれない。それだけではない。当時のグレゴリオ暦によると、一八六九年の第二日曜日は、九月十二日だが、当時、ロシアで用いられていたユリウス暦では、九月十四日が日曜日に当たっている。ドストエフスキーにとってこの日付はきわめて重要な意味を帯びていた（なんと、彼の娘リュボーフィの誕生日にあたっていた）。ドストエフスキーが、ネチャーエフ事件が起こった十一月二十一日から暦をおよそ五十日も前倒しにしてシャートフ殺害の日を設定したのは、九月十四日という「運命的な」一日の意味にこだわったからだと考えられる。すなわち、『悪霊』という物語へのスタヴローギンの登場をこの日に合わせるという美意識に近い何かが働いたからである。どのような美意識だったろうか。それは、もちろん、スタヴローギン自身のギリシャ名「十字架《スタウロス》」に深く関わるものだった。ではなぜあえて、正教会暦ではなく、カトリック教会暦の九月十四日にこだわったのか？　これはあくまで個人的な推測でしかないが、理由は二つ考えられると思う。第一には、何よりもスタヴローギンの反キリスト的性格を強調するねらい（ドストエフスキーはカトリック教会を「悪魔の教会」とまで敵視していた）、そして第二に、娘リュボーフィの誕生日であるその日を言祝ぎたいという思いである。

さて、十字架の意味は、両義的である。十字架とは、キリストの受難のシンボルであると同時に、キリストを死に追いやり、人々を苦しみにかけた道具でもある。『悪霊』の登場人物はスタヴローギンという十字架の上で苦しみながら死ぬ。その意味で、スタヴローギンは、人々がそれによって受ける苦しみと受難であり、なおかつその両義性の表現でもあったのである。ともあれドストエフスキーは、スタヴローギンの帰郷に、まさに、「十字架《スタウロス》」が称賛されるべき日の登場という暗黙の舞台を用意したのだった。

3 「獣」たちの帰郷

他方、ドストエフスキーは、晴れがましいこの日の帰郷を裏切るかのような別の道具立ても用意していた。一同に、スタヴローギンの到着が告げられ、その登場が待ちのぞまれるなか、広間に真っ先に姿を現したのが、世にもグロテスクな容貌をした一人の青年だった。

「醜男《ぶおとこ》と彼をいう者はだれもいないだろうが、その顔だちはだれにも好かれなかった。後頭部が突きだし、両脇から押しつぶしたような形の頭をしていたので、その顔だちはとんがった感じがした。高く突きでた狭い額をしていたが、目鼻は彫りが浅かった。目はするどく、鼻は小さくとんがり、長く薄い唇をしていた」

「その言葉は、いつどんなときも蒔《ま》けるよう選り分けられた粒ぞろいの大きな種のように、次々とまき散らされていく。はじめは人に気に入られるのだが、そのうち鼻についてくる。それはほかでもない、話しぶりがあまりにも明晰すぎ、どんなときにも用意の整ったビーズ玉のように言葉が出てくるせいである。そのうち、彼の口のなかの舌は何かしら特別なかたちをしており、異常に細長くておそろしく赤く、異様にとがったその先っちょが、ひとりで勝手にくるくるまわっているといった絵が浮かんでくる」（第一部第五章5）

広間に姿を現した青年、それは、ピョートル・ヴェルホヴェンスキーである。そこに描かれている「肖像画」は、どうみても常軌を逸している。具体的なだれかが、いや何かがイメージされていることはまちがいない。しかし、そのだれか（何か）の正体を探りあてるのがなかなか難しい。ピョートルの第一のモデルとされるセルゲイ・ネチャーエフの顔をドストエフスキーはこの時点でまだ見ていないし、第二のモデル、ペトラシェフスキーの風貌（今日まで辛うじて一枚残されている）はピョートルのそれとは正反対に額はひろく顔はむしろ幅広な印象を与える。

これも、個人的な考えでしかないが、ドストエフスキーはこのピョートルの肖像画を描きあげるのに、ある一人の具体的な人物ではなく、むしろ何がしかの動物をイメージしていたのではないか。「後頭部が突きだし、両脇から押しつぶしたような形の頭」、「とんがった感じ」のする顔、さらには、「何かしら特別なかたち」をし、「異常に細長くておそろしく赤く、異様にとがった」舌。ご想像のとおり、蛇ないしは、竜のイメージである。ピョートルが登場する第一部第五章のタイトルが「賢しい蛇」と名づけられているのもけっして偶然ではない。直接的に、この「賢しい蛇」は、むろん、このピョートルの後に登場するニコライ・スタヴローギンを指しているが、このタイトルそのものには、両者の分身性を暗示する複雑なしかけが隠されていたように思えてならない。

では、「蛇」の属性とはそもそも何であり、その登場は何を意味するのか。

旧約聖書に登場する蛇の属性についてひとことで答えるなら、何よりも「誘惑者」ということになる。むろん、『悪霊』における最大の誘惑者は、スタヴローギンその人だが、スタヴローギンの猿にして、スタヴローギンの僭称者であるピョートル・ヴェルホヴェンスキーもまた、偽誘惑者として町の人々を混乱の渦に巻きこんでいく。誘惑者は何より、優雅なふるまいをみずからに要求する点に特色がある。スタヴローギンが、生来の美の体現者であるなら、ピョートルは、まさに人為的な美の体現者である。彼は、徹底して機能主義者としてふるまい、機能主義に美学を見いだしている。ところがこの人為的な美の体現者には、先ほどの「肖像画」に見るように、その願望とはうらはらな外貌を与えられていたというわけである。

では、第二の「蛇」の登場はどのように描かれているだろうか。クロニクル記者は、スタヴローギンの登場を次のように表現する。

「最初の一瞥からわたしには争う余地のない文句なしの美男子に見えたのであり、彼の顔が仮面に似ているなどと言えるわけがなかった」（第一部第五章5）

第一の「蛇」のグロテスクな容貌とうらはらに、「文句なしの美男子」であるスタヴローギンの「仮面」のもつ意味については改めて触れることにして、そのスタヴローギンが、四年ぶりの帰郷に託した目的について述べることにする。

創作ノートに見るかぎり、目的は二つあった。一つには、足の悪いマリヤ・チモフェーエヴナとの結婚の公表、そして彼女とのスイス・ウリー州への隠遁、次に「告白」の公表である。しかし、そのほかにもピョートルの指図のもとで殺害計画が進んでいるイワン・シャートフを救いだすという二次的な目的があった。

では、スタヴローギンの帰郷の意志は、そうした功業または正義の観念にのみしたがったものだったのだろうか。創作ノートはまたそれとは別の側面を語っているように見える。

「課題。公爵、リーザ、養女の恋愛を最後までつらぬくこと、スキャンダルと暴露はネチャーエフをとおして」

要するに、スタヴローギンの内面で、「復活」や功業への意志と欲望との間に大きな隙間が生じていたことが明らかになる。

九月十四日のスタヴローギンの登場は、たんに「十字架称賛」という「暗黙」の儀礼的かつシンボリカルな意味のみならず、より生々しい役割をも担わされての出現だった。救いがたく野放図な欲望から生まれる破壊への意志――彼の帰郷は、ヴェルホヴェンスキー氏とダーシャの婚約式がその日に行われるということを知りつつ、なおかつそれをねらい打ちした行為でもあった。

4 「殴打」の意味するもの

町の教会で日曜日の儀式《ミサ》が執りおこなわれた日の午後、ワルワーラ夫人宅には、ヴェルホヴェンスキー氏とダーリヤ・シャートワの婚約発表を祝うために、主だった登場人物が集っていた。ヴェルホヴェンスキー氏はいち早く広間に出向き、期待と不安に胸をふるわせながら、夫人の帰宅を待っていた。傍らにいたのは、ダーリヤの兄シャートフである。そこへ、ワルワーラ夫人が、リーザ・トゥーシナと足の悪いマリヤを連れて教会から戻り、やや遅れてリーザの母親プラスコーヴィヤ夫人が息を切らしながら到着する。こうして一同が勢ぞろいしたところで、レビャートキン大尉が妹のマリヤを引きとりに姿を現した。大尉は、自作の寓話を披露し、のらりくらりとした言動を繰りかえすが、その端々からある怖ろしい秘密が浮かびあがってくる。ワルワーラ夫人の遺産相続に関して、大尉自身が一定程度の請求権を持っているという。そこでとつぜん、ニコライ・スタヴローギンの帰宅が告げられる。ところが最初に広間に姿を現したのが、先にも述べたとおり、ヴェルホヴェンスキー氏の一人息子のピョートルだった。後頭部が突きだし、やけに細長い顔をしたピョートルが事情の説明に入ったところで、スタヴローギンが「とても静かに」登場する。ワルワーラ夫人は息子にむかって「足の悪いマリヤはあなたの正式の妻か」と質問すると、スタヴローギンは、何も答えず、母親の手に口づけし、彼の前で跪く許しを求めたマリヤにたいして次のように答える。
「よく考えてごらんなさい、あなたはまだ未婚の女性ですよ、ぼくはあなたの心からの友ではあっても、あなたにとってはやはりよその人間です。夫でもなければ、父親でもない、それにフィアンセでもない……」（第一部第五章5）
マリヤをエスコートするため、スタヴローギンが一時席をはずしたその時を利用してピョートルが二人の「結婚」の経緯をくわしく報告する。つまり、スタヴローギンがこの頭のおかしな神がかりの女にある夢想を吹きこみ、女は相手を自分のフィアンセと空想するようになった、というのである。その説明にいつわりはなかった。ワルワーラ夫人は胸をなで下ろし、やがて再び客間に姿を現した「ニコラ」に許しを請うが、物語はそこから急展開をとげる。まず、ピョートルは、自分の父親が、スイス滞在中にスタヴローギンと恋仲になったダーリヤの結婚について「スイスでの不始末」と結婚させられるはめに陥ったと手紙に書いてきた事実をすっぱぬき、ヴェルホヴェンスキー氏とダーリヤとの結婚話を破談に至らせる。問題は次の場面――。それまで部屋の片隅でずっと沈黙を守ってきたシャートフがとつぜんスタヴローギンに近づき、いきなり彼の頬をこぶしで殴りつけるのだ。
わたしが思うに、理由は二つあった。ただし、創作ノートに書かれていた「妹を凌辱した公爵を監視するため」といった理由では恐らくない。理由は、物語の深奥にねざしたきわめて内在的な意味を帯びている。解釈はいろいろあるが、足の悪いマリヤから「シャーさん」の愛称で呼ばれ、心からの信頼を受けている彼として、公衆の面前で結婚の事実を否定した狭量さが許せなかったのではないか。もっとも、九月十四日という暗号的な日どりに合わせてスタヴローギンの帰郷を演出した作家の狙いは、けっしてそれだけには留まらなかった。「十字架《スタウロス》」復活の第一日目に、恐るべき躓きが起こったのだ。

「頰に一撃をくらった彼が、あれほどぶざまに、ほとんど上半身を大きく脇にぐらりとぐらつかせたあと、にわかに姿勢を立てなおし、部屋のなかにはまだ、あのこぶしで顔をなぐりつけたときの、あさましい、何かしら水しぶきのような音が漂っているように思えた瞬間、彼は両手でやにわにシャートフの肩をつかんだ。ところがすぐまた、ほとんど同じ瞬間にその両手をひっこめ、背中で十字に組んだ。彼は無言のままシャートフを見つめ、シャツのように顔面蒼白となった。だが奇妙なことに、そのまなざしは、まるで光が消えたかのようだった。……当然のことだが、その内面がどうであったかなど知るよしもないし、わたしはたんに外からながめていただけのことである」（第一部第五章8）

クロニクル記者が、顔面蒼白となったスタヴローギンの内面に触れた部分については引用を避けよう。なぜなら、それは、記者のうすっぺらな空想にすぎず、真実はそれとはおよそ異なる地点にあったと想像されるからである。ただし、「両手をひっこめ、背中で十字に組んだ」という描写だけは見落とせない。それでは、この殴打を受けた彼の内面をどう説明できるのか。答えを先に述べるなら、背中に組まれた「十字」こそが、スタヴローギンの十字架だったのである。十字架に磔となったスタヴローギンの内面について、わたしなりに解釈を施すと、彼が後に「告白」で書き記す次の一節がそのまま答えとなる。

「私の人生でたまに生じた、途方もなく恥辱的な、際限なく屈辱的で、卑劣で、とくに滑稽な状態は、いつも度はずれた怒りとともに、えもいわれぬ快感を私のなかにかき立ててきた。……私が頰打ちを食らったときも（これまでこれを二度浴びている）、おそろしい怒りにもかかわらず、それがあった。しかし、もしもその際、怒りを抑えていると、快楽は想像しうるすべてを凌ぐものになるのだ」（第二部「チーホンのもとで」）

思えば、スタヴローギンにとって、シャートフから受けた頰打ちは、人生で三度めの、そして最後の頰打ちだった。

英国の研究者リチャード・ピースによれば、シャートフの頰打ちに耐える行為は、少なくとも表面的には「目には目を」の戒律に対する否定を意味し、「山上の垂訓」に記された「だれかがあなたの右の頰を打つなら、左の頰をも向けなさい」（「マタイによる福音書」五章三十九節）を意味するという。また、足の悪いマリヤとの結婚は、「隣人を愛せよ」の戒律の実践と見ることができる。さらに話を先取りすれば、ガガーノフとの決闘で、あくまで相手に向けて銃を撃つことを忌避するスタヴローギンは、モーゼの十戒にある「殺すなかれ」の実践として意味づけられていた。このように、少なくとも意志のレベルにおいて、彼は、聖書の教えを忠実に実践しようとしていた。ところが、それを彼の無意識が裏切りつづけていた。意志と無意識のすれすれの境界において、スタヴローギンは時として恐るべき両義的な存在と化してしまう。無意識の克服をどこまで実現できるか、これが『悪霊』の主人公である彼に課された最大の試練だったのである。

一八六九年八月にはじまったドレスデンでの滞在は、すでに二年に及ぼうとしていた。『悪霊』の執筆は、少なくとも表面的には快調に進んでいるかのように見えた。しかし、『悪霊』の第一部が雑誌に発表された時点で、彼は、友人の批評家ストラーホフにこう告白していた。「運まかせに書いています。これが、今のわたしのモットーです」。この「運まかせ」という言葉は、「盲滅法に」という意味にも響くが、サラスキナは、この「運まかせに」という意味を、「外からのいっさいの励ましもなく書く」ということだと解釈している。といってそれがなぜ、彼の「モットー」を意味しているのかは、わからない。しかし、ドストエフスキーとしてはとにもかくにも書きつづけるしかなかった。

アンナ夫人は回想している。

「こんな借金などなくて、原稿を印刷にまわすまえに、せきたてられずにゆっくり目をとおし、十分手をいれて小説を書くことができたら、夫が作品を仕上げるのにどんなによかっただろうか」

すでに初めの三章は雑誌に発表されていて、次の第四章は印刷所で活字に組まれている。第五章はすでに編集者の手にある。あとはまだ書かれていず、ただ頭のなかだけにある。自分の手から離れすでに発表されている部分と、自分の頭のなかにある構想との間には、のっぴきならぬ断絶が生じている。そうした状況を、ドストエフスキーは何度も経験していた。

「『ああ、あれを取りもどすことができたら、書きなおすことができたら!』と彼は時々こうくりかえした。『いまになったらどこがまずかったかがわかる、なぜ小説がうまくいかないかがわかる。きっと、この失敗ですっかり自分の『イデー』をだめにしてしまったにちがいない』」

『悪霊』の執筆が具体的にどう行われたかを知るうえで、なかなか示唆に富む回想と言ってよいだろう。こうした状況が、アンナ夫人の知る「十四年間」つづいたというが、この回想に該当する時期が、ドストエフスキーがちょうど『悪霊』を書いていた時期に一致している。ことによると、この「イデー」を実現するうえで、いつもの「後悔」が、『悪霊』ほど強く表に出た小説はほかになかったかもしれない。

さて、『悪霊』の連載が開始されてからすでに半年近い時が経過していたにもかかわらず、反響らしきものはほとんどなく、祖国から離れて書くことの厳しさをいよいよ痛感せざるをえなくなった。すでに述べたとおり、彼はこの第一部に、謎と仕掛けをふんだんに用意し、読者の関心を釘づけにするという野心を抱いていたので、読者の側の沈黙にはなおさら不満がつのった。『悪霊』をさらに書き続けていくには、ロシアの空気いやそれよりも読者のヴィヴィッドな反応が何よりも必要だった。

こうして、およそ四年間におよんだヨーロッパ放浪の旅にピリオドが打たれる時が来る。一八七一年夏のことである。

四年前にロシアを出た際、当初予定していた二年間に、小説を書いてそれなりに金を稼ぎ、持病も回復させて帰国するというシナリオを描いていた。しかし、現実に、滞在は四年に延び、『白痴』と『永遠の夫』という大切な二作を生み出すことができたものの、前借りにつぐ前借りや、間歇的に襲ってくるルーレット狂いがたたって借金は一向に減らず、債権者への返済もめどがたたないとあって、いやがおうでも帰国を先送りさせなくてはならなかった。またドレスデンでの最後の一年は、「悪徳」出版者ステロフスキーとの間に生じた版権の問題がこじれにこじれ、少くない時間が手紙による依頼や交渉に奪われていった。おまけに外国に来てからむしろ持病の発作は頻度を増し、健康の回復という目標からもほど遠い状態にあった。ドストエフスキー本人以外にかかわる理由もあった。初子ソフィヤを三カ月で失ってから三年、妻アンナの新たな出産がまぢかに迫っていたのである。かりにこのタイミングを逃せば、ドレスデン滞在がさらに半年ないし一年と延びる可能性があった。他方、彼の帰国への思いをさらに強くしたのが、ヨーロッパ社会を混乱の渦に巻きこんだパリ・コンミューンの樹立とその崩壊にいたる二カ月間の戦闘である。およそ二万人以上の犠牲者を生んだ「血の一週間」に彼はみずからの青春時代の夢だけでなく、ヨーロッパ世界がいま深刻な崩壊の危機にあることを予感していた。

こうして帰国の意思は固まった。動機は、むろん経済的なものもあったが、彼自身、外国生活に疲れ果てていただけでなく、「後退の恐怖」も原因の一つをなしていた。ただしそれとは逆の恐怖もあった。アンナ夫人によると、ドストエフスキーは国境での恣意的な検査と書類の没収を恐れていたという。夫妻は、帰国を前に、不要と思われる草稿の類を暖炉で燃やしにかかった。では、ドストエフスキーがそこまで検閲を恐れる理由とは何であったのか。

一八六八年七月、ジュネーヴからヴェヴェーに居を移してまもなく、ドストエフスキーは、皇帝官房第三課（秘密警察）から、ドストエフスキーの尾行とすべての交信記録の開封について秘密の指令が出されていることを知るにいたった。現実に、前年の十一月には、「退役陸軍中尉フョードル・ドストエフスキーが外国から帰還した際の検査」にかんする秘密指令が出され、そこでは厳重な検査が命じられていた。回覧された文書では、すべての国境の税関において、「最大限の厳重な検査」が義務づけられていたのである。かりにそこで非難に値するような現物を発見された場合、すみやかにこれを第三課に提出し、ドストエフスキー自身の身柄も拘束して第三課に連行しなければならないと書かれていた。皇帝官房第三課がこの時、「現物」として念頭に置いていたのは、ロシア国内では禁止されている書物や新聞、あるいは書簡の類と見られる。いずれにしても彼が、国境を越えるための安全策として所持品をぎりぎりまで絞ったのは、何かしら別の根本的な理由も潜んでいたように思われる。なぜなら、たんに『悪霊』の原稿が問題であれば、別便でロシアに送ることも可能だったし、知人に託すこともできたはずである。アンナ夫人は次のように書いている。

「出発の二日まえに、夫はわたしを呼んで、ぎっしり書きこみのある大判の分厚い紙たばを渡し、焼きすてるようにと言った。ふたりで前からこのことを話し合ってはいたが、わたしは原稿を焼いてしまうのがいかにも惜しくなって、自分に持って帰らせてほしいと頼んだ。けれども彼は、ロシアの国境ではきっと捜索され、原稿類は没収され、一八四九年に逮捕されたときと同じように失われてしまうにちがいないと言った。原稿類の検閲がおわるまでわたしたちがヴェルジボロヴォ駅に足止めされることも考えられ、出産という大事をひかえているためにそれは危険だった。

この原稿を手ばなすのがどれほど残念ではあっても、夫がつよく主張する理屈には従わざるをえなかった。わたしたちは暖炉を焚いて、原稿をくべてしまった。こうして『白痴』と『永遠の夫』の原稿は失われた。とりわけ惜しかったのは、『悪霊』の一部がなくなったことで、それはこの傾向的な作品のまったく別の異稿だった」

引用の最後の一行が謎めいている。「この傾向的な作品のまったく別の異稿」——。しかし、それが具体的にどのような内容のものであったか、もはや推測にたよるほかない。

しかし、やはり疑問が浮かぶ。没収、破棄を恐れるあまり、ドストエフスキーは、なぜ、原稿の焼却に踏みきったか、ということである。すでに発表されている小説の創作ノートや草稿であれば問題とはなりえない。税関で没収されるとしてもなんら恐れることはない。過去四年間にわたって国外からロシアに原稿を送りつづけてきた事実があるし、その内容の問題性を問われて没収の憂き目にあったこともなかった。

サラスキナは、アンナ夫人の回想に注意し、「原稿がとても惜しくなった」「原稿と別れるのが、どんなに辛かったことか」といった、無念さをうかがわせる文章がなんどか現れるにもかかわらず、ドストエフスキー自身がそれを惜しんでいる様子にはいっさい言及していない、と指摘している。また、サラスキナは、その理由を、ドストエフスキー個人にではなく、夫妻が帰国の準備にかかっていた七一年七月初旬のサンクトペテルブルグ、とりわけ控訴院で進行しつつあったネチャーエフ事件の裁判とかかわりがあったと見る。おそらくそれは正しい。しかし問題は、やはり、原稿を焼くという行為がはらむ異常性である。むろん、トランクの荷物を減らしたかった、といった単純な理由も考えられなくはない。しかし、それであれば、焼くという選択をとらず、だれかに託すという方法もあったろう。つまりドストエフスキーは原稿そのものが残ることを恐れていた、と考えるのが妥当である。かりに焼却しないならば、ドレスデンの警察か、それこそ皇帝直属の第三課（秘密警察）によって摘発される恐れがある。つまり自分の手から離れ、だれかの手に渡ることを何よりも恐れたということである。そこには、アンナ夫人でさえ知らない書簡や、原稿の走り書きがあった可能性もある。いずれにせよ、かりにこの行為が『悪霊』の思想性に本質的な関わりがあったとすれば、そこには、皇帝権力がけっして喜ばない内容が含まれていたと考えていい。それは果たしてどのような内容だったろうか。謎は深まる一方である。

明確な答えを示すことは困難だが、一つだけ、エピソード風に伝えておきたい事実がある。現実に、ドストエフスキーの予感はあたった。アンナ夫人は回想している。

「はたして、国境で、トランクや包みも何もかもかきまわされ、原稿や本の束は横にとりのけられてしまった。ほかの人たちはもう検査室から出て行ってしまったのに、わたしたち三人だけが残された。そしてまだ何人も役人たちがテーブルのまわりにむらがって、取りあげた本やわずかな原稿の包みをこまかくしらべていた。わたしたちはそのペテルブルグ行きの列車に乗りおくれはしないかと気が気でなかった。その時だった、娘のリュボーフィがその場を救ってくれたのは……。かわいそうに小さな娘は、すっかりおなかをすかせて、こんなふうに叫んだのだ。『ママ、パンちょうだい』。せっつく声がうるさくなった役人たちは、とうとう本も原稿もそれ以上は見ないで、なんのとがめもなしに放してくれた」

ドストエフスキーは何を懸念していたのか。わたしはここで一つだけ小さな仮説を投げかけようと思う。ドストエフスキーが懸念していた最大の材料とは、ほかでもない、彼が国外から持ち込もうとした第二部第九章「チーホンのもとで」の原稿である。一八七一年七月の時点で、ドストエフスキーはすでにこの章の執筆を終えていたとみられる。とすると、この原稿をどうやって国内に持ちこむか、という問題が生じて当然だった。なぜなら、この章の中身は、運が悪ければ、検閲による没収という事態を招きかねない内容をはらんでおり、ドストエフスキーとしても、内心穏やかではなかったはずである。また、「創作ノート」まで読まれる可能性があるとすれば、ドストエフスキーとしてはそれこそ恐怖を抱かざるをえなかったろう。なぜなら、ネチャーエフ事件やピョートルの国家転覆の手法にかかわる記述などは、事情のわからない国境警備隊の好奇心のえじきとなる可能性があるからだ。だが、ともかくも二人は、国境を無事パスすることができた。

「それからもまだひと晩は列車のなかで苦しんだが、もうロシアの大地を走っていて、まわりはみな同じロシア人なのだと思うとすっかり安らかな気持ちになり、旅のつらさも大方わすれてしまうほどだった……」

さて、サラスキナがこの帰国にからめ想定したドストエフスキーの不安とは、ほかでもない、ネチャーエフ裁判の開始である。ドストエフスキーが焼却した原稿のなかでも、とりわけ大きな意味をもっていたのが、『悪霊』の第一稿だった。すなわち、「パンフレット」としての性格の強い、もっとも初期の段階における『悪霊』である。ドストエフスキー一家がロシアに戻るまでに、第一部すべてと、第二部の最初の二つの章が『ロシア報知』に発表されていた。『悪霊』の内容が、一八七〇年八月の段階で根本から変更されたことはすでに述べた。しかしいかに大きな変更がなされたとはいえ、そこには第二稿の執筆に役立ちそうな原稿も少なからず含まれていたと考えられる（印刷台紙にして十二から十五枚分）。

ドストエフスキーは、まさに二十年以上前に遡る恐怖の再現を経験していた。むろん「立ち遅れの恐怖」もあった。ロシアという現場にあってしっかりと状況を目撃しなければならない、という思いである。秘密警察による尾行を受け、郵便物は無断で開封され、というきびしい状況にあっても、精神さえ安定していれば、冷静に行動できる。

ドストエフスキー一家が、ベルリンを経由してペテルブルグに到着したのは、七月五日のことである。その四日前にあたる七月一日、ペテルブルグ控訴院特別審議会で、「帝国各地でその存在が明らかとなった政府転覆を指導する政治結社」にかんする裁判が開始された。ロシア史上、初めての公開裁判である。

ペテルブルグ到着の翌々日、『政府通報』には、「革命家のカテキジス」と題する文書と、革命家オガリョーフの「学生」と題する詩（ネチャーエフ礼賛の詩であり、それをパロディ化した詩「輝ける人」が『悪霊』第二部第六章で使用された）が掲載された。全体で二十六条からなる「カテキジス」の第一条には、次のように書かれていた。

「革命家は死を定められた人間だ。……彼においてはすべてが、革命という唯一の関心事、唯一の思想、唯一の情熱に飲み込まれている」

ドストエフスキーが、ネチャーエフ事件の審理に出席したという記録はない。もし、出席していれば、自分がいま描きあげようとするネチャーエフ以外の人物たちをその目で見ることができたはずだが、裁判の性格上、それは不可能だったと思われる。ともあれ、彼は、せり上がる思いを抑えた。抑えた理由は、むろん彼がそれを必要としていなかった、ということでもある。すでに『悪霊』の全体的な骨格は決まっており、審理に出席することで、かえって想像力が阻害されることを恐れる気持ちがあったのかもしれない。しかしそれ以上に、一人の作家としてこの事件に立ちむかうには、当局、すなわち皇帝官房第三課による監視をそれなりに配慮した行動をとらなければならなかった。かつて死刑宣告を受けた過去をもつドストエフスキーからすれば、ロシアにあり、ロシアの空気を吸うことができるだけで十分だった。控訴院の壁の内側で進行しているドラマは、作家の想像力の射程内にあった。『悪霊』はまだ第一部と第二部の数章しか発表されていない。そこには、小説のモデルとなったネチャーエフ事件を暗示するディテールはまだ何ひとつ描かれておらず、物語自体が混沌としている。ニコライ・スタヴローギンという謎めいた人物にたいする「殴打」の場面から読者は次にどのような展開を期待できたろうか。

七一年七月十五日、控訴院は、逃亡したネチャーエフをのぞく犯人たちにたいして懲役刑を宣告した。『悪霊』では、シャートフ殺害の現場で指導的な役割をになったリプーチンのモデル、ウスペンスキーに強制労働十五年の刑、五人組の一人で、「民衆通」と渾名されたトルカチェンコのモデル、イワン・プルイジョフに強制労働十二年の刑、無限の独裁権力による壮大な未来社会像を思いえがくシガリョーフのモデルの一人、アレクセイ・クズネツォフには強制労働十年の刑、また、若い少尉補であるエルケリのモデル、ニコライ・ニコラーエフには、強制労働七年四カ月の刑がそれぞれ言い渡された。「有罪」とみなされた総計八十三人の被告のうち、六人がシベリア流刑、二十七名が懲役刑、他の容疑者は減刑のうえ地方に追放された。

第二部　1　無関心な「神々」の陰謀

【予備の資料2の1】　時系列2

九月二十一日　深夜　スタヴローギンのマリヤ訪問
九月二十一日　午後二時～二時半　決闘
九月二十一日　午後三時　スタヴローギンとダーリヤの面談
九月二十四日　レンプケー宅
九月二十六日　セミョーン聖人訪問
九月二十七日　レンプケー宅
九月二十八日　午前　カルマジーノフ　イワン皇子
九月二十九日　午前　スタヴローギンのチーホン訪問
九月二十九日　午前　ヴェルホヴェンスキー氏、家宅捜索を受ける
九月二十九日　午前　シュピグーリン工場のデモ
九月二十九日　昼　スタヴローギン、ユーリヤ夫人宅でマリヤとの結婚を告白

この時系列は、リュドミラ・サラスキナの研究に基づいて提示してあるが（グレゴリオ暦）、当時ロシアで使用されていたユリウス暦を勘案した場合、すべての日付が、後ろに二日ずれる可能性があることも補足して述べておく。

【予備の資料2の2】『悪霊』第二部梗概

数日後、有力者の息子ガガーノフが四年前に父親が受けた汚名をそそぐべく、スタヴローギンに決闘を申し込んでくる。スタヴローギンは謝罪の手紙を書くが受け入れられず、「フィリッポフの家」に住むキリーロフを訪ねて、介添人になってくれるように依頼した。

スタヴローギンはその足で同じ家に住むシャートフを訪ね、彼の身に危険が迫っていることを伝える。かつて秘密結社の一員だったシャートフだが、革命的手段では人々は救えず、正教こそがその役割を果たすとの考えに立って転向を明らかにしていたため、密告を恐れるピョートルとその一味は、彼の処遇をめぐってひそかに最終的な手段を講じようとしていた。

同じ夜、スタヴローギンは、川向こうに住む妻のマリヤとその兄レビャートキン大尉を訪ねるが、マリヤは人が変わったように、「あたしのあの人は——美しい鷹で、公爵なんだ。ところがあんたときたら——けちなフクロウで」と彼をののしる。帰り道、スタヴローギンは、ピョートルの手先として街中を徘徊し、犯罪をくりかえす流刑囚フェージカに金をばらまき、マリヤの殺害をそれとなく唆す。

その日の午後、決闘が行われる。ガガーノフは失敗を繰り返し、ニコライは空中にむかって発射しつづけた。噂は人々の耳に伝わり、ニコライの評判は一挙に好転した。決闘から戻ったスタヴローギンは、同じ屋敷内に住むダーシャに「悪魔」の話を持ち出す。

町では、ピョートルが新知事夫人に取りいり、労働者たちを扇動して町に騒乱を起こそうと画策している。町全体に浮薄な気分がみなぎるなか、スタヴローギンは「告白」をたずさえ、町外れにあるスパソ・エフィーミエフスキー・ボゴロツキー修道院にチーホン僧正を訪ねた。

おりしも、新知事の妻ユーリヤ夫人は、県内出身の女性家庭教師を扶助するチャリティーの催し物を計画中だった。夫人は、昼の部の講演会に、遠縁にあたる小説家のカルマジーノフとステパン・ヴェルホヴェンスキー氏らを講演者として招き、夜の部には、文学カドリールと舞踏会を予定していた。祭りを翌日に控えた日の朝、町内では、シュピグーリンの工員たちが待遇改善を要求してデモ行進をおこない、県知事邸前の広場に集結していた。同じ日の朝、ヴェルホヴェンスキー氏の自宅では、県の警察による家宅捜索が行われていた。

他方、県知事のレンプケー氏は、妻のユーリヤ夫人にすり寄るピョートルにたいする嫉妬から正気を失い、広場に集まった工員たちにたいして鞭打ちを命じた。

I 「夜」を解読する

1 フィリッポフの家

『悪霊』第二部の構造を考えるうえで興味をそそられる特長とは、全体が、対話と、集団による会話の積みかさねから成りたっている点である。基本的には、対《つい》をなす形式において登場人物一人ひとりの人間的個性なり世界観なりが明かされ、集団による会話の描写では、よりマクロ的な視点から事態のもつ表と裏、内と外の関係性がくっきりと浮き彫りにされる。

『悪霊』第二部の前半では、スタヴローギンを取りまく人物たちの思想的な背景が明らかにされていく。第一章「夜」では、スタヴローギンの思想的な落とし子ともいうべきキリーロフとシャートフがみずからの世界観を披露する。キリーロフは、「死の恐怖を克服した者が神になる」という人神思想を、シャートフは、「神を体現する民としてのロシア民族」という、それとは真っ向から対立する哲学を披露する。他方、ピョートル・ヴェルホヴェンスキーは、スタヴローギンから、革命の理念そのものというより、革命の手法を学んだ。その意味で、スタヴローギンは、ピョートルとの関係においてのみ、ミハイル・バクーニンの面影を負っているといってよいだろう。ピョートルは、徹底した道化ぶりで上流社会を混乱させ、狂気の渦へと人々を巻きこんでいくが、血の膏薬、すなわち犯罪の共有による「団結」を示唆したのは、まぎれもなくスタヴローギンその人だった。

次に、『悪霊』の物語が展開される地理的な位置関係を確認しておく。物語は、章を追うごとに転々と舞台を変えていく。「クロニクル」という叙述形式のもつ大きな特長のひとつと考えてよい。実質的な物語のはじまりに描かれるのは、町の中心部に位置するワルワーラ夫人の邸宅である。ここに、アンチロマンスの典型的なカップルともいうべき夫人とヴェルホヴェンスキー氏の二人が住んでいる。といっても同じ屋根の下にではない。この場所を第一のトポスと名づけた場合、その延長上に、スタヴローギンが最終的に縊死を遂げるスクヴォレーシニキの別荘が存在する。物語の発端は、市内の教会だが、その延長上に、スタヴローギンが「告白」の原稿をチーホンに読ませるスパソ・エフィーミエフスキー修道院が位置する。これが第二のトポスということになる。第三のトポス、レンプケー知事の公邸と対をなすのが、家庭教師扶助の講演会と舞踏会が催される貴族団長夫人邸などである。そして第四のトポスは、ほかでもない、五人組を中心とする革命家たちの集会が開かれるヴィルギンスキーの家とエルケリのアパート、最後が『悪霊』の中心的な登場人物シャートフとキリーロフの二人が住むフィリッポフの家と、マリヤとその兄レビャートキンの新居ということになる。その関係を図示すると左のようになる。

一、スタヴローギン邸→スクヴォレーシニキ
二、教会→スパソ・エフィーミエフスキー修道院
三、フォン・レンプケー知事公邸→貴族団長夫人邸

四、ヴィルギンスキー家→エルケリのアパート
五、フィリッポフの家→川向こう（ザレーチエ）の新居

右に挙げた五つのトポスの中で、もっとも謎に満ちた場所はどこかといえば、いうまでもなく「フィリッポフの家」である。初め、この家には、シャートフ、キリーロフ、そしてレビャートキン兄妹の四人が住んでいた。しかしレビャートキン兄妹はまもなく川向こうの一戸建ての家に転居させられた。転居を強いられた理由とは、何よりも二人の殺害にからむ陰謀と、フィリッポフの家でのキリーロフの自殺を、ピョートルのシナリオ通り成就させるためであった。

さて、そこで、キリーロフとシャートフが住みついている「フィリッポフの家」の謎を解きあかさなくてはならない。「フィリッポフの家」という言葉から第一に連想されるのは、異端派の存在である。ドストエフスキーは、このフィリッポフの家に住む人々に、ある種のカテゴリー化を施していた。そのことを裏づけてくれるのは、この「フィリッポフの家」に住みついている、「足の悪い」マリヤ・レビャートキナである。マリヤがどこか異端的な影を帯びていることは、シャートフとの会話からおぼろげながらも伝わってくる。「シャーさん」ことシャートフと膝をまじえて話し合うことができる間、マリヤは彼女なりにひとりの独立したアイデンティティを保つことができた。とくに第一部第四章「足の悪い女」で、敬愛する修道女「聖リザヴェータ尼」に話が及ぶ場合にそれが現われている。長さ二メートル、高さ一メートル半の鉄格子に囲まれ、十七年間もすわったまま、夏も冬も、麻の上着一枚のまま、藁や小枝で体を突いているリザヴェータ尼にマリヤはあこがれ、「わたしの考えでは、神さまと自然はぜんぶでひとつです」という

特異な世界観を披露するまでになる。そして同じ修道院に住む老女の「聖母さまっていうのは大いなる母だし、このうるおった大地なのさ」という言葉をきっかけに、お祈りのたびに地べたにキスをするようになったと告白する。

この「地べたへのキス」をもって、マリヤが異端信仰の持ち主であると断じることはできない。しかし、聖リザヴェータ尼にしろ、このマリヤにしろ、かりに一世紀前であれば、正教会から「魔女」として幽閉され、迫害されるべき運命にあった。そして現に、スタヴローギンがマリヤを修道院に送り出した理由も、聖女としての類いまれな資質とはうらはらな「悪魔つき《ベソフシチナ》」としての一面が厄介視されたためだった。

黒川正則によれば、十五世紀以降のヨーロッパにおいて、「悪魔《デーモン》と契約を結んで得た力によって災いをなすもの」としての魔女の概念が生まれた。魔女とは、悪魔に従属し、悪魔や精霊との契約や性交によって、超自然的な魔力や人を害する能力を授かった者である。中世のロシアにおいて、公権力が魔女をどれほど危険視したか明らかではないが、「神がかり《ユロージヴィ》」と魔女はたがいに紙一重の存在だった。聖リザヴェータ尼が修道院内の鉄格子の檻に閉じこもっているのは、自発的というよりもむしろ、その異端的な信仰ゆえに隔離されているとみていい。修道女の幽閉生活に憧れるマリヤも、一種の魔女としての宿命をになわされていると考えることができる。マリヤの住まいを初めて訪れたクロニクル記者の描写に注目しよう。教会堂につづく二度目の描写である。

「鉄の燭台に立てられた細いろうそくの薄暗い光のなかに、年のころ三十前後とおぼしき、病的に痩せほそった女の姿をみとめることができた。くすんだ色合いの古い更紗のワンピースに身を包んでいたが、長い首にはショールも巻かず、まばらな黒っぽい髪が、頭のうしろで二歳の赤ん坊のこぶしほどの大きさに束ねられていた……彼女の前の調理用テーブルには、やぼったい小さな手鏡や、使い古したひと組のカード、ぼろぼろになった歌の本、すでに一口か二口かじりかけたドイツ風の白パンが置いてあった。マドモワゼル・レビャートキナが、白粉をはたき、頬に紅をさして、唇にも何かを塗っていることがはっきりと見てとれた。……出っぱりぎみの狭い額には、白粉でも隠せない三本の長い横皺が、かなりするどく刻まれていた」（第一部第四章5）

右の描写でひときわ読者の目を引くのが、「使い古したひと組のカード」である。マリヤが唯一心からの信頼を寄せるシャートフは次のように言う。

「文字どおり、明けても暮れても、ああして一人っきりでしてね、身動きひとつせずにカード占いをしているか、手鏡をのぞいているかなんです」

マリヤは、自分の未来を占っていたのだった。

「なんどやっても同じ占いが出てくるの。旅だとか、悪人だとか、だれかの悪だくみだとか、臨終の床だとか、どこからか手紙が来るだの……」

そして何も尋ねようとしないシャートフにたいして次のように謎めいたセリフを口走る。

「教えない、教えない、切り殺されたって教えるもんですか」

「焼き殺されたって教えるもんですか」

この二つのセリフは、文字通りマリヤ自身の運命の予言だった。では、マリヤは、たんに化粧の乗りを確かめるために手鏡をのぞいていたのか。その額には、なぜ「三本の長い横皺」が刻まれ、後ろに束ねられた髪が「二歳の赤ん坊のこぶし」大なのか。いずれも思わせぶりなディテールといってよい。

謎めいたディテールはさらにつづく。なかでも興味をそそるのが「櫛」のモチーフである。

ぼさぼさ頭のシャートフに向かってマリヤは、「ずっと髪をとかしてないでしょう？　わたしがちゃんととかしてあげるから」と言い、ポケットから「小さな櫛」を取りだして彼の髪をとかし、最後に別の櫛をプレゼントすると申しでる。このディテールには、先ほどの「二歳の赤ん坊のこぶし」ともあわせ、作家の隠された意図が働いていたと見ていい。

ロシア民話に通じていない読者も、マリヤの存在にどことなく異教的な気配を感じとられたはずである。マリヤに二重写しにされているのは、「水の精《ルサールカ》（русалка）」ないしは「マーフカ（мавка）」のイメージである。主にウクライナ地方に広がる言い伝えによると、マーフカは、森の中にひそんで旅人に「櫛」をねだり、それが得られない場合には、旅人を湖に沈めて殺すとされている。マーフカになるのは、洗礼を受けずに死んだ幼い子どもや母親によってしめ殺された子どもであり、「水の精《ルサールカ》」がそうした不幸な子どもたちを集めて水の世界に連れていき、マーフカに変えるという。まさにマリヤの分身である。ちなみに、マーフカの語源は、古代スラブ語で「死」ないし「死体」を意味するナーフィ（навь）に通じている。ハンガリーの研究者シラードは、「手鏡」と「櫛」のシンボルは、マリヤが空想のなかで赤子を殺す「湖」（池）と「森」に通じ、これはまた、「生み」、「殺す」聖母のイメージ、さらには「湿潤な母なる大地」への信仰に通じるものだと述べている。

マーフカにまつわる民話の世界や、シラードの解釈を踏み台にした場合、『悪霊』の物語においてマリヤとシャートフ（さらには彼の元妻マリー）を待ち受ける運命がけっして幸せなものではないことが明らかになる。なぜなら、マリヤとマーフカの二重写しは、確実に、赤子殺しというプリズムをとおして可能となるからであり、また、赤子の死といえば、マリヤが幻想の中ではらみ、池のほとりに置き去りにした赤ん坊や、スタヴローギンの子を孕んだマリー・シャートワの運命、そして、「五人組」によって殺され、池に投げこまれるシャートフの運命の暗示ともとらえることができるからである。マリヤは、まさにその空想のなかで、マリーの子「イワン」（それはまたシャートフ自身の名前でもある）の死をも予言する。

では、レビャートキン兄妹、そして、キリーロフ、シャートフの四人が住むこの「フィリッポフの家」について、少し踏み込んで説明しておこう。まずリチャード・ピースの言葉を引用しておく。

「『フィリッポフの家』は、スタヴローギン自身の象徴である」

議論が少し先走るが、物語の終わり近く、この家にはシャートフの元妻であるマリー・シャートワが帰還してくる。その際、「ボゴヤヴレンスカヤ通り」に面するこの「フィリッポフの家」をめぐって御者との間でひと騒動が持ちあがるのだが、これがいかにもいわくあり気なのだ。この「フィリッポフの家」の由来について、ロシアの異端派と引きくらべながらスケッチしてみよう。

何よりも「フィリッポフの家」の家主フィリッポフとはだれなのか、という問題がある。『悪霊』には、一カ所だけ、「フィリッポフ」の由来にまつわる説明が出てくる。それは、スタヴローギン＝「イワン皇子」の神秘的な威光を借りて民衆支配をたくらむピョートル・ヴェルホヴェンスキーが次のように口走る場面である。

「もっとも、たとえば十万人のうち一人ぐらいには見せてもいい。そうすると、全国に『見たぞ、見たぞ』という声がひろがりはじめますから。万軍の主《サヴァオフ》イワン・フィリッポヴィチも姿を見られています。彼が戦車に乗り、人々のまえで空高く昇っていく姿をね、《この》目で見られているんですよ。でもあなたは、イワン・フィリッポヴィチじゃない。あなたは美男子で、神のように誇りたかくて、自分のためには何ひとつもとめず、犠牲のオーラにつつまれ、《身を隠しておられる》」（第二部第八章）

　補足しなくてはならない。万軍の主「イワン・フィリッポヴィチ」は、実在の人物ではない。ピョートルは、おそらく二人の人物をわざと混同していたとみていい。その二人とは、ダニーラ・フィリッポヴィチとイワン・スースロフの二人であり（むろん作家自身の記憶違いである可能性もある）、姓と名がみごとにすげかえられている。前者のダニーラ・フィリッポヴィチは、異端派のさきがけ的な存在である鞭身派の始祖で、一七〇〇年一月一日に百歳で死んだとされるコストロマー県出身の農民である。民俗学者メリニコフ・ペチェールスキーによると、一六四五年、ウラジーミル県にあるゴロジーン丘に、主サヴァオフがみずから降り立ってダニーラ・フィリッポヴィチの肉体に住みつき、人々に十二の戒めを与えた。鞭身派の教えによれば、サヴァオフが地上に降り立ったのは一回限りであるので、ダニーラ・フィリッポヴィチの弟子たちはおのずから「キリスト」とみなされるにいたった。ダニーラは、十七世紀中葉に起こった教会分裂《ラスコール》からまもなく、新旧の聖書その他、ありとあらゆる書物を石とともに袋に入れてヴォルガに投げ捨てた。これは、十世紀末、キリスト教がヴィザンチンからもたらされた際、皇帝ウラジーミル一世が、異教神の偶像をドニエプル川に投げすてた故事にならった行いだった。この罪により、ダニーラはまもなくモスクワのとある修道院に幽閉されるが、その修道院こそが、現に「フィリッポフの家」が面するボゴヤヴレンスカヤ通りと同じ名前をもつ「ボゴヤヴレンスカヤ修道院」だった。

言い伝えによると、ダニーラ・フィリッポヴィチに続いて最初のキリストとなったのが、ニジエゴロド県に住むイワン・スースロフである。十八世紀に入ってから、鞭身派の人々は、度重なる迫害にもかかわらず、追従者が後を絶たず、一七三九年には、モスクワのイワーノフスキー女子修道院に葬られていたイワン・スースロフと、「第二のキリスト」プロコーピー・ループキンの遺体を掘りかえし、改めて火葬に付すよう命令が下されたほどだった。ちなみに、万軍の主（サヴァオフ）とは、ユダヤ教とキリスト教における「神」の別名であり、強大な力を持った「戦の神」の意味がある。

さて、今日、ウェブ上で、「ラジェーニエ」と呼ばれる鞭身派の集会を描いた何枚かのスケッチを目にすることができる。そもそも、鞭身派は、儀礼の際にたがいの体をタオルや縄などで打ちあいながらエクスタシーを得ることに由来するが、ラジェーニエと呼ばれるこの儀式は、信者たちの著しい性蔑視の姿勢にもかかわらずおのずから乱性交と化し、著しい退廃を生みはじめた。そうでなくても娯楽のすくない農村で、鞭身派が徐々に人々の心をとらえ、「ラジェーニエ」の儀式が一種の性的ユートピアと同一視されていったのもけっして不思議ではない。こうして定期的に開かれる儀式で、女性の信者は父親のわからない子どもを身ごもり、何カ月かすぎると出産というサイクルが生じはじめた。生まれ落ちた男子は「新しいキリスト」、女子は「新しいマリヤ」とよばれ、「船」（カラーブリ）と呼ばれる共同体全体で養われたとされる。

ピョートル・ヴェルホヴェンスキーは、異端派における地上の「キリスト」をスタヴローギンに二重写しにし、来るべき第二の「ダニーラ・フィリッポヴィチ」にまつりあげようとしていた。「フィリッポフの家」がボゴヤヴレンスカヤ通りにある、という設定も、革命家たちと異端派の関係を強調しようという作家の狙いを暗示する。ここからは純然たる憶測だが、「ボゴヤヴレンスカヤ通り」とは、そもそも「神が顕現する通り」の意味であり、第一に、シャートフとキリーロフの二人をイメージして命名された可能性があるのではないか。他方、この建物にはかつて文字通り、鞭身派の信徒が棲息していたか、この建物のどこかでラジェーニエの儀式が行われていた可能性も考えられる。そこでにわかに浮上してくる疑問がある。ペテルブルグから「わたしたちの町」に移り住んだマリヤ・レビャートキナと鞭身派の関わりである。そもそもマリヤとはだれであり、どこからやって来たのか？　ドストエフスキーの脳裏で、マリヤが「ラジェーニエ」の儀式で生れた子どもとして意味づけられていた可能性はないのか？　さらには、想像妊娠とおぼしき奇妙な幻想にふけるマリヤが「夫がだれかわからない」と語るセリフには、彼女の「ラジェーニエ」での妊娠という可能性が示唆されているのではないか？

もう一度、歴史に話を戻そう。

鞭身派のこうした流れに抗し、コンドラーチー・セリワーノフを始祖として開かれたのが去勢派《スコプツィ》（скопцы）である。信徒たちは（男女を問わず）、さまざまな方法で去勢を受けいれ、家族や子孫たちにもそれを強制する場合が少なくなかったとされる。いっさいの性的な呪いを退けようとしたのである。去勢派にかんする歴史上の記述がはじめて現れるのは、一七七二年、当時の皇帝エカテリーナ二世が、「ある新しい種類の異端」の調査のために係官をオリョール県（この場所の名前はしっかりと記憶にとどめておいてほしい）に遣わしたのが、そもそものきっかけである。十九世紀になると、鞭身派におとらず去勢派もまた勢力を拡大し、帝政権力を脅かす存在にまでなったため、時の皇帝ニコライ一世は、彼らをシベリア流刑という厳罰に処すことでこれに対抗しようとした。興味深いのは、鞭身派も去勢派も表向きは、一般の正教信者以上に熱心に祈り、蓄財の一部を教会に寄進していたことである。とりわけ、去勢派は地上の肉欲を退けるかわりに、金品を崇拝し、蓄財に励むものが多かったとされる。ちなみに、「去勢する」（скопить）と「貯蓄する」（скопить）は同一の単語である。

たしかに、この「フィリッポフの家」に住んでいる人物たちの性格を並べてみると、「スタヴローギン自身の象徴である」というピースの言葉がにわかに説得力を帯びてくる。イワン・シャートフ、アレクセイ・キリーロフ、レビャートキン大尉とその妹マリヤ、そして、キリーロフの世話になっている懲役人のフェージカ。彼らはいずれもスタヴローギンという空なる身体を構成する「精霊」たちとも呼ぶべき存在である。しかし、右にあげた最初の四人はともかく、懲役人フェージカまでがなぜこの「フィリッポフの家」に住み着いているのか。そこで思い起こされるのが、フェージカとスタヴローギンの接点である。川向こうにマリヤの新居を訪ねる途中、フェージカとはじめて顔を合わせたスタヴローギンは、「おまえ、脱獄囚だろう？」と尋ね、それにたいして相手は次のように答えた。

「ちょいと運勢を変えてみようと思いやしてね。聖書も、鐘も、教会のお勤めも投げ出しちまいました。なんせ終身刑の身でやすから、刑期が切れるのなんてとても待ちきれませんや」（第二部第二章1）

引用したセリフから、フェージカがかつて教会の寺男をしていたことが明らかになる。では、その彼が、「運勢を変えてみよう」と思いたった理由とは何であったのか。理由はおそらく、彼が一時的に避難し、世話になっているキリーロフの存在にあった。たとえば、キリーロフが発する次のひと言を思い出してほしい。

「いいことです。赤ん坊の頭をかち割っても、いいことなんです」（第二部第一章5）

こののち、ピョートルの手先となって善悪の見境なくたち働くフェージカは、キリーロフのこの終末的ともいうべき世界観に洗脳されていたのではないか。

「夜通し、『黙示録』を読んでやりました、お茶も出してね。よく聞いてましたよ、ものすごくよく、ひと晩じゅう」

キリーロフがフェージカにわざわざ『黙示録』を読んできかせたのは、世界の「終末」をすみやかに実現させるための意図された手段だったとわたしは思う。では、キリーロフが朗読する『黙示録』に聴きほれながら、フェージカは何を考え、何を夢見ていたのか。たんに世界の「終末」のヴィジョンに目をみはるだけであったのではないか。

2 「人神哲学」――神をめぐる問い1

『悪霊』では、人物構成上、二つの思想的なラインが対位法的に織りあわされている。モチューリスキーは次のように書いている。

「シャートフとキリーロフは、スタヴローギンの精神的な申し子である。ピョートル・ヴェルホヴェンスキーは彼の鬼子である。……前の二人は精神であり、彼は小悪霊である。前者は悲劇の主人公であるが、彼は、悲喜劇的道化芝居の登場人物である」

さて、第一のラインに連なるのは、スタヴローギンの「鬼子」であり「小悪霊」であるピョートル・ヴェルホヴェンスキーと五人組の革命家たち、次に、第二のラインに連なるのは、スタヴローギンの「精神的な申し子」であるシャートフとキリーロフである。彼らは、いずれも「観念に食いつくされた」登場人物であり、「スタヴローギンの内的な分裂のイデオロギー的な反映」(エヴニン)にほかならない。

スタヴローギンは、本来的には対立し、反発しあう二つの思想をこの二人に同時に受肉させている。シャートフにおいて体現されるメシヤ思想＝ロシア正教の理念と、キリーロフにおいて体現される人神哲学＝無神論である。

では、ピョートル・ヴェルホヴェンスキーはどうか。「ぼくはたんに自分の猿を笑っているだけです」というスタヴローギンの台詞が示すように、ピョートルは彼の地上的な似姿、むしろその醜悪な反映ということになる。このことを念頭において、『悪霊』における主要人物たちの構成を図解してみよう。

スタヴローギン→ピョートル(猿)
　　↘キリーロフ(人神哲学＝無神論)
　　↙シャートフ(メシヤ思想＝ロシア正教)

スタヴローギンの「思想」の第一の犠牲者アレクセイ・キリーロフは、一つの明確な目的を胸にひめてこの町に姿を現した。ピョートルによって「アジびらの撒布と自殺を利用する」思惑でこの町に送られてきた「技師」について、創作ノートには次のようなメモが残されている。

「もっとも重要なこと、技師の役割は事実的である」

事実的、とは何だろうか？　象徴的ではない、という意味だろうか。思うに、キリーロフについてはいっさいの曖昧さを許さない、という作家の決意を示すものと考えてよい。なおかつ、キリーロフの人物造型においては、すべてを建築物のように正確なディテールで示さなくてはならないということだろう。

さて、ドストエフスキーの愛読者のなかには、建設技師として登場するこのキリーロフを、『白痴』の主人公ムイシキンに重ね、肯定すべき人物として受けとめる向きが少なくない。しかし両者の類似はごく限られた範囲のものにすぎないというのが、わたしの印象である。というのは、キリーロフはあくまでも無神論者であり、先の引用にも見るように怖ろしいまでにアナーキーな感覚の持ち主だからである。これほど破壊的な思想をもつキリーロフがなぜ「建設技師」の職につき、「橋梁」の建設にまで携わっているのか、それ自体、アイロニーとしかいいようがない。ご存じのように、『悪霊』の舞台であるトヴェーリは、ヴォルガ上流に位置する町で、このあたりの川幅は約二〇〇メートル、一八六〇年代には、ピョートル時代に作られた古い浮き橋と、一八五一年に建造された鉄橋が存在するにすぎなかった。今日、一般人が通行できる最古の橋として知られるスタールイ・モストが架けられたのが一九〇〇年。橋を架けるといっても、相手がヴォルガともなれば並大抵の作業ではなかったことは明らかである。しかし、キリーロフのこの橋梁建設については、「事実的」な意味においてのみ理解するわけにはいかない。ポーランドの研究者ファリノによれば、キリーロフは、みずからのヴィジョンとみずからの自殺によって

「人類のための橋」を築こうとしていたことになる。ここで注意しておきたいのは、ローマ・カトリックにおける教皇の名称が、文字通りの意味において、偉大な「橋梁建設者」(pontifex maximus) とされていることである。このようなディテール一つをとっても、キリーロフがけっして一義的に肯定できる人物ではないことが理解できるだろう。

では、キリーロフにおけるロシア語力の劣化は、どう説明できるのだろうか。彼の「橋梁建設」が、新たな「進化」へと向かうプロセスにおける環の意味を担わされている以上、当然のことながら、これをバベルの塔になぞらえることができる。彼の、ロシア語の劣化は、ことによると、死の恐怖を克服したものが神になるとする人神哲学に対する神の復讐として意味づけられるべきなのかもしれない。

反復を恐れずに言えば、人神哲学の完成を今や遅しと待ちわびるキリーロフの脳裏にとりついている観念とは世界の「終末」である。

ここにひとつ興味深いディテールがある。

「自分がそんなに幸福だってことを知ったのは、いったいいつのことです?」とスタヴローギンに問われたキリーロフは、「先週の火曜日、いや、水曜日ですかね。もう水曜日になっていました、夜中のことでしたから」と答え、「時計を止めました。二時三十七分でした」と言い添える。そこでスタヴローギンは改めて、「時は止まらなくてはならない、っていうことのしるしにですか?」と確認するのだが、この「二時三十七分」という時刻の提示にはなにかしら特別な意味があるのだろうか。数秘学的な観点からこの時刻の説明を試みたサラスキナによると、二時三十七分は、157分、つまり60＋60＋37ということになり、1＋5＋7、すなわち13、つまり黙示録的な運命の数に合致しているという。

次に、キリーロフ（Кириллов）の名前にも注目しないわけにはいかない。スタヴローギンに「十字架《スタウロス》」の意味があり、彼の登場が、カトリック教会における「十字架称賛の日」に重ねあわされている事実を思うと、キリーロフの名と父称、アレクセイ・ニールイチ（Алексей Нильич）にも、何がしかの象徴的な意味を読みこまざるをえなくなる。キリーロフの語源は、キリルすなわち「太陽」を意味し、父称のニールイチは、「黒い」の、名前のアレクセイは、「守護者」の意味である。つまり、これらを総合的に読みとくと、「黒い太陽の守護者」の意味があぶり出されてくる。ウクライナの伝説によると、「黒い太陽」は「死」を意味しており、キリーロフには、その沸きあがるような生命感覚とはうらはらに、「死の使徒」としての役がふり分けられていることがわかる。

では、「悪霊」の一人としての、「反キリスト」としてのキリーロフの特質はどこに見いだせるのか。

人間の生命のみならず自然の万物に対する本能的ともいえる慈しみやいきいきとした感受性という点で、キリーロフとシャートフはたがいに兄弟関係にある。しかし、キリーロフはしばしば、シャートフにはない、凄まじくも冷徹な一面をのぞかせる。熱狂と無関心のグロテスクな同居とでも呼べばよいだろうか。たとえば、ボール遊びをする赤ん坊にたいして示される細やかな愛情と対照的に、スタヴローギンとガガーノフの決闘を苦もなく目撃できる冷徹さである。

スタヴローギン自身、そうしたキリーロフが抱く人神哲学に、かなり懐疑的であったことが読みとれる（「賭けてもいいですが、ぼくがまたここにお邪魔するときは、あなたはもうすっかり神を信じてますよ」第二部第一章5）。事実、キリーロフの部屋には、ニコライ一世や聖人の肖像画が架けられ、聖像の前には燈明が灯されている。キリーロフの世話を焼く老婆の習慣といってしまえばそれまでだが、この光景は、まさにキリーロフの内面の矛盾を明々と照らし出す。
そこで思いだされるのは、スタヴローギンがシャートフから吐きかけられた次のセリフである。「アメリカでぼくは、三カ月ものあいだ、ある……不幸な男と、藁《わら》のうえに枕をならべて寝ていました。その彼から聞いたんですが、あなたがぼくの心に神と祖国を植えつけていたのとちょうど同じころ、いやひょっとして、日付まで同じかもしれない、あの不幸な男、あの偏執狂のキリーロフの胸に毒を盛っていた……あなたは、あの男の胸に、嘘と中傷を根づかせ、彼の理性を狂気へと導いていった……」（第二部第一章7）
キリーロフは、ドストエフスキーが生みだしたあまたの登場人物のなかでも際だって特異な人物であり、彼が拳銃自殺へといたる生々しい内面破壊の描写は、作家のずばぬけた感情移入力を物語っている。キリーロフの内面破壊は、まともに文章を構築できない彼のロシア語力の著しい欠如にきざしがあった。逆にそうした欠落がなければ、「人神」といった哲学は抱きえない、とドストエフスキーは考えていたかのようでもある。そうしたキリーロフが読者を魅了してやまないのは、彼の口から発せられる魅力的で、なおかつ矛盾に満ちた言葉である。癲癇の発作の前ぶれを思わせる大きな恍惚感のなかで、世界の全面肯定に立った彼はこう叫んでいる。
「人間って、ほんとうによくない……だって、自分たちがすばらしいことがわかってないんですから」（第二部第一章5）
「いいことです。赤ん坊の頭をかち割っても、いいことなんです」（第二部第一章5）

世界の全面肯定という視点は、『カラマーゾフの兄弟』のイワンが否定する「調和」と同じ地平にあるが、これは、あきらかにヴォルテール『キャンディード』に起源をもっている。『キャンディード』に出てくるパングロス博士にも似て、世界のもろもろを「最善の状態」と考える彼は、同時に、スタヴローギンと変わらないほど他者への関心を欠落させている。ある意味で、彼は「生命感覚そのものとして」存在しているだけである。

ちなみに『悪霊』には、一度かぎり、『キャンディード』のモチーフが顔を出すので、ついでに引用しておこう。

「(ときおり彼は、こんなふうにしてあてずっぽうに本を開き、右のページを上から三行ばかり読んで占いをすることがあった)。出てきたのは次のような言葉だった。《Tout est pour le mieux dans le meilleur des mondes possibles》(「ありとあらゆる世界でもっともよきこの世界では、すべてがよい方向へと向かう」)。Voltaire,《Candide》(ヴォルテール『キャンディード』)だった。レンプケーは、ぺっと唾を吐きすてると走りだし、『スクヴォレーシニキに急いでくれ!』とひと声かけて馬車に乗りこんだ」(第二部第十章1)

思えば、この全面肯定の哲学の未完成さを証明していくプロセスが、『悪霊』第三部において彼に与えられた役目ということになる。世界のすべてに対して肯定的であるということ、それは同時に、先の「赤ん坊の頭」の比喩が示すように、世界の悪を受動的に受け入れることをも意味する。

ここには、キリーロフの精神内部における二つの方向性が見てとれる。すなわち、彼の理性が止みがたくめざしている、「人神」へのベクトルと、それとは逆に、「神人」に向かう精神のベクトルである。前者は明らかに「神の撲滅」をめざしており、そのためには、「地球と人間の物理的な変化」までも要求される。キリーロフはこう主張する。

「あの神は存在していませんが、神は存在しています。石に痛みはありませんが、石に対する恐怖には痛みがあります。神というのは、死の恐怖の痛みのことをいうんです。痛みと恐怖に打ち克った人間が、みずから神になる。そのとき新しい生命は生まれ、そのとき新しい人間は生まれ、なにもかも新しいものが……そこで歴史は二つの部分に分かれます。ゴリラから神が絶滅するまでの部分と、神の絶滅から……」

読者に注意してほしいのは、キリーロフが最後にこう言いさしたあとのクロニクル記者の「ゴリラまで、ですか?」という反応である。これは、クロニクル記者に代わってドストエフスキーがみずから発した問いと考えてよい。キリーロフはその問いに平然と次のように答えている。

「地球と人間の物理的な変化までです」

これは、完全に「黙示録」のパロディをなしている。クロニクル記者の口から滑り出た、「ゴリラまで」の一言には、すなわち「獣」の時代の到来が暗示されていた(ちなみに「ゴリラ(горилла)」と「キリーロフ(Кириллов)」は音的に類似している)。だが、神が絶滅した後の時代がどのようなものかは明らかにされない。そもそもキリーロフが立っている現実とは、神が絶滅する直前の特異な時間である。神の絶滅の後にどのような時代が訪れてくるかを想像もせず、ただひたすらそのために自殺する。それが彼の自由意志であるにせよ、自分の死が、どのように利用されるかを知りつつ、キリーロフはあえてそれを引き受ける。そもそも、神を絶滅させるためにキリーロフが入ろうとしている世界とは、すべてが「最善の状態」にあるというパングロス的真理が確立された世界でもある。

周知のように、『キャンディード』に登場する哲学者パングロスは、ライプニッツ哲学の影響のもとに、「すべて物事は、現にあるより以外にありえない」「すべてが最善の状態」にあると考えた。キリーロフが、はたして「現にあるより以外にありえない」と考えていたかどうかはわからないが、彼がみずからの自殺によってピョートル・ヴェルホヴェンスキーによるシャートフ殺害の片棒を担ぐ結果になった事実は見のがせない。

エルミーロワは、次のように書いている。

「キリスト教的な真実の充全さにたいする裏切り、そこからの墜落は、まぎれもない悪魔つきに、人生を『悪魔のヴォードヴィル』として見るまなざしへと変化してしまう。キリーロフによって開かれた扉は、悪魔的なカオスへの扉と様変わりする。それこそが、キリーロフの自殺の場面に見られるいくつかの悪魔学的なディテールである。全員を、すべてを罵倒したおしたいという欲望、状況的には動機付けがなされていない笑い、ピョートル・ヴェルホヴェンスキーにとびかかるときの『獣のような獰猛さ』、……そして彼のモンスター性（ヴェルホヴェンスキーが凶暴にとびかかっていくにもかかわらず、『まるで石か蠟人形と化したかのように』彼の姿は関節一つ動かそうとしない）である。最後のディテールは、スタヴローギンの『生気を失った蠟人形』と呼応し、その悪魔学的なシンボリズムを強化するものである」

要するに、一義的なまなざしのもとでキリーロフを見ることには、とてつもない危険が待ち受けるということなのだ。またドストエフスキーは、最終的な自殺の瞬間に露呈されるなまなましい自己分裂こそが、キリーロフの世界のすべてだといっているのである。

3　ロシア・メシヤ主義——神をめぐる問い2

スタヴローギンの「思想」の第二の犠牲者がシャートフである。

クロニクル記者によれば、シャートフは「理想的なロシア人の一人」である。彼が抱いている思想には、作者ドストエフスキーがその後『作家の日記』などで表明する内容とかなり近いものを見ることができるだろう。しかし、だからといって、シャートフの思想が、全面的に作者の承認を得ていると考えることはできない。建て前と本音の「二枚舌」に通じる、きわめてポレミックな部分である。

シャートフの語源が「ぐらぐらする（シャトキー、шаткий）」に発しているように、キリーロフ同様、彼はまだ信念形成の途上にある。キリーロフの「人神哲学」もまた完全な無神論にまでは達していなかった。信念形成の途上という観点から、ひとつ注意すべき問題は、この二人とスタヴローギンの関係性である。スタヴローギンがいかに空虚であり、内面を欠落させた存在であるとはいえ、やはり彼自身はシャートフとキリーロフの二人のジンテーゼ（統合）、より厳密には「負のジンテーゼ」とでもいうべき存在として君臨しつづけている。

他方、シャートフは、ドストエフスキーがもっとも愛情ゆたかに描き出した登場人物であり、その風貌には、作者自身の面影すら彷彿とさせるものがある。そのシャートフが信条とするキリスト教には、ロシア・メシヤ主義を思わせるきわめてファナチックな情念が息づいていた。

「真に偉大な民族は、人類における二流の役割に甘んじることはできない。……たとえ残りの民族が、それぞれに独自の偉大な神々をもっていたにせよ、真の神をもつことができるのは、諸々

の民族のなかの一民族にすぎない。『神を体現する』唯一の民族、それがロシアの民族である」(第二部第一章7)

この思想を、ドストエフスキー自身の思想とみることができるのかどうか、大いに迷うところである。そうだともいえるし、必ずしもそうだとはいいきれない。極度にナショナルな観念と結びついたキリスト教をドストエフスキー自身がどこまで本気で肯定していたか、研究者の間でも意見が分れている。そこでひとつ参考になるのは、スタヴローギンがシャートフの思想について、ずばりその限界を突いている点である(「それって、スラヴ派の考えだと思いますがね」)。ロシア・メシヤ主義を、より普遍的なキリスト教の理想に照らして、ドストエフスキーの究極の思想とみるか、過渡の思想とみるかで、シャートフ解釈も根本から変わってくる。

この問題を考えるヒントとなるのが、シャートフのモデルとなった何人かの存在である。シャートフのモデルが、ネチャーエフ事件の犠牲者で農業大学の学生イワーノフであったことは、周知のとおりだろう。しかし、それ以外にも何人かのモデルがいたことが知られている。第一の人物は、創作ノートの初期の段階に姿を現したアルカージー・シャーポシニコフ(一八六八年没)——。はるかコンスタンチノーポリの地にまで遍歴の旅に出た分離派の主教として知られる人物である。モチューリスキーは、シャートフと分離派との精神的な紐帯を強調するためにこの人物を引き合いに出したのではないかと述べている。そして第二の人物とは、ロシア人革命家で亡命者のワシーリー・ケーリシエフ(一八三五~七二年)——。貧しい役人の子としてサンクトペテルブルグに生まれた彼は、ペテルブルグ大学東洋言語学部に聴講生として学んだあと、一八五九年にロンドンに赴き、アレクサンドル・ゲルツェンと親交を結んだ。しかしゲルツェンから「政治的に未熟」とみなされ、同じゲルツェンのイニシアチブのもとで、古儀式派（分離派）や異端派にかんする資料収集にあたるとともに、旧約聖書の翻訳にたずさわった。ケーリシエフはそれらの成果をロンドンで刊行した後、農奴解放直後の六二年には、非合法によるロシア入りを画策しはじめた。その目的は、もともと反政府的な傾向のつよい「古儀式派」を革命運動に引きこむことにあったとされる（ご存じのとおり、ドストエフスキーは、このモチーフを『悪霊』に取りこんでいる）。だが、ロシア入りを前にトルコ、ハンガリー、ルーマニアを転々とするうち、次々と妻や子どもたちをコレラで失い、ロシアとルーマニアとの国境でロシア官憲に投降した。アレクサンドル二世は、国外での活動や転向までの経緯をこまかくつづった彼の「告白」を読んで大いに感動し、ケーリシエフに全面的な恩赦を与えたばかりでなく、その後、両首都において国家的な任務まで与えた。

ロシアの研究者ドリーニンによると、「悔悟するニヒリスト」という側面から見た場合、シャートフとケーリシエフは、「その精神的な特質」の点でたがいに「パラレル」をなすものだという。そこで言う「パラレル」とは、社会主義による革命への熱中から、独自のスラブ主義さらには宗教的な探求の道を希求していく精神的変貌のプロセスである。

たしかに、シャートフは、「神を体現する民」ロシアにファナチックに同化したいと願いながら、直接的な神への信仰を得るにはいたらず、苦しみと「労働」によってそれを購おうとしている。シャートフみずから「退屈な本」と称しているように、彼はまだ観念的な熱狂から抜けきれていない。シャートフの「過渡的な」性質とはまさにそのようなものである。

ドストエフスキーが、ロシアの使命について熱っぽく語るシャートフに大きな望みを託していたことは、言うまでもないし、創作ノートにも「シャートフは新しい人間だ」と書いていた。世界にたいして生命感覚そのものであるような人物、それはいかなる宗教も越えて、ひとつの信念を体現しうるはずだ。その感覚はキリーロフ同様、限りなく開かれているが、シャートフの場合、キリーロフとは異なって善悪の基準がしっかりと見据えられており、世界の全面肯定といったパングロス的ニヒリズムへと向かうことはなかった。スタヴローギンの子と知りながら、マリーが産み落とそうとしている赤ん坊にそれこそ限りない愛情を傾けるシャートフだが、ドストエフスキーは、このような男までも殲滅しようと試みる革命家たちの狂気に心から怒りを覚えたのだろう。むろん、ネチャーエフ事件の犠牲者であるシャートフのモデル、イワン・イワーノフとの間には無限の開きがあった。思うに、イワーノフ殺しならざる「シャートフ殺し」こそ、ある意味で、ドストエフスキーを革命批判へと誘導した根本原因だったとさえ言えるのである。

しかし、底抜けに熱いヒューマンな生命感覚を持ちながらも、シャートフは深く分裂していた。キリスト教は、すべての民族、すべての言語をこえて唯一不変の真理である神をめざすべきだが、シャートフは「神をはらめる民」を信じることはできても、民族と言語をこえたキリスト教の神を信じるまでにいたっていない。シャートフはその意味で、「ロシアの神」の犠牲者とも言えるのである。「神を民族のたんなる属性にまでひき下ろそうとしている」とスタヴローギンに批判されたシャートフは、「それは逆です、民族を神にまで高めようとしているんです」と反論しているが、スタヴローギンの批判こそ正しかった。この言葉は、ドストエフスキーによるシャートフ批判を代弁するものであったともいえるし、それ自体が、先ほども述べた、建て前と本音の分裂、すなわち二枚舌であった可能性もある。後に帰還したマリーから「何を宣伝してらっしゃるの?」と尋ねられたシャートフは、「神の道を宣伝している」と答えるが、マリーから鋭くこう切り返されてたじろぐ。

「ご自分が信じていらっしゃらない神の道をね」

事実、シャートフはこれまで、ステパン・ヴェルホヴェンスキー、スタヴローギン、キリーロフらに向かってみずからの信念を吐露してきた。しかし、その限界を鋭く看破していたのは、マリーばかりではない。シャートフは熱に浮かされたように叫ぶ。

「ぼくが信じているのは、ロシアです、ロシア正教を信じています……キリストのからだを信じています……。新しい再臨はロシアで起こると信じています」

そのシャートフにたいしてスタヴローギンは「それじゃ、神は?」と冷やかにたずねる。するとシャートフは答える。

「ぼくも……ぼくも、いつか神を信じるようになります」

そして彼は、自分自身の信念を述べる。

「大地にキスしてください、涙で濡らしてください、許しを乞うんです!」

「いいですか、労働によって神を手に入れてください、すべての本質がそこにあるんです」

むろん、シャートフがこのとき念頭に置いていた「労働」とは、「百姓をする」ことを意味していた。また「大地にキスをする」という動機は、足の悪いマリヤと同じ異端的な信仰を含んでいた。しかしシャートフの言う大地とは、ロシアという固有性のシンボルであって、抽象的な「土」を意味していたわけではない。この思想は、一八七〇年代、すなわち『悪霊』を書きはじめた時代のドストエフスキーのそれと深く通じあっており、その意味でシャートフは、いまだ最終的な信仰にたどりつけないドストエフスキーの苦悩そのものの反映ということもできるのである。

ロンドン時代のケーリシエフの関心に話をもどすなら、古儀式派ないし異端派や教会に対立的な姿勢をとる人々を革命運動に取りこもうという試みは、創作ノートを見ると、分離派の信徒たちを革命運動に利用しようとするピョートルのもくろみに深く通じていた。

さて、ここで、もう一人、シャートフの思想を代弁する謎めいた名前が登場する。創作ノートのかなり早い段階から頻繁に名前が現れるゴールボフという人物である。二つほど引用してみよう。

「シャートフ――ゴールボフ。屋敷づとめの農奴出身で、公爵夫人の洗礼子、養子、独学者（中学校）、頑固な性格（勉学を終えず、大学を除籍になる）。公爵夫人とともに外国へ行く、結婚してすでに四年――意地になっている、等など。多くの点でゴールボフの思想と教義」

「ネチャーエフ。旧教徒の秘密印刷所の件でゴールボフとはなしをつけようとしてやって来る」

シャートフは、むろん作中の人物であるが、ゴールボフは、歴史上の人物であることがあきらかである。ところが創作ノートでは、そのシャートフとゴールボフの名前がしばしば混同して現れる。

ここで、ゴールボフの出自を具体的に明らかにする前に、ドストエフスキーがこの時期、分離派（ないしは古儀式派）の人々に抱いていた関心についてひと言述べておかなくてはならない。アンナ夫人は書いている、

「夫がとくに関心をもっていた歴史部門や古儀式派にかんするまじめな著作がたくさんありまし

た」

しかし残念ながら、ドストエフスキーが集めた分離派に関する稀覯本の類は、国外を旅行中の三年半の間に、その大半が古本屋に売り払われてしまった。

さて、ドストエフスキーが、古儀式派の哲学者でヨーロッパから帰還した二人の哲学者パーヴェル・プルスキーとその弟子であるコンスタンチン・ゴールボフの存在を知ったのは、『悪霊』執筆から遡る一年半ほど前に、『ロシア報知』（一八六八年七、八月号）に掲載された論文だった。とくに彼がつよい関心を抱いたのが、農奴出の分離派信徒で、独学で哲学を学び、農奴解放に強く反対したゴールボフだった。当時、彼は、ゴールボフの書いた「世界の胎」「まことの善」「人生の果実」などの論文を読み、マイコフ宛ての手紙で、「これは、来るべきロシア人のタイプではありませんが、もちろん将来のロシア人のタイプのうちの一人であることはまちがいありません」と絶賛した。モチューリスキーによると、このゴールボフという人物こそが、『悪霊』の前身の一つともいうべき『無神論』や『偉大な罪びとの生涯』の中心をになう、「生涯の終わりにキリストとロシアの大地、ロシアのキリストとロシアの神を発見する」主人公のヒントになった人物だという。創作ノートのなかでゴールボフはこう主張している。

「現世における楽園、それはいまも存在するのです、世界は完全に創造されているのです。この世界のすべては快楽です——ただし、それが正常で合法的であるという条件のもとでのみです。神は、世界と同時に法を創造し、さらに奇跡を成就されました。つまり、キリストの法を、実例によって、生きた模範として戒律としても示されたのです。してみれば、不幸は——ただ一つ、非正常な状態、すなわち法が守られない状態に由来するのです……自己制御は規律の問題であり、規律は教会のうちにあります。あなた方は、奴隷は自由ではないと言われる。しかしキリストは、奴隷もまた、奴隷としてとどまりながら、高度に自由でありうると言われました。……もしすべての人が自己制御の高みにまで達するなら、不幸な結婚もないでしょうし、飢えた子どもたちもいなくなるでしょう」

ドストエフスキーは一時期、このゴールボフを、公爵とシャートフにたいし、精神面で圧倒的な影響力をもつ人物として想定していた（「ゴールボフ一人が彼の心を動かし、感動させる」）。また、彼は、ネチャーエフ（ピョートル）を評価するほとんど唯一の人物としても想定していた（「あれほどの信念の力と平静さがどこから来るのか。ネチャーエフはぼくにとって衝撃でした」）。しかし、ドストエフスキーは最終的にこの人物に満足できなくなったと考えられる（「ゴールボフは不要」）。というのも彼が、あまりにも直線的にすぎ、小説の悲劇的な感覚になじまないとの判断が生まれたからだと想像する。しかし、分離派の思想を「自己統御」というストイシズムの極にまで高めたこのゴールボフとの二重写しにおいて、シャートフもまた、「フィリッポフの家」に住む資格を得ていたといっても過言ではない。

さて、『悪霊』を読み進めていくと、最終的な信仰の確立に向けて揺らぎつづけているシャートフが、まさに第三者からの分裂した視線で見られていることも明らかになる。カントールは書いている。

「おそらく、シャートフが、悪魔的な扇動に屈しているのは偶然ではない。シャートフもまた特殊な仮面をかぶっているからである。というのも、彼にとって、神は、ロシア国民の属性でしかなく、この仮面もまた西洋から持ち込んできたのだった。それが、彼には受け入れがたい西欧の生活様式にたいする反対物としてだからである」

他方、セルゲイ・ブルガーコフも次のように書いている。

「シャートフにおいては、宗教的なバランスが破壊されている……シャートフはまぎれもなく、民族主義が宗教よりも高いところにあり、正教がしばしば政治手段となるロシア人の生活における病的な潮流のイデオロギー的先駆者なのだ。この傾向はドストエフスキーにもあって、彼は、それが自分にあることを知り、シャートフという人物像を借りて、宗教的なおおいのもとに隠されたこのナショナリズムという悪霊の誘惑を芸術的なかたちで客観化したのだった」

シャートフはまだ、ナショナリズムという「悪霊」に呑みつくされている。彼は、ドストエフスキーにおける、信仰者としてのアイデンティティそのものの揺らぎを体現していた。その意味で、シャートフの未来は、ドストエフスキーの未来でもあるはずだった。

Ⅱ 「夜」のマリヤ

1 マリヤ・レビャートキナの謎

マリヤは聖なる存在か、邪悪な魔女か。

その両義的な側面をしっかりと見きわめなければ、ドストエフスキーの人物造形の混沌とした深みに入りこむことは困難である。マリヤの存在をめぐっては、その狂気じみた行為と「びっこ」という身体的欠損にもかかわらず、ゲーテの『ファウスト』第二部に描かれた「永遠に女性的なるもの」のイメージが重ねられてきた。むろん、そうした対比自体いちじるしく観念的といわざるをえないが、たとえば、ソ連時代の研究者チルコフ（「肉体的な奇形と知的な障害は、マリヤ・レビャートキナの内面の美しさを際だたせる」）に典型的に示されているように、身体的欠損と内面の美しさの対比に、読者の多くがほとんど文句なしに魅了させられてきたこともまた疑いようのない事実なのだ。とりわけ、シャートフを前にしたマリヤの真摯さあふれる告白は、信頼と愛と狂気の結合のみが発しうる独特の輝きを帯びている。

しかし、わたしたち読者の印象は、必ずしも、こうしたポジティブな評価とのみ一致しているわけではない。たとえば、「永遠に女性的なもの」というシンボル的な存在をマリヤに見るヴァチェスラフ・イワーノフにしても、「彼女がびっこであるというところからして、彼女の隠された背信的な罪を……暗示している」と述べている。身体的な欠損との連想で言うなら、扁平な頭のかたちをしたピョートルや、耳の長いシガリョーフもまた、ある意味でマリヤと同一のカテゴリーに組み入れることができるし、逆に身体的欠損を抱えていることで、マリヤは、悪霊たちの系列に並ぶという言い方もできる。マリヤという謎めいた存在がはらむ分裂について、サラスキナは次のように述べている。

「その魂のなかで、祈りと罪（赤ん坊を夢み、その赤ん坊を池に沈める幻想）、エクスタティックな歓喜と『吐き気がするほどの苦しみ』がともに息づくマリヤは、理想よりもむしろ、『悪魔と神が闘い、その戦場こそが人間の心』である人間の本源的な力を具現する」

おそらく一般の読者がマリヤについて抱く印象は、「悪魔と神」が闘う戦場という、サラスキナの定義とかなり近いところにあるのではないか。

さて、スイスからペテルブルグ経由で帰郷したスタヴローギンには、すでに述べたように二つの動機があった。創作ノートの記述を信じるかぎり、第一には、リーザを所有したいという止みがたい衝動であり、もう一つは、功業の要求である。ただし、最終稿において、前者にかかわる動機はほとんどかき消され、むしろ、功業への要求が前面にせり出してきたような印象を受ける。スタヴローギンの意識下には、足の悪いマリヤとの結婚を公にするという屈辱によってみずからを罰したいという願望があった。しかし、そうした功業への野心を根底から突きくずしたのが、まさにこのマリヤだった。

興味深いのは、スタヴローギンが川向こうにマリヤの新居を訪れた際の部屋の描写に、新たなディテールが加わっていることだ。
「テーブルの上にはあいかわらず、こまごまとした必需品が——カードが一組、手鏡、歌の本、それに味つきのパンまでが——並べてあった。またそれとは別に、極彩色の絵が入った小さな本が二冊、顔を見せていた。一冊は——、少年少女向けに書きなおされた、ある有名な旅行記のダイジェスト版であり……」（第二部第二章3）

新たに加わったディテールの一つ、「ある有名な旅行記のダイジェスト版」——これは一八六四年にパリで刊行され、翌六五年にペテルブルグで翻訳されたジュール・ヴェルヌの小説『地底旅行』である。なぜ、このような本がいま、彼女の部屋に置いてあるのか。だれがこの本をマリヤにプレゼントしたのか（それとも、マリヤが自分で買いこんできたものなのか）。そもそも、なぜ『地底旅行』なのか。このあたりの謎解きは、サラスキナの優れた論考が大いに参考になる。『地底旅行』の翻訳が出るとまもなく、ロシアのジャーナリズムは、この本の評価をめぐって大きく二つに分かれた。左翼系の『ソヴレメンニク（現代人）』は、これを好意的にとらえ、逆に保守派の新聞『ゴーロス（声）』は、「きわめて有害で、まぎれもなく危険な書物」とこきおろした。『ゴーロス』の主張は、この小説をとおして子どもたちは、火山の特徴や地下の河川の存在、さらにはさまざまな古生物の存在を知ることになる、それによっておのずから信仰心が弱められるという反啓蒙主義的な立場からのものだった。

「これはもう、われらの知恵足らずの乳母たちのおとぎ話などではない。これは自然科学の意義と影響力を理解する教育ある婦人たち、フォークトにおむつをあててもらい、バークリーにあやされ、ルイスから乳を飲ませてもらう……そんな育ち方をした婦人たちの知的な物語なのである。

われわれが『地底旅行』を推薦できるのは、バザーロフやロプホーフ、その仲間たちの流儀で子どもを育てたがっている人たちだけである」

バザーロフとは、同時代の作家ツルゲーネフが『父と子』で、ロプホーフは、チェルヌイシェフスキーが『何をなすべきか』で描き出したニヒリストの革命家である。つまり、『地底旅行』には、おさない子どもたちの成長に悪影響を与えかねない危険な種子が見られるというわけだが、興味深いのは、『ゴーロス』紙の主張をすぐさま政府筋が支持したことである。当時、ロシア社会は、アレクサンドル二世暗殺未遂事件（カラコーゾフ事件）の傷から立ち直れずにいた。一八六六年五月には、時の内務大臣ワルーエフが、同事件を調査する臨時の委員会委員長宛てに、皇帝暗殺計画に関する特別報告書の中でこう懸念を表明していることからもそれがうかがえる。

「きわめて不道徳な傾向をもち、自然に対する唯物論的な見方を青年に植えつけようとするジュール・ヴェルヌの書物が人気を博し、広く普及している」

政府は、この報告書を受け、モスクワの中学校《ギムナジウム》の校長や諸学校の正規監督官宛てに、図書館では『地底旅行』を購入しないこと、すでに所蔵している機関からは、ただちにこれを回収するように指示した。

ふたたび『悪霊』に話を戻すならば、いったい、だれが、「神がかり」のマリヤにこれほどにも「不道徳な傾向」をもつ「唯物論的な」書物をプレゼントしたのか（あるいは部屋に置いたのか？）ということだ。かりにプレゼントであるとして唯一成立しうるのは、スタヴローギン（＝ないし「公爵」）からの寄贈という考えである。公爵＝スタヴローギンの帰還を予言したマリヤが、歓迎のしるしにそれとなく目に触れる場所に置いた、と考えることもできる。

さて、先ほども少し引用したイワーノフは、『悪霊』を「象徴的悲劇」と呼んだが、事実、小説のもつ政治的かつパンフレット的な外観とはうらはらに、物語の全層をとおして象徴化のプロセスが進行している。それは、この小説がはらんでいる終末論的な空気とも無縁ではなかった。

そして『悪霊』において、他のだれよりもこの「象徴的悲劇」の主役をになっているのが、「足の悪い」マリヤ・レビャートキナということになる。第一の謎は、なぜマリヤに「足の悪い」という属性が与えられたのか、ということだろう。どのような動機づけからなのか、この時期のドストエフスキーは一貫して、「足の悪い」女性というモチーフを持ちこんでいるが、それはおそらく作家個人の性癖と関わる何かがあったにちがいない。『悪霊』執筆の直前に彼が雑誌『ザリャー』用に用意していた短編小説にも「足の悪い」少女の話が出てくるし、『無神論』や『偉大な罪びとの生涯』の草稿にも、マリヤの原型とおぼしき女性の登場が予定されていた。『悪霊』では、マリヤのほかにもう一人、ヴィルギンスキー家での「同志仲間」の場面に「足の悪い」高校教師が登場するが、この人物もまた一種異様な印象を与える。マリヤの場合、なぜ彼女がこのような身体的欠陥を抱えるにいたったかの理由については、いっさい説明が施されていない。サラスキナは、「足の悪い」登場人物の存在は、総じて、「不変に、法則的に、ある種の精神的な欠陥を伴っている」とその印象を述べている。では、この「精神的な欠陥」をどのような文脈においてとらえるべきなのだろうか。「足の悪い」女性の典型例として思い出されるのは、『カラマーゾフの兄弟』に登場するマゾヒストの少女リーザ・ホフラコーワだが、もしもこのリーザとの接点を考慮するなら、「びっこ」は、ある種の「ヒステリー」ないし「ベソフシチナ（悪魔つき）」を示唆する指標ということになるのかもしれない。事実、マリヤ・レビャートキナにも、「悪魔つき」の属性が与えられているし、スタヴローギンに魅入られたリーザ・トゥーシナもまた、「びっこ」になりたいという願望をあからさまに口にする（創作ノートの段階では、じっさいに彼女が足を折る事件まで想定されていた）。他方、このリーザに恋するレビャートキン大尉は、足を折り、「びっこ」となるリーザへの妄想を膨らませ、一編の詩を彼女に献呈することになる（「うるわしの女《ひと》、足を折りて／美しさ、いやまさりて」）。レビャートキンの理解によれば、憧れのリーザは足を折ることで、ますます輝きを帯びた存在になる、というのである。

これまでの『悪霊』研究において、マリヤの「足」にかんする言及がかならずしも十分になされず、辛うじて、サラスキナの論文が知られるのみだった。かりに、サラスキナの理解にしたがい、マリヤの「びっこ」と「悪魔つき」を、隠喩的な関係ないしある種のシンボリカルな関係としてとらえることができるなら、少なくとも彼女の「悪魔つき」は、スタヴローギンへの熱中と同時にはじまったと考えるのが妥当だろう。しかしそれでも、マリヤの足がなぜ悪いのか、という問いにたいする答えとはなりえない。しかし、とりあえずは、「足の悪さ」という属性に目をつむり、「悪魔」に恋をし、「悪魔つき」になるというモチーフに注意を向けてみよう。ロシアの民間伝承には、この種のモチーフがたびたび現れるが、なかでもよく知られるのが、「悪魔つきの妻ソロモニヤ」の話である。ロシアの研究者ロトマンの研究によると、『悪霊』の執筆にあたり、ドストエフスキーは確実にこの伝承を意識していた。

北ロシアの町ウスチュクの司祭ドミートリーの娘ソロモニヤは、酔っぱらった司祭にまちがって洗礼されたことが原因で、日ごろ悪魔たちから恐ろしい責めを受けている。新婚の夜、悪魔たちは、彼女を農民の夫マトヴェイから遠ざけ、自分たちの子どもを身ごもらせてしまう。ソロモニヤはその後もさまざまな苦しみに耐えるが、ある日、夢に現われた聖フェドーラから、悪魔たちの支配から逃れるには、ウスチュクに戻って聖人の棺のそばで祈りを唱えなさいとのお告げを受ける。ソロモニヤはそのお告げを忠実に実行すると、夢のなかに聖人が現れて彼女の胎を開き、悪魔たちをかきだして、「悪魔つき」の病いからソロモニヤを救いだす。この物語では、とくに終わりの部分、すなわち、プロコピーとイョアンの聖人が夢のなかでソロモニヤの胎を開き、取り出した悪魔を串刺しにしたり、足で踏みつけたりする場面が常軌を逸してリアルである。「ベソフシチナ（悪魔つき）」の話としては、他にも、レールモントフの書いた叙事詩「悪魔」（「堕天使＝悪魔に恋をするタマーラ」）などが知られるが、マリヤの「悪魔つき」や「妊娠」のモチーフには、ロシア文化の深層が意識されていたことはいうまでもない。こうして、民話や叙事詩の世界に照らしだしてみると、「足の悪い」マリヤの妊娠というモチーフが、けっして作者の突飛な思いつきではなかったことが理解される。しかし、ドストエフスキーは、マリヤの造型にあたって、けっしてロシアの民衆的な想像力のなかにのみ閉じこもることはなかった。

2　想像妊娠

『悪霊』では、親世代にたいする若者たちの凄まじい憎悪もさることながら、その反対のベクトル、すなわち子殺しのモチーフにもかなりの力点が置かれている。

フランス文学者の山路龍天は、「『悪霊』ノート」で書いている。

「ついにこの小説にあっては、聖なる光を宿した嬰児の瞳が開かれることはない」

「実はこれは、その深層において、父による子殺しの物語なのである」

マリヤによって殺される空想上の孤児、産褥で死ぬマリーが産んだ嬰児（スタヴローギンの子で、イワンと名づけられる予定だった）、ペテルブルグのアパートの納屋で縊死するマトリョーシャもまた、その派生形とみることができる。しかし、山路の直感は、もう少し広げて解釈する必要があるかもしれない。

『悪霊』において、マリヤとマリーの、それぞれ幻想と現実のなかで生じる「子ども殺し」には、反キリストとしてのスタヴローギンの血を断つという超越的な執念が暗示されている。それは「悪魔つきの妻ソロモニヤ」の民話からも容易に類推される行為である。

「子殺し」という観点から次に関心を引くのが、想像妊娠のモチーフである。多くの読者は、彼女の子どもが純粋に空想上のものであるのか、それとも現実に生まれているのか、判別にとまどう。しかし、マリヤ自身の記憶には、赤子の存在がたしかに刻みこまれている。にもかかわらずマリヤは、子どもの性別や子どもの父親については正確な記憶を持ちあわせていない（「でもね、わたしがいちばん泣けてくるのは、子どもを産んだのはいいけど、夫がだれかわからないことでね」）。聖母マリヤによる処女懐胎とのアナロジーが生まれるのはそのためである。そこで新たに生まれてくる仮説がいくつかある。

第一には、マリヤの言葉通り、彼女にはじっさいに妊娠の経験があったかもしれないということである。むろんその相手がスタヴローギンであった可能性はゼロと考えてよい（「よく考えてごらんなさい、あなたはまだ未婚の女性ですよ、……夫でもなければ、父親でもない、それにフィアンセでもない」）。では、スタヴローギンとの関係をのぞいて、ほかにどのような妊娠の機会が考えられるだろうか。

しかしかりにそれがマリヤの思いこみにすぎないとすれば、願望と象徴のレベルで確実に「公爵（あの人）」の子であることにまちがいがない。問題は、「男の子か女の子か覚えていない」という事実、そして、「夫がだれかわからない」という言葉である。

この場合、たとえば、『罪と罰』で、ラスコーリニコフに殺害されるリザヴェータや、『カラマーゾフの兄弟』に登場する神がかりの乞食女（リザヴェータ）と同様、何がしかのセクト（たとえば鞭身派）と関連づけることもあながち不可能ではない。ただし、現実にそのような状況を想像することは困難であり、妊娠はあくまでも象徴的なレベルでの連想に留まることになる。そこで、改めて「足の悪い」マリヤ＝「聖母」のダブルイメージが意味するものについて考える必要が出てくる。S・ブルガーコフは、マリヤが、「前キリスト教時代に属している」とし、「マリヤはキリストを知らず、聖母についても、独自の、コスミックな意味において語ろうとする」と述べている。まさに、聖母の存在を知らない聖母、キリスト教という神話世界から離れて、混沌としたロシアの大地に降り立った聖母という位置づけである。

さて、マリヤの存在を考えるうえで大きな問題となるのは、マリヤの「回心」といおうか、聖母（ないし聖女）から狂女への変身＝変貌だろう。五年前、すなわちスタヴローギンと出会った当時の彼女は、彼の過去の行状をいささかも関知せず、ひたすら「公爵」として崇めたてていた。ところが、「わたしたちの町」に来て、兄のレビャートキンとともに暮らしはじめるなかで、彼女の精神は確実に変調をきたしはじめた。

ひたすら「公爵」の帰りを待ちわびるマリヤが、現実に戻ってきた彼に「フクロウ」のひと言を浴びせかけ、最終的に「グリーシカ・オトレーピエフ」の一言を投げつける行為は、むろんそうした変調が背景の一つにあった。「フクロウ」や「オトレーピエフ」に対置されているのは、「公爵」であり、「あの方」である。むろん、そこでは、イエス・キリストおよび、その現世の仮の姿としてのスタヴローギンも意識されている。

問題は、マリヤの「狂女」への変身が何をきっかけとして起こったのか、ということである。マリヤが「公爵」にたいして、ある種の倒錯した感情を抱いていたことは容易に想像できる。というより、マリヤのその「神がかり」的な直感がかぎつけたのは、「公爵」のペルソナと実体の分離ないしは、「公爵」からスタヴローギンへの変貌だった。しかし彼女の直感は、変貌そのものの無意味性までも敏感に嗅ぎとっていた。マリヤが待ち焦がれる「公爵」は、雄々しいカリスマ的な存在であるだけでなく、原始的な力、混沌とした力の観念そのものである。ところが、「鷹」と呼ぶところの「あの方」が、いま悔い改めようと努力している。その努力が、かえって彼女を白けさせ、「想像力」のたくましいはばたきを奪ってしまうのだ。この矛盾にみちた状況が暗示しているのは、象徴的な役割をになわされたマリヤと、ひとりの女性としてのしたたかな肉体を具えたマリヤとの分裂である。

カード占いばかりか、シャートフを相手にした夢の告白も、それまでのドストエフスキーにはない、おそろしく複雑な象徴性を帯びている。『罪と罰』以来、夢の不条理にたいする関心は一作ごとに高まり、作品全体との有機的なつながりがつねに意識されてきたが、『悪霊』におけるマリヤの語りは、夢と現実の境界にあって、どこまでも幻想的であり、なおかつ作りものの雰囲気をただよわせている。

「で、その丘にのぼって、顔を東のほうに向けて、地べたにひざまずいて泣きに泣くの。どれくらいの時間泣いていたか覚えてないし、そのときのことは何も覚えていない、ほんとに何もわからなくなるの。それから起きあがって後ろを向くと、お日さまが沈むところなの、ほんとうに大きくて、華やかで、みごとな夕陽でね。……で、また東のほうを振り向いた。すると、こっちの丘の影が、湖の遠くまでずっと伸びているんだ。細っこい弓矢みたいにさ、長い長い影でさ、一キロ先まで伸びている、湖に浮かんでいる島にまで、で、岩でできたその島が、湖をそのまま真っ二つに割っているの、そして真っ二つに割ったとたん、お日さまがすっぽり沈んで、何もかも急に消えてしまうの」

今のわたしに、十分な説得力をもってこのくだりを解釈できる自信はない。たとえば、「細っこい弓矢」のように切り裂かれる湖のイメージは、フェージカによるマリヤ殺害を暗示するというロシアの研究者エルミーロワの解読も、「セックス・イメージがからみついている」という藤倉孝純の読みも魅力的である。しかし、独創性においてひときわ異彩を放っているのが、清水正の解釈ではないだろうか。清水は、「湖に浮かんでいる島」を、大地＝聖母であるマリヤが身ごもった「キリスト」であるとし、その受胎劇が失敗に終わったことを暗示しているという。清水の解釈を敷衍するなら、湖上の島を真っ二つにする「とんがり丘」の影とは、キリストでも、公爵でもない、スタヴローギンの悪魔的な意志と読みかえることが可能である。

ちなみに、ロシアの地勢からして、「細っこい弓矢みたい」な鋭角的なかたちをし、「湖をそのまま真っ二つ」に割ることができる影をつくれる山は、少なくとも『悪霊』の舞台であるトヴェーリ周辺、いや、ウラル以西の中部ロシアには存在しない。となると、「とんがり丘」そのもののイメージや、湖を二つに裂く「細っこい弓矢」のイメージは、より内在的な解釈、彼女の精神状態の暗示ないしは物語の伏線としてとらえるのが妥当である。

しかしともかくも、そうしたマリヤの精神をつねに重く支配していたのが、失われた「赤ん坊」の記憶であったことはいうまでもない。

「なんてこと言うの。ちっちゃくて、ピンク色してて、ほんとうにちっちゃな爪をした赤ちゃんでね。でも、わたしがほんとうに悲しいのは、その赤ちゃんが男の子か女の子か覚えていないことなのよ。……その子のためにお祈りをして、洗礼もすんでいない子を抱いて連れていったの、森のなかの道をとおってね、……でもね、わたしがいちばん泣けてくるのは、子どもを産んだのはいいけど、夫がだれかわからないことでね」

マリヤによる奇妙な語りが延々とつづくが、「その赤ちゃん、いったいどこに連れていったんだい？」というシャートフの質問にたいしてマリヤは答える。

「池のところに連れていったわ」

言を翻すようだが、ここは、マリヤが現に置かれている精神状態の暗示というより、ドストエフスキーがそこにこめた象徴的な意味をこそ読みとるべきだろう。なぜマリヤは、赤ん坊を「森の中に」連れていき、池のほとりに捨てたのか（池に投げすてたのか）？　赤ん坊の父親が、「公爵」ではないとの疑念のなかで殺害を決意したのか？　そもそもこれもやはり「象徴的悲劇」ということで、話を元ネタに返してしまえばそれですべてすむことなのか？

結論から先に述べると、このモチーフの出自は、ゲーテの『ファウスト』にある。

ドストエフスキーは『悪霊』を構想するにあたって、『ファウスト』からいくつかの重要なモチーフを借り、それを巧みに小説の本体に溶けこませていった。そのもっとも典型的な例が、ここに述べたマリヤによる赤子殺しのモチーフであり、そこには、ファウストに誘惑され、捨てられたグレートヒェンのそれが二重写しにされている。周知のように主人公ファウストは、来世での服従を条件として悪魔メフィストフェレスと契約を交わし、現世でのもろもろの快楽・悲哀を味わいつくす。ファウストと恋に陥ったグレートヒェンは彼の子どもをみごもるが、逢引きの邪魔になるという理由で殺し、他方、母親をもあやまって死なせてしまう。そして第一部の終わり、魔女の祭典「ワルプルギスの夜」から戻ったファウストは、赤子殺しの罪を着せられ、死刑を翌朝に控えたグレートヒェンを訪ねて、救いの手を差しのべるが……。

マリヤに『ファウスト』を重ねた場合、わたしたち読者の脳裏には、おのずから次のような連想が広がりはじめる。すなわちマリヤ＝グレートヒェンが「身ごもった」子どもとは、「ロシアの負のファウスト」スタヴローギンの子どもである――。そして、さらにスタヴローギンを『ファウスト』から『悪霊』の世界へとスライドさせるなら、マリヤは、悪魔の子を抹殺するために、あえて誰の子ともわからない赤ん坊を殺した……それこそは、民間信仰の基底に通じる儀式的な意味を帯びていた――。

このようにして『ファウスト』やロシアの民話を『悪霊』に重ねることから明らかになるのは、この小説のもつ象徴構造の異様なまでの複雑さである。そのなかから何を結論として引きだしてくるか、これはほとんど読者個人の判断というしかないが、この幾重にも交錯する象徴劇をとおして浮かび上がってくるのが、仮面の交換によって主役と脇役が入れ替わる仮面劇としての『悪霊』である。そしておそらくは仮面劇ないし「象徴的悲劇」として『悪霊』がもっとも政治的なリアリティを帯びるのが、次に述べる僭称者のテーマということになる。

Ⅲ　僭称者

1　屈辱

「足の悪い」マリヤは完全主義者である。彼女が秘密を愛し、結婚の公表を怖れるのは、そうすることで〈合一〉の神秘が月並みな日常性と化してしまうからである。マリヤ自身、日常性のなかでは蔑まれるほかない存在と化すことを承知していた。彼女が、スタヴローギンと結婚する前にその仲間から受けた仕打ちは、それほどにも深い傷を残していたということである。ところが、スタヴローギンと結婚し、ひたすら彼を待ちつづけるうちにスタヴローギンは聖化され、彼女の公爵崇拝はゆるぎないものとなった。では、そのゆるぎない夢想のなかで、マリヤ自身、どのような存在へと変容していったのか。

ロシアの研究者カバコワは書いている。

「公爵とは、マリヤにとって、男性原理の具現である。……公爵とは、マリヤにとってのみ、マリヤのために、マリヤの名において存在する、完全の具現、善と美と愛の理想なのだ」

完全主義者と化したマリヤは、自分が恋の対象に選んだ相手のなかに、何かしらの欠陥ないし欠損を認めることができない。その意味でこそ、完全性の象徴であるスタヴローギンを愛することができたが、完全性とは、正義と不正のカテゴリーをこえて屹立する世界である。世界のすべての人間がスタヴローギンに、極悪人、女たらし、殺人鬼のレッテルを貼ろうが、完全であれば愛することができる。

マリヤにとって、「公爵」という名前で呼ばれている存在こそが、完全性のシンボルなのであり、多くの読者は、そこにイエス・キリストを二重写しにする。はたしてそうした読者の直感は正しいといえるのだろうか。

ところが、スタヴローギンは、みずからに担わされていた完全性のタブーを犯してしまう。タブーを犯したスタヴローギンはもはや「公爵」ではなく、たんにニコライ・スタヴローギンという名をもつ人間のむきだしの肉体と寸分たがわない。では、スタヴローギンが犯したタブーとは何であり、マリヤのなかに幻滅を生みだすにいたった最大の原因とは何であったのか？　わたしが理解するかぎり、その原因とは、スタヴローギンがシャートフから殴打を浴びるきっかけとなった「嘘」である。マリヤの口から漏れた衝撃的なひと言に注意しよう。

「あたしの鷹はね、どんなに上流のお嬢さんの前でだって、あたしのこと、恥ずかしがったりするもんか！」（第二部第二章3）

マリヤにとっての完全性の追求は、みずからの完全性の具現でもある。自分の存在を恥じたという事実ひとつでもって彼女は、スタヴローギンが自分を（というより自分が抱いている公爵信仰を）裏切ったと感じた。公爵信仰はそもそも、マリヤを支える正義の観念そのものであり、なおかつ完全性の自覚の裏返しでもあったが、それは、足が悪い、という事実とうらはらに、彼女の神がかり的な想像力のなかでのみ正当化される観念だった。

問題となるのは、マリヤの意識のなかにおける公爵とスタヴローギンの関係性である。マリヤとの結婚を公にし、スイス行きを誘いかけてきた相手は公爵ではなく、公爵の僭称者にすぎなかった。マリヤの意識のなかにはすでに、ニコライ・スタヴローギンという固有名詞は存在しておらず、忌避すべきものとして封印されていた可能性すらある。少なくとも、狂気の世界に入りこんでからのマリヤは、いちどとして、スタヴローギンを「ニコライ・フセヴォロドヴィチ」と、名前プラス父称で呼んだことはなかった。つまり、あくまでも「公爵」だったのである。その意味では、右に示したような、公爵とスタヴローギンの関係性それ自体が存在せず、あくまでも、公爵と非公爵、ないし公爵と公爵の名を騙る「僭称者」の関係性しか存在していなかったのかもしれない。

では、マリヤにとって、非公爵とは何ものなのか？　テクストを読んでみよう。

「どうして、ぼくを公爵なんて呼ぶんですか……ぼくを誰だと思っているんです？」と尋ねたスタヴローギンに対してマリヤは次のように答える。

「ええ？　それじゃ、あなた、公爵じゃないの？」

「あの方の敵なら、どんなこともしかねないと思ってたけど、まさかこうまであつかましいなんて――、まったく！　で、あの人は生きているの？」

「あんたあの人を殺したのか、殺してないのか、ちゃんと白状なさい！」（第二部第二章3）

マリヤの想像力のなかの「あの方」がだれかは、想像するしかない。

スタヴローギンがこの小説のなかで担っている役割は、キリストの仮面をかぶった反キリスト、ないしは堕天使である。「足の悪い」予言者のマリヤから「偽公爵」と罵られた理由も、まさに彼がそのようなアンビギュアスな役割を果たしていたからにほかならない。先ほども引用したカバコワは、「マリヤにたいする態度を決定する際、ドストエフスキーの主人公たちは、同時に、何かしら絶対的なもの、束の間でないもの、永遠なものにたいする態度を決定する」と書いているが、マリヤと改めて正面から向きあったスタヴローギンにしてもけっして例外ではなかった。マリヤこそは、スタヴローギンの本性をほかのだれよりも精密に映しだす鏡だったのである。マリヤには、その「赤ちゃん」の幻想が象徴するように、聖母マリヤの役割が二重写しされていた。彼女が教会で、読者の前に姿を現したとき髪に飾られていた「紙のバラ」は、聖母とその苦しみの属性を意味するものである。だからこそ彼女は、公爵の子を、つまりキリストの子を身ごもっているという幻想に酔うことができたのである。しかし、今はちがう。マリヤの意識のなかで公爵の幻想は潰え、目の前に姿を現したのは、非公爵ないし偽公爵すなわちけちな「フクロウ」にすぎない。彼女のなかに幻滅が生じたのは、スタヴローギンが自分との結婚を公《おおやけ》にすると決意した瞬間だった。ワルワーラ夫人の応接間で何年かぶりに「公爵」＝スタヴローギンを目の前にした彼女はまだ幻想に酔っていた。これが、「運命的」な一日としての九月十四日の出来事だった。マリヤはその後、川向こうの新居に移されるが、この引っ越しが、マリヤの意識を根本から変えたのではないかと想像する。

その夜、川向こうのマリヤを訪ねたスタヴローギンは、「明日、ぼくは、ぼくたちの結婚を公表しようと思うんです」といい、スイス・ウリー州行きを誘いかけるが、マリヤは断固としてそれに応じようとしない。絶大な権力をもつスタヴローギンの影響力に最初のゆらぎが訪れた瞬間である。

「いや、鷹がフクロウになるなんて、そんなことがあるはずない。わたしの公爵はそんなんじゃない！」（第二部第二章3）

スタヴローギンとその正式な妻であるマリヤとの一対一の顔合わせは、小説のなかでは二度しか描かれない。ワルワーラ夫人宅からマリヤを馬車へ送る道すがらが最初である。その時スタヴローギンは、はじめて公表の意思を告げた。では、彼女をスイス・ウリー州に誘うことにどのような意味があったのか。狂いかけたマリヤとの生活は、スタヴローギン自身が修道院に入ることを意味していた。それが最大の試練となることはスタヴローギンにも予感できた。ちなみにこの後、リーザ、さらにダーシャに、ウリー行きをもちかけているが、そこには一種の基準があった。時系列でみると、マリヤ（九月二十一日）の次に同行を求めた相手がリーザ（九月三十日）、そして次がダーシャ（十月十一日）の順である。リーザとのウリーでの暮らしには、それなりの快楽が、他方、ダーシャとの生活には願うべくもない安定が約束されていたはずである。ただしこれはあくまで常識的な範囲での説明ということになる。というのも、スタヴローギン本人が、「それなりの快楽」や「安定」を求めていたかどうか、まったく定かではないからだ。もっとも、最初にマリヤにたいしてウリーへの同行を求めたのは、それなりの必然性があった。マリヤは何といっても正式の結婚を認めた相手なのだから。

では、マリヤは、なぜ、ウリーへの同行を拒否したのか。これは、何よりもマリヤのなかに確固として芽生えつつあった反抗心を物語っている。では、なぜ、どの段階で、意識の分化は起こったのか。ここで一つの仮説を呈示しようと思う。マリヤは、すぐれた予知能力の持ち主である。ということは、自分を捨て、ヨーロッパに旅だった四年前のスタヴローギンと、目の前に姿を現したスタヴローギンがまったくの別人であることがわかっている。前者は、「公爵」であり、後者は、「非公爵」である。マリヤは、わたしたち一般読者が理解しているようなスタヴローギン像を思い描いたことは、おそらく一度としてない。それは、クロニクル記者が彼の外貌の変化をとおしてその内面の変化をも暗示しようとした点と符合する。マリヤは、自分との結婚の公表ないし正式承認という行為に潜む動機をけっして許してはいなかった。マリヤは、虐げられることに自己同一性を感じとっており、スタヴローギンが完全かつ全能であり、計りしれない傲慢さと腕力をもつ破壊的人物であるからこそ、信仰の対象とすることができる。しかし、これもわたしの想像だが、そもそもマリヤの心がスタヴローギンから離反するきっかけとなったのは（つまり「意識の分化」は）、シャートフによる殴打にあった。いつ、どの時点で彼女がこの事実を知るにいたったのかはわからない。おそらく、兄のレビャートキンが酔いにまぎれて面白おかしく語ってみせたのだろう。ドストエフスキーは少なくともそのような読みを誘導している。

「あたしのあの人はね、気が向けば神さまにだってひざまずくけど、気が向かなけりゃそうはしない。ところがあんたときたら、あのシャーさんに（ほんとうにかわいい人さ、優しくて、わたしゃ大好き）頬っぺたぶったたかれたっていうじゃないの」

マリヤのなかにおける「公爵」と「フクロウ」の分裂は、一個のスタヴローギン論としてみごとな体裁をなしている。シャートフに「ぶったたかれた」スタヴローギンは両手を背中で「十字に」組んだ。ワルワーラ夫人の邸宅でぶざまに転んだ自分を助けおこしてくれた相手を見て、「まるで蛆虫が心臓のなかに這いこんでくるみたいだったよ」とマリヤは口にする。マリヤが幻滅している理由とは、まさに更生しようとしているスタヴローギンの「演技」そのものなのだ。

もっと言えば、マリヤは、スタヴローギンの仮面の奥で演じられている「功業」のドラマのお粗末さを見ぬいている。殴打を浴びたのがスタヴローギンではなく「公爵」なら、一瞬たりとも迷わずシャートフの首をへし折るくらいの勇気がなければならなかった。マリヤの「公爵」とは、善悪の敷居をやすやすとまたぎ越してしまう超越的な個性の持ち主であり、そうした妄想にこそ彼女の、まさに「悪魔的な」本質が潜んでいたのである。と同時に、彼女が感じた幻滅の最たるものとは、シャートフに殴打を食わされたスタヴローギンが、「度はずれた怒りとともに、えもいわれぬ快感」を覚えていた事実であり、おそらくマリヤは独自の予見力でもって（というべきか、作者ドストエフスキーに代わって）「自慰」の事実を見ぬいていたにちがいない。もしも、彼が、たんに「度はずれな怒り」を堪える存在であったなら、ここまでスタヴローギンを罵倒しつくすことはなかったろう。サラスキナは書いている。

「マリヤは、彼を悪魔への裏切りゆえに指弾する」

逆に、スタヴローギンからすれば、殴打を浴び、背中で両腕を組んだ自分のうちに「えもいわれぬ快感」の記憶があったからこそ、はげしく自尊心をえぐられ、怒りを爆発させたのだ。第一部終わりのスタヴローギンの表情の変化に改めて注意してかからなくてはならない。そもそも、彼は、どんな瞬間に、あのマゾヒズムというぶざまな快感の奴隷となっているのか。

2　ナイフの隠喩

マリヤは、うわ言のように「ナイフ」を口にする。マリヤの予知能力は、スタヴローギンの無意識の欲望を、いや、近い将来に、彼の心に生まれるかもしれない欲望を感じとっている。マリヤにおいては、洞察と予言が同時に現れる。問題となるくだりを読んでみよう。

「出ていけ、この、偽公爵！」命令口調で彼女は叫んだ。「あたしゃね、れっきとした公爵の妻なんだ、あんたのナイフなんて、恐いもんか！」

「ナイフ！」

「そうさ、ナイフさ！　あんたのポケットにゃ、ナイフがかくしてあるんだろう。寝てると思ってね、でも、あたしゃ見てたんだ。あんたがさっき入ってきたとき、そのナイフを取りだしてたのをさ！」（第二部第二章3）

マリヤが、自分の運命を予見し、悪魔と一体となったスタヴローギンの正体を見とおしたのはまさにこの瞬間だった。むろん、この「ナイフ」は、それから十五分後にスタヴローギンが橋の上で出会うフェージカが隠しもつ「ナイフ」を暗示している。まさに、マリヤの獰猛ともいえるこの一言を耳にし、スタヴローギンの心にめばえた殺意が、この「ナイフ」の一言に結晶したのだった。突飛な連想かもしれないが、ここにも、『ファウスト』第一部との呼応をうかがうことができる。

「ワルプルギスの夜」でファウストがグレートヒェンの首筋に見る未来の暗示（「へんだな、ナイフの刃のように細い紐だ」）である。監獄のグレートヒェンがファウストの手を握り、次のように叫ぶシーンがある。

「夢じゃない、あなたの手だわ！　でも、しめっぽい。血がついてるみたい。どうしたの、何をしたの。おねがい、剣をしまって！」

ザレーチエ（川向こう）にあるマリヤの新居を訪れたスタヴローギンが、懲役人フェージカと唯一顔を合わせる場所が、ヴォルガにかかる浮き橋という設定もどことなく謎めいている。ザレーチエに向かう橋の上で追い払った相手と帰り途で一体となった瞬間、「偉大な罪びと」の試練は第二の挫折にさらされた。今後、スタヴローギンがこの橋を渡ることは二度とない。そしてこの瞬間から、彼は徐々にみずからの悪魔性をのさばらせていく。

では、スタヴローギンと悪魔が「一体」となるプロセスはどのように描かれていたか。ドストエフスキーはここではじめて『悪霊』における根源的テーマの一つともいうべき「使嗾《しそう》」のテーマを呈示する。

「使嗾」とは、文字通り人をそそのかすことをいうが、創作ノートにすでにその暗示が見える。「(公爵は) 同時にフェージカにも目をつけている。公爵はフェージカがマリヤを殺すことを確実に知りながら、口に出しては言わないようにしなければいけない、別にうながしもしないが」「復活」のための闘いが無に帰するのは、この二重性においてである。その「別にうながしもしないが」が暗示しているものこそが、橋の上に現れたフェージカに向かって放たれた次の一行だった。

「もっと殺し、もっと盗め」

スタヴローギンがフェージカに発したこのセリフの意味するところは微妙である。ごく表面的には、フェージカの殺人、略奪行為の奨励を意味するだけで、その具体的対象について、スタヴローギン自身関知しておらず、承認もしていない。しかしこの、奨励は、他方、奨励される側からすると承認ないし命令と解釈できる可能性を含んでいる。スタヴローギンの奨励と命令(ないし承認) との間に位置するフィフティ・フィフティの曖昧さは、外的な記号として自立することなく、受けとり手の動機しだいでどうにでも解釈できる余地を残している。他方、スタヴローギンにとって、フィフティ・フィフティのサインは、ある意味でキリーロフの哲学（「いいことです。赤ん坊の頭をかち割っても、いいことなんです。かち割らなくてもいいことなんです」）に通じる、現実ないし現実のなりゆきに対する全面肯定の意味を帯びていた。

「もっと殺し、もっと盗め」という短いひと言を発したあと、スタヴローギンは「大声で笑いだし」、五十ルーブル紙幣を次から次とばらまく。その行為が、どのような意図に発しているのか、ドストエフスキーは明らかにしていない。しかし、読者はここで、マリヤの遠くない死を予感する。それは、もちろん、ドストエフスキーがそう予感するように読者に仕向けているのだ。

では、なぜ、スタヴローギンは、特定の相手を含まない殺害を奨励するのか。それは端的に言って、「寛大さ」を回避するという彼の究極のアイデンティティの証ともいうべきものだ。スタヴローギンは、他者の幻想を演技する役者であり（「どうしてみんなぼくに期待するんですかね、ほかの連中には期待できそうにないことを？」）、同時に他者を自分の幻想の反映として見る。その他者が彼の支配をのがれ、自立をめざすときに、彼のナルシシズムは破壊され、むきだしの悪意が露出する。現にマリヤの幻想を演じきることができなくなった彼が置かれている状況こそ、ナルシシズムの崩壊だった。

興味深いのは、スタヴローギンがマリヤとチーホンの双方を訪ねた際のやりとりである。そこには、明らかなパラレリズムが存在する。スタヴローギンは、二人の「預言者」に対して、罵声を浴びせかける。マリヤにたいしては「このばか女！」と吐き、チーホンにたいして「いまいましい心理学者め！」と言い放つ。この罵声には、スタヴローギン自身が、自分の内面、あるいは自分自身の未来について言及されることへの怖れが表現されている。それはスタヴローギンの一体化のまなざしを逃れ、自立しようとする相手にたいする恐怖と一体だった。ナルシシズムが生み出す想像力と世界の現実との亀裂があらわとなるとき、スタヴローギンは世界を破壊する方向を選ぶ。ただしみずからの力を行使することはいっさいなく……。

3　偽ドミートリー伝説

第二部冒頭で延々と続く「夜」の場面は、スタヴローギンとフェージカの「一体化」のプロセスを描くドラマティックな場面で幕となるが、そもそもスタヴローギンの功業が挫折するプロセスで決定的な役割を果たした一言がある。それがマリヤの口から飛びだした次の一言だった。

「グリーシカ・オト、レーピ、エフ、ろ、く、で、な、し！」

ロシアの歴史に詳しくない読者にとっては、なぜこの一言にスタヴローギンがはげしく反応したか、理解できない。端的に言うなら、仮面がはぎとられたのである。

そこで少し歴史的な事実を確認しておく。

十七世紀初頭の動乱時代、いまは亡きイワン四世の末子でヴォルガ河畔のウグリチで惨殺されたドミートリー皇子の名をかたる人物が現われた。中世ロシア史最大の反ヒーローともいうべき「ドミートリー二世」（「偽ドミートリー一世」）である。当時の宰相ボリス・ゴドゥノフは、この人物を、かつてイオフ総主教の書記を務め、一六〇一年に修道院を脱走したグリゴーリー・オトレーピエフであると特定し、追手の兵を挙げた。

しかしグリゴーリーは、ボリスに反旗を翻す大貴族から支持され、彼自身もまたカトリックに改宗するなどして、ポーランドのカトリック勢力の支持を得るにいたった。一時は破滅寸前まで追いこまれたグリゴーリーだが、ボリスの急逝によって起死回生をとげた。一六〇五年六月にモスクワに帰還した彼は、ポーランド貴族の娘マリーナをクレムリンに迎えるが、カトリック信者の新妻が正教への宗旨替えを拒んだため、正教会がこれに反発し、総主教のイオフは、僭称者グリゴーリー（通称グリーシカ）に関する文書を朗読するようにすべての教会に命じた。

「グリーシカを破門する……、全教会、全国民が一致して破門に処し、破門に処すように命じられ、未来永劫、彼ら全員とも破門されるだろう」

ここでいう「彼ら全員」とは、僭称者グリゴーリーと、彼にしたがうすべての国家反逆者たちのことである。グリゴーリーはこうして、結婚から十日足らず、クレムリンを急襲した反逆者たちの手で殺害された。その殺害は、凄惨をきわめるもので、体には二十一カ所の傷あとがあり、頭蓋骨は粉々に打ち砕かれていたという。

『悪霊』では、マリヤがスタヴローギンを「グリーシカ・オトレーピエフ」、「ろくでなし」（破門者《アナフェマ》）と罵るが、作者には、スタヴローギンのギリシャ語姓（スタウロス＝十字架）に照らして、キリストの名を騙る偽キリスト、すなわち反キリスト（悪魔）の僭称性を明らかにする意図があったと思われる。事実、カトリックに改宗した偽ドミートリーことグリゴーリー（グリーシカ）・オトレーピエフも当時、ロシア正教会から「反キリスト」になぞらえられていた経緯があった。

マリヤの想像力の世界に、神々しい姿で飛翔する「鷹」には、二つの像が重なりあっている。わたしたち読者にとって、「あの人」とは「イエス・キリスト」であり、逆に、マリヤのマゾヒスティックな想像力において「あの人」とは、自分をけっして受け入れようとしない強者、原スタヴローギンとでも呼ぶべき存在である。現実に、自分を受け入れ、正妻としての関係をおおやけにし、スイスのウリー州に誘うスタヴローギンにとってそれは、「偉大な罪びと」が経るべき試練のひとつだが、マリヤからすればそれは、「偽善」以外の何ものでもない。スタヴローギンがみずからに科そうとする試練はいずれも、スタヴローギンによる「公爵」（原スタヴローギン）への裏切りとしか映らない。スタヴローギンは、悪魔的であってこそ「公爵」なのだ。他方、マリヤの狂いかけた想像力は、その悪を突きぬけて真の浄化に達した「公爵」の存在にまで及んでいる。二人の「公爵」像が存在することを前提として述べると、マリヤはこの「公爵」という言葉をとおして、悪の公爵（その原型として『虐げられた人々』のワルコフスキー公爵がある）と美の公爵（原型は、『白痴』のムイシキン公爵である）の双方を念頭に置いていた可能性がある。

では、スタヴローギンに向って「あんた、あの人を殺したのか、殺してないのか、ちゃんと白状なさい」というとき、マリヤの脳裏ではどのような「あの人」がイメージされていたのか。ここには、じつは恐るべき逆説が隠されている。

かりに、マリヤの憧れる「公爵」が「悪の公爵」であるとした場合、目の前のスタヴローギンは、いまやその浄化の試みをとおして、その半身である悪の公爵を殺戮したことになる。逆にそれが「善の公爵」である場合、スタヴローギンは、ついにキリストの殺害者＝ユダとしての位置にまで貶められる。どちらに真実があるかはマリヤの無意識の世界に降り立つことでのみ明らかになる。しかしいずれにせよ、マリヤの前で、スタヴローギンははしなくも、無力で、隠微な放蕩児としての正体を露呈した。マリヤの口ぶりはあたかも、相手がどう抗弁しようと仮面をはぎとった正体をどう解釈するかはこっちの勝手だとでもいわんばかりの激しさに満ちている。

4 悪魔

スタヴローギンの第三の試練は、「決闘」である。彼は、中空に向けて銃を放ち、モーゼの十戒「殺すなかれ」の戒律を守りとおす(「ぼくがピストルを上に向けて撃ったのは、これ以上、人を殺したくないからです」)。午後三時、ガガーノフとの決闘から戻ったスタヴローギンを、ダーリヤ(ダーシャ)が待っていた。スイスでの「事件」以来、同じワルワーラ夫人の家の屋根の下で寝起きをともにするダーシャとスタヴローギンの関係にどのような進展があったのだろうか。妊娠が疑われるダーシャ(創作ノートでは、二人の性的関係とダーシャの妊娠がはっきりと示唆されている)との息づまるような会話のなかから、悲劇的ともいうべきすれ違いのドラマが浮き彫りにされる。この場面で交される二人のやりとりは、ごく短時間のものでありながら、後に、第三部の「愛の終わり」で演じられるスタヴローギンとリーザのドラマに勝るとも劣らない迫真力に満ちている(リーザの精神が時とともに病的な影を帯びてくるのも、このあたりに原因があると見ていい)。二人がともに口にするのは、「終わりの時」である。しかし、その言葉にはむろん著しい温度差がある。

「こんどはいよいよ終わりの時が来るまで、ということですね?」

「あなたはあいかわらず、終わりが来ないと気がすまないようだ」

「ええ、わたしは信じています」

「この世には、何ひとつ終わりなんてありませんよ」

「でも、これには終わりがあります。そのときはわたしにお声をかけてください」（第二部第三章4）

スタヴローギンとのこの短いやりとりのなかでダーシャは、これまで一途に「看護婦」役を貫いてきた彼女とも思えない驚くばかりに情熱的な言葉を口走る。

では、「これには終わりがあります」というときの「これには」とはどのような意味が隠されているのか。スタヴローギンの「どんな終わりがあるっていうんです？」というはぐらかしをものともせず、ダーシャは答えている。

「わたしにはわかってるんです。最後の最後にあなたと残るのは、わたししかいないってことが。だから……その時を待っているんです」

スタヴローギンは、そこでいきなり「幽霊」の話を持ちだし、ダーシャのうむを言わせぬ情熱を押しとどめる。

「じつをいうとね、ダーシャ、ぼくはこのごろしょっちゅう幽霊に会ってるんです。昨日も、やくざな悪魔が橋のうえでこんな提案をしてきたんですよ。レビャートキンとマリヤを殺して、正式の結婚にかたをつけ、すべて水に流しちまえ、とね。その仕事の手付として三ルーブルねだってきたんですが、この荒療治は、たっぷり千五百ルーブルに値する、とこう、ろこつににおわせるじゃないですか。やけに金にうるさい悪魔でしてね！　これじゃ、まるで帳簿係ですよ！　は、は！」

ここは、スタヴローギンが、フェージカに対し、レビャートキンとマリヤの二人の殺害を使嗾したことを確実に意識していたことを裏づけるくだりである。またその口からしきりにあふれる高笑いはスタヴローギンがすでにみずからの〈悪魔〉の復活に目覚めている証でもある。

「じつを言うと、きのうの夜から、おそろしく笑いたくて仕方なかったんです、笑いたくて、笑いたくて。ずっと、ひっきりなしに笑いたくて、ずっと、むやみやたらとね。まるで笑い薬でも呑んだみたいなんですよ」

功業の要求、更生の意志などかけらほども認めることはできない。「昨日の夜」、彼は、それまで四年間かぶりつづけてきた仮面をかなぐり捨て、一瞬、欲望そのものの存在へと化身した。文字通り「牙」を「むいた」瞬間だった。

むろん、ダーシャとのやりとりで言及される「悪魔」は、かぎりなく懲役人フェージカのイメージに近づけられている。他方、悪魔としての本性をむきだしにするスタヴローギンを前にしながらも、ダーシャの献身は微動だにしない。『悪霊』が単行本化された際に削除された同じ場面でも、ダーシャは、わたしたち読者よりはるかにスタヴローギンに近い点にいた。

「いいですか、わたしたちの時間が空いているとき、わたし、あなたのおそばについています、そうしたらあれは（悪魔は――筆者注）ぜったいにやってこないでしょうから」

だが、この二人の対話の終わりにダーシャを待ち受けていたのは、怖ろしい試練だった。ロマンティックな「終わり」の幻想にひたる彼女にスタヴローギンはこう冷水を浴びせかける。

「かりに、あの悪巧みに乗って、そのあとであなたを呼んだとして――そう、あの悪巧みのあとでも来てくれますか？」

「あの悪巧み」とは何だろうか。スタヴローギンが、ここで用いているロシア語「ラーボチカ（лавочка）」には、「居酒屋」の意味がある。しかし彼がこのとき念頭に置いていたのは、それとはまったく別のことである。それは、今まさに起こそうとしているある事件を仄めかしていた。その「悪巧み」が何かを作者は、巧妙にカムフラージュしていた。答えは次のさりげない一行に暗示されている。

「彼女は振りかえらず、両手で顔をおおうと、返事もせずに部屋から出ていった」

「あの悪巧み」が何か、ダーシャは確実にその意味を理解していた。考えられるのは、第一に、兄シャートフの殺害、第二に、レビャートキン兄妹の殺害、そして第三に、リーザとの密会である。顔を両手でおおって部屋を出ていったダーシャがこの三つのうちの何を予感したか、わたしたち読者には謎である。逆に、スタヴローギンにとって「あの悪巧み」は、欲望の実現にどこまでも貪欲でありながら、結果そのものにはまるで無関心な彼自身の自己分裂の証となる。

Ⅳ 「悪鬼」たちの陰謀

1 ピョートル・ヴェルホヴェンスキーの手法

『悪霊』全体を見わたすと、カーニバル的と呼ぶにふさわしい雰囲気をたたえた集団の場面が二つある。第一に、ヴィルギンスキー宅で開かれる「命名の日」を名目にした秘密の集会（第二部第七章）であり、第二に、貴族団長夫人宅で開かれる「祭り」（第三部第一、二章）である。

第一のカーニバル、すなわちヴィルギンスキー宅で開かれる「命名の日」の描写で、ドストエフスキーはときおり筆がすべりすぎると思わせるほどどぎついタッチで登場人物たちを戯画化してみせた。槍玉にあがるのは、デモクラシーのいろはも理解できず、「多数決」の方式すらまともにはのみこめない「鬼たち」の愚かしさ、滑稽さ加減である。

スタヴローギン、シャートフらも含めて約十五名ほど出席したヴィルギンスキー宅での秘密の夜会を、作者はじつに微に入り細にわたり描写する。デモクラシーの原理が充分にのみこめていない分、夜会はよりいっそうカーニバル的な盛りあがりをみせる。家の女主人である助産婦のアリーナからして、まさにカーニバル劇の主役にうってつけの女性といっていい。

「ある日、妊婦が苦しみに呻きながら全能の神に助けをもとめているとき、ほかでもない、アリーナの口から《鉄砲玉のように》いきなり飛び出した冒瀆的な言葉が妊婦に強烈なショックをもたらし、おかげで分娩がうながされたという」（第二部第七章1）

集会の主役は、ピョートル・ヴェルホヴェンスキーによって集められた五人、すなわち、家主のヴィルギンスキー、妻の弟にあたるシガリョーフ、フーリエ主義者リプーチン、ユダヤ人のピアノ弾きリャームシン、そして「民衆通」のトルカチェンコである。彼らのほとんどが、実際にネチャーエフ裁判で被告となった人物をモデルとして描かれている。五人組からは離れるが、ヴェルホヴェンスキーを一心に崇めたてる若い少尉補エルケリはこの日の隠れた主役として書記役に徹していた。

「ここに集まった連中は、なにかとくに興味をひく話が聞けるという期待に、胸をはずませていたとわたしは思う。しかも、あらかじめそういった通知を受けていたにちがいない。……もちろん、客人の大半は、自分がなんのためにそういう通知を受けたのかさえ、はっきりとは理解していなかった」（同前）

ヴェルホヴェンスキーのもくろみでは、この会合の目的は一つだった。それは、秘密結社からの退会を申し出たシャートフにたいする報復、すなわち会の名において「テスト」を行うことである。そしてその可否を、多数決という「デモクラティックな」方法で問おうというのだ。

「もしも、われわれの一人ひとりが、いま政治的殺人が計画されていることを知ったとして、彼は、それがひき起こすすべての結果をみこしたうえで、密告しに出かけていくか、それとも家に残って、事件が起こるのを待ちうけるか？」（第二部第七章2）

ピョートルの口から発せられた問題提起は、じつは、創作ノートにおいてすでに次のようなかたちでなされていた。話題となっているのは、カラコーゾフ事件、すなわち一八六六年四月の皇帝暗殺未遂事件である。

「◇密告——もしカラコーゾフのことが、二時間前にわかったら、あなたは密告しますか？（シャートフの質問。）

グラノフスキーは、いろいろに言葉をひねりまわしながら、『否』と答える。

『自分で陰謀に加担しないで、その意図を知っただけでも』

『いや、密告しないだろうね』

シャートフ『ぼくは密告しますね。それは不自然ですよ。外国の知性、外国人の感情と基準で生活しておられるんだ』」

かなり早い段階での書きこみであり、シャートフの直情径行ぶりがよく表されているが、創作ノートでは、ネチャーエフ事件のからみでさらに明確に、密告のモチーフが用意されていた（「おれだって仕事はできるんだ。きみらを密告してやるよ」）。

ピョートルのモデルについて、ドストエフスキーは、現実には知ることのなかったネチャーエフとは別に、よりヴィヴィッドにイメージを喚起してくれる人物を必要としていた。やがて彼の脳裏にくっきりと浮かびあがってきたのが、「空っぽのおしゃべり屋」でフーリエ主義者のペトラシェフスキーである。ドストエフスキーは、ネチャーエフとこのかつての同志をダブルイメージ化することで、より身近にこの小説を感じとることができた。

ピョートルの革命家としての堕落ぶりを、ドストエフスキーはさまざまなディテールを用いて描き出しているが、最大の特徴は、「竜」を思わせるその外貌からはなかなか想像しがたいダンディズムへの志向ではないだろうか。ゴーゴリの『検察官』に登場するフレスタコフさえ思いおこさせる服装に対するこだわりにはどこか異常なものがある（ナジーロフは、ネチャーエフ主義とは、血にまみれたフレスタコフ主義であると書いている）。ピョートルのダンディズム志向はむろん服装だけにとどまらない。日常的な時の流れのなかにいくつもの小さな驚き（あるいは突起）を演出することを生きがいの一つとしているかのような印象すら受ける。シャルメル製のズボンをはき、乗馬を試み、ヴィルギンスキー家で開かれた「夜会」の席では、突然、爪を切りはじめるといった行為のひとつひとつが、ズレと驚きの演出に熱中する彼の、「前衛」としての茶目っ気と傲慢さを物語る。とくに印象的なのが、食べ物にたいする自己露悪的な執着である。リプーチンと「フィリッポフの家」に向かう途中、とつぜん小料理屋に立ち寄ってステーキに食らいついたり、キリーロフのアパートでいきなりライス付の蒸しチキンに手を出したり、カルマジーノフの家ではカツレツとワインそしてコーヒーを所望するなど、彼はいたるところで異常とも思える食欲（と食客ぶり）を披露する。ちなみに過去の文学的伝統において「食客」のイメージは、しばしば悪魔のシンボルとして機能してきた。

食に関わるこれらの突発的なふるまいは、少なくとも表面的には、スタヴローギンが四年前に見せた、例の強迫障害の事例とパラレルをなしている。ちがいはピョートルの場合、それがつねに意識的に演技されているのにたいし、スタヴローギンはどこまでも無意識的である点だろう。しかし、日常性を攪乱するという意味においては同じであり、それに類した行動をとる人物はこの二人以外登場しない。惰性的な日常生活を食いやぶっていくこれらの行為は、周囲の人々に大きな憤激を呼びおこすが、スタヴローギンの行為に激しい敵意を覚えるものがいれば、それを崇めたてる人々があるように、常軌を逸したピョートルの行動も、日常生活における革命の予兆、あるいは、革命を保証する勇気でもあるかのように理解される。たとえば、ヴィルギンスキー家での夜会でとつぜん爪を切りはじめたピョートルに、革命家きどりの女子学生が感じるシンパシーがその例である。

ピョートルのダンディズム志向という点から考えて興味を引くのが、「アマゾネス」＝リーザをまねて乗馬の練習を試みるエピソードである。レビャートキン大尉との分身関係すら思わせるこの行為は、ピョートルが、スタヴローギンにたいして完全に従属的な立場にありながら、ことによると彼をライバル視し、彼の地位をうかがう僭称者としての役割が与えられていることを暗示する。他方、ピョートルのそうした行為のもろもろが、じつは彼なりの美意識に発していることはまぎれもない事実である。そしてその美意識ゆえに、ピョートルは、時に、読者の嫌悪感をも克服する「霊感に満ちた詩人」（モチューリスキー）と化すのである。

「『スタヴローギン、あなたは美男子です！』なかば恍惚としてピョートルは叫んだ。『ご自分が美男子だってことを、ご存じなんですか？　あなたのなかでいちばん大事なのは、ときどきそのことを忘れているってことです。……ぼくはニヒリストだけど、美を愛しているんです。ニヒリストが美を愛さないとでもいうんですか？　連中はたんに偶像を愛さないだけです、でも、ぼくは偶像を愛している。で、あなたはぼくの偶像なんです！……ぼくには、ぼくには、あなたみたいな人がまさに必要なんです。ぼくは、あなた以外にそういう人をだれも知らない。あなたは指導者だ、あなたは太陽だ、ぼくはあなたに寄生する蛆虫だ……』」（第二部第八章）

ピョートルのこの熱烈なセリフに脈うっているのは、美の賛歌と破壊の賛歌である。むろん、どこまでが演技でどこからが本心か見きわめられないあやうさもないではないが。スタヴローギンもまた彼について「熱狂的」と呼び、「道化役をやめて……半狂人になりかわる、そういう一点があるんです」と表したことがあった。

モチューリスキーの言葉を借りよう。

「ヴェルホヴェンスキーは、たんなる『メロドラマの悪党』でもなく、ニヒリズムの『小悪魔』だけでもない。彼には、『聖なる狂気』があり、『暗い深淵の崖っぷち』に立つ陶酔、デモーニッシュなインスピレーション、全世界破壊のイデーがある」

モチューリスキーのこの見方は、少々ロマンティックな肩入れが強すぎると思うが、ピョートルの「聖なる狂気」もまた、彼が、スタヴローギンから受けついだ資質であり、スタヴローギンの美こそが、ピョートルの美学を生み出したことはまちがいない。

もっとも、この「イワン皇子」の章をのぞくと、彼が、破壊へのひたすらなパトス以外の高い理想を口にすることはない。彼が究極的にめざしていた目的とは、権力であり、破壊であり、国内を混沌と混乱の渦に巻きこみ、千年王国のヴィジョンを現実のものとすることである。権力をとることが自己目的化されたとき、いかなる妥協も可能となる一種のマキアベリズムがそこに潜む。もっとも、創作ノートに見られるピョートルは、『悪霊』の最終稿よりはるかにラディカルかつ雄弁であり、徹底した「平均的中庸」(「平均的中庸が何よりも高い目標なのだ」)の観念に貫かれている。「ネチャーエフの原則」と題された部分から引用する。

「社会の全成員がおたがいをたえず監視して、各人が管理する。全員が各人のために、各人が全員のために――これがいちばんすぐれた保証です。……社会的管理が日夜、毎時毎分、実施される。各人が他人をスパイして、密告の義務を負う。これはスパイ制度じゃない、より高次の目的からなされるものですからね」

『悪霊』の中でピョートルは次のように言う。

「キケロは舌を抜かれ、コペルニクスは目をえぐりとられ、シェイクスピアは石をなげつけられる」（第二部第八章）

では改めて創作ノートに戻ることにしよう。

「ぼくの考えでは、あまりに顔の美しい男女も許しがたいものですね。あまりに肉体的に強健な者もそうで、一般にあまりに卓越した者はすべてそうなんです。ひどいばかも同じだ。なぜかというと、他の者たちに優越感を起こさせ、専制主義を誘発する恐れがあるからです」

この思想は、じつは、後に紹介するシガリョーフシチナと共通部分をもち（「ぼくはね、シガリョーフ理論に賛成なんですよ」）、キリーロフの「人神思想」が思い描いている「神の撲滅から大地と人間の変化」の思想に一脈通じている。

「ここでしなくてはいけない肝心なことは、人間の本性を肉体的に変えることなんだ。とにかく個性というものが直接に家畜的群性にとってかわられることがぜひとも必要だ」

要するに、完全な平等主義が誕生するには、絶対的な専制主義が必要となるという矛盾の肯定である。ではもう一つ、引用を重ねてみよう。

「N・B　未来社会において踏み越えてはならないとかいうその niveau（水準）だが。ちょっとでも教育と知的な発達がきざせば、たちまち貴族的な欲望が頭をもたげてきて、コンミューンに被害がおよぶ。ちょっとでも家族や愛がきざせば――すぐさま所有欲が出てくる。人間の本性が満たされずよけいな欲望があると、これはすぐもう（説明や教養の不足から）、欲望をもつ者の犯罪を生み出す。彼は人を殺す。しかしそれでも教養よりはましだ。飲酒、男色、ルソーのようなオナニーもやはり有益だ。こうしたことは水準の平均化に役立つ。いちばんいいのは、読み書き能力も、書物もすべてなくしてしまうことだ。ぼくらはどんな天才も幼児のうちに抹殺してしまう――すべての人を同じ単位にして、完全な平等を実現する――しかし指導者は必要になる。専制が必要になる――専制なしには平等などあったためしはなかった」

そして現実に、この専制と平等という相矛盾する哲学が、『悪霊』では、次のようにコンパクトなかたちでまとめられるのである。

「教育なんて不要だし、科学もうんざりだ！　科学なんてなくたって、材料は千年分足りてますから。でも、服従はきちんと整備しなくちゃだめです。世界にひとつだけ不足しているもの、それが服従です。教育熱なんてものは、もう貴族的欲望ですよ。家族とか愛とかいったものが出てくると、これは所有欲ということになる。ぼくらは、この欲望ってやつを根絶させる。そうして飲酒、中傷、密告を流布させる。前代未聞の淫欲をはびこらせていく。すべての天才を、幼年時代に抹殺してしまう。いっさいを通分して、完全な平等をうち立てるわけです。……でも、痙攣も必要です。痙攣の心配をするのが、われわれ、支配者というわけです。奴隷には支配者が欠かせませんから。完全な服従、完全な没個性、でも、三十年周期でシガリョーフも痙攣を放出する、そこでとつぜん全員が共食いをはじめる、ある一線まで、もっぱら退屈しのぎのためにです」（第二部第八章）

ピョートルは、そこで叫ぶ。

「シガリョーフ理論なんかクソ喰らえだ！　法王なんてクソ喰らえだ！　必要なのは当面の課題で、シガリョーフ理論なんかじゃない。シガリョーフ理論なんて、宝石屋の宝石ですからね。あれは理想でね、未来の話です。シガリョーフは宝石商で、バカなんです」（同前）

そこでにわかに気になるのが、ピョートルの破壊の思想と、「宝石屋の宝石」であるシガリョーフの理論の関係だろう。そもそもピョートルが「バカ」呼ばわりしている彼の理論とはどのようなものであったのだろうか。

2　シガリョーフシチナ、「革命」の未来

「結論そのものが、わたしが出発点とした最初の理念と真正面から矛盾するものとなっています。かぎりない自由から出発しながら、かぎりない専制主義で終えようとしているのです。しかし、ここでひとこと言い添えておきますが、社会形態に関する問題の解決法は、わたしが下した結論以外にはぜったいにありえません」（第二部第七章2）

これまで『悪霊』読者が、『悪霊』の哲学としてなじんできたシガリョーフの理論は、ニヒリストたちの究極の哲学として知られている。しかし、それが十分に理解されているかというと必ずしもそうとはいえない。ここで真っ先に確認しておきたいのは、これが、一種の終末論の形態をなしているという事実である。そもそもシガリョーフ自身が、強烈な終末論者であることは、『悪霊』冒頭における紹介からも明らかである。

「シガリョーフというこの男がわたしたちの町にやって来て、もう二カ月ほど経つはずだった。どこから来たかはわたしにもわからない。……これまでわたしは、顔にこれほどの陰惨さ、うっ

とうしさ、憂鬱さを浮かべている男を見たことがない。彼は、世界の滅亡を待っているとでもいった顔をしていた。……たとえば明後日の午前十時二十五分きっかりに、寸分のくるいもなく、正確にそれが起こると信じて待ちうけている顔なのである」（第一部第四章4）

クロニクル記者による描写には、いくぶん過剰な思い入れが感じられるが、ドストエフスキーからするとそれは、シガリョーフの世界観そのものの表明でもあった。そして現実にこの男が、「革命」の理論家として本領を発揮するのが、第二部第七章「同志仲間で」なのである。といっても、実際にこの夜会の席で許された発言の機会はごくわずかで、最終的に彼の主張は、同じ会に出席していた足の悪い教師によって代弁される。

「いや、みなさん、そうじゃないんです。……問題の最終的な解決法として彼が提案しているのは——人類を平等ならざる二つの部分に分断することです。つまり、人類の十分の一は、個人の自由と、残りの十分の九にたいする無限の権利を享受します。残りの十分の九の人間は個性をうしない、家畜の群れのようなものに変わり、絶対的な服従のもとで、何世代かにわたる退化をかさね、原初の無垢を獲得しなければならない。つまり、原初の楽園のようなものですが、といっても労働することに変わりはありません。人類の十分の九から意志をうばい、何世代にもわたる再教育によって家畜の群れに作りかえることを目的として著者が提案している手段、これはほんとうに特筆すべきもので、自然科学のデータにもとづく、きわめて論理的な手段です」

人類の二分化という思想は、よくも悪しくも、ドストエフスキーにとりついた固定観念である。『罪と罰』のラスコーリニコフがその先駆的人物だが（「二つの『階層』」）、最終的にこのテーマは、『カラマーゾフの兄弟』における「大審問官」の章にまで持ちこまれることになった。

では、シガリョーフの思想のどこにいま議論の対象とすべき問題があるのか。歴史的に見て、一八六一年以前の農奴制社会が、シガリョーフの思想を部分的ながら体現していたといえるのではないか。だとしたら、この思想のどこに革命的な特質が潜んでいるのか。

シガリョーフの思想の危うさは、たとえば、冗談半分に彼に異を唱えたリャームシンの問いかけにたいする反応にも現れている。リャームシンは次のように言う。

「人類の十分の九をひとつに束ね、それがどうにも手に負えなくなったら、木っぱ微塵に爆破しちまいますね。で、教育のある人間のひとかたまりだけは残しておく。その連中が、なんとか科学的な生活をはじめてくれるってわけです」（第二部第七章2）

それにたいしてシガリョーフは、「それがいちばんの解決法かもしれない！」と口走り、それを慌ててとりなすかのように足の悪い教師が次のように反論する。

「フーリエだって、とくにカベーだって、プルードンさえ、おそろしく専制主義的で、とてつもなく現実離れした問題の解決法をいろいろ出してるでしょう。……彼はひょっとして、ほかのだれよりリアリズムと近いところにいるのかもしれないですし、彼の言ってる地上の楽園というのは、人類が喪失を嘆いているのとほとんど同じ、ほんものの楽園かもしれないんですから」

要するに、未来のユートピア主義にとって、人類の二分化ないし奴隷制は不可欠であり、それこそが、もっとも現実的なユートピアであるとシガリョーフは主張するのである。そこで、ひとつの問いが生まれてくる。シガリョーフの唱える専制主義の理論は、たしかにわかりやすい。しかし、そもそも彼の理論の前提となっている「かぎりない自由から」はどのように担保されているのか、という問題である。

結局のところ、シガリョーフの思想に帰結する革命家の「共同事業」と、当時のスラブ派が考えた「ソボールノスチ（全一性）」の考え方の間には、外見的にきわめて類似した傾向が見られるということである。社会主義における平等の観念がそこでは根本から覆されてしまう。問題は次のようなテーゼのうちに潜んでいる。

「個人は全体に属し、全体は個人に属する、全員が奴隷で、奴隷という点で平等だ」

その意味で、シガリョーフシチナもまた、人間の意識の「ソボールノスチ」を踏まえて展開されている主張ということができる。と同時に、シガリョーフのとなえる天国とは、「ロシア正教的なソボールノスチの意味論的なすりかえ」（ナジーロフ）という解釈も成りたつ。

ピョートルは、スタヴローギンの前で、そうしたシガリョーフの考え方を「宝石屋の宝石ですからね。あれは理想でね、未来の話です」（第二部第八章）と罵倒したが、ピョートルとシガリョーフの思想は同一線上にあった。

では、平等とははたして何なのか。この問題を考える上でひとつのヒントとなるのが、ロシア人における伝統的な平等の観念であり、より具体的には右に、少し触れた「ソボールノスチ」という観念である。

ソボールノスチとは、「大集会」や「大聖堂」を意味する「ソボール（собор）」に端を発する言葉で、ロシア正教会を、プロテスタント主義の個人主義、ローマ・カトリック教会の教皇の権威主義とは異なる「民衆の教会」と位置づけ、本来的に不完全な存在である個人は、愛と信仰の力によって全体の一部となることではじめて完全性に達しうるとする考え方をいう。十九世紀スラブ派の思想家アクサーコフは、「自由で、有機的な統一体に集合された多数」、現実には、すでに農村共同体（ミール）の中に、これにもっとも近い理想的な組織体が形づくられていると考えた。また、ロシアの思想家トルベツコイは、人間の意識とはそもそもソボール的である、つまり、個人の意識という考えは、それが、「全宇宙的な意識」にねざしていることによってのみ成りたちうると述べている。

では、すでに理想的な形で実現されている「平等」の世界を破壊することから何が生まれてくるのか、という素朴な疑問が生まれてくる。この疑問が、根本の出発点としてあった。そして現実に『悪霊』の「革命家」たちが理想社会としてイメージしていたのは、農奴制よりはるかに劣悪な原始的楽園だった。ソボールノスチをかりに、「霊的な共同体」と規定するなら、「霊的」に代わって「獣的」という形容詞があてはまるし、ナジーロフの言う「意味論的なすりかえ」もここに由来する。こうした革命理解は、社会主義の理念を著しく歪曲するものであったはずだが、ドストエフスキーは、社会主義の未来がいずれはこのようなかたちで終わることを、シガリョーフの思想を通して提示したのだった。問題は、そのような未来に向かって突き進むことに何の意味もない、と考えるドストエフスキーに逆らうようにして、ピョートル・ヴェルホヴェンスキーも、シガリョーフもひた走っている事実である。しかも彼らが、その「獣的な」共同体を実現するための手段としたのが、ネチャーエフが唱えた「革命家のカテキジス（教義問答）」だった。ある意味で、ピョートルの先達ともいうべきシガリョーフは、ピョートルの背後に立つネチャーエフの分身であり、なおかつ、ネチャーエフその人のイメージにも深く通じていた。

「革命家のカテキジス」には次のように書かれている。少し長くなるが引用する。

「革命家は死を定められた人間だ。彼には、自分の興味、事業、感情、愛着、所有物、いや、名前さえもない。彼においてはすべてが、革命という唯一の関心事、唯一の思想、唯一の情熱に飲み込まれている。革命家は、自分の存在の深みにおいて、言葉だけではなくその営みにおいても、市民的秩序と自らを結ぶ絆、法、道徳、習慣、そしてこの世界の精神性との絆をすべて断ちきった。革命家はこの世界の容赦ない敵であり、革命家がこの世界で生き続けるとするなら、それはひとえに世界を確実に破壊するためにほかならない。

革命家は、死を定められた人間だ。彼は、国家にたいして、そして総じて、すべての特権的な社会にたいして容赦なく、彼自身も、彼らからいかなる容赦も期待してはならない」（傍点筆者）

「革命家のカテキジス」の根底にあるのは、「肉弾」、恐るべき禁欲主義である。ニヒリストたちの禁欲主義は、ほとんど殉教者のそれに似ている。それは、まさに個人の物質性において他者とのいっさいの有機的なつながりを否定しさろうとする哲学である。

ナジーロフは書いている。

「シガリョーフシチナは、人間の罪にかかわる裏返された観念を主張する。教会のソボールノスチが、人々を分断するという罪によって呼び起こされた個人主義を克服することを促し、良心に向かわせるものであるなら、新しい精神性の確立は（より正確には、まさにその良心の対極にあるもの）、精神の堕落から始まることになる」

社会全体の精神的な破壊なしに、社会主義（＝平等主義）の実現は不可能であると、ピョートルは主張している。ここにもナジーロフのいう「意味論的なすりかえ」がある。もっとも革命家たちには革命家としての「平等」の理想はあっても、革命そのものの未来像が描かれることはなかった。「平等」の実現が自己目的化され、その精神的な部分は完全に等閑視されていた。ではかりに、シガリョーフシチナが実現した場合、平等を享受するのは、はたして「十分の九」と「十分の一」のどちらかということである。そもそも、なぜ、「世界を確実に破壊する」必要があるのか。むろん平等を享受するのは「十分の九」である。しかしこの平等は、数学的な厳密さでたがいが結ばれる平等でなければならない（そこにラジカリズムがある――）。逆にその数学的平等に到達するには、全員がかぎりなくゼロに近い存在である必要が生まれてくる。シガリョーフの「かぎりない自由」とはまさにその意味なのである。

他方、ピョートルには、ロシアの民衆をめぐる冷徹な認識があった。つまり、ソボールノスチと名づけられた「霊的な共同体」に属している民衆の精神的なたくましさである。

「ロシアの民衆には、たとえどんなに口汚く罵ることはあっても、冷笑《シニスム》っていうのはなかった。で、そう、この農奴たちのほうが、カルマジーノフなんかより、はるかに自分を尊敬してきたんです。それをご存じなんですか？　あれほどひどい目にあわされながら、自分たちの神を守りぬいてきた」（第二部第八章）

ピョートルの民衆理解をどこまで正しいと見ることができるのか、判断はむずかしい。かつてペトラシェフスキーの会で議論されていたのはむしろその逆であり、たとえばドストエフスキーが朗読したベリンスキーの手紙では、神に仕える敬虔な民衆という観念が徹底してしりぞけられていた。

つまり、ピョートルの絶望は、逆に、それだけ深かったということでもある。シニシズムをもたない強さゆえにこそ、確実な破壊を必要としたということである。しかも、彼らのうちに息づくソボールノスチの精神は、合理主義的な意識ではとらえられないところにあった。そこで、シガリョーフシチナはまさに意識的に企図されるのである。

では、シガリョーフシチナに論理上の矛盾は存在しないのだろうか。「十分の一」による専制と、「十分の九」の隷従、むろん、シガリョーフシチナが社会主義の理念に少しでも立脚しているとすれば、「十分の九」の隷従には、それなりの「完全な自由」が保証されなくてはならない。でなければ、「かぎりない自由から出発する」シガリョーフシチナの前提そのものが壊れてしまう。かりに、「十分の九」の奴隷たちがいっさい抗議の声を挙げることがないとすれば、それは、奴隷状態が、まさに人類の根本的な欲求であり、夢であるところの「原初の無垢」が、すなわち堕罪以前の天国が保証されていることを意味する。根本の価値観を、あるいは、絶対的な価値を、この堕罪以前の天国の復活に置き、それを現実的なかたちで実現していくには、当然のことながら、この天国を持続させていくための具体的な力が不可欠となる。「原初の無垢」の世界に、たとえ専制が存在しようと、そこに一切の暴力が介在してはならず、「十分の一」の力は、その意味で、「十分の九」とは完全に切り離された絶対的に強力な存在とならなくてはならない。

3　失語症

「パンフレット小説」として『悪霊』が書きはじめられたからには、当然のことながら、革命家たちや革命運動にたいする批判が随所にちりばめられなくてはならなかった。

現にこの小説で批判の対象となったのは、ネチャーエフ（ピョートルのモデル）を中心とする一八六〇年代の革命家たちだが、批判する以上は、それなりに説得力のある根拠が必要となった。そしてその根拠も、革命家たちが提示するヴィジョンに十分に対峙できるイデオロギーを足場にしなくてはならなかった。

いたるところに「悪霊」たちへの批判は見いだされる。その最たる場面が、第二部第七章「同志仲間で」の章に登場する五人組のカリカチュア化（すなわち戯画化）だろう。ドストエフスキーはここで、即興的な筆の走りにまかせ、彼ら革命家たちのいびつな内面を徹底的に嘲っている。しかし、戯画化の対象となったのは、決して革命家たちばかりではなかった。むしろ思想に「食いつくされた」悪霊たちにこそ、戯画化はよりラディカルに加えられたような印象も受ける。では、その「ラディカルな」戯画化とは何か。それこそは広い意味で「革命家たち」が一様にして病んでいる「失語症」ではないだろうか。

ドストエフスキーは「悪霊」たちの悲劇を、何よりも、ナショナリティの喪失というイデオロギー的な視点から見ていた。そしてその対極ともいうべき人物として、イワン・シャートフを設定した。シャートフが披瀝する思想は、あきらかに作者ドストエフスキーの土壌主義に通じている。また「われらが敬愛する」ヴェルホヴェンスキー氏がシャートフに好意的な態度をとるのは、元教え子への愛情というにとどまらず、物語の終わり近くに「大いなる」精神的変貌を経験する「先生」と元教え子とのあいだにおける「親和性」を強調するねらいがあったからである。

では、ナショナリティの喪失という現象を、ドストエフスキーはどのような手法によって表現しようとしていたのか。第一に挙げるべき点が、先ほども述べた「失語症」すなわちロシア語の使い手としての能力である（ただし今はあえて「革命家たちの」とは呼ばない）。スタヴローギンをふくめ、観念の熱にとりつかれ、思想に食い尽くされ、ヨーロッパをさまよう悪霊たちはほとんど例外なしに規範的なロシア語力を失っている。

その筆頭に立っているのがキリーロフであり、彼のロシア語はほとんどが破格である。第三部第五章「旅の女」から、とくに印象的な一節を引用する。

「つまり、ぼくはお産ができないっていうんじゃなく、お産をさせるようにするのができない……というか……いや、どうもうまく言えないな」

ロシア語の使い手として、ピョートルもまた注目すべき特異な存在である。ビーズ玉をまきちらすようにしてしゃべりまくるピョートルの場合、ロシア語の運用能力が劣るといった言い方は正しくないかもしれない（ただし、書き手としての彼を見た場合、保証の限りではない）。むしろ、いかにも機能主義者らしいすさまじいエコノミー志向（＝省エネ技法）、すなわち、ほとんどのセリフで動詞を用いず、主語と副詞句でもって自分の行動やメッセージを代弁させようとする点に大きな問題点が潜んでいる。また革命運動にかかわる話を十分に消化できない高校生や（「ちゃんとしゃべれないなら、だまってることね」第二部第七章2）、スタヴローギンに魅入られた「オペラ育ちの」令嬢リーザにも、ロシア語感の喪失といった特徴が与えられている（「このロシア語、おかしかったかしら？」）。つまり『悪霊』では、きわめて多様な「失語症」の実態が描かれているのである。

それはともかく、『悪霊』執筆中のドストエフスキーは、母語の喪失という問題に並々ならぬ関心を寄せていた。では、『悪霊』がめざす社会主義批判、あるいは革命家たちを戯画化する手法としてそれはどこまで有効いや正当といえたのだろうか。

必ずしも正当ではなかった、というのがわたしの考えである。リーザのように、祖国を離れ、ヨーロッパを放浪するうちにロシア語の正しい使い方が忘れられるということはあるかもしれない。他方、現実に、『悪霊』の登場人物で、「ニヒリスト」たちとの関係を疑われているカルマジーノフ（ツルゲーネフがモデル）にしろ、小説でもたびたび言及されるアレクサンドル・ゲルツエンにしろ、逆に卓越した革命家たちの多くがすぐれたロシア語使いであったこともまぎれもない事実である。つまり、歴史的な事実と矛盾している。

スタヴローギンのモデルの一人とされる無政府主義者のミハイル・バクーニン、ペトラシェフスキーの会で、ドストエフスキーが行動をともにしたニコライ・スペシネフがロシア語力を欠落させた人物たちであったという証拠はない。

皮肉なことには、むしろドストエフスキーのほうこそロシア人作家としてははるかに逸脱したロシア語使いであって、文体のニュートラル性というところからもほど遠い地点にいた。そしておそらくは、ドストエフスキー自身におけるその自覚が、革命家《ニヒリスト》＝国語力の欠如という、右翼的イデオロギーからの革命批判に向かわせたのだと思う。

その意味で、ドストエフスキーは、「悪霊」たちの失語症に自己同一化できる部分が少なからずあった。逆にこの点こそ、ドストエフスキーが「革命」にたいし、ある程度の共感をもたざるをえない闇の部分だったと言ってもよい。

もっともドストエフスキーは、ロシア語力の欠如を、たんにナショナリティを喪失した革命家たちの宿命としてあげつらったわけではない。むしろ、父と子の世代間の断絶を象徴するひとつの現象として提示したと考えたほうが理にかなっている。しかし、ここで改めて繰りかえさなくてはならないのだが、革命家と「悪霊」は同義ではない。彼の関心は、むしろ「悪霊」、つまり「悪魔つき《ベソフシチナ》」のほうにあった。より厳密に言うなら、ロシアの民衆的下層から知識層へと幅広く襲いかかる「悪魔つき」の状態である。同時にまた、正常なロシア語を語れない、あるいは語らないという態度は、まさに先行する世代への闘争宣言でもあった。アメリカの研究者デヴォラ・マルチンセンのすぐれた指摘に耳を傾けよう。

「ピョートルの言語と身体的な荒々しさは、彼の唯物主義と権力への意志を強調するものだ」

では、『悪霊』の中の最大の「悪霊」であるスタヴローギンのロシア語能力はどうなのか？

少くとも彼の会話能力について、わたしたち読者はほとんど判断の材料を与えられていないというのが正しい。あまりにも寡黙すぎるのである。判断材料にできる一定量のロシア語を彼が口にするのは、第二部第一章「夜」でのシャートフとの会話、ガガーノフとの決闘を終えたあとのダーリヤとの「幽霊」をめぐる会話、さらには「チーホンのもとで」の章でのチーホンとの短いやりとり、第三部第三章「愛の終わり」での、リーザとの謎に満ちたとぎれとぎれの会話ぐらいである。寡黙さに代わって、寡黙さのシンボルとしての「仮面」がしきりに強調される。

しかし思えば、スタヴローギンの寡黙さは今にはじまったことではなかった。すでに「仮面」としてはじめて物語の舞台に登場したときから、彼は言葉を喪失した男として描かれていた。そして四年前、その寡黙の代償として生じたのが、例の三つの「牙をむいた」事件だった。それは、まさに「獣」としての本能の露出でもあったが、他方、母語（ないし言語）の喪失という重大な危機を暗示する事件でもあった。それらの行為のなかでもとくに県知事イワン・オーシポヴィチの耳に「噛みつく」行為は、コインの表裏のように彼の寡黙さの意味と正確に一体化していた。では、どの時点で彼は言葉を失ったのか？

改めて『悪霊』の舞台に登場した彼はすでに彼が自らに課した「功業」にもかかわらず、人々にたいし能動的に何かを語りかける能力を失っていた。言葉を失うことによって、彼はほとんど受身のまま試練に耐える道を選んだと考えていい。そして、彼がこの物語で口にできた言葉は、彼からすると死にものぐるいの努力の成果だったと言えるのである。むろん、ロシア語の運用能力に不安を覚えていたはずはない。彼がかつて驚くべき弁舌の才をもっていたことは、シャートフ、キリーロフの発言からもうかがいしれるし、創作ノートには「公爵」の雄弁さを示すセリフが綿々と記されている。二人の思想を形づくったのも、まさに彼の卓越した弁舌の才であるしその才があればこそ、「弟子たち」を魅了できたといってよい。たとえば、『白痴』の主人公レフ・ムイシキンを思いだしてみよう。癲癇の持病にもかかわらず、彼が、すばらしい弁舌の才と緻密な筆記能力をもっていたことは『白痴』の読者の多くが記憶している。ところが、スタヴローギンはいま、ロシア語を口にすることすらも忘れてしまったかのようにかたくなに沈黙を守りつづけている。その沈黙は、逆にロシア語を口にする、発するという行為にたいする軽蔑とさえ受けとれる。

では、スタヴローギンの筆記能力はどうか？

クロニクル記者はスタヴローギンの「告白」を転載するにあたって、次のように書いた。

「誤りはかなりの数にのぼり、わたしとしても、これにはいささか驚かされた。というのも、この文書の著者は、なんといっても教育があり、かつ博学ともいえる（むろん相対的にいって）人物だったからである。文章にも、間違いや曖昧な箇所すら残されていたが、手直しはいっさいおこなわなかった。いずれにせよ、この著者がまずもって文学者でないことは明らかである」（第二部）

美貌、腕力、知性と三拍子そろったスタヴローギンの「ロシア語力」の欠如は、当然、彼の威光におびえる人々の「笑い」すら惹起しかねないものだ。

そして「告白」が、拙劣なロシア語で書かれたという事実は、逆にそこに盛られた経験が真実であるという事実のサインともなる。そうでなければ、とくにロシア語力を欠落させた人物としてスタヴローギンを設定する意味がなかった。いや、ことによると、このサインは、スタヴローギンではなく、ドストエフスキーの側からのサインであった可能性もある。

第二部　2　告白

I　挑戦　「告白」分析（1）

1　「告白」以前

『悪霊』にたいして何らかの解釈を施そうとする読者は、はじめにひとつの選択を強いられる。それは、今日「スタヴローギンの告白」として知られる「チーホンのもとで」の章を『悪霊』本体の一部と考えるか、それとも「告白」の存在、ないしはそこに盛り込まれている「事実」を除外して考えるか、という二者択一である。では、なぜ、そのような事態が生まれるにいたったか、その経緯を簡単に説明しておこう。

雑誌発表時も、あるいは単行本化された際にも、未発表のまま封印された「チーホンのもとで」の章の存在がはじめて明らかになったのは、『悪霊』が世に出てから三十五年後の一九〇六年のことである。本来、この章は、『悪霊』第二部第九章として発表される予定だったが、章の中間部に挿入されたスタヴローギンの「告白」の中身があまりにリアルすぎるとの理由で、編集部サイドからストップがかかった。連載の中断はじつに一年近くにおよんだ。この間、ドストエフスキーは、章全体の改稿にたずさわり、編集者による検閲を何とかクリアしようとしたが努力は実らず、最終的にはこの章を削除したまま、一八七二年十一月号から連載が再開された。この事情については、後ほど、「伝記」3の部分でくわしく触れることになるので細かな部分には立ち入らないが、一九〇六年の十四巻作品集に編集者の一人としてたずさわったアンナ夫人は、第八巻にあたる『悪霊』の付録として、「告白」の一部を掲載した。具体的には、全部で三節からなる章の第一節と、第二節「告白」のなかの少女凌辱の場面の手前までの部分である。このとき、アンナ夫人の好意でいちはやく「告白」の全容に目を通すことのできたロシア象徴派の思想家メレシコフスキーは、「恐怖の集中的な表現によって、芸術はみずからの可能性の枠を超えた」とその印象を語った。

それからさらに十五年後の一九二一年、ドストエフスキー生誕百年にあたる記念すべき年、モスクワにある国立保管所に所蔵されていたドストエフスキー関連の収納箱《フォンド》から、これまで行方知れずとされてきた「チーホンのもとで」の章の赤字入り初校ゲラが発見された（ただし全体で十六枚綴りからなるはずのものが、十五枚目のみ欠落していた）。

モスクワでのこの異稿の発見と時を同じくして、今度はペトログラードにあるロシア文学研究所（一般に「プーシキンの家」の名称で知られる）で、アンナ夫人によって筆写された、同じ「チーホンのもとで」の異稿が発見された。「驚くほど正確で明晰な」（ドリーニン）筆跡で書かれたこの異稿は、おそらくアンナ夫人が「チーホンのもとで」の決定版として、いわば「遺書」

代わりに書き遺そうとしたものと考えられる。

ところが、アンナ夫人によるこの筆写版（アンナ版）は、モスクワで発見された初校ゲラに欠落していた十五枚目の部分が記されているという意味で絶大な価値をもったが、他方、筆写するさいの原本となった作者自身の手による原稿が行方知れずであるため、最終的にこれをオーソライズできないという弱みを抱えていた。しかも途中で筆記が放棄されたため、アンナ夫人自身が、このテクストにたいする信頼性を大きく失わせるきっかけを作ってしまった。

いずれにしても、このような経緯から、「チーホンのもとで」の章には、次の三つの異稿が生まれるにいたった。

一、初校版　ドストエフスキーが最初に『ロシア報知』に提出した赤字入れのない版
二、著者校版（ないしドストエフスキー校版）　ドストエフスキーが赤字入れを行った版
三、筆写版（アンナ版）　アンナ夫人がドストエフスキーの死後に何らかの判断で筆写した版

さて、「チーホンのもとで」の分析に入るまえに、スタヴローギンの足跡を少しくわしくたどっておこう。すでに「ハリー王子の青春」で、この『悪霊』のプロットが本格的な動きを開始する四年前までの生活をスケッチしておいたが、その後、彼はどこに姿をくらましたのか。

一八六三年　一月蜂起参加、十字勲章受勲、退役
一八六四年五月（？）～一八六五年五月　ペテルブルグ彷徨
一八六四年六月　マトリョーシャ事件
一八六五年六月～一八六六年一月　一連の奇行（「牙をむいた」）
一八六六年一月～四月　「幻覚症」の治療

一八六六年四月～一八六九年八月
世界遍歴

一八六九年九月十二（十四）日
帰郷

ニコライ・スタヴローギンの過去は、きわめて断片的で、おぼろげにしか知られておらず、曖昧かつ茫洋とした印象を受ける。しかしその実、彼が歩んできた道のりも、ドストエフスキーの仕組んだ時計の歯車の一つとして精巧な役割を果たしていたことがわかる。スタヴローギンの人生を四幕物のドラマに仕立てるなら、『悪霊』全体がすでに第四幕目、いや、その大団円ということになる。では、かりにその第一幕を四年前の約一年におよぶペテルブルグ彷徨とするなら、第二幕は、四年前のこの町を舞台にして展開された一連の出来事であり、第三幕は、彼の世界遍歴の物語ということになる。スタヴローギンにとって一八六九年は、イワン・シャートフの元妻で「旅の女」マリーとの関係ではじまった。その二カ月後、スタヴローギンは幼なじみのリーザと再会するが、二人の間に、肉体関係が生じたかどうかは明示されていない。しかし物語全体の流れから判断して、ないと考えていいし、少くともドストエフスキーはそうした見立てのもとで物語を構築していたと考えられる。なぜなら、ドストエフスキーが男女の肉体関係を暗示する場合、多くは妊娠というモチーフに置き変えられるからである。

四月中旬、ワルワーラ夫人とダーシャがパリを訪問し、その後、二人はパリからスイスに移った。スタヴローギンのなかでリーザとの重婚の野望が芽生えるのは、七月、それを阻止したのが、ロシアから駆けつけてきたダーシャである。創作ノートでは、スタヴローギンとダーシャとの間の性的な関係がはっきりと示されており、その後、二人は、持続的に関係を続けてきたと想像される。当然、ワルワーラ夫人宅でも何がしかの切迫した関係が存在していたことはまちがいないし、ダーシャのどこか謎めいた憔悴ぶりにその内実が暗示されている。そして八月の終わり、スイスからドロズドワ母娘（すなわちプラスコーヴィヤ夫人と娘のリーザ）が帰郷してきた。

では、さっそく分析に入る。ただし、あらかじめ述べておくと、「告白」の分析に際しては、右に定義した初校版を基準とし、折にふれて、他の二つの版を参照する形をとる。

「チーホンのもとで」は大きく分けて三つの節からなっている。第一節に書かれているのは、町の郊外にあるスパソ・エフィーミエフスキー修道院を訪れた主人公のスタヴローギンとチーホン僧正とのあいだで交わされるやりとりであり、第二節は、スタヴローギンの「告白」の紹介であり、第三節は、「告白」を読んだチーホンとスタヴローギンとの間で交わされる会話の一部始終である。

第一節は、いきなり次のような文章で書きだされている。

「ニコライ・スタヴローギンは、その夜まんじりともせずソファに腰をおろしたまま、部屋の隅に置かれたタンスのあたりへしきりに目を向け、その一点をじっとにらみつけていた。部屋には明け方までランプが灯っていた」

謎に満ちた書きだしである。スタヴローギンがしきりに目を向けていた「部屋の隅に置かれたタンスのあたり」とは何を意味しているのか。考えられるのは、次の三つ——。

一、「タンスのあたり」に「悪魔」が「這い」でてくる様子を見ている。

二、これからチーホンのもとに届けようとしている「告白」の印刷物が収められている。

三、最後の縊死にそなえたロープ、石鹼、ハンマーないし拳銃その他が収められている。

時間帯は、九月二十九日朝、自宅を出たスタヴローギンは、途中、公邸前の広場に向かうシュピグーリン工場の工員たちによるデモ行進に行く手を遮られた。印象深い場面である。

スパソ・エフィーミエフスキー修道院でのチーホン僧正とのやりとりは、「告白」の黙読時間もあわせ二時間から二時間半におよんだとみられる。第一節の二人のやりとりで、興味をそそられるのは、三つ、すなわち、修道院内で「異端的」ともいうべき態度をとりつづけるチーホン僧正の謎めいたプロフィールであり、その生活ぶりである。

「キリスト教の大聖人や殉教者の著書の横に、演劇関係の著作やら長編小説、《ひょっとしてそれよりさらに俗悪な本》が並べられていた」

二つ目は、スタヴローギンの口から改めて持ち出される「幽霊」の話——。ガガーノフとの決闘をはさむその日の午後、ダーシャに告白した内容をほぼなぞるものとなっている（ただし、雑誌版）。ダーシャとのやりとりで、幽霊の存在は徐々に懲役人フェージカと二重映しされていくのにたいし、雑誌版では、超自然的な存在として、「だれかべつの人物像」として幻視されている（「ここ一年ばかりですが、なに、こんなのは、ばかげたことです」）。

そして三つ目は、スタヴローギンがいきなり持ちだす「黙示録」の話題（「ラオディキアにある教会の天使にこう書き送れ」）である。

「わたしはあなたの行いを知っている。あなたは、冷たくもなく熱くもない。むしろ、冷たいか熱いか、どちらかであってほしい。熱くも冷たくもなく、なまぬるいので、わたしはあなたを口から吐き出そうとしている」

スタヴローギンは、この言葉について次のような説明を施すことになる。

「これって、中庸の人間や無関心な人間をいましめる言葉でしょう、そうですよね？」

そしてこのあとスタヴローギンの口から驚くべき言葉が漏れる。

「そう、ぼくはあなたがひじょうに気にいりました」

それにたいしてチーホンも小声で「わたしも、あなたが」と応じている。

「チーホンのもとで」第一節では、総じてスタヴローギンとチーホンとの間に微妙な親密感が伝ってくる。あるいは、共犯的な意識とでも言ってよい何か——。初校版でのドストエフスキーはむろん、その点を意識して書いたにちがいない。修道院内におけるチーホンの「異端的な」暮らしぶりとも関わりをもつ内容であり、せんじ詰めて言えば、「偉大な罪びと」としての両者の分身関係をも暗示している。チーホンの場合、修道院での長い苦難の日々があればこそ、「心理学者」としての卓越した洞察力が示されるのである。

「あなたとしては、生ぬるいものにだけはなりたくない。あなたは、ひょっとして、異常で怖ろしい目論見に打ちまかされているのかもしれない、そんな予感がします」

こうして、黙示録をめぐるやりとりがすんだあとでいよいよ問題の第二節に入る。

2　四つの罪

「印刷はたしかに外国でなされたもので、ごくありふれた小型の便箋に印刷され、三枚綴じになっていた。おそらく、どこか外国にあるロシア語の印刷所で秘密裡に印刷されたにちがいなく、一見したところアジビラに似ていた。表題には、『スタヴローギンより』とあった」

最初に問題となるのは、「告白」がなまの素材のまま、ストレートに読者に提示されているわけではないということである。「告白」を読むまでに読者はいくつかの敷居を超えなくてはならない。第一の敷居は、『悪霊』の読者よりも先に、チーホン僧正が「告白」を読んでいるという設定であり、第二の敷居は、その「告白」が、おそらくは、ジュネーヴで印刷された地下出版物であるということ。そして第三の敷居は、私たちが読んでいる「告白」が、チーホンが読むのと同じテクストではないということ。チーホンという読者がまず存在し、そのテクストをクロニクル記者のG氏が書き写し、「正字法上の誤り」を訂正したうえでわたしたち読者がそれを読む、という三段構えになっている。

このような複雑な仕掛けがどうして必要になったのか、この点を多少とも考慮しなければならない。ドストエフスキーはけっして、一人称による「告白」を言いっ放し、書きっ放しの状態に放置することはなかった。端的に、「告白」を直接、読者の目にさらすことを避けている。言い換えると、あくまでも、登場人物同士の対話的な関係のなかにそれを位置づけようとしている。告白文学の嚆矢とされる聖アウグスティヌスの『告白録』や、ジャン・ジャック・ルソーの『告白』など、過去の告白文学との大きな違いがここにある。しかも、問題は、あくまで、ドストエフスキーの告白ではなく、「スタヴローギンの告白」であるという点にある。

すでにこの「告白」をお読みになった読者は、これがいかに「危険」なテクストか、十分に承知しておられるにちがいない。しかしそのことをほかのだれよりも熟知していたのが、ドストエフスキーその人だった。彼はすでに初校を読んだ多くの友人の「リアルすぎる」という印象を耳にしていた。そこで、この「危険さ」を受けとめるクッション（媒介者）を物語そのもののなかに設定する必要が生じてきたと思われる。一方的な肩入れでも、アイロニーでもなく、「告白」に誠実に向かいあう読者の存在である。「自分の心の中から」取りだした人物だけあって、主人公に対する作者の扱いは細心をきわめていた。

しかし、より外的な要因もある。すなわち、作者と主人公の同一視を避ける狙いである。「告白」に書かれた内容が、作家本人のプライバシーを侵害しかねないいくつかのデリケートな難題を抱え、それがあまりに「リアル」な性格を帯びているだけに、この措置は何としても必要となった。

では、さっそく「告白」の部分を読んでみよう。

「私こと、退役士官ニコライ・スタヴローギンは、一八六＊年、ペテルブルグに居住し、放蕩に身をまかせながらも、そこに満足を見いだせずにいた」

スタヴローギンは、ここでは具体的年号を示していないが、『悪霊』全体の時系列から逆算して、一八六四年と特定できる。スタヴローギンは、ペテルブルグでこの年の春から翌年夏にかけて、「告白」に描かれている一連の事件を引き起こし、六五年春には、足の悪いマリヤ・レビャートキナと秘密裏に結婚し、同じ年六月「気慰み」のつもりで故郷の町に戻ってきた。しかしそこでも、町のクラブの最古参のひとりの鼻を引きずりまわしたり、県知事の耳にかみついたりするなどの奇行をくり返し、追われるようにして町を出た。その後、彼は外国に出て、三年半ちかく海外放浪の生活を送った。

「告白」に盛られている内容は、主として四つの部分からなる。
1　四つの罪の告白と結婚のエピソード
2　世界遍歴の物語
3　黄金時代の夢

4 「告白」を発表する意図

そして、1に挙げた四つの罪は、おおむね、次のような内容からなっている。

1 ペンナイフの紛失とマトリョーシャへの折檻

2 三十二ルーブル窃盗事件

3 マトリョーシャ陵辱

4 マリヤ・レビャートキナとの結婚

「告白」では、他にも二度の決闘、毒殺事件（「私には一度毒殺の経験がある——意図したもので、まんまと成功し、だれにも知られていない」）などが触れられているが、残念ながら、ここで十分に議論できるだけのディテールは与えられていない。しかし第一に注意すべき点は、すでに「告白」の冒頭部で、スタヴローギンという男のある根本的な性向を暗示するサディズムが提示されていることである。間借りしているアパートの一つで、彼は、自分に「首ったけのさる夫人」とその小間使いを鉢合わせさせようと企んでいた。ここには、他者の痛みに無感動であるどころか、そこに快楽すらも覚えるスタヴローギンの神的まなざしがうかがえる。「告白」に盛られている事件は、すべてこの冒頭の数行のパターンを踏襲している。彼が、興奮できるのはトリックであり、神経的なくすぐりにしかない。

第一のペンナイフ「紛失」事件は、果たしてどのような意図のもとに盛り込まれた事件だろうか。このエピソードの背景をなしているのは、当時のロシア社会にはびこっていた社会的悪習、すなわち、後に「作家の日記」などで詳しく論じることになる幼児虐待の問題である。『白痴』のモデルとなったオリガ・ウメツカヤ事件もこれに連なる事件だった。と同時に、これは、ルソーが『告白』で述べている窃盗事件、すなわち自分がおかした盗みの罪を女中のマリオンに着せた事件を想起させる。

それはともかくも、このペンナイフ紛失の事件は、スタヴローギンが犯す犯罪の特異性を浮彫にする。

「マトリョーシャは鞭打ちにも声はあげなかったが、打たれるたびに、なにか奇妙な感じにしゃくりあげていた」

問題は、彼女が鞭打ちを浴びる直前、スタヴローギンはペンナイフをベッドの上に発見していた、にもかかわらず、そのまま娘を鞭打たせたということである。『悪霊』における最大のテーマのひとつともいうべき「黙過」がここで起こった。しかも、無関心による黙過ではなく、かぎりない他者との同一化から生まれる「黙過」である。なぜなら、スタヴローギンはこの「黙過」の瞬間に、他者の苦しみへの同化と自己の卑劣さの認識からうまれる複雑な「快楽」に浸っていたからである。

「私の人生でたまに生じた、途方もなく恥辱的な、際限なく屈辱的で、卑劣で、とくに滑稽な状態は、いつも度はずれた怒りとともに、えもいわれぬ快感を私のなかにかき立ててきた。犯罪の瞬間や、生命の危機が迫ったときも、まさにそれが起こった。もしも私が何かを盗むとしたら、私はその盗みを働くさいに、自分がどれほど深く卑劣かということを意識するがゆえに陶酔を味わったことだろう。私が愛していたのは、卑劣さではない（そういう場合私の理性は完全に無傷のままだった）、むしろ、その卑劣さを苦しいほど意識する陶酔感が気に入っていたのだ」

ところが、アンナ版のみは、折檻が終わり、すべてが済んだ後でナイフがベッドの上の毛布の間から出てきたというふうに書き換えられている。これでは、スタヴローギンの犯罪のもつ悪魔的な性格はいちじるしく弱められてしまうばかりか、犯罪性そのものの意味も消し去られてしまう。他方、初校版は、貴婦人と小間使いを鉢合わせさせるたくらみにも似て、「告白」全体に込めようとしている作家の意図を鮮明に浮かびあがらせている。「黙過」とは、基本的に他者の運命を操る、他者の喜怒哀楽に対して無関心になる心理状態を意味している。そして、この無関心になるという状況に、じつはスタヴローギンにおけるサド・マゾヒズム的な快楽の源泉が潜んでいるのである。

アンナ夫人による筆写版は、ペンナイフ事件に際してスタヴローギンが経験したマゾヒズム的な快感の記述をばっさり切り落としているが、これはけっして、夫の意図を蔑ろにしたアンナ夫人の作為と見ることはできない。『ロシア報知』編集部との戦いのなかで、スタヴローギンをマゾヒストとして設定するかどうかは、おそらく彼の人物造形の根幹にかかわるポレミックとなった可能性がある。アンナ夫人からすると、この部分は不要であるどころか、『悪霊』のフィナーレにおけるスタヴローギンの自殺にすら影響を投げかけかねない危険な部分だった。『悪霊』を全体的な統一感のなかで理解するには、そもそも「告白」の存在そのものが不要との判断さえ働いたにちがいない。なぜなら、マゾヒズムほど「功業」や「自己克服」と矛盾する観念はないからだ。それでも「告白」が不可欠であるなら、少なくとも彼のマゾヒズムを記述した部分は取りさる必要があった。悔い改めるスタヴローギン像を強調したいアンナ夫人の考えと、このマゾヒズムに関する記述はどこまでも矛盾する。

だが、初校版、著者校版での考えは大きく異っている。ドストエフスキーはむしろはっきりと述べておきたかったのだと思う。スタヴローギンがいかに神をめざし、神のまなざしを得たいと願おうと、マゾヒズムという「卑劣な」感覚を根絶できないかぎり、いやおうなく地上界へ陥られてしまうことを。なぜなら、マゾヒズムとは、スタヴローギンが、十七歳のときに「ぴたりとやめることができた」はずの行為の延長上にある快楽だったからである。

第二の給料抜き取りの罪はどうだろうか。ここにも、特異な心理が働き、快感の経験があったことはいうまでもない。スタヴローギンが犯した罪というより、悪魔がそれを唆したといったほうがよく、スタヴローギン自身がスタヴローギンという個体を離れ、はるか鳥瞰的な高さに昇っている印象を受ける。

そこでわたしたち読者の興味は、スタヴローギンの生いたちへと向かう。作者が「心の中から取り出した」、これほどにも「悪魔的な」人物の生いたちに何ら関心をもたなかったとはとうてい考えられない。

まず、どのようにしてスタヴローギンの無関心とサド・マゾヒズムの同居という性癖は培われたのか。スタヴローギンという存在に取りついている無関心は、はたして病理的なものに起因するのか、あるいは正気の一つの形態として意味づけられていたのか。ドストエフスキーとしても、そのあたりは、読者の納得がいくようにきちんと説明したかったはずである。癲癇の発作に持続的に苦しめられていた作家からすると、スタヴローギンを抱えこんでいる鬱は、ことによるとごく日常的な生理感覚だった可能性さえある。にもかかわらず、彼は、スタヴローギンの鬱に、一つの「正気」の極限と一人の「正常な」人間の行為と精神のドラマを見出したかった。

ところでこの『悪霊』という小説は、クロニクル記者による語りというフィルターがかけられているため、スタヴローギンの実像をめぐって読者は、「噂」以上のものを知りえない厄介な立場にある。作者は、そのフィルターの存在のもつ障碍ないし弊害（読者の感じるもどかしさ）に気づいており、クロニクル記者の記述とのコントラストの中で、「告白」のもつ一人称による語りの効果にねらいをつけていた。だからこそ、忍耐の糸が切れたとでもいわんばかりの調子で、「謎」や「噂」の実体化を試みたのである。いわばそれが「告白」の本体なのである。ただし、その「告白」においても、スタヴローギン自身の十代の足取りが十分に説明されず、ごく暗示的な言及にとどまった。「告白」の謎をとく鍵の一つが、アンナ夫人による筆写版からは抜けおち、「家庭内検閲者」であるアンナ夫人と作家との間におそらくは小さな対立を生んだにちがいない次の部分である。

「十六歳まで、ジャン＝ジャック・ルソーが告白するあの悪徳に異常なはげしさで耽っていたが、十七歳になったそのとき、それをやめたいと願い、ただちにぴたりとやめることができた」

まず、ジャン・ジャック・ルソーが告白しているという「悪徳」とは何なのか、その正体を突きとめなければならない。ルソーという個人名をおくとして、文章全体のもつ雰囲気やコンテクストから単純に推して、一般の読者はこれを「自慰」ととる。その推測におそらくまちがいはない。ルソーは『告白』のなかで、たとえば「片手の読書」といった遠まわしの表現を用いて過去の「自慰」癖に言及した。ちなみにドストエフスキーは、『悪霊』の創作ノートで、「オナニー、自慰」に「ルカブルーツトヴォ（рукоблудство——語源に近い訳では「手淫」がふさわしい）」のロシア語をあてた。もっとも、ルソーの『告白』に見られる「悪徳」は、自慰だけに限られていたわけではない。自慰にもまして、ルソーをとらえた「悪徳」があった。

さてここで問題となるのが、スタヴローギンの少年時代の性である。ルソーへの言及との関連で考えるなら、スタヴローギンに自慰がもたらした影響がけっして小さくなかったことは容易に想像できる。多くの若い男女にとって、自慰は空想のなかでの他者との一体化の経験、漠たる未分化の快感を意味し、つよい罪の意識を伴う。では、未分化の快感とはどのようなものか。自分と他者、そして自分と世界がまだはっきりと分節化されていない状態での快感である。性的に具体的なイメージを伴わない漠たる快感——。しかし、仮にその「悪徳」が、自慰ではなく、ルソーのいう「窃盗」にあったとしたら、そこでもまた彼は、ある種の、スリリングな感覚をひそかに培っていたことになる。たとえばそれが、ルソーがランベルシエ嬢から得たという折檻の快楽や、同じルソーがあたかも発情した猫のように耽っていた自己露出の快楽（自分の尻を露出する快楽）と同種のものであるなら、その段階で彼は、マトリョーシャがうわごとに叫んだあの一言に通じる何かを、経験していたことになるだろう。

いずれにしても、自慰以外に考えられる「悪徳」といえば、「盗み」である。ルソーの文脈に置きかえるなら、いわゆる「万引き」だが、スタヴローギンの「告白」には、先ほども少しふれた、同じアパートに住む役人の給料を盗みとるエピソードが紹介される。しかし、盗みは「異常なはげしさで耽る」という表現にマッチしない。となると、少年時代のスタヴローギンの人となりを考えても、やはり「自慰」説は動かない（アメリカの研究者ミラーははっきりと「自慰」と規定している）。

しかし、わたしがここで注目するのは、スタヴローギンの「悪徳」そのものよりもむしろ、彼が、ルソーの『告白』を読み、自分の「告白」のなかで、まるでわざとのように、ルソーの『告白』を持ちだしている「事実」である。これは、スタヴローギンはルソーを読んでいる、という、作家からのサインだった。わたしたち読者はこのサインを見誤らず、彼がルソーを引用した意味を冷静に読み解いていかなくてはならない。

右に引用した「自慰」のモチーフは、「告白」での話の流れではどう意味づけられているのか。まず、ペンナイフを盗んだとしてマトリョーシャが折檻される場面が描写される。そしてその光景を目撃した彼は、自分の卑劣さを意識しつつマゾヒズムの快楽に陥る。かといって、自分はその快楽のせいで決して度を失ったことはなく、つねに自分を律し、支配することができたことを自負している。そうした意志の強さを示す証として、先ほどの「ジャン＝ジャック・ルソーが……」が引きあいに出され、自慰をすっぱりやめることができた、と主張するのである。しかし、一般読者からすると、ここが不審を呼びおこす部分でもある。自分を律する力、意志力を強調するのに、どうして自慰の例を引きあいに出す必要があるのか。そもそも自慰の「事実」を話題にすること自体、常軌を逸した行為とはいえないだろうか。たしかにこれを、性をめぐる話にいっさいタブーを設けないとするスタヴローギンのあけすけな挑発と見ることもできないわけではない。しかし同時に何かしら別の魂胆も感じられてならない。

何はともあれ、スタヴローギンが「告白」のなかで述べている犯罪は、どれもこれも、ルソーを下敷きとし、それをパロディ化しているかの趣がある。ここで、ひどく極端な物言いをお許しいただくなら、「告白」それ自体が、ルソーの『告白』のパロディをなし、極言すれば、「告白」の内容は、ほとんどがフィクションであり、ルソーの『告白』を真似た作り話かもしれないという仮説も成立する。じつは、わたしと同じ疑いをもっている人が『悪霊』のなかにいる。だれあろう、クロニクル記者のＧ氏である。そして「告白」を筆写したアンナ夫人も、そのような方向での「書き変え」を試みようとしていたのだった。

このような事情を考慮すると、校正刷を読んだ出版者カトコフの心証を気にし、「告白」から「ジャン＝ジャック・ルソー」の名前を削除することは、「告白」に託したドストエフスキー（＝スタヴローギン）の意図を大きく裏切る行為となるはずだった。

しかも「告白」には、ルソーとの関連で、けっして見落とすことのできないディテールがもう一つ書きこまれていた。人間ルソー、作家ルソーの原体験に通じるきわめて重要なパッセージである。十歳のとき、ジュネーヴ郊外のある村の牧師のもとに預けられたルソーは、ある時、悪戯を理由に牧師の妹から折檻の罰を受けた。ルソーはその時の経験を次のように書いている。

「苦痛のなか、羞恥のなかにさえ、肉感がまじっていることを私はすでに感づいていたのであって、同じ人の手でまたしても懲罰を受けるというおそれよりも、もう一度懲罰を受けたいというひそかなたのしみのほうが、より多く私の心にのこっていたのである。おそらくそこには早熟な性の本能といったものがまじっていた……」

ここに描かれているのは、紛れもないマゾヒズムであり、これをスタヴローギンの「告白」と一瞬勘違いする読者も少なくないかもしれない。先に、スタヴローギンの「告白」はルソーのパロディというような言い方をしたのも、じつはこの引用が念頭にあったのである。

3　マゾヒズムの共有

次に浮上してくる問題、それは、マトリョーシャとスタヴローギンの共犯関係である。

スタヴローギンは、おかみによる折檻の際にマトリョーシャは、「打たれるたびに、なにか奇妙な感じにしゃくりあげていた」、「そしてそれからまる一時間、はげしくしゃくりあげて泣いていた」と書いている。スタヴローギンはこのくだりで何を言おうとしていたのだろうか。たしかにスタヴローギンはマトリョーシャの姿をありのまま記述しているだけである。しかし、作家ドストエフスキーは、そこに、告白者である当人以上にドラマティックなまなざしを注ぎ、耳をそばだてていた。スタヴローギンの耳には届かない何かを、ドストエフスキーは聞きとっていた。

初校版を引用しよう。

Матреша от розог не кричала, но как-то странно всхлипывала при каждом ударе. И потом очень всхлипывала, целый час.

「マトリョーシャは鞭打ちにも声はあげなかったが、打たれるたびに、なにか奇妙な感じにしゃくりあげていた。そしてそれからまる一時間、はげしくしゃくりあげて泣いていた」

英語ではどうなっているか。ヴィンテージ・クラシック版は付録として、初校版の「告白」を採用している。

Matryosha did not cry out from the birching, but somehow whimpered strangely at each stroke. And afterwards she whimpered very much for a whole hour.

著者校（ドストエフスキー校）版には、これに該当する部分の訂正はないので省略する。

次は、アンナ版である。

Матреша от розог не кричала, конечно потому, что я тут стоял, но как-то странно всхлипывала при каждом ударе и потом очень всхлипывала, целый час.

「マトリョーシャは鞭打ちにも声はあげなかった。むろん、私がそこに立っていたからだが、打たれるたび、なにか奇妙な感じにしゃくりあげていた。そしてそれからまる一時間、はげしくしゃくりあげて泣いていた」

ちなみに、ペンギン・クラシック版が付録の形で採用した「告白」は、アンナ版である。

Matryosya did not scream while she being flogged, probably because I was there, but she gave a funny sort of sob at each blow. Afterwards she sobbed bitterly for a whole hour.

問題は、オリジナルが不明であるアンナ版に、なぜ、「私がそこに立っていたからだが」という一節が紛れこんだか、ということである。ドストエフスキーが、この一行に、かなり意識的であったことは、この書き込みの存在そのものが裏づけている。そうでなければ、あえてこのような口実を添える理由はなかったにちがいない。では、そもそも「なにか奇妙な感じにしゃくりあげ」とは何を意味しているのか。そしてなぜ、折檻が終わってから、まる一時間も「はげしくしゃくりあげて泣いていた」のか。

くどいようだが、アンナ版でのスタヴローギンは、マトリョーシャが「大声で」泣かなかったのは、そこに自分がいたからにちがいないと自信をもって書いている。しかしおそらく理由は決してそれだけではなかった。この、とってつけたような説明は、たんにスタヴローギンの傲慢、ナルシシズムの証以外の何ものでもない、つまり、アンナ版のスタヴローギンには真実が与えられていないし、秘密を解く鍵も手渡されていないと言える。

そこで改めて最初の問いに戻ろう。アンナ夫人は、なぜ、初校版に手を加え、「むろん、私がそこに立っていたからだが」という説明を加えたのか、ということである。想像するにこれは、アンナ夫人の作為であり、ペンナイフ紛失事件との関係で、恥辱的な快感に酔うマゾヒストとしての告白のくだりを削除したことに深くつながっていた。その流れからも、「私がそこに立っていたからだが」の副詞句は不可欠のものとなった。つまり、そのように理由を限定することによって、読者が余分な空想に走るのをブロックしようとしたのである。逆に、こうしてスタヴローギンによる理由づけをつけ加えたのは、「なにか奇妙な感じにしゃくりあげ」るマトリョーシャが感じている何かについて、当のアンナ夫人自身がことさら想像を働かせたからと見ることができる。すなわち、この副詞句の解釈がけっしてあらぬ方向に誘導されないように手段を講じた、予防線を張ったということである。言いかえると、この『悪霊』全体から、スタヴローギンとマゾヒズムの関係性をできるだけ排除したい（排除すべきだ）との意図が働いた結果と見ることができる。なぜなら、アンナ夫人は、マゾヒズムこそは、スタヴローギンの人間としての復活にとって致命的な傷となることに気づいていたからである。しかし、「むろん、私がそこに立っていたからだが」という副詞句の挿入は、かえって別の解釈に道を開くことになった。つまり、別の視点からのマゾヒズムの混入である。ここはわたしの妄想ということでお許しいただこう。マトリョーシャは、まさにこのとき、スタヴローギンがしきりに強調してきた「屈辱」のマゾヒズムを、つまり、あられもない屈辱の姿を見られることの快感を体のどこかで感じていた可能性がある。そしてこのように、マトリョーシャがマゾヒズムの快感に目覚めているという仮説を立てることで、『悪霊』の「告白」は、「凌辱」のテーマから別の次元のテーマへとスライドしていく。すなわち「愛」のテーマである。同時代の法に照らしても、マトリョーシャにたいする行為を暴行ないし凌辱という観念でとらえられるかどうか、判断はむずかしい。しかし、ドストエフスキー＝スタヴローギンは周到にも、マトリョーシャの年齢をあいまいに設定した。初校版で、「十四歳前後」と書いたのは、スタヴローギンを、法の追及から免れさせるための一種の口実だった。逆に十四歳の少女のマゾヒズムという点に照らしていうなら、それこそ、マトリョーシャと同じ十四歳、「足の悪い」リーザ・ホフラコーワがいる。自殺もせず、殺されもせず、あたりはばかることなくみずからのサド・マゾヒズムの欲望を口にし、照れず、たじろがない十四歳の小悪魔――。

Ⅱ　恐怖　「告白」分析（2）

1　凌辱

「告白」のクライマックスを形成するマトリョーシャ凌辱の分析に移ろう。まず、創作ノートでの書きこみに注目する。

「苦行を求めるつよい気持から、幼女を凌辱した。良心の呵責をもとめるつよい気持ち。リーザを求めるつよい感情。彼女を支配し、足の悪い女を殺す。シャートフ殺害とともに、狂気の発作、首を吊る。鬱。が、それでも肝心なのは、無信仰。自分に対する恐怖。例、他人の苦しみに快楽を感じる。公爵はチーホンに率直に言う。ときどき良心の呵責に深く苦しむことはあっても、その呵責がしばしば快楽に転じてしまう、と。（幼女の爪の下にピンを差し込む）」

創作ノートには、「苦行を求めるつよい気持から、幼女を凌辱した」、「他人の苦しみに快楽を感じる」と書かれている。また「幼女の爪の下にピンを差し込む」とあって、これが唯一、創作ノートに見られるスタヴローギンのサディズムの具体的なディテールである。創作ノートの段階で、サディズムの対象となったのは、あくまでも「幼女」であり、初校版における「十四歳前後」とは大きな隔たりがある。スタヴローギンは、いずれにせよマトリョーシャの正確な年齢を知らなかったわけで、著者校版で、あえて「十二歳」と書き直し、年齢を引き下げたのにもそれなりの理由があった。スタヴローギンの「口実」すなわち、「十四歳前後」を打ち消すことによって、彼の犯罪性をより際立たせようとしたのかもしれない。ちなみに、当時のロシアにおける強姦罪の適用において、相手の年齢を問わず、重要な尺度とされたのが、いうまでもなく合意の有無である。それゆえ、十四歳未満の男女児童に対する性的暴行は、通常、シベリアでの懲役四年から八年、とくに重罪と見なされた場合は、同十年から二十年の刑が下された。また、非合法的に笞刑が加えられる場合も少なくなかった。

少し長くなるが該当するその部分のテクストを引用しよう。問題となるくだりはあえてゴシック体で示すことにする。

「時計を取りだし、何時かを見た。二時過ぎだった。心臓がひどくどきどきしはじめた。しかしそこで、私はまたふと自問した。やめられるか。ただちに、やめられると自答した。私は立ちあがり、忍び足で彼女のほうに近づいていった。一家の部屋の窓にはゼラニウムの鉢がたくさん並べてあって、太陽がひどく明るく輝いていた。私はそっと彼女の脇の床に腰をおろした。彼女はぎくりとし、はじめ信じがたいぐらいおびえて跳びあがった。私は彼女の手をとって静かにキスをすると、ふたたび椅子に引きよせ、その目をじっと見つめはじめた。手に私がキスをしたことで、彼女は急に幼い子どものように笑いだしたが、それも一瞬のことだった。というのも、彼女はもういちど急に跳びあがり、痙攣が顔に走るほどのおびえようを示したからだ。彼女は、おそろしいほど動かない目でこちらを見つめ、泣きそうになって唇をひくひくさせはじめたが、しかしそれでも声は上げなかった。**私はもういちど彼女の両手にキスをし、自分の膝に抱きよせて、**

その顔と両足にキスした。彼女の両足にキスすると、ふいに彼女は体を引いて恥ずかしそうににこりとしたが、なんだかひん曲がったような笑みだった。顔全体が恥ずかしさで真っ赤になった。私は彼女にずっと何ごとかを囁きかけていた。やがて、ふいに、私としてもとうてい忘れがたい奇妙なことが起こり、すっかり度肝を抜かれてしまった。娘は両手で私の首に抱きつくと、自分から急に激しくキスしはじめたのだ。その顔は、完全な恍惚を表わしていた。私はほとんど立ち上がり、そのまま出ていこうとした——こんな小さな子どものくせに、と思い、憐れみの念から不快でたまらなくなったのだ。しかし私は、ふいに襲ってきた恐怖の感情をおさえ、その場に留まった。

いっさいが終わったとき、彼女はもじもじしていた。私は、彼女を慰めようとすることもしなければ、愛撫することももうしなかった。彼女はおずおずと微笑みながらこちらを見つめていた。彼女の顔が急に愚かしいものに見えてきた。狼狽が、すみやかに、刻一刻と、ますますつよく彼女を支配していった。彼女はとうとう両手で顔をおおい、壁に顔を向けて、部屋の隅に立ち、そのまま動かなくなった。彼女がさっきと同様ふたたび怖気づくのを怖れて、私は何も言わずにアパートを出た」

現在、手にすることのできる三つの異稿のうち、常識的にみてもっとも「猥褻」とみなされる部分は、右の引用のなかのゴシックで示した部分である。

さて、三つの稿のあいだにおける根本的なちがいはいくつもある。しかし今はこれらの三つの異稿の詳細な比較を行うことはしない。ただし、問題点を一つだけ拾いだしておく。それは、ドストエフスキーが編集者リュビーモフ宛ての手紙で書いた「あまりに猥褻なところはすべて削除し、大事なところは短縮し」たという部分である。

現在、わたしたちが読むことのできる三つの異稿において、「あまりに猥褻なところはすべて削除」したとする作者の言葉を裏づける部分が見あたらない。

その点は、ドストエフスキーが初校版にその後どう手を加えたかを、残り二つの異稿とひき比べることで明らかにできるはずだが、現実には次のような直しに限られているのである。

「私はもういちど彼女の手にキスをし、自分の膝に抱きよせると、ふいに彼女は体を引いて恥ずかしそうににこりとしたが、なんだかひん曲がったような笑みだった」（著者校版）

次に、アンナ版である。

「私はもういちど彼女の手にキスをし、膝の上に彼女を乗せた。ふいに彼女は体を引いて恥ずかしそうににこりとしたが、なんだかひん曲がったような笑みだった」

端的には、初校版における「その顔と両足にキスした。彼女の両足にキスすると」の部分が、著者校版とアンナ版では削除・訂正が施されているだけである。この削除が、はたして「あまりに猥褻なところはすべて削除し」という作者自身の証言をどの程度裏づけてくれるかは疑問である。不自然さが残るとしたら、それはむしろ「その場に留まった」と、次の「いっさいが終わったとき」のつながりそのものではないだろうか。読者の関心は、むしろ、「ふいに襲ってきた恐怖の感情をおさえ」、その場にとどまったスタヴローギンが、次にどのような行為におよんだか、という点に集中するはずである。そこには、たんに行替えではすまない内容上の断絶がひそんでいる。ことによると、ドストエフスキーが、「あまりに猥褻なところはすべて削除し」と書いたのは、行替えが行なわれた、つなぎの空白の部分をさしていたのではないか。

そこで浮かびあがる仮説とは次のようなものである。すなわち、わたしたちがいま手にすることのできる「告白」の初校版には、その前段階の草稿版とでもいうべきもう一つの異稿が存在していたのではないか、ということ。かりにこの仮説が正しいとすると、「留まった」あとのスタヴローギンとマトリョーシャとの間では何らかの「あまりに猥褻な」出来事が書きしるされていたはずである。ドストエフスキーは、初校版の前に『ロシア報知』編集部にこの「草稿版」を送ったが難色を示され、そこで何がしかの大胆な削除を試みたうえで再度原稿を書き送り、それが活字になった。それが、現在、わたしたちが読むことのできる初校版ではないかということである。

もっとも、その経緯を明らかにする手紙の類は現在、存在しておらず、この仮説を裏づけてくれる客観的な資料はない。つまり、「留まった」から「いっさいが終わったとき」にまたがる行替えの不自然さ、いわばこれを唯一の状況証拠として組み立てた推理ということになる。ただし、強いてもう一つの論拠を挙げるとすれば、それは、アンナ夫人による筆写版である。具体的には、アンナ版では、「告白」に一枚抜けがあるという設定が書きくわえられている事実である。そこで、異稿間の比較から生まれる最大の謎に挑戦しよう。

まず、二つの異稿ともに、「印刷はたしかに外国でなされたもので、ごくありふれた小型の便箋に印刷され、三枚綴じになっていた」とある。これは、著者校版も、アンナ版も共通している。ところが、アンナ版のみは、「告白」が前半のクライマックス、すなわち、誘惑したマトリョーシャから猛烈なキスの雨を浴びたスタヴローギンが、ふいに感じた「憐れみの念から不快でたまらなくなった」と書いたところで、次のような水入りとなる。

「ここで一枚目が終わり、とつぜん文章が途切れていた。

このとき、ある出来事が生じた。それについてひとこと言及しておかなければならない。紙は、ぜんぶで五枚あり、そのうち、いま読みおえたばかりで、途中で文章が途切れている一枚目がチーホンの手のなかにあって、残りの四枚はスタヴローギンの手に残されていた。チーホンの怪訝そうな目にこたえて、スタヴローギンは待ちかまえていたように、すぐにその続きを手渡した。

『いや、ここは抜けがありますね?』チーホンは紙にじっと目を凝らしながらたずねた。『おやっ? もう三枚目だ、二枚目がない』

『ええ、三枚目です、でも次の……二枚目のほうはまだ検閲にかかってましてね』スタヴローギンは、きまり悪そうににやりとしながら、早口で答えた」

正確を期さなくてはならない。アンナ版によるスタヴローギンの「告白」は、全部で五枚ある。しかし、二枚目が抜けているので、本来、「告白」は六枚からなっていたということになる。スタヴローギンは、その二枚目が「まだ検閲にかかっていましてね」と述べているが、そもそも「どこか外国にあるロシア語の印刷所」で活字にし、秘密裡に国内に持ちこんだ文書を改めて検閲にかけるなどといったことは常識的に考えられない。むろん、帰国する際、税関で没収されたという状況も考えにくい。スタヴローギンはあえて「検閲にかかっている」といったが、それはあくまで口実で、チーホンに見せるのを躊躇ったという仮定も成り立ちうる。「きまり悪そうににやりとしながら」というト書きが暗示しているのはそのことではないだろうか。では、この「検閲」中の二枚目には何が書かれていた（る）のか。問題はそこにある。

外部的な状況を考えてみよう。驚くべきことに、この「検閲にかかっている」という問題は、じつは、スタヴローギンとチーホン僧正の間の会話に留まらず、ドストエフスキーと『ロシア報知』の発行人カトコフとの間の葛藤をもなぞっており、脱落している二ページ目とは、『悪霊』本体の失われた第二部第九章と奇妙なパラレルをなしている。つまり、「告白」における脱落は、たんに読者の好奇心を惹くための方策というより、それなりに計算された仕掛けだったのではないか、という疑問が浮かんでくる。その理由は次のようなものだろう。

第二部「チーホンのもとで」において最大の問題点となったのは、やはりマトリョーシャ凌辱の場面である。そしてこの「検閲」にかかっている内容を想像するには、もう一つ手掛かりが必要である。すなわち、現在、「検閲にかかっている」（ないしはスタヴローギンがどこかに隠している）二枚目の分量はどのくらいのものであったのか、ということである。言いかえると、「憐れみの念から不快でたまらなくなった」から、次の記述が現れる三枚目の冒頭部「……それはまだ、さほど強烈ではなかったが、まぎれもない恐怖の一瞬だった」までの空白にどの程度の情報が隠されていた可能性があるのかということだ。その中身を類推するには、アンナ版のような中断のない初校版、さらには著者校版が参考になる。

アンナ版にはいくつかの著しい矛盾がある。アンナ夫人自身も筆写の作業にたずさわりながらおそらくその矛盾に気づいていたにちがいない。そのあたりの事情をすこし詳しく見てみる。三つの異稿とも、「ごくありふれた小型の便箋に印刷され、三枚綴じになっていた」となっている。アンナ版では、スタヴローギンがチーホン僧正に見せたのは、五枚で、一枚が欠落していたという以上（二枚目は「検閲にかかっている」）、「告白」は、分量にして全体で六枚あった。これは、三枚綴じという言葉と少からず矛盾するが、ここはあえて目をつぶることにする。しかし、この「便箋」は、当然のことながら両面印刷されていたと考えていい（常識的に考えて、どれほど細かな活字で印刷しようと、この「告白」の部分の原稿を「小型の便箋」、それも片面六枚に収めるというのは不可能である）。ちなみに、アカデミー版ドストエフスキー全集（第十一巻）に収められた「チーホンのもとで」（初校版）の章は、全体で二十五頁強、そのうち「告白」の部分が、十一頁弱、それより少し大型のサラスキナ版による『悪霊』では、同じ「告白」の部分が、九頁弱を占めている。そこで、全体で六枚合計十二頁の文書であったとの仮定のもとに、抜けおちた二枚目の分量がどれぐらいのものであったかを算出すると、アカデミー版全集とほぼ同じサイズであったと仮定し、表裏二頁分の内容が欠落していたことになる。端的に言えば、一枚目（二頁分）と同じ分量の内容が抜けおちていたことになる。そのことを念頭に置きながら、「憐れみの念から不快でたまらなくなったのだ」（一枚目裏面最終行）から「それはまだ、さほど強烈ではなかったが」（三枚目表面第一行）の間を埋めた内容がどのようなものであったのかを推し量ってみよう。先にも述べたように、初校版、著者校版ともに、一枚目裏面の最終行の次は、「いっさいが終わったとき、彼女はもじもじしていた」から始まっている。アンナ版には、当然のことながら、その一行はない。となると、アンナ版における空白の部分（二枚目、三～四頁）は、初校版、著者校版の双方で補わなくてはならなくなるが、幸い、両者のちがいはほとんどみられず、その意味で参照の対象としては都合がいい。では、初校版（一応、こちらで代表させる）では、「いっさいが終わったとき……」から、「それはまだ、さほど強烈ではなかったが」までにどのような内容が書かれていたか、ということが問題になる。それを確認するには、該当する部分を翻訳で確認していただくのがもっとも手っ取り早いが、改めて説明しておくと、「いっさいが終わった」あと、スタヴローギンはもはや二度と愛撫することもなく、部屋の隅で壁に顔を向け、そのまま動かなくなった彼女を置いて、アパートを出る。その夜スタヴローギンは飲み屋でつかみあいの喧嘩をし、翌朝、自分のアパートで目を覚ます。そして目覚めた瞬間に感じたことは、マトリョーシャが昨日の事件を他言したかどうか、という疑念だった。まさにこの部分が、アンナ版の「それはまだ、さほど強烈ではなかったが、まぎれもない恐怖の一瞬だった」という部分に接続するのである。ところが、初校版に見るかぎり、この経緯を書きしるした行数は、わずか十行強にすぎず、とても「検閲にかかっている」とされる表裏二頁を埋め尽くせる内容ではない。

では、二頁分（おそらく全体で五十×二＝百行）のうち、右の「十行強」を差しひいた残り九十行の内容とはどのようなものであったのか。正確を期して言うなら、初校版における「しかし私は、ふいに襲ってきた恐怖の感情をおさえ、その場に留まった」から「いっさいが終わったとき」までの経過を記した部分こそが、「検閲にかかっている」内容であったことはまちがいない。

ここから導き出される結論は二つある。

一、今日、わたしたちが初校版とみなしているテクストの前に予備のテクスト（草稿版）が存在していた可能性がある。そこには、文字通り、ドストエフスキーが「あまりに猥褻なところ」に該当する部分が書きこまれていた。

二、そうした「空白」を満たすべき内容（＝事実）は存在せず、スタヴローギンは、マトリョーシャの手や足への接触以外に、何がしかの性的暴力があったかのようにカムフラージュし、読み手の空想を刺激するようにしかけた。

現在、残された創作ノート、書簡類から推察できる仮説はここまでである。今日の視点にてらして、これをどこまで「猥褻」と規定できるかは、読者ひとりひとりの倫理観、想像力に関わる問題だろう。もっとも最終的にその基準を決定するのは、マトリョーシャの実年齢ということになる。ちなみに、初校版では、最初に「十四歳前後」に見えたマトリョーシャが、同じ後半部では、「十歳の」、と、さらに著者校版においては、「十二歳」と書き換えられている。それらの事実がまさに「猥褻」の意味と直接連動しているのである。そこでこの書き換えが意味するところについて、次のような仮説が立てられるかもしれない。すなわち、ドストエフスキーは、『ロシア報知』編集部との闘いにおける書き直しの作業の中で、一方においてスタヴローギンの犯罪性をよりつよく押し出す作戦に出た。と同時に、チーホンとスタヴローギンの共犯的な危うさを解消し、チーホンをより厳しい裁き手として位置づけることで両者の対立構造を際立たせ、なおかつスタヴローギンの最終的な決断（縊死）にそれなりの正当性を与えた。書き直しの作業のなかで、マトリョーシャの年齢が徐々に引き下げられていくプロセスは、「告白」全体を創作ノートにおける「無垢」の凌辱というテーマ設定により近づけることを意味したが、それは、ある意味で、テーマ全体の通俗化をも避けがたく導きだす結果になった……。

2 事後の恐怖

「告白」に記されている犯罪は、その終わり近くで暗示的に記されている「毒殺」事件をのぞけば、必ずしも「重罪」とみなすことはむずかしい。マトリョーシャ凌辱にしても、記述されている事実のみで判断するなら、法的立場からの解釈は大きく分かれるだろう。面白いといういいかたは、不謹慎だが、「告白」が公刊された一九二一年当時、公開朗読会に出席した批評家の中に、スタヴローギンとマトリョーシャの間に起こった事件を、「犯罪」ではなく「愛」であると断じた批評家がいたことも事実である。

さて、「告白」がはらむ異常ともいえるほどのリアリティを約束しているのは、おそらくマトリョーシャ事件のあとにスタヴローギンがかられる恐怖と憎悪ではないだろうか。恐怖とは人間のもっとも原始的な感情であり、人間スタヴローギンに課されている試練でもある。この恐怖を乗りこえたとき、人間は人間として終わる。じつは、この恐怖を乗りこえたかに見える存在が『悪霊』にはひとり登場する。それが、キリーロフである。だが、その彼が自殺の直前にみせた狂態は、恐怖がけっして言葉のレベルでけりのつく問題ではなかったことを物語っている。しかし、マトリョーシャ事件が起こったのはすでに五年前のことであり、現在のスタヴローギンがこのときと同じ程度に人間的一面をのぞかせることができたとはとうてい思えない。

「告白」に綴られた恐怖のテーマをめぐっても、初校版、著者校版、アンナ版では重大なちがいが見られる。恐怖の描写という視点からみてもっとも淡白なのが、初校版である。初校版のスタヴローギンは、恐怖にかられ、シベリア流刑（「流刑地が目の前にちらついた」）にまで思いをめぐらすが、著者校版、アンナ版でのスタヴローギンは、発作的に自殺の願望にかられている。ただし、恐怖のあまり自殺できなかったとも書き添えている。

1　初校版

「生まれてはじめて経験するもので——その感覚はひどく苦しかった。しかも、夜、私は部屋にいて、彼女を憎むあまりに殺してしまおうと決意したほどだった。私の憎しみは、おもに……」

2　著者校版

「生まれてはじめて経験するもので――その感覚はひどく苦しく、屈辱的だった。私はそれを懸命になって意識していた。できるならば、自殺してしまいたかった。だが、自分は死に値しないと感じていた。もっとも、そのために自殺しなかったわけではない、恐怖のためだった。人は恐怖のあまり自殺するというが、人は、恐怖のあまり踏みとどまることもある。人は、自殺する勇気がなくなり、それ自体がおよそ考えられないものとなる。ああ、神よ、それは何と卑劣だったか。しかも、夜、私は部屋にいて、彼女を憎むあまりに殺してしまおうと決意したほどだった。私の憎しみは、おもに……」

3　アンナ版

「私は、屈辱の思いとともにそのことを全力でもって意識していた。ことによると自殺することもできたろう。だが、自分は死に値しないと感じていた。もっとも私が自殺しなかったのはそのためではなく、恐怖のためだった。人は恐怖のあまり自殺するというが、人は、恐怖のあまり踏みとどまることもある。人は、自殺する勇気がなくなり、それ自体がおよそ考えられないものとなる。おまけに、夜になってから、私は部屋にいて、彼女を憎悪するあまり、殺してしまおうと決心した。明け方、私はその目的でゴローホヴァヤ街へ駆けだした。道々、私はずっと彼女を殺し、罵りたおす場面を思いえがいていた。私の憎しみは、おもに……」

スタヴローギンの暴力性がもっとも赤裸々に描かれているのが、アンナ版である。ここは、手直しの作業に集中するドストエフスキーが、作業のもつ本来的な意味を忘れ、あえて想像力を独走させた部分と言うことができるかもしれない。

興味深いのは、初校版、著者校版、アンナ版のいずれにおいても、憎悪にかられたスタヴローギンがマトリョーシャ殺害という衝動に突きうごかされている事実である。

アンナ版のスタヴローギンはいったんはそれを実行しようとして家を出る。

「明け方、私はその目的でゴローホヴァヤ街へ駆けだした。道々、私はずっと彼女を殺し、罵りたおす場面を思いえがいていた」（アンナ版）

ただし、彼はアパートに向かう途中で引き返してくる。アンナ版を支配する微温的なトーンとうらはらに、この部分だけは、スタヴローギンの獰猛かつ野蛮な本質が突出して浮かびあがる。

では、マトリョーシャを殺そうとまで思った憎悪とはどのようなものであったのか。読者の多くは、ここでドストエフスキーが、恐怖と憎悪を取りちがえているのではないかと邪推するかもしれない。なぜ、殺意が、恐怖ではなく、憎悪から来るのか。

端的に言って、恐怖は、原始的な感情でありながら、なおかつ社会的な意味を帯びている。それにたいして、憎悪については、存在論的という表現が可能かもしれない。恐怖からでた感情がめざしたのは、シベリア行き（初校版）と自殺（著者校版、アンナ版）の二つだが、憎悪から生まれたのは、殺意だった。自分の存在を、自分の存在理由を根本から突き崩してしまう何かにたいする殺意である。しかし、その殺意さえ、恐怖がやがて一呑みしてしまう。社会的感情が、存在論的感情を呑みこんでしまうかたちだが、それはまさにスタヴローギンの自意識と深くかかわる問題だった。

1　初校版、2　著者校版

「そこで、はげしい恐怖が、憎しみも、復讐の感覚さえも完全に駆逐してしまうことに気づいた」

3 アンナ版

「そのとき私は生まれて初めて感じたのだ。恐怖は、かりにそれが極度に強烈なものであるなら、憎悪や、侮辱した相手にたいする復讐の念でさえも完全に駆逐してしまうということを」

スタヴローギンの恐怖は変容していく。初めは、露見の恐怖、すなわち社会的な恐怖だったが、やがてはそれが、憎悪とは異なるレベルでの存在論的な恐怖と化していった。スタヴローギン自身、「なぜかはわからない。生まれてはじめて経験するもので――その感覚はひどく苦しかった」と告白するだけで、これほどまでの恐怖に駆り立てられる原因については何も書き記していない。ということは、「告白」に書かれていない「事実」がありうるということも暗示している。

かりに、それが露見の恐怖であるなら、「事件」の全容が明らかになった暁に、自分が滑稽な存在であると見られることへの恐怖だったろうか。そうではない。それどころか、この恐怖こそは、神という超越的な権力を憎み、大地という世俗的な権力をさげすむ彼が、それこそ「生まれてはじめて」経験する、もっとも人間的な叫びだった。

問題は、この恐怖が、根本において性にまつわる、性にねざした恐怖だったことである。いや、性という秘密の部分にまつわる、といったほうが正確かもしれない。なぜなら、性において、人間はどこかの部分で完全にはだかにならざるを得ず、また、それが露見することは、彼を二重の意味で裸をさらすことになりかねない。何はともあれ、公衆の前で裸にさせられることは、スタヴローギンとしては絶対に許しがたいことだった。

いずれにしても、性という現場は、その人間のすべての弱さと強さが露見する場面であり、虚栄も傲慢もいったんは白紙状態となる。われをわすれるほどの欲望ないし興奮がなければ、ないしアイロニーを振りきらなければ、性の現場に立ち入ることはできない。神的視点というおごりたかぶった立場はそこでは何も意味しえない。神を介在させるには、いや、性の現場で絶対的支配者であるには、それこそサド侯爵のような高踏的な態度が要求される。支配者と被支配者、鞭打つものと鞭打たれるものの関係において、サディストとして神をめざす人間のありうるかたちは、一方的な暴力と破壊か、相手に対する徹底した無関心である。にもかかわらず、スタヴローギンはこのマトリョーシャ事件で、サディストとしてあることにも、神であることにも挫折した。逆の言い方をすれば、何よりも厭う地上界（あるいは、ロシアという固有性の世界）に、一瞬ながらも降り立たされたのだ。

では、憎悪はどうか。先ほど、この憎悪について「存在論的」だ、と述べたが、「存在論的」とは、存在そのものに関わる、あるいは社会的要因が介在しない、という逆の意味でとらえられる。ドストエフスキーはここで暗示的に語っている。すなわちこの憎悪とは、愛の表現でもあるということ。言ってみれば、マトリョーシャを殺したいとまで願った憎しみとは、傲慢と愛との最終戦争の結果であり、それは、最終的に、黙示録のなかの一節「ラオディキアにある教会の天使にこう書き送れ」の主題と響き交わすテーマである。神＝悪魔たらんとするスタヴローギンのアイデンティティを根本から突きくずしかねない愛と、相手を殺すことができなければ、自分は生きられないと感じる恐るべき傲慢との――。

3　黙過　マトリョーシャの死

「告白」のなかで、おそらくは多くの読者が衝撃をおぼえるにちがいない第二の場面を引用する。少し長くなるがお許しいただこう。

「マトリョーシャのほかには、だれもいなかった。彼女は小部屋の衝立のかげにある母親のベッドに横になっていて、ちらりとこちらを見たのに私は気づいた。だが、私は気づかないふりをした。どの窓も開けはなたれていた。空気はなまあたたかく、暑いくらいだった。私は部屋のなかをしばらく歩きまわってから、ソファに腰を下ろした。最後の一瞬まで記憶している。マトリョーシャに声をかけないでいることに、すっかり満足していた。まる一時間、私は座ったまま待ちつづけた。すると、ふいに彼女が衝立のかげから跳びだしてきた。彼女が跳びおきたとき、両足が床をこつんとたたく音と、それからかなりすばやい足音が聞こえ、彼女は私の部屋の敷居に立った。彼女はだまったまま私を見つめていた。あのときから、この四、五日というもの、いちども間近に見たことがなく、その間に彼女はひどく痩せてしまっていた。顔はかさかさに乾き、頭はおそらく熱かったにちがいない。目は前よりも大きくなり、私が最初に見た感じでは、ぼんやりとした好奇心を浮かべ、こちらをじっとにらんでいるようだった。私はソファの端に腰をかけ、彼女を見返したまま、じっと動かずにいた。そこで、ふいにまた憎しみを感じた。しかし、マトリョーシャは私を恐がっているのではまったくなく、それよりむしろ、熱に浮かされているのかもしれないと思った。ところが、彼女は熱に浮かされているのでもなかった。彼女はふいに、私に向かってなんども顎をしゃくりだした。相手をひどく責めたてるときに、顔を縦にふるあのやり方である。それからいきなり、私に向かって小さなこぶしを振りあげ、立っているその場所から私を脅しはじめた。初めのうち、私にはそのしぐさが滑稽に見えたが、やがてそれに耐えられなくなった。私は立ちあがり、彼女のほうに一歩近づいた。その顔には、子どもの顔におよそ見ることのできない絶望が表われていた。彼女は、なおも脅すように、私に向かって小さなこぶしを振りあげ、責めるように顎をしゃくっていた。私はそばに寄り、注意深く話しはじめたが、彼女には何ひとつわかりそうにないことに気づいた。だが、それから彼女は、あのときと同じようにふいに両手で顔をおおうと、敷居を離れ、私に背を向けて窓辺に立った。私は彼女をそのままにして部屋にもどり、また窓際に腰をおろした。なぜ、あのときまるで何かを待ちうけているかのように、すぐさま立ち去らず、部屋に残ったのか、どうしても合点がいかない。やがて、ふたたび彼女の急ぐ足音が聞こえた。彼女はドアから木造の渡り廊下へ出ていった。そこからは階段づたいに下に出ることができた。私はすぐにドアに駆けより、それを細めに開けて、便所の並びにある、鶏小屋のような納屋にマトリョーシャが入っていくのを見届けた。奇妙な考えがひらめいた。私はドアを静かに閉じ、窓辺に寄った。むろん、ちらりと浮かんだその考えを信じるわけにはいかなかった。《が、それにしても》……（私はすべてを記憶している）」

引用の終わりにある「奇妙な考え」とは、マトリョーシャが自殺するかもしれないという予感である。こののち、スタヴローギンは、その予感が現実と化するまでの三十五分間をアパートの一室でやりすごした。

マトリョーシャの死は、あれかこれかの二者択一的な理由づけによって明らかにされることはない。「告白」の著者であるスタヴローギン自身が確実な答えを用意していたわけではなかった。

スタヴローギン自身が下した結論は、つまり、無垢が汚されたという古典的な解釈だが、それは彼の一方的な思いこみにすぎず、そこには、何かしら客観的といえる根拠があるわけではない。もとより、スタヴローギンは、作者のきびしい監視下に置かれており、「告白」は、あくまで一人称告白の宿命を免れえない。だから、徹底して懐疑の目を向ける必要があるのだ。

「思うに、この出来事は、彼女には最終的に、死ぬほどの恐怖をともなう、かぎりなく醜悪な行為と強く思われたにちがいない。まだおむつをつけていた頃から、ロシアに特有の罵り言葉や、いろんな怪しげな会話を耳にしながら、娘はまだ何ひとつ理解していなかったと、私は完全に確信する。おそらく彼女は、しまいに、自分は死に値する信じられないほどの罪をおかした、『神さまを殺した』と思ったのだろう」

たしかに「死に値する信じられないほどの罪」という解釈にまちがいはない。だが、ディテールそのものがスタヴローギンの解釈を裏切っている。つまり「告白」の背後には、ドストエフスキーが用意したもうひとつの答えがあるということだ。かりに、「告白」に盛られた内容以上のものはないと仮定しても、マトリョーシャはけっしてその「行為」を「かぎりなく醜悪な行為」などと思ったはずはない。彼女は、魅了されており、魅了されていればこそ罪深いと感じたのである。スタヴローギン自身も、心のどこかで確実に、マトリョーシャが自分に魅了されているという事実を察知していた。そのように考えると、スタヴローギンの「かぎりなく醜悪な」という判断は大きな恣意性を含んだものとなる。

スタヴローギンとマトリョーシャのマゾヒズムの共有ないしマトリョーシャへの一体化から生まれるマゾヒズムの快楽という視点をめぐって、島田透は次のように書いている。

「スタヴローギンがマトリョーシャを誘惑するとき彼の無意識に形成される同一視の場は、マトリョーシャがふいに彼女のほうからはげしいキスを始めたことで危うくなる。……マトリョーシャは、マゾヒスティックな同一視の場から外れるとき、同時に共犯関係からも外れてしまう。マトリョーシャに罪悪感がなかったとすれば、スタヴローギンの最初の同一視はこわれてしまう」

マトリョーシャ凌辱によって生じた事態は原罪の共有だった。マトリョーシャの耳もとで「ずっと何ごとかを囁きかけていた」という一行が暗示しているものがそれである。だが、マトリョーシャの「自立」によってスタヴローギンは恐怖に目ざめ、マトリョーシャの死によって、再び、永遠の共犯関係を結ぶことができた、つまり、スタヴローギンとマトリョーシャは一体となった。そしてこの一体性にまさる何ものかを、スタヴローギンがみずから引きだすことは、ほかのどのような女性との関係をもってしても困難になった。

たしかにマトリョーシャの死を、絶対無垢の死ととらえる向きが少なくないし、「神さまを殺してしまった」の一言が暗示するものは、聖なるものを汚された人間の絶望と読めないことはない。しかしそうした「古典的」な読みにたいしては、「告白」が発見された当初からすでに疑問視する向きがあった。現代ロシアの研究者サラスキナもその一人であり、「それは図式にすぎない、小説にあるのは、図式ではなく、悲劇である」、マトリョーシャは、自分から誘惑に身を任せた「自分に罪がある」と感じていたと書いている。

このように、「告白」を読みすすめていくと、マトリョーシャ事件は、たとえばチーホン僧正が一方的に意味づけた「これ以上の犯罪は存在しない」というほどの重罪でも、「無垢」に対する暴力と侵犯の物語でもなくなる。黄金時代を出たマトリョーシャが受けた試練とは、じつは恋愛そのもののもつ残酷な本質だった。楽園を出た彼女はいきなり、三角関係の罠に陥れられた。それこそ本来的な意味での楽園喪失だった。アダムとしてのスタヴローギン、イヴとしてのマトリョーシャ、二人だけの、一瞬の楽園が地獄に転じたのだ。楽園からの永遠の追放――。それを、仕組んだのが、「愛する」アダムであるなら、彼女にはもはやどこにも行き場はない。スタヴローギンは「告白」の冒頭で、貴婦人と小間使いを鉢合わせさせる企みについて書いていたが、彼女はその企み、その罠のなかに、小間使いと少女という関係でいやおうなく呑み込まれたのである。チーホン僧正の「おそろしい」という言葉が何がしかの意味を持ちえるとすれば、まさにその点でなければならない。マトリョーシャが陥れられた三角関係の「内実」をスタヴローギンは次のように描写している。

「私は、小部屋の隅のほうにマトリョーシャがいるのに気づいた。彼女は立ったまま、母親とお客（＝小間使いのニーナ）をじっと見つめていた。私が入っていっても、彼女はあのときのように隠れようとも、逃げだそうともしなかった。ただ私には、彼女がげっそりと痩せ、熱があるように見えた。**私はニーナにやさしい言葉をかけ、いつになくおかみの部屋との仕切りのドアを閉めたものだから、ニーナはすっかり上機嫌になった**（ゴシック体――著者）」

楽園喪失であり、三角関係の罠であるとわたしがいま述べたのは、ゴシックで記した部分である。スタヴローギンが部屋のドアを閉めたときの少女の絶望を想像してほしい。あるいはドアを閉める音を聞いたときの驚きと怒りを。彼女は気も狂うほどに悪魔に恋をしていた。しかし、彼女は完全に疎外され、恋に破れた。壁の向こうから聞こえてくるくぐもった女の笑い声、それこそが、マトリョーシャを縊死に追いやったもっとも根源的な暴力だったのである。

4　世界遍歴

「私は東方に行き、聖アトス山では八時間の晩禱式に耐え、エジプトに行き、スイスに住み、果てはアイスランドにも行った。ゲッティンゲンではまる一年、大学で聴講した」

「告白」に盛られた「犯罪」の数々から受ける暗く鬱屈した印象とはうらはらに、スタヴローギンは放浪の人、冒険の人でもあった。マリヤ・レビャートキナとの結婚の後、一時、故郷に戻った彼は、そこでさまざまな奇行を重ね、追われるようにして町を後にし、遍歴の旅に出た。しかし、旅の物語をつづるスタヴローギンの筆致は驚くほど素っ気なく、とりたてて面白みはない。自分の「犯罪」にたいしては、それこそ顕微鏡でのぞくように、露悪的といえるほど細部を拡大し、それらの成りゆきを分刻みで記録するのにたいして、逆に自分の遍歴の旅にたいしては、さながら望遠鏡でのぞくかのようにディテールを排除し、簡素でおおざっぱな記述に留めている。むろん、この遍歴の旅が、「告白」全体の主題ではないことは明らかである。しかし、だからといって、羅列的に記された旅の道行きが意味するものを無視してよいということにはならない。スタヴローギン（＝ドストエフスキー）は、この遍歴の旅について語ることを通りいっぺんの事実としていたのか、それとも作家としてそれを書きこむだけの余力がなかったのか、わからない。スタヴローギンが寡黙である分、ここは読者が思いきり想像力の羽をのばすべきではないか。なぜならスタヴローギンの天才を保証する客観的なディテールは、この二行にしかない、といっても過言ではないからである。しかも、ドストエフスキーには「偶然のディテールというものがない」（サラスキナ）という一語を念頭に置くなら、読者は、その素っ気なさにけっして騙されてはならない。ドストエフスキーはつねに正確に時をきざみ、数行の記述にも精巧なディテールを注ぎこんでいるから。

スタヴローギンの世界遍歴がはじまるのは、一八六六年四月——。また、ロシアへの帰還が、一八六九年八月、すなわち、歴史的には、ネチャーエフ事件が起こるほぼ三カ月前（『悪霊』におけるシャートフ事件が起こるよりも二カ月少し前）に設定されている。興味深いのは、スタヴローギンの旅立ちが、歴史的に見て、アレクサンドル二世暗殺未遂事件が起こった時期に重ねて設定されていることである。ごく常識的には、これら二つの事実の関係性が疑われるところでもある。これは、ドストエフスキーが意図しておこなった設定と思われるが（創作ノートには若干の言及があるものの）、小説では、何も触れられていない。

では、「告白」の文章を手掛かりに、三年四カ月におよぶその足跡をたどっておこう。

ご存知のように、アトスとは、ギリシャの北部、エーゲ海に突き出ている半島のことで、ギリシャ正教を奉じる「女人禁制」の修道院があることで知られ、今日でも二千人以上の修道士たちが修行に励んでいるとされる。スタヴローギンは何を思い、何を願いながら修行に励んだのだろうか。奇跡が、法悦が、霊的感覚《アウラ》が、ノスタルジーが天から啓示されることを祈ったのだろうか。しかしおそらく、魂の甦りにも似た経験は、たとえつかのまでも得られなかったのだと思う。次に彼は、アトスから地中海を船でわたり、エジプトに向かった。その途中、エルサレムに立ち寄った。彼は、そこでイスラムの人々と交わりながら、コーランの世界に魂をひたし、何かしら啓示を待ったのかもしれない。だが、そこでも望むものは得られなかった。そしてエジプトでは、ピラミッドやスフィンクスがそびえたつ砂漠へと足を踏み入れ、土地の遊牧民とも交わったにちがいない。その後、スタヴローギンは、船で地中海をわたり、イタリアを経由してスイスに向かった。具体的にはどのような経路をたどって北上したかはわからないが、スイスのジュネーヴではおそらく革命家たちと交流を持った。そこでは、革命による人間の救済という問題について彼らが何を、どう考えているか、実地で確認したかったにちがいない。当時のジュネーヴは帝政ロシアを逃れた亡命革命家たちの巣窟であり、彼はここでゲルツェンやオガリョーフといった友人の革命家たちと、ある時は、幼馴染であるシャートフや、キリーロフと、ロシアの神、ロシアの未来をめぐって議論したのかもしれない。もっとも、スタヴローギン自身は必ずしも多くを語らなかったはずだ。なぜなら、長い遍歴の果てに、彼にはもう、信念と呼びうる何かをいっさい欠落させていた可能性があるからである。スタヴローギンにできることといえば、二人の熱狂的なロシア人にたいし、神か、無神論かの選択肢を示すことだけだったと思う。

ジュネーヴからゲッティンゲンまでは、鉄道で北へおよそ七百キロ強の旅。ゲッティンゲンといえば、真っ先に思いだされるのが、ガウス、ディリクレ、リーマン、ヒルベルトら、数学界の巨星を生み出したゲッティンゲン大学である。スタヴローギンが滞在したと思われる一八六〇年代半ば、ゲッティンゲン大学には、リーマン予想で知られ、アインシュタインの「一般相対性理論」にも道を開いたとされる天才数学者ベルンハルト・リーマンが教授の職にあった（ちなみに、彼がこの職についたのは、一八五九年である）。しかし、リーマンの講義は、一般の学生にはまったくちんぷんかんぷんで、数学王ガウスをのぞいてだれ一人理解できる者はいなかったとされている。しかもリーマンは、結婚後まもない六二年に結核で倒れ、療養地のイタリアとゲッティンゲンを何度も往復し、一八六六年七月、マジョーレ湖畔の町で三十九歳の若さで世を去っている。したがって、スタヴローギンがここでリーマンの講義を聴いた可能性はきわめて少ない。ただ、リーマンは、死の直前の六五年から六六年にまたがる一冬をここゲッティンゲンで過ごしているので、何らかの拍子にスタヴローギンと顔を合わせた可能性はまったくゼロというわけではない。あるいは、『悪霊』執筆当時のドストエフスキーがリーマンの死を知らず、天才数学者の講義を聴くスタヴローギンというファンタスティックなイメージに浸っていた可能性もなくはない。

さて、「告白」に記されている遍歴のなかで、はて、と思わず首を傾げたくなる場所がアイスランドである。古代の歴史家たちから「北方の大陸の果て」、「アトランティスの世捨て人」と呼ばれたアイスランドは、何よりも火山の島として知られている。クロニクル記者のG氏によれば、スタヴローギンは「学術探検隊」の一員としてアイスランドに赴いたとされる。ロシアの研究者サラスキナは、スタヴローギンはことによると、歴史上、アイスランドに渡ったロシアで最初の人物ということになるかもしれないと書いている。歴史と小説とが交錯するじつにスリリングな部分といってよい。

ともあれ、スタヴローギンのアイスランド行を、荒唐無稽な思いつきなどと軽く見てはならない。なぜなら、この小さなディテールにも驚くべき事実が隠されているからである。当時、フランスでは、ジュール・ヴェルヌの冒険小説『地底旅行』が刊行され（一八六四年）、そのロシア語訳が翌年に出て、それをドストエフスキーは読んでいる。ちなみに『罪と罰』の連載開始は一八六六年のことで、スタヴローギンがアイスランドに旅立つのとほぼ同じ時期にあたっている。

鉱物学の世界的権威として知られるリデンブロック教授は、ルーン文字を記した羊皮紙の解読を通して、アイスランドの休火山に地球の中心に通じる道があることを知り、甥のアクセルとともにその探検に出発する。冒険の始まりは、一八六三年五月二十四日、ハンブルグと記されている。ペテルブルグでは、重症の鬱にとりつかれたスタヴローギンが嵐のような放蕩に身をゆだねる直前の時期である。その彼が放浪の旅にでるのはそれからおよそ三年後の六六年四月のこと、アトスにはじまる世界遍歴の旅はアイスランドで終わろうとしていた。

スタヴローギンが「自然科学者のエルドラド」に向かったのが、地球の最も深い部分を見るという学術的な目的にあったことはいうまでもない。しかし、彼ほどの意識家にとってその動機が、純粋に学術的なものでしかなかったとはとうてい信じられない。それよりもより宗教的な動機が、言い換えるなら、アトスでの祈禱という試みの延長上にある何がしかの動機がそこに隠されていたとも考えていい。そもそも、「地底」を見ること（調査すること）にどのような動機があったのか。その探求心の源にあるものについて、ドストエフスキー（＝スタヴローギン）自身何も書いていない以上、読者一人一人が自由に想像力をはばたかせるしかない。

わたしはいま、こんな風な想像をめぐらしている。スタヴローギンは、ほかでもない、この世の地獄をのぞきこみたかった、世界の終わりを、世界の果てをのぞき見たかったのだと。この欲求こそ、ペテルブルグの貧民街のアパートの納屋でマトリョーシャの縊死体をのぞきみるという行為に彼を突き動かした衝動そのものではないか。スタヴローギンは次のように書いていた。

「ついに私は、必要だったものを見きわめた……完全に確認したかった、すべてのものを」

では、この浅ましくも、凄まじい願望の根源にあるものとは何だったのだろうか。終わりや果てをのぞきこみたいという欲望はそもそもどこから来るのか。少なくともわたしには、その欲望の源を、「傷」の癒しにしか求めることができない。では、その「傷」とは？　それは、世界にたいしておそろしいまでの罪の意識をいだきながら、その罪の意識ゆえに、罪を犯していくという病。罪の重さを感じるがゆえに、そのタブーを犯す快感のとりことなったスタヴローギン。彼は、この亀裂を抱えながら、現在というときにたどりついたのだ。そこに、感覚の消費への凄まじいまでの願望がともなったのも不思議ではない。それは、自分が抱えている原罪の感覚を消滅させようとするあがきに似ていた。

5　夢のなかの黄金時代

「それは、——ギリシャの多島海の一角。穏やかなコバルトブルーの波、島々、巨岩、花咲く岸辺、魅惑的なパノラマ、呼びまねくような夕陽、——言葉ではとても言いつくせない。ヨーロッパの人類がここをわが揺籃の地と記憶し、神話の最初の舞台となり、地上の楽園であったところなのだ」

世界遍歴の終わりに語るのが、「黄金時代」の夢とマトリョーシャとの「再会」のエピソードである。それまで、病的といえるほどの喪失の感覚にさいなまれ、世界＝他者から働きかけを受けることのできなかった彼が、ここではじめて他者との出会いを経験する。

ドイツを旅行中、スタヴローギンはとある駅で乗換えを違え、田舎町のホテルで次の列車を待つはめになった。そしてそこで食事をとり、ひと眠りした彼は、夢のなかで「黄金時代」の風景に出合う。その夢は、スタヴローギン自身がつい数日前にドレスデンの王立絵画館で見たクロード・ロランの『アシスとガラテア』に触発された光景だった。スタヴローギンは、語彙とイマジネーションの限りをつくしてその内容を克明に描きだしていく。ロシア語の文法をマスターできていないはずの彼が、この部分の記述においてだけは、驚くほど流麗な文章を紡ぎだしている。スタヴローギンがこの夢のなかで経験したアウラの感覚はそれほどにも強烈なものがあったのだろう。つかのまながら胸のつかえが取りはらわれた一瞬だったのかもしれない。たんなる仮説にすぎないが、ドストエフスキーは、一八六七年に、ドレスデンの絵画館でロランの絵を観た際、癲癇の発作時にしばしば経験する万物調和の感覚に近い何かを感じとったのだと思う。もっとも、クロード・ロランの絵が、そうした感覚の唯一の起源というわけではなく、彼自身が長く抱えてきたある全一的なイメージをロランの絵に託したにすぎなかった。彼が、そこで経験した恍惚は、ありとあらゆる宗教的なカテゴリーを超えて存在する超越的な神秘感覚そのものであって、スタヴローギンみずからが語るように、人類は、いや、スタヴローギン自身がその夢のためにこそ生きてきたといっても過言ではない。その夢とは、人間の生命にとって究極的な価値である「アウラ（夢）」である。だが、夢は夢である以上、覚醒という宿命がつきまとう。

わたしたち読者が見落としてはならないのは、この黄金時代の夢から覚めた彼が、生まれてはじめて涙にぬれたと書いていることである。その言葉は、スタヴローギンのそれまでの行状を知る読者にとっては思いがけず真率な響きに満ちている。そもそもスタヴローギンにはたしてそのような経験が可能だったのか、と訝しく思う読者もおられるにちがいない。えもいわれぬ懐かしさの経験、何か、永遠の相に触れたといった類の、独特の既視感――。スタヴローギンが経験したこのノスタルジー的な感覚こそ、もはや「熱狂」による全一的な感覚も、生命の営み一つ一つにねざした、キリーロフ的感覚も経験できなくなったスタヴローギンに残されたなけなしの「アウラ」だった。わたしがいま、「アウラ」という言葉をノスタルジーと呼びかえたのは、ノスタルジーの語源に照らしてのことである。ご存じのように、ノスタルジー（英語では、ノスタルジア nostalgia）とは、十七世紀末にスイス人ヨハネス・ホウファーが考えだした用語で、二つのギリシャ語、すなわち「帰郷（νοστος）」と、「痛み（αλγος）」から合成され、「故郷へ戻りたいと願うが、二度と目にすることが叶わないかも知れないというおそれを伴う病人の心の痛み」とされている。「故郷」を「黄金時代」という言葉で置き換えてみるなら、スタヴローギンがこのとき経験した「アウラ」の実質が理解できるだろう。思えば、スタヴローギンは、初めてそのとき、心のはげしい疼きとともに生命の神秘にふれたのであり、生命の神秘にふれたからこそ、覚醒というおそろしい試練にさらされなくてはならなかったのだ。そしてこのときこそ、スタヴローギンが精神的な再生へと、神の恩寵へと限りなく近づいた瞬間でもあったのである。

　ところがその直後、熱病で黒く青ざめたマトリョーシャが、つかのまの恍惚にたいするおそろしい罰のように二重写しになる。まさにそれは、スタヴローギンの生命が最後の炎を燃やしはじめた瞬間だった。といっても、それには小さな伏線があった。夢のなかでマトリョーシャと再会する前、スタヴローギンは、フランクフルトの文具店で彼女にそっくりの少女の肖像写真を買いもとめているのだ。しかし彼はその写真をホテルのマントルピースの上に置きっぱなしにしたまま、一週間、ただの一度もそちらに目を向けることなく、ホテルを出るさいには置き忘れてしまった。写真から、彼は、期待した働きかけを受けることができなかった。だが、夢のなかでの再会は、写真でのそれとは根本から意味を異にしていた。アンナ版でのスタヴローギンはいささか饒舌とも思えるほど生々しく、マトリョーシャに対する憐憫の情を吐きだしている。初校版とアンナ版におけるスタヴローギン像のちがいがもっとも赤裸々なかたちで明らかになる部分である。

「たった一度でも、あれ以来、ただの一度でも、ただの一瞬でも、ただのひと時でも、私が話しかけることができる生きた肉体をまとって現れたなら！」

「それがおのずから現れるというのではなく、私自身がそれを呼び起こすのだが、とてもそれと過ごすことができないのだが、呼び起こさずにはすまないのだ」

この饒舌、この感傷は、人間的再生をめざすスタヴローギンにとって最後の命綱だったのだろうか。「毎日のように目の前に現れる」と書き、「呼び起こさずにはすまないのだ」と涙を流さんばかりの調子で書きつづる真剣さとは何なのか。少くともアンナ版では、スタヴローギンの人間的復活、再生の命綱は留保されていたように見える。たしかに、作者は、検閲の目を意識し、発行人を説得するためにもそのような手直しを必要としたという言い方も可能だろう。しかしそうなると、逆にアンナ版は、初校版の精神からしてほとんど裏切りに近い逸脱を犯していたことになる。

しかしここでも、ドストエフスキー文学のはかり知れぬおそろしさを感じないではいられない。意識というおそろしさ、ポリフォニーすなわち多声性の地獄——。わたしに言わせるなら、マトリョーシャの死は、スタヴローギンにとって命綱どころか、むしろ彼自身の究極的な死をも意味するものである。マトリョーシャにたいするあられもない憐憫に身を焦がすスタヴローギンに、復活の約束が与えられようとしていたとは思えない。そもそも、おのれの生贄に対して流す涙は人間の涙ではない。さきほどドストエフスキー文学の「はかり知れぬおそろしさ」と書いたのは、まさに次の一行である。

「もしかしたら、あの思い出は、今も何か、私の情欲にとって心地よいあるものを含んでいるの

かもしれない」（初校版、アンナ版）

スタヴローギンは迷わず最初からそう書くべきだったのではないか。そう、「心地よい何か」と――。しかし、ここまでくると、スタヴローギンの精神がすでに一つのサイクルを閉じていることが明らかになる。なぜなら、人間の感情はもはやそこから先には進みようがなく、永遠に堂々巡りを強いられるからである。憐れみと情欲が一つとなって輪が閉じられる。苦痛と快楽が同じになるのと同じ精神構造である。ドストエフスキーはこうしてスタヴローギンの救いのなさを示し、そのスタヴローギンにたいして、驚くべき方法で復讐をくわだてはじめた。

他方、自分からマトリョーシャを呼びだすのは、そこに生命そのものの手触りが存在し、それに触れたいと願望するからである。まさしくこれは自慰行為にひとしい。スタヴローギンがはまりこんだ罠、それは自慰だった。しかしスタヴローギンはそこにおいても自分の限界を認識していた。生命の手触りとも思えるものが、じつは憐憫であり、憐憫という感情の高まりにおいてしか現れないという事実の認識である。そもそも、スタヴローギンの場合、憐憫といってもそれは、自分が傷を負わせた相手にたいする憐れみであって、それがかりに世界からの働きかけにたいする究極の反応ではあっても、かぎりなく受身であり、ナルシスティックであり、なおかつすべてが堂々めぐりだった。

スタヴローギンの旅は、失われた黄金時代を取りもどすための旅であった。だが、西欧的知性に身を固めたスタヴローギンに聖なる感覚は何としても訪れてこない。ノスタルジーの痛みさえ消え、現実の故郷には、むしろ彼の「更生」の足元をすくうような試練が待ち構えている。試練は最後の段階にかかって、おそるべき混沌を見せはじめていた。では、聖なる感覚にも、現実の故郷にも帰るべき場所がないとしたら、どこに帰ればよいのか。死以外に、帰るべき場所があるのだろうか。

かつて彼には、永遠に失われた「帰るべき場所」が一つだけあった。彼のノスタルジーの源であり、唯一の「アウラ」の光源がそこには存在していた。その「アウラ」とは、ほかでもない、ペテルブルグの彼のアパートの敷居に立ち、拳を固め、顎をしゃくっていたマトリョーシャの姿である。

「ああ、たとえ幻覚にでも、いつか彼女を現に見ることができたら！」

思えば、この、マトリョーシャの「幻覚」こそは、彼が、神の国をのぞみ、永遠の聖なる感覚に触れあうことのできる唯一の「イコン」だったのだろう。

そしてこのマトリョーシャの幻覚が消えるときに、彼は世界の外へと永遠に駆逐され、死者の目で世界を眺めはじめることになるのだ。しかし、それでも彼は、長い世界周遊の旅を終え、ふたたびみずからを再生の試練にかけるためにこの町に戻ってきた。スタヴローギンがこの町でもくろんでいたのは、彼が考える人間の規範にもとづいて行動することだった。その彼が、ひとりの人間として甦るための試みとは何であったろうか。それこそは、スパソ・エフィーミエフスキー修道院のチーホン僧正に、用意した「告白」を読ませることにあった。しかし、その行為は、無残にも否定された。

「こういう、もっとも偉大な懺悔という形式のなかにすら、すでにもう何か滑稽なところが含まれているんですよ」滑稽とは、自慰に対する笑いとも通じ合っている。

Ⅲ　対決　「告白」分析（3）

1　「告白」の多層性

スタヴローギンの「告白」は、「醜悪な」文体によって書かれている。周囲の人間から天才と目されている人物の「告白」がこれほどに破壊されたロシア語と統語法によって書かれたのは、なぜなのだろうか。四年間のヨーロッパ放浪のなかで母語の正確な運用力を忘れ去った、ということだろうか。常識的に考えてそれはありえない。文体の崩壊について、それこそが彼の精神の崩壊を物語るという意見もあるが、それは、癲癇時のドストエフスキーの精神状態に照らした場合に可能となる見方である。他方、シンボリックな解釈を施すこともできる。それはすでに述べたように、これを一つの「象徴」として読みとる方法である。「告白」のもつそうした側面についてはすでにかなり詳しく書いてきたので、ここではよりリアルな層に注目してみる。

スタヴローギンの「告白」には、二人の著者が一つの声のなかでアプローチを試みている。クロニクル記者であるG氏と作者のドストエフスキーである。G氏をドストエフスキーの命を受けたマリオネット人形とみるか、あるいは独立した人格として見るか、によってスタヴローギンの「告白」にたいするわたしたちのアプローチもおのずから異なってくる。スタヴローギンが「文学者」ではないことは明らかだが、「教養があり、かつ博学ともいえる」人物であることはまちがいない。では、そのような人物の文章に、おびただしい数の「間違いや曖昧な箇所」が見られるという事実をどうとらえるべきなのか。これは、ドストエフスキーのスタヴローギン批判なのか、それともそこには何かしらべつの問題が隠されているのか。

スタヴローギンの「告白」を「瞠目すべき文体実験の産物」と呼んだのは、グロスマンである。彼は、「告白」の文体を、スタヴローギンの意識のモノローグ的な表現であるととらえた。つまり、文体は、「テーマに、つまり犯罪そのものに、そしてスタヴローギンの精神に即応したもの」と考えるのだ。それにたいして、バフチンは、スタヴローギンの「告白」は、「何よりもその内的対話の他者への志向性に他ならない」。つまり「他者への気遣い」の産物と考える。

バフチンの考えを要約すると次のようになる。一読してモノローグ的と見える「告白」の文体について、少なくともテクストの表面をなぞるかぎり、「他者の言葉の圧倒的な影響を示す外面的な特徴も、他者のアクセントも織り込まれてはいない」、「そこにはただの一つの留保も、反復も、省略記号も存在しない」。しかし実際には、「ここでは他者の言葉が内部にあまりに奥深く、構造の原子そのものの中にまで浸透し、対立し闘争する応答同士があまりに緊密に融合してしまっているので、その結果、言葉が外面的にモノローグ的なものに見えてしまうにすぎない」と考えるのである。スタヴローギンは、「価値的アクセントを伴わない言葉を提供し、その言葉を故意に無味乾燥なものにし、その言葉からいっさいの人間的な調子を排除しようとする」。彼は「万人に彼を見てくれることを望んでいるが、同時に微動だにしない死者の仮面をつけたままで懺悔するのである。だからこそ彼は、文の一つ一つを、そこに自分の個人的な語調が暴きだされることがないように、自分の懺悔のアクセント、あるいは興奮のアクセントさえも漏れ聞こえたりすることのないように、推敲する」。

さらにバフチンは、書いている。

「フレーズはあたかも、生の人間の声がはじまろうとするところでぶつ切りにされているかのようである。スタヴローギンはまるで、言葉を一つ投げ出すたびに、読者から顔を背けるかのようである」と書いて、「告白」の文体を特徴づけている「紆余曲折したフレーズ、故意に曖昧で、故意にシニカルな言葉」は、じつは、「きっぱりと挑戦するかのように自分の言葉から生きた個人的アクセントを駆逐し、読者から顔を背けて話をしようとする、スタヴローギンの根本的志向性の発現に他ならない」

バフチンの指摘で注目すべき点は、この「告白」を、そこに含まれる「間違いや曖昧な箇所」もふくめて、スタヴローギンの主体性の表明としてとらえていることである。グロスマンが、スタヴローギンの意識の「モノローグ的な表現」としてとらえるのにたいし、バフチンは、そこに徹底した対話性、すなわちせめぎあう複数の声を読みとっている。つまり、端的に言って、「告白」は、その内容、文体をも含め、スタヴローギンの内面のストレートな表明ではなく、「告白」の文体における誤りその他すべてが、「他者を意識した」スタヴローギンの演技ということになる。それを承知で、ドストエフスキーは、クロニクル記者にあえて、スタヴローギンは「文学者ではない」と言わせたのだった。

スタヴローギンは、自分にたいする復讐として二度の自殺を試みたことになる。第一の自殺とはほかでもない、「告白」の発表である。自分自身が自分の壊れた過去をかたり、醜悪な自分をさらけ出すのに、それに見あうだけの壊れた文体、醜悪な文体が必要だと考えた。チーホンの言葉を思いだしてほしい。バフチンが語るように、チーホンを何よりも驚かしたのは、「表現（文体）とその醜悪さ」だったのである。

「あなたはどうも、ご自分の心が望んでいるところより、わざと露骨に見せようとなさっている……」

チーホンのこの「わざと露骨に」という言葉は、何に関するものだったのか。「告白」に描かれた事実が、あからさまに醜悪な内容であったことは改めて指摘するまでもない。そしてチーホンが「わざと露骨に」と述べているということは、彼が、「告白」に盛られた事実に、何かしら誇張があるということを「見ぬいた」結果ということになる。では、はたして「誇張」はあったのだろうか。言っておくが、そもそも「告白」は、チーホンに向けて書かれたものではなかった。チーホンが察知したのは、他でもない、バフチンが指摘するように、その内容の「醜悪さ」というより、文体の「醜悪さ」だった。

では、かりに「微動だにしない死者の仮面をつけたままで懺悔」した「告白」が、まさに自分の弱さのいっさいを他者に気取られないため、「推敲」に「推敲」を重ねたものであったとしたら、逆にドストエフスキーはなぜ、そうした数多くの文法上の「誤り」を「告白」に含ませるにいたったのだろうか。

スタヴローギンは、確信犯的に、文法上の誤りが散見される「告白」をあえて活字にしようとしていた。「印刷」するという行為そのもののなかに、「挑戦」の意味はあった。むろん、ドストエフスキーは、このロシア語能力の欠落という問題を、イデオロギー的な問題に還元しようとするあまり、読者が思い浮かべるかもしれない憶測までは考慮しなかっただろう。その点を考慮したうえで改めて問わなくてはならない。あれほどの天才的頭脳をもったスタヴローギンが、自分の書いた文章上のミスに気づかないほどに読解力が退化していたはずはない。そもそも、ロシア語が、一人の人間の頭のなかでそうした言語破壊が短期間に起こりうるほど複雑な操作を求められる言語なのか。むろん、時代は、準公用語としてのフランス語がまだ辛うじて残存している十九世紀後半であり、しかも、ヴェルホヴェンスキー氏から個人教授を受けている事実は、ある程度念頭に置いておかなくてはならない。スタヴローギンはむろん貴族であり、教育熱心なワルワーラ夫人の考えもあって、ヴェルホヴェンスキー氏による徹底した英才教育を受けていたのである。むろんその教育が、フランス語で行われた可能性もあり、それによって、ロシア語の語感が多少とも損なわれた可能性がないではない。

では、小説に則して、少し具体的に事実を追ってみる。

スタヴローギンが、「告白」の文書を執筆したのは、スイス時代の終わり、つまり六九年の七月から八月はじめのことと見られる。その後まもなくロシアに向けて出発するが、その間、ともかくもその「告白」を活字にしたうえでロシアに戻ったのが、六九年の夏、具体的には八月の中旬のことである。スタヴローギンが外遊していた期間は、彼の二十九年におよぶ生涯のうち三年半、しかも彼は、二十六歳まではほぼロシア国内にとどまり、一八六三年の従軍経験以外一歩も国外に出ていない。その意味で、ロシア語力という視点からみると農奴出身のシャートフ、あるいは建築技師のキリーロフらとは若干性質を異にしている。また、スタヴローギンの国外滞在は、ドストエフスキー自身が総計四回のヨーロッパ生活で経験した約五年の歳月よりも短い。むろんこうした比較がどこまで有効か明らかではないが、しかしそれでも、なぜこれほど短期間にスタヴローギンのロシア語力が損われたか、ということは問題視せざるをえなくなる。いったん完成されたテクストを一個の完結した世界とみなし、自由に想像力の羽を伸ばすことが許されていい。そこでわたしの仮説が登場する。

チーホンとのやりとりをもう一度確認してみよう。

「この文書に、いくつか直しを入れてはまずいですか？」

「どうしてです？　ぼくは真剣に書いたつもりですがね」

このやりとりには、微妙なすれちがいがある。チーホンが「直し」を求めたとすれば、それは、すでに活字となったこの文書の公表を前提として述べていると考えていい。それに対してスタヴローギンは、その直しを、「告白」の内容に関わるものと勘ちがいし、「真剣に書いたつもりですがね」と抗弁した。では、スタヴローギンは、自分の書いた「告白」に文法上のミスがあることには気づいていなかったのか。そこで浮かびあがる仮説とは、次の点である。

一、スタヴローギンは、自分の文章のミスに気づかないほどに、ある種の精神的ないし根本的な病に冒されていた。あるいは、幼少期からロシア語の文法を充分に学ばなかった。

二、スタヴローギンは、あえて挑戦的にロシア語を破壊しようとしていた。あるいは完璧な文体で書く意志は最初からまったくなかった。一種の自動筆記的なかたち、すなわち一回限りの、むしろ不完全なかたちでの自己表現がみずからの「嫌悪」の表現としてふさわしいと感じていた。そしてそれこそがスタヴローギンが「真剣に書いた」の意味だった。

ロシア貴族とロシア語の関係についてひとつ興味深い事例をあげよう。エカテリーナ女帝時代、貴族のなかにはロシア語の運用力にいちじるしく劣るロシア人が少なからずいたことが知られている。女性として初めてロシア科学アカデミーの総裁の地位についたダーシコワという女性もその一人で、大人になってから徹底してロシア語の習得に励み、やがて母語の大事さを唱えるようになった。イギリスの研究者ピースは、フランス語に頼らなければろくにコミュニケーションもできないヴェルホヴェンスキー氏を、一八四〇年代人の特色であるとみなし、「悪く誇張されたゲルツェン」を思わせるという。となると、スタヴローギンの家庭教師であるヴェルホヴェンスキー氏の教育法に問題の起源があったと見ることもできる。

むろん、イデオロギー的な観点から見た場合、たしかにこうした視点は重要だろう。一つは、スタヴローギンの「堕落」とデラシネ的な性格を強調するため、ドストエフスキーは無理を承知で、スタヴローギンの国語力の欠如というモチーフを導入したとする先ほどの考え方である。もう一つは、スタヴローギンはあえてロシア語の文体を壊しているのではないかという疑いである。わたしはこれから、後者の立場に立ってそのことを議論してみようと思うが、これは、むろんバフチンの「告白」理解の延長上にある。ここからは、誤読の可能性もある、ということを了承していただいた上で、このテーマのもつ意味を追求してみたい。

わたしなりの仮説にしたがうなら、「告白」はドストエフスキーが行った文体実験というより、まさにスタヴローギン自身が確信犯的に行った文体破壊だった。ドストエフスキーの立場からすると、スタヴローギンが経験した精神のドラマは、流暢でこなれたロシア語ではとうてい表現できないという確たる信念があった。

逆に、スタヴローギンからすると、そもそもロシア語という言語のしがらみそのものが、唾棄すべきものである。ロシア語を学んだり、正確に書こうとすることそれ自体、自分が根っから疎ましく感じているロシアやロシア精神への屈服を意味するからである。ロシア語の意図的破壊はウリー州市民権を得たスタヴローギンのある種の意地でもあったといえる。

スタヴローギンはまた、文章を手直しするという作業のなかに、いわゆる人間たる「寛大さ」を見ていた可能性もある。なぜなら、いったん書き記したものを推敲するという作業は、あまりに人間的すぎる、ないしは人間的弱さの証となる。スタヴローギンとしては、そうした行為に耐えることなどできない。なぜなら、彼はつねに一回性という条件のなかに生きており、一回性こそが、並の人間を超えようとする彼にとって最大の支えだったからだ。何かに執着することは、人間の弱さ（「寛大さ」）の証以外の何ものでもない。それゆえ、彼は、一種の自動筆記のようなかたちで、あるいは意識的に書きなぐった文章をあえてそのまま活字印刷に回した。邪推のそしりを受けるかもしれない。しかしこれは一つの仮説であり、仮説から出た結論である。読者の一般的なイメージとしても、吐き気を覚えながら書きなぐった原稿を、印刷所の都合を考慮しつつスタヴローギンみずから清書する光景などとても思い描けないだろう。むしろ恥をいっさい顧ず、一回かぎりの事実をさらけ出すこと、あえてそれを意識的にやるというマゾヒスティックな行為のなかに、スタヴローギンはみずからのアイデンティティを見いだしていたのだ。なぜなら、彼は「神」であり、永遠の旅人であり、後ろを振り返ることをけっして許さない人間だからである。そもそも彼はなんらかの反復に耐えられるほど神経が太くなかった。

さらにこの考えを突き進めていくと、文法ミス、書きちがいといった乱れもまた、下界の人間が意志伝達に用いる道具（すなわち言葉そのもの）に対する徹底した軽蔑の念の証ととらえることができる。マトリョーシャの縊死の現場をのぞき、アイスランドの火山の噴火口に立ったスタヴローギンの、神をも殺そうという驕りとはそのようなものである。作家はたんに、革命家や西欧かぶれの知識人がろくに文字を書けない人間に堕落したということを示したかったわけではない。それとはうらはらに、卓越した文章家としての、あるいは修辞家としての計り知れない才能の証を、この「告白」のなかに隠しこんでいる。すでに触れた黄金時代の夢のくだりがそれである。あれほどみごとにロシア語をあやつれる人物にどうして国語力が、作文力が欠如しているなどと断言できるのか。母語で文章を書き記す営みが、つねに母語との同一性の確認を意味するなら、それは、スタヴローギンにとっては何としても許しがたいことではないだろうか。「まずもって文学者でない」というクロニクル記者の言は、ドストエフスキーみずからが責任をもって撤回すべきなのである。

2　三つの異稿を比較する——疑問

スタヴローギンの「告白」の解読を進めるなかで、一つだけどうしてもぬぐいきれない疑念について述べておこう。そもそも、この「告白」に記された「凌辱」のエピソードが、純粋にフィクションとして想定されているのではないか、という疑いである。疑いを招きよせるいくつかの根拠がある。第一に、シャートフに問いつめられたスタヴローギンは、「告白」に記した少女凌辱に言及して、「子どもたちを辱めたのは、ぼくじゃありません」と答えている。また同じシャートフから「チーホンのところに行きなさい」と忠告された彼が、現にチーホンを前にして、「自分を悪く書きすぎているかもしれない」（三つの異稿に共通する）と答えている事実も見のがせない。さらにアンナ版では、「ぼくがこんなばかげたしろものを（そう言って彼は、文書を顎でしゃくってみせた）書きあげたのも、たんにぼくの頭にそれが浮かんだからでしてね……（中略）というか、ひょっとすると、たんにファナチックな瞬間に大ぼら吹いて、誇張しただけなのかもしれない」「安心してください。その娘がばかで、妙な勘ちがいをしたからってぼくのせいじゃない……何もなかったんですから。何も、ね」とまで書かれている。少なくともアンナ版を読むかぎり、「わたしたちは『告白』を真実と考えてよいのか」（ウイリアムス）といった疑問が生まれてくるのもうなずける。つまり、「告白」に盛られた事実が、フィクションである可能性をドストエフスキーみずからが、示唆しているのだ。そこで問題となるのが、『悪霊』本体（「告白」を削除した部分）と、三種類の異稿との間に見られる著しい齟齬である。この異稿間の比較について、わたし自身かなり詳しい分析を行っているので（『悪霊』別巻、古典新訳文庫）、詳しくはそちらに譲ろうと思うが、ここで本質的ともいうべきちがいについていくつか指摘しておこう。初校版を出発点とし、他の二つの異稿と比較した場合、スタヴローギン像にどのような変化が現れているのか、ということである。

一、スタヴローギンの立場

初校版に見られる彼の悪魔的な傲慢さを和らげ、悔悟する罪人の像へと変貌させる。

二、チーホンの立場

初校版に見られるスタヴローギンとの「共犯性」を否定し、キリスト者としての「怒り」を際だたせることで、「裁き手」としての彼の像を強化する。

まず、第一の、「悔悟する罪人」としての像を強調するために新たに書き加えられたアンナ版を例にとる。

「この文書は、思うに、病のしわざ、この人物にとりついた悪魔のしわざである。はげしい痛みに苦しんでいる人間がベッドのうえでのたうちまわり、ほんの一瞬でも楽になれる姿勢を見いだそうと願う姿に似ている。楽になれないまでも、せめて一分はそれまでの苦しみを別の苦しみに置きかえたい。そこではもう、その姿勢の美しさとか合理性といったことは、むろん関係なくなる。この文書の基本的な思想――それは、罰を受け入れたいという、怖ろしいまでの、偽らざる欲求、十字架の欲求、全民衆の前で罰を受けたいという欲求である。ところが、この十字架の欲求が、なんと、十字架を信じない人間のうちに生じたのだった――『これでも、れっきとした思想なんです』とは、かつて、ヴェルホヴェンスキー氏がいみじくも口にした言葉である」

「罰を受け入れたい」という欲求、それは、スタヴローギンの衰弱した本能が最後のよすがとする倫理的原理である。他方、「罪をおかしたい」という欲求もまた、スタヴローギンの衰弱した本能が求める最後の生命力の証である。禁止は、タブーの破壊衝動を生む。なぜなら、そこには、やはり共犯性の快楽が潜んでいるからだ。幼い頃から「はげしく」耽りつづけてきた自慰もまた、彼の自罰への欲求を加速させた原因の一つだった。

いずれにしてもドストエフスキー（＝クロニクル記者のG氏）は、あえて「罰を受け入れたい」という、怖ろしいまでの、偽らざる欲求」という解釈を「告白」に施すことで、スタヴローギンにたいして人間的ともいうべき肉づけを施し、重ねてヴェルホヴェンスキー氏のコメント「れっきとした思想」という言葉を引用することで、自分の考えに信憑性を与えようとしたのだった。だが、そうした書き換えが、いささか誘導的すぎると感じたのだろうか、「告白」のもっている客観的な意味について、同じ後半部で、作者は、「告白」の事実そのものの信憑性まで否定しにかかる。

「公表を予定したこの文書は——またしても、例の、県知事の嚙みつかれた耳、といってもその変種にほかならないのではないか？（中略）この文書がいつわりのもの、つまり、完全にねつ造された、作り話であるなどということを、証拠を引いて主張するつもりは毛頭ない。おそらく、真実は、どこかその中間点に探しだすべきなのだろう……」

こうして「告白」の読者は、ますます迷宮の奥深くへおびき寄せられていくのだが、これは、はたして編集部による検閲との闘いのなかでドストエフスキーが最終的に着地しえたぎりぎりの妥協点を意味していたのか。それともアンナ夫人の独断であったのか。

ドストエフスキー＝アンナ夫人は、自罰への欲求を暗示するディテールを「告白」に組み入れることで、初校版に見られる彼のニヒリズムを緩和し、彼をより人間的な存在に仕立てようと意図していた。しかし、こうした書き換えのプロセスは、統一的なスタヴローギン像を構築するという試みを阻害するばかりでなく、少からず難題を招き寄せる結果となった。サラスキナは、「悪魔はどこかに消滅し、残ったのは、苦悩し、破滅した人間だった」と指摘し、ひとりの犯罪者を「偉大な罪びと」へと作り変えていくプロセスは、「たんに検閲への譲歩のみならず、根本から小説の意味を変えることを意味していた」と述べている。たしかにアンナ版は、初校版でスタヴローギンが犯したいくつかの犯罪をめぐるあざとい表現を削除し、初校版ではどこか融和的な態度を見せていたチーホン僧正を、より厳格なキリスト者として位置づけ、さらにはスタヴローギンが凌辱したマトリョーシャの年齢を引き下げるといった書き換えを行っている。

では、第二のチーホンの立場について述べておこう。ここでは主に「告白」を読みおえたチーホンの描写が問題となる。初校版では、きわめて穏やかな、どちらかというとあいまいな印象すらあったチーホンだが、著者校版およびアンナ版では、正義の人、信念の人の側面が前に押しだされ、より厳しい「裁き手」として、スタヴローギンにたいする嫌悪の念まで口にする。また、チーホンの発言の一つ一つに、ロシア正教への回帰とでも呼ぶべきメッセージ性が色濃く出ている点も見逃せない。チーホンがスタヴローギンを断罪する書き加えの例をいくつか見てみよう。

・著者校版

「あなたは、ご自分の心理学になかばほれぼれとされ、あなたにはない冷酷さで読み手を驚かそうと、いちいち細かい話に飛びついておられる。これがもう挑戦ですよ。その反面、悪しき情熱や無為の習慣のせいであなたは、それと疑うことなく、粗野で、愚かで、無感動な人間になっている。それがもう愚かさのしるしというべきものですし」

・アンナ版

「チーホンの口調には、何かしらいらいらした感じが聞きとれた。『文書』はあきらかに強烈な印象を引きおこしたらしい。（中略）もちまえのキリスト教精神にもかかわらず、彼の声にははっきりとした怒りの響きが聞きとれた」

「『ああ、あなたにとって必要なのは、挑戦ではなく、かぎりない謙虚さと屈辱なのです！　ご自分の裁き手たちをあなどってはいけません、偉大な教会として彼ら裁き手たちを心から信じなくてはならないのです。そのときにこそ、あなたはその裁き手たちに打ち勝ち、自分を範として、愛のなかにとけあうことができる……』」

ここで最後に残るのが、『ロシア報知』編集部による検閲との闘いのなかで生まれた三つの異稿のうち、どれを最終的な稿とするのがふさわしいか、という問題である。ここには、悲劇的とも表すべき矛盾した、永遠に解決できない問題が潜んでいる。というのは、検閲との闘いに破れたドストエフスキーが、連載を再開するにあたり、「チーホンのもとで」の章はもはや存在しない、との前提のもとでそれ以降の章を書きすすめていった経緯があるからだ。『悪霊』を単行本化する作業のなかで、たしかに一度は、次のようなあいまいなかたちでの結末を設定しようとした瞬間もあった。

「ニコライ・スタヴローギンの死後、手記のようなものが残されているという話である（ただしだれにも知られていない）。わたしは懸命になってそれを探している（ことによると、探し出せるかもしれない、そこで、もしも可能であれば）。Finis」

むろんそれは、失われた「第二部第九章」を奪還しようとする最後のあがきだった。しかし現実には、単行本の結びからもこのくだりは削除された。ザハーロフを引用しよう。

「作者みずからがこのくだりを削除したのか、はたまた、カトコフによる検閲的な干渉を裏づけるもう一つの証拠なのか、草稿なしでは推量するしかない」

事実、『悪霊』第三部の草稿は、ロシア革命時のどさくさで盗難にあい、永遠に失われたため、もはやそれを確認する手だてもない。

他方、『悪霊』全体にいくつかみられる矛盾の解消を図るには、このような「結末」の文章を添えておくことが不可欠と考えた可能性もある。では、具体的には、それがどのような矛盾であったか、それについていまは述べない。本書の終わりで、スタヴローギンが、ダーシャに宛てた手紙を分析する際、少し詳しく議論することにしよう。

伝記3　検閲

1　検閲との戦い

『悪霊』の第二部第九章として予定されていた「チーホンのもとで」（スタヴローギンの「告白」を含む）の章が、どのような経緯を経て『ロシア報知』編集部によるブロックにあい、最終的に削除を余儀なくされるにいたったか、また、現実に、雑誌の発行人カトコフや編集者リュビーモフらとの闘いがどのようなものであったのか、その内実は、当時の彼の書簡からかなり明らかになる。他方、妻アンナとしては、それなりに神経質にならざるをえない事情があったのか、彼女が残した「回想」には、このあたりの事情についてはごくわずかな事実しか記されていない。問題は、ドストエフスキーが三重、四重の壁に阻まれていた可能性があるということである。第一の壁とは、ほかでもない『ロシア報知』の編集部、そして第二の壁は、当局すなわち検閲委員会であり、第三には、皇帝官房第三課（秘密警察）であり、第四の壁とは、速記者である妻のアンナである。それらの壁を想定することなく、「チーホンのもとで」の発表をめぐる作家の内面の苦闘を明らかにすることは困難である。

ここでかんたんに事情を整理してみよう。一八七一年一月から『ロシア報知』で連載が開始された『悪霊』は、同年十一月号に掲載された第二部第七章と第八章でもって連載がストップした。読者が、その続きを手にするのは、それから約一年後に出た十一月号である。そこではすでに第二部が、第八章の「イワン皇子」で終わったことになっており、いきなり第三部第一章「ヴェルホヴェンスキー氏、家宅捜索を受ける」から第四章「祭りの終わり」までが掲載されていた。一年間におよぶ休載でおそらくはほとんどの読者が物語の流れを見失っていたにちがいない。では、この一年間にドストエフスキーと編集部との間に生じた葛藤とはどのようなものだったのか？

一八七一年十二月、ドストエフスキーは、『悪霊』第二部第九章の原稿「チーホンのもとで」の原稿を『ロシア報知』編集部に送りつけた。本来の構想によると、『悪霊』第二部は、この第九章をもって閉じられるはずだった。雑誌の頁に換算しておよそ三十ページ分。だが、現実にその年の終わりに出た十二月号に『悪霊』の連載はなかった。ここで問題となるのが、ドストエフスキーが第二部第九章を編集部に送りつけた時期の遅さである。すでに第一部の「伝記」でも述べたように、「チーホンのもとで」の章の基本構想は、一八七〇年の前半に生まれ（創作ノートに「公爵、大主教のもとに行く」の書き込みがある）、本格的に着手したのは、ドレスデン滞在期の終わり（例の、ヴィスバーデンでのルーレット賭博から戻った直後）の時期であったことが判明している。つまり、「チーホンのもとで」の章は、国境を越えてロシアに持ち込まれたわけだが、いかに帰国直後の忙しさがあったとはいえ、原稿が掲載直前に書き送られているという事実は、いかにも不自然な印象を受ける。つまり、この時期に原稿を送るまでに、おそらく編集部のみならず、アンナ夫人との間に何かしら複雑なやりとりがあったのではないか、と想像されるのである（この点について夫人は『回想』のなかでも沈黙を守っている）。

ともあれ、『ロシア報知』十二月号が、第二部第九章抜きで刊行されるにおよんで、連載の先行きに不安をおぼえたドストエフスキーは、十二月末にペテルブルグからモスクワへと急行した。「チーホンのもとで」の章の取りあつかいや、印税にかんして発行人のカトコフと直談判し、解決を図るためである。当時の手紙を読むと、ドストエフスキーの説得にカトコフがいったんは掲載を承認しかけたふしも見受けられるが、話しあいのプロセスで、章全体の書きなおしが条件づけられた。

一八七二年一月から二月にかけて、ドストエフスキーは第二部第九章の書きなおしに専念するが、この時期、彼は、姪のソフィヤに宛てた手紙をしたため、「何ひとつ手直しできないことがわかりました」と告白している。そして二月、彼は、「チーホンのもとで」の赤字入りの校正刷を編集部に送り、ストップしていた連載の再開をつよく迫った。書きなおしの結果、分量は印刷台紙にして半枚分増大した。しかし、作家の期待をよそに、編集部からは再度の掲載延期が申しわたされた。編集者リュビーモフは、その間の事情を次のように説明している。

「『悪霊』を掲載する件について、われわれは次のような結論に達しました。急ぐよりも待ったほうがよいということです。そのようなわけで、すべてが準備されるか、少なくともかなりの部分の準備ができた段階で連載を再開するのが非常に望ましいということです。と申しますのも、読者にとってつねに怒りの種となる、連載を開始しながらすぐに休止するといったことがないようにするためです。休載が数回にわたるよりも、いちどかぎりの休載のほうがもっともらしく見えるでしょう。いずれにせよ、貴殿におかれましては、努力をなされ、遅れることなく、なしうることをすべて行っていただきたいと念じます!」

ドストエフスキーはこれにたいし、すでに編集部の手もとにある「チーホンのもとで」の赤字入り校正刷でも、四月からの連載再開は可能であると主張する。そして今後は、『悪霊』の完結まで切れめなしに原稿を送ることを確約し、もしそれができない場合は、連載の再開をぜひとも八月号からお願いしたい、ただしその場合は、八月と九月の両号に集中して連載し、一挙に連載を終わらせてほしい、悪くても、八、九、十月の三号で終わらせてほしいと懇願した。そして末尾に、この第三部は、その威厳において、第一、二部よりも高いものになるだろうと、自信のほどをうかがわせたのだった。

「チーホンのもとで」の章を書き直す作業のなかで、ドストエフスキーは、おのずから小説全体の構成も見直さざるをえなくなった。新たに浮かびあがってきたのは、「チーホンのもとで」の章を第二部の終わりには置かず、第三部第一章とするというものである。おそらく長期にわたる空白ののちに連載を再開するにあたって、いきなり第二部の途中から入るというやりかたにためらいが生じたのだろう。とにもかくにも彼は、「チーホンのもとで」の章を、何がしかの区切りに（つまり「終わり」か「初め」に）したいと考えたとみていい。そして、赤字の入った校正刷を送るにあたって次のような注釈も書きそえた。

「あまりに猥褻なところはすべて削除し、大事なところは短縮し、あの、半狂乱のふるまいも十分にきわだたせてあります。といっても、結果においてはさらに強烈にきわだったものになるでしょう。誓って申しますが、わたしとして、本質の部分は残さざるをえませんでした」

だが、編集部は、そうしたドストエフスキーの再度の懇願を受けいれず、逆に「五月号から、印刷台紙三枚分をあなたの望みにしたがい、毎号切れめなく掲載することに反対する理由は、何ひとつ持っておりません。わたしたちの唯一の願いは中断を避けることです」という、一読して意味深長な手紙を書きおくっている。ザハーロフはこれについて、次のように注釈している。「ドストエフスキーは主張し、編集部は沈黙を守っていた。ゲームが続いていた。そこでは、著者は『チーホンのもとで』の章の出版を実現しようとし、カトコフとリュビーモフは、拒否した章についてのみずからの最終決断を明らかにすることなく、なんとか小説の第三部をかすめとろうとたくらんでいた」

編集部の側からすれば、これは暗に「チーホンのもとで」の章の掲載を断念せよとの強い働きかけであったことはまちがいない。だが、ドストエフスキーにしてみると、「チーホンのもとで」の章の扱いをうやむやにしたまま、次の章（ないし第三部）を書き進めることは困難だった。なぜなら、これは、『悪霊』という小説が本来もつべき「イデー」なりヴィジョンと不可分に関わっていたからである。

こうしてドストエフスキーは徐々に追いつめられていくが、問題はさらに複雑化していた。休載によって印税収入が滞り、家計が圧迫されはじめていたことや、いくつかの家庭内の事情である。たとえば娘リュボーフィの慢性病の治療で、妻のアンナの速記や筆写の手助けを期待できない状態にあった。

夏に入り、編集人のカトコフとは連絡もとりにくくなった。一カ月半の予定で「ヨーロッパに出かけた」カトコフの消息をたずねる手紙を編集部宛てに書いたが、一向にらちがあかず、ドストエフスキーとしても、ペテルブルグ―モスクワの往復で貴重な時間を奪われている余裕がなかった。しかし、十月に入り、とうとうしびれを切らしてモスクワに出発、一週間滞在し、編集者のリュビーモフと話しあいをもち、年内すなわち十一月号と十二月号で『悪霊』を完結させることで合意した。だが、肝心の「チーホンのもとで」の章を含めるかどうかについては最終的な結論は得られなかった。というのも、リュビーモフには、その実質的な決定権がなかったからである。ドストエフスキーは予定した滞在を延長し、原稿の執筆に没頭した。アンナ夫人への手紙が参考になる。

「以前送ってあった古い原稿の見直しをもとめてきました（そう、リュビーモフがおそろしいほどそれを要求しているのです）。直すべきところがおそろしいほどたくさんあります。この仕事は、時間をかけてじっくりやらなくてはなりません」

「おそろしく眠い、でも、寝ている暇もないくらい、膨大な仕事が残されています」

これらの手紙は、十一月、十二月の二号で『悪霊』を完結させるため、編集部はもとより、彼自身の内部においても凄まじい闘いがあったことを物語っている。ドストエフスキーは、この時点でも、カトコフの承諾に期待をかけていた。その証拠が、ほかでもない、『悪霊』第三部を「チーホンのもとで」からはじめるという構想である。

十一月十四日、リュビーモフはドストエフスキーに、十一月号が出たという知らせを手紙で書いてきた。ただし、その手紙でも旅行から戻ったカトコフ（じっさいはヨーロッパではなくクリミヤからだった）の最終決定に言及することはなかった。こうしてドストエフスキーはこの段階でそれまでのすべての努力が水泡に帰したことを悟った。なぜなら、『ロシア報知』十一月号には、第三部第一章に、「チーホンのもとで」は掲載されておらず、本来ならば第三部第二章としてあるべき「ヴェルホヴェンスキー氏、家宅捜索を受ける」の章が繰りあがる形で出版されていことであるなら、ドストエフスキーはどれほど大きな衝撃を感じたことか。しかしもし了解なしということはなかったろう。しかしもし了解なしというたからである。むろん事前の了解なしでということはなかったろう。

2 決断

「チーホンのもとで」の章を、『悪霊』のもっとも大切なクライマックスの一つと考えていた作者が、最後までその掲載に執念を燃やしていたのは、それなりの理由がある。おそらく彼の長い作家生活のなかで、この章を公表することは、小説のなかでスタヴローギンがそれを公にしようとする行為と同じぐらいスキャンダラスな意味をもっていた。火の粉が作家自身にふりかかる可能性もあった。事実、ドストエフスキーの死後まもなく、この「告白」を個人的に読む機会をえた評論家のストラーホフは、レフ・トルストイ宛の手紙に彼を中傷する一行を書き記した。そうした事態をみこしたうえでなお発表の意思を変えなかったのは、それがドストエフスキーの作家としてのつよい信念に裏うちされていたからである。

『悪霊』の雑誌連載が完結すると、新たに引き受けた雑誌『市民』の編集人としての仕事が迫ってきたが、その合間合間に『悪霊』の単行本化の仕事を進めていった。小説を書きあらためる時間はもはやなかった。また、一年間にわたる休載のおかげで、家計面でも窮地に追いやられていた。窮地から脱するには、何よりも『悪霊』を出版することが先決だった。

しかし、単行本化を考えるドストエフスキーは、ここでも大きなジレンマに立たされていたことだろう。かりに後からでも「告白」を挿入できれば、出版界の話題も呼んで確実に売り上げを伸ばすことができるはずだが、そうした話題作りは逆に、超保守派の雑誌『市民』の編集人としての立場を悪くするおそれも多分にあったからである。結局のところドストエフスキーは、すべて現実の流れに身を委ねざるをえなくなった。雑誌編集は多忙をきわめ、『悪霊』の単行本化は、ほぼ全面的にアンナ夫人に任されることになった。

最終的に「チーホンのもとで」の章の挿入をあきらめたドストエフスキーは、『悪霊』の構成を根本から変えることを考えた。ドストエフスキーにとって最大の不安は、第二部と第三部の接続の悪さである。雑誌連載版の章構成はいかにも中途半端であり、インパクトに欠けていた。

そこで決断されたのが、新たな章構成、すなわち現在、一般的にわたしたちが読んでいるものに近いかたちであり、その結果、雑誌では、第三部第一章とされていた「ヴェルホヴェンスキー氏、家宅捜索を受ける」が第二部第九章に繰りあがった。ただし、ドストエフスキーは、単行本化にさいして、物語の細部にいたる脈絡を重視する観点から、いくつかの短縮、削除をおこなった。そのうちもっとも重要な削除とみられるのが、第二部第三章でスタヴローギンがダーシャに「幽霊」の訪問を告白する場面である。端的に言うならば、この「幽霊」の存在が、単行本では、懲役人フェージカの隠喩として用いられているのにたいし、初出時の際、ドストエフスキーは、スタヴローギンの別人格として「悪魔」の存在を描いていたのだった。雑誌では、「また、あれに会うようになってね」とスタヴローギンから切りだされ、「それってもう三カ月も起こらなかったことでしょう！」とダーシャが驚きの声をあげる。つまり、スタヴローギンは「幽霊」の出現を、スイス滞在時にすでにダーシャに打ちあけていたという設定がなされている。

削除された部分は、雑誌の行数にして五十行近く、最初は、部屋の隅のタンスのところに幽霊は現れ、しばらくして、家を出るまでずっととなりに付き添っているという。引用しよう。

「昨日のあれは、ばかで厚かましくてね。頭のにぶい神学生で、六〇年代の人間の自己満足そのものなんだよ……」

「ぼくは知っているんだ。これはね、いろんな姿をしたぼく自身だってことで、自分が二つに分かれ、自分と話しているだけなのさ。ところがそれでも、やつはひどくじりじりしているんだ。独立した悪魔になりたくって仕方ない、で、ぼくがやつをじっさいに信じるように仕向けたいのさ」

そこで、懲役人フェージカと橋の上で会った話の説明に入るのだが、雑誌版でのその部分の書きだしは、次のようになっている。

「悪魔のやつら、昨日はものすごくたくさんいたな!」彼はげらげら笑いながら大声を上げた。「ものすごい数だった! ありとあらゆる沼地から這いあがってくるんだ。そのうちの一人が昨日、橋の上でこう提案してきたんですよ。レビャートキンとマリヤを切り殺しちまえ、とね」

『悪霊』の単行本化に際し、これほどにも大規模な削除が施された理由はいくつか想像できる。スタヴローギンの狂気を決定づけるこのくだりが、最後の段階で彼の「正気」を主張しはじめる作者の意図にそぐわなかったというのが最大の理由である。悪魔を、実在する懲役人フェージカ一人にとどめることで、「幽霊」の出現を、一種の自虐的なユーモアに転化しようとしたとも考えられる。たしかに、『悪霊』全体の流れからして、スタヴローギンは、すでにそうした「幻覚症」から回復しているとの前提が不可欠であったことはいうまでもない。

初出時における「幽霊」の登場は、それから八日後に実現するチーホン僧正との会見の伏線をなすものでもあったので、チーホン僧正との会見を記述した第二部第九章「チーホンのもとで」

が削除された以上、必然的にこの部分も削除する必要が生じてきた。ちなみに、「チーホンのもとで」の章は次のように書きだされていた。

「ニコライ・スタヴローギンは、その夜まんじりともせずソファに腰をおろしたまま、部屋の隅に置かれたタンスのあたりへしきりに目を向け、その一点をじっとにらみつけていた」

この時、スタヴローギンは、悪魔の出現を待ち受けていたことになる。

単行本化において「幽霊」の場面の削除の意図について言葉を重ねるなら、スタヴローギンの狂気を否定し、限りなく正気に近い人物として描きつくすことに最大のねらいがあった。言い換えるなら、ドストエフスキー自身が、スタヴローギンの最期を、精神の病による死として規定するのをやめたことを意味する。直接的には、ダーシャ宛ての遺書や、スタヴローギンの自殺の方法にも影響を与えかねないくだりであり、「直すべきところがおそろしいほどたくさんあります」という手紙の言葉を裏づけるものとなった。この改訂の作業によって、ますます「告白」本体を組み入れる余地は狭まった。

その後ドストエフスキーが「チーホンのもとで」（端的には「告白」）のない『悪霊』に、どの程度の不満を抱えていたのか、あるいは、それなりに満足していたのか、意見が分かれるところだと思う。一八七三年に単行本が出てから一九〇六年に「告白」の存在がおおやけに知られるまで、『悪霊』の読者は、「告白」に盛られた「悪行」はいっさい存在しないという前提に立って作品を理解してきたということだ。マトリョーシャ事件の「傷」を背負わないスタヴローギンを想像してほしい。

たとえば、ロシアの研究者カリャーキンは、それを「丸屋根のない正教寺院」にたとえ、カリヤーキンと同じ『悪霊』理解に立つサラスキナは、『悪霊』の本体に第二部第九章として「チーホンのもとで」を復元する新たなテクストまで出版した。また、最近では、ザハーロフが、本来の雑誌版に立ちかえり、「チーホンのもとで」を第二部第九章に置きつつも、これをもって第二部を閉じるかたちのテクストを出版している。

他方、「告白」を削除した『悪霊』にそれなりの「優位性」を認める研究者も存在する。むろん、読み物としての『悪霊』にとって「告白」は欠かせないが、小説全体のバランス、物語の一貫性を考慮した場合、むしろ「告白」を本体の外に置いたほうが、小説としての完成度は高くなるとする見方である。たしかにドストエフスキー自身、最終段階では自分の美意識と信念にしたがって章の削除に同意したと考えるべき根拠がいくつもある。

第三部　バッカナール

【予備の資料3の1】九月三十日〜十月十一日
九月三十日　午後十二時〜四時まで　講演会　カルマジーノフ、ヴェルホヴェンスキー氏
午後四時　リーザにカタストロフが起こる
午後十時　レビャートキン兄妹、お手伝い殺害される
午後十時〜朝まで　舞踏会
十月一日　深夜　火事
午前六時　ヴェルホヴェンスキー氏、旅立つ
午前七時　リーザ死す
午後七時すぎ　会合
午後七時　マリー、シャートフのアパートに現われる
午後十一時　マリー陣痛はじまる
十月二日　午前六時　出産
午後六時〜七時　シャートフ殺害

十月三日　午前二時半過ぎ　キリーロフ自殺
　　　　　午前五時五十分　ピョートル出発
十月八日　ヴェルホヴェンスキー氏死去
十月十一（十三）日　スタヴローギン自殺

この時系列は、リュドミラ・サラスキナの研究に基づいている。ただし、当時、ロシアで使用されていたユリウス暦との関連から、二日後ろにずれこむ可能性があることを付記しておく。

【予備の資料3の2】『悪霊』第三部梗概

貴族団長夫人の大広間で、女性家庭教師の扶助を名目とした祭りが開かれる。文壇からの引退を決意したカルマジーノフは、「メルシー（ありがとう）」と題するエッセーを朗読するが、聴衆の野次にさえぎられ、ほとんど中途での退場を余儀なくされた。

ヴェルホヴェンスキー氏は、一八四〇年代人らしい理想論（「シェイクスピア、そしてラファエロは、農奴解放よりも上である」）をぶち上げるが、これも聴衆のはげしい野次によって退場させられた。かつて彼が、カード賭博に破れ、借金のかたに農奴のフェージカを売りとばした過去が暴露される。講演会は荒れに荒れ、夜の舞踏会の開催も危ぶまれる事態となるが、躊躇するユーリヤ夫人の言い分も聞きいれず、ピョートルのつよい主張で舞踏会は強行される。だが、その舞踏会も、川向うであがった火事で中断され、大混乱に陥る。

貴族団長夫人邸の大広間で講演会が催されるなか、会場を抜けだしたリーザは、婚約者マヴリーキーを振りきり、スタヴローギンのいるスクヴォレーシニキの別荘に馬車で駆けつけ、一夜をともにする。明け方、二人は別荘の窓越しに、川向こうを嘗めつくした火事の残り火を目撃する。現場からは、スタヴローギンの妻マリヤとその兄レビャートキン、そして女中の惨殺体が発見された。スクヴォレーシニキの別荘を飛びだし、婚約者のマヴリーキーと現場に駆けつけたリーザは、狂いたつ群衆たちに撲殺される。

同じ日、シャートフのもとを、三年前にジュネーヴで別れた妻のマリーが訪れ、翌朝、男の子を出産する。赤子がスタヴローギンの子どもであることを知りつつシャートフは驚喜するが、その夜、スクヴォレーシニキの別荘に隣接するスタヴローギン公園におびきだされ、「五人組」によって殺害される。五人組の一人で独自のユートピア思想をとなえるシガリョーフは、計画に不服であるとして殺害の直前に現場を立ち去った。また、シャートフの友人で、死の恐怖を乗り越えたものは神になるという独自の人神思想にとりつかれたキリーロフは、ピョートルとの契約を守り、シャートフ殺害の責任をみずから引き受けたあとピストル自殺する。姿を消した夫シャートフを探しにでたマリーは、産褥のなかで死に、「イワン」と名づけられた赤子も病死する。

一方、失意のうちに放浪の旅にでたヴェルホヴェンスキー氏は、旅の途中、福音書売りの女性と出会い、つかのまの幸せを経験するが、疑似コレラによる全身衰弱の末、帰らざる人となる。リーザとの「情事」のあと、別荘をでたスタヴローギンは、一時的に身を寄せた知人宅からダーシャ宛てに手紙を書き、スイス・ウリー州への出発を伝える。だが、それを果たすことなくスクヴォレーシニキに戻り、「だれも責めてはならない、ぼく、自身だ」の一行を残し、別荘の屋根裏部屋で首を吊る。

I 「祭り」を解読する1

1 民衆的起源、仮面劇へ

『悪霊』第三部は、第一章「祭り」から最終章「結末」でのスタヴローギンの死にむかって、全編が「カーニバル」の名にふさわしい怒濤のごとき展開を見せていく。第三部全体が、「ルカによる福音書」が暗示した光景（「すると、豚の群れは崖を下って湖になだれ込み、おぼれ死んだ」）を体現するために費やされたと言っても過言ではないかもしれない。

しかし驚くべきことに、シャートフ殺害に関わった五人組の「豚」のだれひとりとして「おぼれ」死ぬことなく生きのこる。「おぼれ死んだ」のは、むしろスタヴローギンの「十字架」を背負わされた人物たちだった。これは、ドストエフスキーのどのような意図を暗示するものだったのだろうか？　ひとまずこの疑問を提出しておく。

『悪霊』の壮絶な幕切れを準備するのが、第三部第一章「祭り——第一部」と第二章「祭りの終わり」である。「湖になだれ込み、おぼれ死ぬ」豚たちのドラマの前座と考えてもらっていい。そもそもドストエフスキーが、集団的な描写に興味を示しはじめたのは、前作『白痴』だが、有名なナスターシャ・フィリッポヴナの夜会の席の描写も『悪霊』第三部冒頭ほどの狂騒を生みだすことはなかった。また、この後、『未成年』においても、『カラマーゾフの兄弟』においても、これほどに大規模な集団的場面を描いたことはない。おそらくは、黙示録のヴィジョンに見あうスケールを意識していた証と思われる。

　他方、この「祭り」は、ロシア正教の教会暦のなかにほぼ正確に位置づけられている。第二部第六章「大忙しのピョートル」の章で、「いま考えられていることがすべて実現するとして……それはいつになりますか?」とのカルマジーノフの問いに、ピョートルは「今年の五月初めには起こって、ポクロフ祭までにはすべて片づくでしょうね」と答えていた。ピョートルが、カルマジーノフの前で口走ったその予言がいままさに実現しつつあった。彼が、この『悪霊』の町で仕掛けようとしたシナリオ、すなわち「創作ノート」に記された十三項目の革命の目的の第五段階である。もっとも、ピョートルがこの町を訪れた目的が、「革命」の基盤づくりであったのか、それともたんに「個人的な恨み」を晴らすためだけであったのか（「きさまがシャートフを殺したのは、やつがジュネーヴできさまの顔に唾を吐きかけたからだ!」）、見さだめがつかない。

　では、ピョートルが口にした「ポクロフ祭（の日）」とはどのような祭りであったのか。

　先にも少し述べたように、異郷の町ドレスデンで『悪霊』の執筆にあたるドストエフスキーは、つねに二つの暦を念頭に置いて生活していた。グレゴリオ暦とユリウス暦の二つである。周知のように、グレゴリオ暦とは、ローマ法王グレゴリオ十三世の時代に（具体的には一五八二年のことである）、従来のユリウス暦にかわって新たに制定された太陽暦の一種で、他の暦にくらべて日付計算の厳密さに秀でていたため、その後、広くヨーロッパ全体に浸透していった。しかしロシア正教会は、これに抵抗してユリウス暦を墨守したため、ドストエフスキーは、母国との手紙のやりとりや送金法の問題もあって、つねに二重生活を強いられていたのだった。

さて、「ポクロフの日」の起源は、紀元九一〇年に遡る。当時、東方教会の本拠地であったコンスタンチノープルは、サラセン軍の攻撃によって陥落寸前まで追いつめられ、市内にあるウラヘルナ教会は救いをもとめる民衆によって埋めつくされていた。当時、「神がかり」として名前の知られたアンドレイ聖人は、午前三時すぎ、天上の光のなかで、天使たちに伴われて聖母マリヤが姿を現すのを目撃した。教会に集まった人々は聖母の白い覆いに包まれ、その奇跡が力の源となってサラセン人（イスラム教徒）を撃退できたという。他方、ロシアでは、秋の農耕儀礼との関わりからこの日を大々的に祝ってきたが、ピョートル・ヴェルホヴェンスキーは、この日に照準をあて、この町での革命の第一段階の終わりを想定してきた。つまり、ユーリヤ夫人がその前日の九月三十日と定めたその日こそは、まさに第二の「運命的な」日として位置づけられていた、ということである。

正教会での祝いとは別に、「ポクロフの日」の前日、娘たちは、着古した服を着て一日を過ごし、翌日の祭りの日には晴れやかな衣装に身を包んで親戚を訪ねてまわるしきたりだった。娘たちは、結婚の祈りを聖母マリヤに捧げた。

「聖母のポクロフよ！　わたしのこの誇らしげなおつむを真珠の頭巾で覆っておくれ、金の耳かけで覆っておくれ！　ポクロフの主よ、大地を雪で覆っておくれ、わたしを花婿で覆っておくれ！」

大地をおおう白い雪と若い男女の性のイメージが重なったのは、そもそも、「ポクロフ」の語源「パクルイチ」（покрыть）に、交尾をとおして子どもを孕ませるという意味があったからである。

こうした教会暦との照合が、『悪霊』の読解にどれほど役に立つか定かではない。しかしたとえば、第三部第三章「愛の終わり」に描かれるリーザとスタヴローギンの「愛《ロマン》」は、この「ポクロフの祭」のもつ意味を二重写しにしたときに改めて、そのアイロニカルな悲劇性が浮かびあがる。そもそも二人の間で交わされた謎めいた会話（「暦どおりに暮らすなんて退屈そのものでしょう」）には、スタヴローギンのもとに走ったリーザにとってこの日がどのような意味をもっていたかを、読者に意識させようとのねらいが隠されていたのではないか。章の冒頭で描かれている、乱れた「淡いグリーンの華やかな」ドレスと赤いスカーフのコンビネーションを思い浮かべるのもいい。おそらくリーザは、みずからの処女を「花婿」に捧げるためにスクヴォレーシニキに赴いたにちがいない。そして、裏切られ、まさに「ポクロフの日」に、十字架《スタウロス》の犠牲となって死ぬのである。

「ポクロフの日（「覆いの日」）」との連想にからめて、ドストエフスキーがこの日の祝日に仮面劇を用意したのは、たんなる偶然だったろうか。それともドストエフスキーなりの隠された計算だったろうか。『悪霊』の登場人物について、セルゲイ・ブルガーコフは、「人間の個性はあたかも欠落し、だれかに食いつくされ、顔のかわりにあるのは、仮の顔であり、仮面である」と述べている。思えば、ステパン・ヴェルホヴェンスキー氏の登場とともに始まる『悪霊』全体が、ある意味で、仮面によって内面の道徳律を眠らせてしまった人々の劇であったのかもしれない。

仮面劇の特質――それは、登場人物のそれぞれにレッテル付けがなされているというに留まらず、そのレッテルによって物語が進行し、登場人物もまたそのレッテルを受け入れ、そのレッテルになりきるために演技する点にある。レッテルとは、むろん、集団的な妄想の物象化でもある。他方、レッテルに同一化したいという願望には、今日でいうコスプレに近い何かがひそみ、それぞれの人間たちには、ある程度のテンションの高さが求められる。では、『悪霊』における仮面劇をヨーロッパにおける仮面劇の歴史に照らし出した場面に、どのような特質が浮かび上がってくるだろうか。ヨーロッパにおける仮面劇は、その劇を見る君主に敬意を捧げるのが目的であったから、それなりに道徳面での規律が支配し、最後は、至福と平和的気分で閉じられるならわしだった。その意味では、バフチンも書いているように、仮面劇は、いわゆるカーニバルとは根本から性質を異にしていた（「近代の仮装舞踏会系列風の、単純化された理解はすてなければならないし、ましてや低俗なボヘミヤン的なカーニバル理解などときっぱりと手を切らなければならない」）。『悪霊』における仮面劇は、それぞれ仮面劇の主人公の内在化されたプロセスを経て、ある時点で一気にカーニバル的狂騒へと変容する。

小説の冒頭に近い暗示的な一行を読んでみよう。

「ステパン・ヴェルホヴェンスキー氏は、わたしたちの町では日ごろから、ある特別な、いってみれば進歩的文化人といった役どころをにない、その役どころを熱烈なまでに愛してきた」（第一部第一章1）

日ごろ「血肉と化した非難」と自嘲気味に語ってきたヴェルホヴェンスキー氏だが、息子のピョートルの目から見れば、「センチメンタルな道化」（「従僕」「食客」）にすぎず、ワルワーラ夫人にとっては、「ニコラ」とは別の意味で手のかかる「息子」である。まさに、ヴェルホヴェンスキー氏自身が、ユング的にいえば、ペルソナ（仮面）とアニマの分裂のなかで苦闘してきた人物なのである。ヴェルホヴェンスキー氏につづいて登場するニコライ・スタヴローギンについては、初め、「彼の顔は仮面のようだと、人々は噂していた」と書かれ、その後、「ハリー王子」や「ハムレット」といった新しい仮面が外部から付けくわえられ、最後は、「スパイ」や「検察官」といった噂まで囁かれる始末である。そして現に、ピョートルによって「イワン皇子」の幻想を冠せられた彼は、たんに民衆的なヒーローという以上、ハリー王子とひそかに通じる負のヒーローたるイワン皇子の役割も果たすことになる。事実、イワン皇子の伝承には正と負の二つの側面があり、美貌のエレナ（『イワン王子と火の鳥と灰色狼』）、ワシリーサ姫（『蛙の王女』）、マーリャ・モレーヴナ（『不死身のカスチェイの最期』）といった女性たちと多重婚を実行する「放蕩児」としての顔も併せもつ。

しかし、問題は、仮面そのものが、本来的には「負の」カテゴリーに属し、つねに悪魔的なものの属性として存在しているということだ。ロシアの文化研究者ウスペンスキーは、たとえば仮面舞踏会を例にひいて次のように書いている。

「どのような種類の仮面舞踏会も、古代ロシアにおいては、《裏腹な行為》と関連している。というのは、周囲の見物人のみならず、それに相当する仮面舞踏会の参加者にとって、彼らが描きだしているのは、悪魔であるか、不浄な力とみなされてきたからである」

「クリスマス週間の仮面が何を描こうとも、その仮面はすべて悪魔の仮面として理解されており、……仮面をつけるとは、教会の儀礼に公然と対立することなのである」

集団的な妄想として仮面は、ひとりスタヴローギンがになっているわけではなく、彼の公的な妻であるマリヤ・レビャートキナも、仮面をまとい、つねに演劇的な態度をとる（「いつものようにこってりと白粉を塗り、紅をさしていた」）。また、スタヴローギンと同じ屋根の下に暮らすダーシャの物腰も、リーザの目には、何かしら演技くさく映り（「あの人は天使よ、でもちょっと気心が知れないところがある」）、当のリーザはまた、レビャートキンの目からすると「アマゾネス」の一人であり、リーザ自身もみずからもそれに感染し、「足の悪い」マリヤとの同一化という倒錯的な夢のとりことなる。

仮面が人々の妄想の物象化であるなら、妄想そのものは、町全体を包みこむ一種の無為の産物である。彼らは、無為のなかでひたすら何かを空想しつづけている。シャートフやキリーロフはもとより、「吝嗇家で高利貸しまがいの男」の小役人リプーチンまでが恐るべき妄想の共有者である。クロニクル記者によれば、リプーチンは、「だれも知りようのない来るべき『社会的調和』を熱烈に奉じ、夜な夜な未来の共産組織《ファランステール》の現実離れした絵図を脳裏に思いえがいては有頂天になり、近い将来このロシアに、いやわたしたちの県にもそれが実現するものと心から信じてうたがわない男」なのだ。ついには、『悪霊』の現実的な死の使者であり、『悪霊』の悲劇を駆動させていく動力ともいうべき仮面をもたない懲役人フェージカにも仮面が与えられる。それは、スタヴローギンがいみじくも言う「小悪魔」としての仮面であり、カントールに言わせると、「あの世から遣わされた、地獄の小悪魔」である。しかも彼には、ロシア民話に登場する「イワンのバカ」の役割まで与えられている（「ひょっとしたら火曜日と水曜日はたんなるばかでも、木曜日にゃ、あの方より利口かもしれねえんでやしてね」）。

要するに、『悪霊』に登場する人物のすべてが何らかの仮面を身につけ、仮面劇に一役《ペルソナ》をになっているわけだが、彼らはけっして受身にそれを受容しているわけではなく、むしろ仮面と自分の顔の見定めもつかず、町の人々の妄想と一体となって仮面劇を現出させていく。

2　カーニバルの現出

「ポクロフの日」の前日に催された「祭り」の日の講演会から対岸の火事が鎮火するまでのおよそ十八時間に、読者は、数え上げるだけでも眩暈がするほどおびただしい事件の目撃者となる。午後の十二時に開演となった講演会に、いきなりレビャートキン大尉による予定外の前座が割りこみ、のっけから道化芝居じみた様相を呈しはじめた。次に、文豪カルマジーノフによる長広舌、ヴェルホヴェンスキー氏による時代錯誤的なアピール、ほとんど荒唐無稽としかいいようのない文学カドリール（仮面劇）、リーザの失踪、火事、レビャートキン兄妹の殺害、飲酒、ヴェルホヴェンスキー氏の家出、シュピグーリン工場の職工たちによるリーザ撲殺、シャートフ殺害……。『カラマーゾフの兄弟』のイワンが予言した事態（「神がなければすべては許される」）が現出しようとしていた。カントールは、ロシアにおける「カーニバル」の特性について書いている。

「ロシアのカーニバルは、西ヨーロッパのそれとは異なり、時間的な区切りを知らないように、ロシアの主人公たちは、自分の個々の欲望にたいする限度や障害といったものを認めない」

では、ピョートルが、家庭教師扶助の祭りに乗じて仕かけたカーニバルの狙いはどこにあったのだろうか。それはいうまでもなく、破壊の演出であり、混乱の現出である。

「いまのところは一ないし二世代、堕落の時代が必要なんです。それも前代未聞、卑劣きわまる堕落です、人間が、おぞましくて、臆病で、残忍で、利己的な屑どもになり果てるような堕落です。必要なのは、それです！　それにもうひとつ、慣らすために必要な《すこしばかりの新鮮な

血》。……まずは、ウォーミングアップしておかなくちゃだめだ。ぼくたちはこれからあちこちに火を放ちます」（第二部第八章）

熱に浮かされたように口走るピョートルは、まるで詩人にでも変身したかのように破壊と混沌の美学を語る。だが、創作ノートに書かれていた彼の思想とは、根本的に「そのあとはどうとでもなれ」だった。

他方、世界の狂騒から身をひき、ひたすら沈黙しつづける人間が存在する。それがスタヴローギンである。一見して限りなく対話的な人間であるスタヴローギンは、対話的な関係から抜けだしたときに、完全に世界の外側に立つ人間と化してしまう。対話から疎外された彼の悪意は、黙過ないしは使嗾という方法をとる。もっとも、より厳密な見方をすれば、スタヴローギンにとって「対話」とは、あくまでもみずからのナルシシズムの反映である他者との対話にすぎない。その意味で彼は、一見したところ、かぎりなくモノローグ的な人間である。だからこそ、この「祭り」に一分たりとも関わりをもつことなく、スクヴォレーシニキの別荘に閉じこもるのである。

スタヴローギンの「告白」がもっている反カーニバル的な性格とは、まさにモノローグ的な世界であって、ドストエフスキーはこの第三部のカーニバル的世界に、反スタヴローギン的な世界の現出を見いだそうとしていた。だが、形式的にはモノローグ的でありながら、おそるべき複雑な構造をはらんだ「告白」の世界から解放され、『悪霊』はまさに、怒濤のような現実を提示するが、ドストエフスキーが、『悪霊』第二部を当初「チーホンのもとで」で終えようとしたのは、驚くほどに考えぬかれたプランと見なすことができよう。とにもかくにも、この第三部にいたって『悪霊』は、修道院の一室から、祭りの会場へ、火と燃える『悪霊』全体の舞台へと一気に巨大な空間を獲得しはじめる。

では、そもそもカーニバルの起源とは何なのか。

西欧文明が成立するプロセスのなかで、古代の人々は、ディオニュソス的な魂の発露や、オージー（ディオニュソスを祭る集団的狂躁の儀式）の現出が生みだす危険性を十分に理解し、これをどこまでも規律によって抑えこもうとしてきた。たとえば、教会は、開放の期間を一週間と定めた。ロシアの文化学者ゴロソフケルは次のように書いている。

「ヘレニズム文化の神話的な交響曲には、明らかに二つのテーマ、創造的生活の二つの刺激が聞きとれる。すなわちそれは、バッカス祭のテーマと数のテーマである。そしてもしバッカス祭が、民衆的な自然力の表現であるとしたら、数は、都市国家《ポリス》の表現だった」

カーニバルを文学にとりいれた例は、メニッペアと呼ばれる古代の一派にまで遡ることができるが、そこでは国王の戴冠と奪冠、地位の交代、シニカルで無遠慮な言葉の交錯、といった価値の転倒（究極においては革命）の世界がいきいきと描かれていた。さらに時代をくだって中世の文学では、おもに笑いが、カーニバル的感覚の醸成をうながす動因となり、笑いをとおして、聖と俗、否定（嘲笑）と肯定（歓喜）、死と再生、などのモチーフが取り上げられてきた。

多くの読者は、すでにご存じのことだろうが、バフチンからの引用をくり返してみよう。

「カーニバルとは、フットライトもなければ役者と観客の区別もない見せ物である。カーニバルは全員が主役であり、全員がカーニバルという劇の登場人物である。カーニバルは観賞するものではないし、厳密に言って演ずるものでさえなく、生きられるものである。カーニバルの法則が効力を持つ間、人々はそれに従って生きる、つまりカーニバル的生を生きるのである。カーニバル的生とは通常の軌道を逸脱した生であり、何らかの意味で《裏返しされた生》《あべこべの世界》（monde à l'envers）である」

次にバフチンは、カーニバル的カテゴリー、とくに「人間と世界の自由で無遠慮な接触」というカテゴリーが、過去何世紀にもわたって文学にもたらしてきた例を挙げ、カーニバル劇がはらむ問題の核心にふれる。

カーニバル劇では、「カーニバルの王のおどけた戴冠とそれに続く奪冠」が主流をなし、その儀式の根底には、「カーニバル的な世界感覚の核心をなす交替と変化、死と再生のパトス」が存在する。次に、カーニバル的イメージの両義的な性格についてふれ、「二元一体構造」、二つの対極的な要素を明らかにする。すなわち、誕生と死、若さと老齢、上と下、頭と尻、愚かさと賢さの対比である。次に、カーニバルにおける火、すなわち「世界を滅ぼすと同時に新たに甦らせる火」のイメージと役割について、ヨーロッパのカーニバルにおいては、つねに「地獄」と呼ばれる特殊な仕掛けが登場し、その「地獄」が祭りの最後に盛大に燃やされる習慣があった。バフチンは、たとえば、古代ゲルマン人の謝肉祭を例にひいて、最後に大きな藁人形に火をつけ、それを火あぶりにして一週間の狼藉を悔いるという儀式にも表れている、と述べている。

次に、バフチンが指摘するのは、カーニバルにおける「笑い」である。笑いは、地上の最高権力をけなし、あざ笑うことであり、権力の交代、世界秩序の転換そのものを悪とみなすことで、危機そのものを笑う。そして最後に、「パロディ」の問題が取りあげられる。これについては改めて述べることをしないが、バフチンは、そのカーニバル論をしめくくるにあたり、「カーニバルとは、過去数千年にわたる偉大な全民衆的世界感覚なのである」とし、この世界感覚に対立するのは、「恐怖によって生みだされ、教条主義的で、生成と交代に敵対的な、存在と社会体制の現状を絶対化しようとする、一面的で眉をひそめた公式的な真面目さに他ならない。……しかしカーニバルの世界感覚には、一片のニヒリズムもないのはもちろん、一片の空疎な軽薄さ、一片の低俗なボヘミアン的個人主義もまた存在しない」と述べている。

『悪霊』第三部を考えるうえで大いに参考になるのは、最後の一行である。そしてこのバフチンが定義する「カーニバル」と、ドストエフスキーが描きだした『悪霊』のカーニバル世界がどう異なるかをしっかりと見きわめる必要がある。バフチンは、おそらく『悪霊』がソビエト体制ではまったく受け入れがたいという判断からか、彼のカーニバル論にとってうってつけの題材を提供してくれるはずの第三部については一言も言及しなかった。しかしそれはある意味で当然だった。

では、ドストエフスキーは『悪霊』全体が仮面劇からカーニバル劇へと移行していくプロセスをどのように描こうとしていたのか。まず第二部第五章「祭りを前に」の描写に注目する。「当時、この町の風潮はおかしなところがあった。とりわけ、ご婦人がたのあいだにはどことなく浮ついた感じが目についた。それも、徐々にそうなったというわけではない。度をこして自由奔放な考えがいくつか、一陣の風に運ばれてまき散らされた、という趣だった。なにかしらおそろしく陽気で、軽い、といってかならずしも感じがよいとばかりもいえない雰囲気がみなぎっていた。ある種の秩序紊乱が広く現出したのだ」（第二部第五章1）

もっとも、『悪霊』における仮面劇からカーニバルへの移行は、スタヴローギンが帰郷する四年前にすでにはじまっていたともいえる（「町のご婦人がたは、この新しい客人にすっかりのぼせあがってしまった」）。

ピョートルとユーリヤ夫人によって仕組まれた演劇的な祝日は、いつのまにか悪夢のようなカーニバルの渦と化すが、現実にはすでにその前駆症状ともいうべき、「ある種の秩序紊乱」を示すさまざまな事件が生じていた。エラーシュというカード賭博に手を出して大負けを食らった若い婦人の不祥事、福音書売りの女性が持ち歩いていた商い袋に猥褻な写真が放りこまれた事件、聖母誕生寺院での聖像盗難事件――。

わたしたち読者にとって何としても腑に落ちないのは、ユーリヤ夫人とその取り巻きたちによるセミョーン聖人訪問のエピソードだろう。むろん、作者は、途中で一行が立ち寄る若者の自殺現場のエピソードも、何らかの意図をもって扱ったはずである。しかしいずれにしても、ドストエフスキーがこのセミョーン聖人訪問によって何を語ろうとしていたのか、一読しただけではわからない。

「彼は、かなり大柄で、黄色くむくんだ顔をしていた。……左の小鼻のわきに、大きないぼがあった。目は細く、おだやかな貫禄たっぷりの顔は、眠たそうに見えた。ドイツ風に黒いフロックコートを着ていたが、チョッキもネクタイも着けていなかった」（第二部第五章2）

しかも、「なにか金言をいただきたい」と請いねがう婦人にたいし、「おまえの……を、おまえの……を！……」と卑猥な言葉を投げつけるありさまである。このあたり、セミョーン聖人を「神がかり」と呼ぶには、あまりにも俗物的な印象を与える。作者のねらいは、おそらく、聖と俗の反転というカーニバル的世界感覚を一般市民の愚かしい聖人崇拝に重ね、聖人と呼ばれる人々の救いがたい堕落をつぶさに描きとることだったのだろう。

セミョーン聖人の俗物的な性格を暗示しているのが、ほかでもない、彼が身にまとっている「ドイツ風に黒いフロックコート」である。ウスペンスキーによると、ピョートル大帝時代以前のロシアで、ヨーロッパ風の衣装を身につけるのは、「娯楽用」か、仮面舞踏会向けにかぎられており、聖像《イコン》において、悪魔は、ドイツないしはポーランドの衣装を身につけて描かれることがあったとされる。つまり、「ドイツ風に黒いフロックコート」に身を包んだセミョーン聖人とは、「神がかり」どころか、一種の「悪魔つき」としての相貌を訪問客たちの前にさらけだしていたのである。

このように、「祭り」がはじまる前から、町全体が、何かに憑かれたような気分に覆われていたのだが、そうした気分に拍車をかけていた最大の原因とは、おそらく無為である。わたしたち読者は、『悪霊』の登場人物が何がしかの仕事に勤しんでいる光景を目にすることはない。まさにこの無為が、ロシア人の生活に深く根を張るカオス的な時の誕生をうながすのである。逆に、無為から脱却するためにも、彼らは非日常的な時間の訪れを待たなくてはならなかった。広大なロシアの大地に立ちあがる自由意志は、まさに蜃気楼のようにかき消えるべき運命にあって、一切の人間の営みが茶番劇に変えられてしまう。

カントールによれば、ロシアでは民衆の生活様式そのものがカーニバル化していて、ドストエフスキーの目からすると、ロシアの大地にまだしっかりと根づいていないキリスト教にとっては、このカーニバルこそが破滅的であると思わせ、彼を恐怖させた正体なのだという。

「ドストエフスキーからすると、カーニバルは、ロシアにおいて開放的な力とは思えなかった。すべての点ではかりしれないロシアは、カーニバル的生においてもはかりしれない。ドストエフスキーの見方からすると、カーニバルは、キリスト教的な精神的掟のトータルな破壊へと導いていき、個人を消去せしめるものなのである。……『悪霊』は、なかんずく、生活の規範と化してしまったカーニバルの危険性を示しているのである」

では、『悪霊』において一種の「風潮」と化して小説の舞台全体を包みこんでいるカーニバルは何をめざしているのだろうか。かりにこれがカーニバルたりえないとすれば、それは、何なのだろうか。カントールに言わせると、ドストエフスキーは、おそろしく保守的な視点から、「祭り」全体をキリスト教精神のトータルな破壊ととらえていたということになるが、はたしてそれは彼の「多声性」の精神と矛盾してはいなかったのだろうか？

3　イグナート・レビャートキン　道化の運命

カーニバルの性質を、もっとも端的に象徴する人物が、イグナート・レビャートキンである。どこまでも両義的であるという意味において、レビャートキンほど度しがたい人物はいないが、彼の演技ぶりと彼がたどる運命はまさに、カントールのいう「民衆の生活様式」と化したカーニバルの危険性を象徴している。

スタヴローギンとピョートルの支配下で、フォールスタフ顔負けの道化役を引き受けてきたレビャートキンだが、スタヴローギン＝ハリー王子が、年とともに変貌を重ねていくのと同様に、レビャートキンもまたとどまるところなく変貌しつづけていった。スタヴローギンからその財産の一部を譲り受けた彼は、一時、バフチンのいう奪冠劇の主役すらにないはじめたかのように見えた。しかし道化の王は、あくまでもつかのまの王でしかない。

では、レビャートキンの何が人々の心を脅えさせるのか。ロシアに「隷属」と「原始的混沌」を生みだそうというピョートルの野心にとって、レビャートキンのように、多面的で、マルチパーソナルな人間は、まっさきに排除されるべき運命にあった。理由は、ピョートルのめざす「反乱」は、鉄の規律によってのみ実現可能となるが、レビャートキンのような道化は、混沌を生みだす先導役としてはふさわしくても、「反乱」を持続させ、これをコントロールしようとする側にとっては厄介きわまりない存在だからである。

だが、『悪霊』の「イデー」を実現する力として、レビャートキンが懲役人フェージカに優るとも劣らない駆動力となっていることは意外に見落とされている。彼に死をもたらした行為とは、彼の匿名による密告状であり、脅迫状だった。

レビャートキンはまず読者の前に、他人の秘密をにぎり、それをネタに脅す典型的な恐喝者として現れる。その最初の標的となった相手が、ニコライ・スタヴローギンだった。スタヴローギンには、足の悪い彼の妹マリヤとの秘密結婚という弱みがあり、そのスタヴローギンをゆすり、脅すことによって義兄としてのステータスは徐々に上がっていった。スタヴローギンが、上流社会の流儀にのっとってマリヤを修道院送りにしたとき、彼女を強引に町に連れもどしてきたのも、みずからの飽くなき野心を実現するためである。スタヴローギンからすると許しがたい行為だったが、あえてそのプロセスを黙認してきた過去がある。

恐喝者としてのレビャートキンが次に標的としたのは、ピョートル・ヴェルホヴェンスキーである。レビャートキンには、ペテルブルグ時代、アジびらの撒布を引き受けてきた過去があった。その意味では、五人組と共犯者となるべく運命づけられていたが、ピョートルからすると、酒と金のためとあらばどのようにでも寝返ることのできるレビャートキンとの道づれはあまりに重すぎる代償を意味していた。

密告と脅しの手紙は、合計四人の登場人物に宛てて書かれている。最初が、プラスコーヴィヤ夫人（ドロズドワ）、次に、ワルワーラ夫人、県知事のレンプケー、そしてリーザに宛てた自筆サインの入った何通かである。これらの手紙すべてが、上流階級の人々の心を不安にゆり動かし、その秩序をも根底からゆるがす不吉な力となっている。密告状の効果をフルに活用することで、上流社会の掟に反し、ワルワーラ夫人の大広間にまで潜りこむことに成功したし（「あの素姓あやしい男をいま、この席にぜひとも通そうと決心してるんですから」）、第二部の終わりで明らかにされるリーザ宛ての手紙は、妻の殺害を使嗾しているスタヴローギンが結婚の秘密を公けにする大きなきっかけを生む。そして彼が、県知事に宛てた手紙こそが、五人組を「血の膏薬」で一つに固める刺激剤となるのである（ただし、この密告状がリプーチンによって作成された可能性もないわけではない）。ピョートルはこの手紙を入手するやただちに彼の殺害を決意した。第三部第四章「最終決断」の席で、レンプケーに宛てた密告状が、同志仲間で回覧される場面を思い出してほしい。ピョートルは、レビャートキン殺害の張本人フェージカを名指ししながら、次のように明言する。

「こういうわけで、諸君、フェージカ某が、まったく偶然に、あの危険人物からわれわれを救い出してくれたってわけです。偶然っていうのは、ときとしてしゃれたまねをするもんです！」

レビャートキンの手紙は、シャートフ殺害を決断する同志仲間の心に、陰謀の暴露にたいする恐怖をかきたてていく。

他方、リーザに恋焦がれるレビャートキンは、同じくリーザに恋心をいだくクロニクル記者の潜在的ライバルとなり、当然のことながら、それは、語り手である記者の筆致に影響を及ぼさざるをえない。ここで注意すべき点は、そうしたレビャートキンの野望が、じつは、スタヴローギンへの模倣という願望の要素をもっている点である。レビャートキンは、ジラールのいう「三角形的」欲望のとりこなのだ。彼はすでに五人組の一人ヴィルギンスキーの妻アリーナを寝取っている。彼にとって精神と肉体はまるで別次元にあった。毎日、酒に酔い潰れ、アナーキーな野心を抱えながら、スタヴローギンに恋い焦がれている億万長者リーザに接近するという行為は、その組み合わせがあまりにも場ちがいなものであるだけに周囲の人々に不気味な印象をまき散らす。スタヴローギンも例外ではない。妻マリヤの殺害使嗾は明らかにレビャートキンにたいする嫌悪と排除への願望が根底にあった。それは、読者のみならず『悪霊』の登場人物たちが一様にとらえられていった不気味さだった。

レビャートキンは、衣装に凝ることでスタヴローギンと対等の立場にまでのしあがろうとしていた。ハリー王子役のスタヴローギンは、フォールスタフ役のレビャートキンにとってひとつの妄執の対象であり、そこには、まぎれもなく「模倣の欲望」（ジラール）が息づいている。フォールスタフは、ハリー王子に嫉妬を抱き、嫉妬は、野心へと転化していく。「レビャートキンは執拗にスタヴローギンを模倣する」と書いたマルチンセンは、レビャートキンがスタヴローギンに関わりをもつすべての女性と関わる点に着目する。すなわち、スタヴローギンの妻の兄として、リーザにたいするライバルとして行動し、スタヴローギンの「看護婦」であるダーシャを過剰なまでに敵視している。おそらくダーシャが農奴の出自であることを意識していたし（「農奴あがりのくせして、なまいきな」）、あるいはそれは、隠された野心の裏返しだった可能性もある。この模倣という野心を実現するために、レビャートキンは衣装に凝る。その凝り方は、のちに述べるように、ピョートルにたいするパロディとしての役割も果たしていた。

「何よりも驚かされたのは、彼がいま燕尾服に真っ白のワイシャツ姿で現われたことだった……大尉は黒い手袋も用意していた」（第一部第五章4）

衣装へのこだわりをとおして、スタヴローギンの義理の兄としての、あるいはリーザの求婚者としての資格を主張しようというのである。しかも、彼は、フランス人の海賊で伝説的なヒーロー「ド・モンバール公爵」や「詩人」（「魂のなかの詩人、出版社から千ルーブルもらったっていいくらいの詩人」）を名乗ることで、みずからのステータスの拡張を図ろうとしている。むろん、出版業につよい関心を持つリーザの本心をみすかし、彼女の文学的想像力を刺激してやろうとの意図も込めてこの話題を取りあげるのだ。それはまた、スタヴローギンが持ちえない（詩人としての）資質が自分にはあるという自信の表れ、とみなすことができるかもしれない。だが、スタヴローギンの模倣者として最大のアイロニーは、馬から落ちて足を折った美しきアマゾネス、リーザを讃える詩ではないだろうか。

「うるわしの女《ひと》、足を折りて、／美しさ、いやまさりて」（第二部第二章2）

むろん、この詩は、二重の意味を帯び、スタヴローギンと足の悪い妹のマリヤとの関係をひそかにあてこする詩でもあった。

だが、レビャートキンの妄想はついに禁断の領域に入り込む。県知事フォン・レンプケーに宛てに書いた密告状である。

「祖国、それに教会や聖像画を救うための密告となれば、それができるのは、おそらくこのわたしくらいのものだ。しかしそれには、第三課より即刻、わたしへの赦免の電報が届くことが条件である」(第二部第六章3)

この密告状には、「後悔する自由思想家」との差出人の名前があるが、「後悔する自由思想家」という言葉のうちに、シャートフの連想を呼びまねく危険性があったことはいうまでもない。まさにこの一通がレビャートキンの命取りとなった。レンプケーからこの手紙を預かったピョートルは、それを後に「同志仲間」の会合で回し読みさせる。上流社会を根底からゆるがす不気味な力としてレビャートキンの存在はあった。だが、カーニバルにピリオドを打つためにも、彼の死は必要とされた。その意味でレビャートキンの死は宿命的であった。マルチンセンは、喉をかき切られて死んだレビャートキンの死は、僭称者ドミートリーすなわちグリゴーリー・オトレーピエフの死に似ているという。レビャートキンはまさに、スタヴローギンの模倣者として、スタヴローギンの僭称者として死ぬのである。

Ⅱ 「祭り」を解読する2

1 カルマジーノフの正体

『悪霊』では、主要人物の約三分の一が死ぬという異常事態が現出するが、その周囲では、まさにロシア民衆の、大胆不敵かつ冒瀆的な笑いが渦を巻いている。その最たる場面が、第三部第一章と第二章である。この祭りで、聖なる仮面をはぎとられ、否定と笑いと奪冠の対象となるのが、ほかでもない、「大作家」セミョーン・カルマジーノフである。ところが、ロシア文学に詳しくない読者には、正直なところ、『悪霊』におけるこの人物の役割がもうひとつよくわからない。同時代の読者にたいする一種のおもねりが過ぎた結果、わたしたち現代の読者が逆にとばっちりを受けた感のある人物、といったら言いすぎだろうか。むろん「大作家」と評されるからには、この人物にも強力なモデルが存在していた。それがほかでもない、『初恋』『父と子』の作家として日本でもかつてはよく知られた、西欧派の作家イワン・ツルゲーネフである。ただし、外貌、話し方の特徴などの点で、実在した作家とはかなり印象を異にする。

ドストエフスキーは、この人物をとおして、「大作家」と呼ばれながら現実に生起している事象にほとんど理解を示さず、無原則で虚栄心のつよいひとりの人間の末路をつぶさに描きだした。

総じて『悪霊』は、西欧派の知識人にたいする全面攻撃の観があるが、とくにツルゲーネフ批判に盛られた数々のディテールは、個人攻撃としていささか度がすぎると思えるほど刺々しい。ところで、『悪霊』になぜ、ここまであざとい形でツルゲーネフのモデルを取りこんだかについては、諸説ある。ただしそれはいずれにせよ、ドストエフスキーの自信の証であったことはまちがいない。

カルマジーノフが祭りの前半部で講演する『メルシー』は、一読しただけではほとんど理解不能である（「テーマもテーマだった……いったいだれに、あんなテーマが理解できるというのか？」、「わたしたちの県の知恵どころも、朗読の前半部は額に皺をよせてなんとか理解しようとつとめたが、ついに何ひとつ理解できず、後半部にいたっては、もうお義理で耳を傾けているにすぎなかった」）。

ドストエフスキーは、ツルゲーネフに代わってこの講演原稿を書くにあたり、彼の代表作であるいくつかの作品のモチーフやテーマを借りて、それらをパッチワークに織り上げていった。とりわけ、彼が念頭においていたのは、十九世紀スペインの声楽家として知られたヴィアルド夫人（一八二一〜一九一〇）である。一八四三年にロッシーニ《セビリアの理髪師》がロシアで公演された際、ヴィアルドの出演に接しその歌唱に魅入られたツルゲーネフは、四五年には彼女を追ってロシアを去り、ヴィアルド家に執事さながら居候し、夫妻の四人の子どもの面倒をみたとされている。ヴィアルドが得意とした歌曲のなかには、「ルサールカ」と題する歌《ロマンス》があり、アレクサンドル・プーシキンとメーリケの原作によるものだった。また、『メルシー』のなかで十八世紀ドイツの作曲家グルックの名が言及されていることについては、彼女が、その主役を演じて大評判をとったオペラ『オルフェウスとエウリディーチェ』が念頭にあった。おそらくドストエフスキーは、興のおもむくままにこの『メルシー』を書きあげはしたものの、それをとおして何かしら具体的なメッセージを伝えようとしたとは思えない。読者サービス、あるいは、反目しあっている作家への当面の面あて以上の意味はなかったと考えていい。では、そのカルマジーノフがなぜ、反革命的ともいえる『悪霊』に登場するにいたったのか、その必然性について、文学史的な側面から紹介しておこう。

ドストエフスキーが、そもそもツルゲーネフをどう見ていたかという問題は措くとして、小説に描かれたカルマジーノフは、「文豪」とは名ばかりの、いかにも内容空疎な見栄っ張りの老人である。カルマジーノフ（Кармазинов）の姓はもともと、「赤いラシャ地の薄布」に由来しており、ドストエフスキーはこの言葉に含まれる「赤」を強調することで、ツルゲーネフの「社会主義かぶれ」を皮肉ろうとしていた。しかし両者の対立と不和の原因は、『悪霊』の執筆よりもさらに五年前の、すなわち一八六六年四月のアレクサンドル二世暗殺未遂事件にまで遡る。ドストエフスキーとツルゲーネフの関係は、ロシア文学の研究では、お定まりのとも言える基本テーマの一つであり、あらかた議論が尽くされてきた観もあるが、ここで改めて二人の関係を紹介すると次のような事情が浮かびあがってくる。以下、ロシアの研究者ナジーロフの記述にしたがって要約を試みよう。

一八六六年四月、ドストエフスキーは、ドミートリー・カラコーゾフによる皇帝暗殺未遂の報に接し、強い衝撃にみまわれた。死刑宣告を受けた身であるにもかかわらず、十年間のシベリアでの生活ののちにペテルブルグ帰還を許され、作家生活を送ることができるのは、ひとえにアレクサンドル二世の恩情との思いがあったからだ。農奴解放後の一連の施策を全面的に支持してきたのも、まさにそのような背景があった。他方、暗殺未遂事件の起こった四月四日以降、ロシアの政治情勢は一転して劇的な変化をとげていった。一八六三年のポーランド一月蜂起（スタヴローギンが鎮圧軍に加わった）を大量虐殺で抑えこんだムラヴィヨフ将軍のもとで、国内には逮捕の嵐が吹きあれていた。そのあおりを食って、ドストエフスキー兄弟が主宰する雑誌『時代（ヴレーミャ）』が廃刊に追いこまれた。こうして、農奴解放後にわかに現出した百花斉放のムードは早くも終わりをつげ、反動の時代が訪れてきた。そのなかで、新たな国民的ヒーローとしてクローズアップされはじめたのが、コストロマー出身の帽子屋、オーシプ・コミッサーロフである。四月四日、暗殺未遂の現場にいて犯人カラコーゾフの手もとを狂わせ、暗殺を未然に防いだ人物である。このコミッサーロフにたいする個人崇拝は、しだいに政治キャンペーンのごとき観を呈しはじめ、ドストエフスキーも、徐々に皇帝賛美と個人崇拝の気運に染まりはじめた。

こうしてロシア国内が総じて右傾化をたどるなか、『父と子』の作者であり、典型的な西欧派の知識人であったツルゲーネフの立場は徐々に危ういものとなっていった。彼の目からすると、コミッサーロフ崇拝に走るロシア国民はまさに「スフィンクスのように」思われたが、他方、彼は、同時代のニヒリズムの運動とも一線を引きはじめていた。ヨーロッパ文明こそが救世主であり、啓蒙とリベラリズムの普及にしかロシアの未来はないとするツルゲーネフは、翌六七年に書かれた『煙』でその立場を旗幟鮮明に打ち出した。彼の仇敵であるスラブ派のみならず、農奴制を支持する人々の道徳的な下劣さや、外見ばかりにとらわれる貴族社会の愚かさを徹底して批判したこの小説は、ロシアのジャーナリズム界に波紋を広げ、スラブ派的な立場に近い人々から総反撃をくらった。他方、ニヒリズムに近い西欧派の批評家からもそれに劣らず厳しい批判が投げかけられた（「ツルゲーネフさん、あなたはいったいどこにバザーロフを隠しておしまいになったのです？」）。

コミッサーロフ称賛の嵐もつかのま、翌六七年五月、アレクサンドル二世は再び命を狙われた。舞台は、パリの万博会場、犯人は、ポーランド人のアントニ・ベレゾフスキである。事件から一カ月後、ドストエフスキーは、ドイツのバーデンにツルゲーネフを訪ねた。当時、ツルゲーネフは、同じバーデンの保養地に暮らすヴィアルド夫人の別荘の隣に家を建て、優雅な日々を送っていた。他方、ドストエフスキーは、二年前に借りた五十ターレルの件もあって忸怩たる思いでいたが、妻アンナのつよい勧めもあり、勇を鼓して作家を訪ねることにしたのである。その日の昼過ぎ、『罪と罰』の成功で気をよくしているドストエフスキーと、『煙』の不評で腐っているツルゲーネフとの間で、激しい議論が交された。作家として日々生活との戦いを強いられているドストエフスキーには、オリョール県の領地収入で悠々自適の日々を送るツルゲーネフのロシアにたいする批判がどうしても許せなかったのである。

翌朝、再会した二人は、形式的には友好的な雰囲気のうちに別れたが、ツルゲーネフは、ドストエフスキーに名刺を渡し、今後、個人的接触はいっさい行わないとのサインを送った。このささやかな事件が、二人の関係を決定的に悪化させた。ドストエフスキーはその日のツルゲーネフとのやりとりを友人のA・マイコフ宛ての手紙にしたためたが、どういう事情からかその内容が漏れ、ついにはツルゲーネフの耳にも入るところとなった……。

ここまでの説明を読めば、ドストエフスキーがなぜ、「政治的密告」ともいえるほど厳しい個人攻撃をしかけたか、ご理解いただけるにちがいない。実際、ドストエフスキーは、農奴解放後まもない一八六〇年代初めにロシアを出て、バーデンバーデンに暮らしはじめたツルゲーネフが早くもその才能を枯らし、総じて筆力を失いつつあると見ていた。そしてそうしたきびしい見方を彼自身、友人たちへの手紙で再三披露してきた。事実、彼の傑作とみなされる作品の多くはロシア時代に書かれ、その最後を飾ったのが、ドストエフスキーがそれなりの敬意を払い、『悪霊』執筆において第一に目標とした長編小説『父と子』だったのである。他方、ドストエフスキーの悪意を感じたツルゲーネフは、カトコフが発行人を務める雑誌『ロシア報知』に、ヴィサリオン・ベリンスキーの思い出をつづったエッセーを寄せ、次のような反撃を加えた。

「度をいっして『貧しき人々』を称賛したのは、ベリンスキーの初歩的な過ちの一つであり、彼のオーガニズムの衰退がすでに始まっていたことの証となった」

しかし、そこでひとつ疑問が残る。わたしたち読者が、ドストエフスキーの筆をとおして知る『メルシー』の内容そのもののもつ不思議な面白さであり、そもそも彼には、ツルゲーネフを本気で全面否定する意図があったのか、という疑いである。

『悪霊』における二枚舌の存在を指摘するのは、ナジーロフである。彼は、『悪霊』そのものが、ある意味で、ツルゲーネフの作品のパロディであるばかりか、ツルゲーネフの小説にたいする隠されたオマージュをなしていると指摘する。その一つに挙げたのが、ピョートル・ヴェルホヴェンスキーの人物像であり、これは、『父と子』に登場する革命家シートニコフを独自に発展させたものだった。また、スタヴローギンとガガーノフによる決闘シーンは、ツルゲーネフの『余計者の日記』に描かれた同じモチーフを十分に活用したものであるという。つまりドストエフスキーは『悪霊』のなかで、ツルゲーネフの仕事にたいしてそれなりに敬意を表していたと主張するのである。

では、どうしてドストエフスキーは、たとえ表向きとはいいながらも、ツルゲーネフにたいしこれほどに厳しい態度を見せたのか。果たしてそれを二枚舌と呼ぶことができるのか、大いに疑問が残るところだが、回答は、恐らく、先ほども紹介したカルマジーノフという登場人物の命名法に尽きていると思われる。みずからの政治的立場をはっきりさせることなく、作家としてこの時代を生きぬくことは困難だった。時代が、色分けを求めていたのである。ドストエフスキーは、何より、革命世代に共感を抱く作家と一線を引くことで、自分を安全地帯に置き、彼を監視しつづける当局の目をくらます必要があった。

しかしいずれにせよ、こうしたカルマジーノフに対する聴衆の反発は、すばらしく生き生きとしたアイロニーで描かれることになった。

「カルマジーノフさん、かりにこのぼくが、幸い、あなたがお書きになっているような恋をしたとしても、その恋の話を、公開の朗読用に書いた文章に書きこむようなことはしません……」

「幼稚な妄想だぜ」

「自惚れもいいとこだ！」（第三部第一章3）

第三部冒頭は、カルマジーノフの権威が根本から覆った「奪冠」の瞬間であり、カーニバル劇はまさに上々の滑り出しを見せた。

2　ヴェルホヴェンスキー氏と「第三の男」

同じ文学講演会で、カルマジーノフに劣らず笑いの生贄となるのが、ステパン・ヴェルホヴェンスキーである。物語のフィナーレにおける「放浪」を最終的に決意させたきっかけの一つも、まさにこの「祭り」での失態である。

ヴェルホヴェンスキー氏の主張は、「シェイクスピアか長靴か、ラファエロか石油か?」の二者択一的な問いかけに集約される。その問いにたいする答えは、「シェイクスピア、そしてラファエロは、農奴解放よりも上である、国民性より上であり、社会主義より、若者より、化学より、ほぼ全人類よりも上である」というものだった。ヴェルホヴェンスキー氏はさらに、「美の形式、その成果なくして、わたしはおそらく生きるということにも同意しないでしょう」と述べることになる。

物語全体の書き割りとのコントラストからして、どうみても場ちがいなこの発言は、みずからが生きている時代とのアナクロニスティックな矛盾をさらけ出すものとなっている。しかしここには、ヴェルホヴェンスキー氏自身の、ゆるがざる信念が隠されていたことも疑いようがない。すでに前作の『白痴』で示した、「美は世界を救う」に通じる思想がここで改めて語られるが、思うに、ヴェルホヴェンスキー氏がシェイクスピアやラファエロに重ねていたのは、すべてのカテゴリーを越えた人生における究極の目的とでもいうべきものであった。もっとも、そこには作者の鋭い視線も感じられる。大広間からの批判を誘導するため、ドストエフスキーは、わざと彼の理想を荒唐無稽なものにし、会場につめかけた人々とのコントラストをいっそう際立たせようとするのである。このように、作者みずからが、自分自身の信念をも相対化し、客観化して批判を浴びせるぐらいのことをしなければ、『悪霊』は、ごく平板で一人よがりな小説に堕してしまったにちがいない。ドストエフスキー自身が、みずからの思想のアナクロニズムと戦っていたともいえるのである。

善悪の基準がゆらぎ、拝金主義が横行しはじめる農奴解放後の混乱期において、ヴェルホヴェンスキー氏のこの理想は、あまりに現実離れしており、当然のことながら会場の理解を得ることはできなかった。そこで、この美辞麗句に彩られた雄弁が終わるときに、ついに聴衆の一部から声が上がる。あざといといえるほどのコントラストであり、ヴェルホヴェンスキー氏をこの講演会場に呼びこんだのも、あえてこの見せ場を作るためだったとさえ思えるほどである。

「この町と郊外を、最近、脱獄してきた流刑囚のフェージカがうろついています。強盗を働き、最近また新たな殺人をおかしました。そこでひとつうかがわせてください。あなたがもし十五年前、カードの借金のかたにあの男を新兵に出すようなことをなさらなかったら、要するに、たんにカードに負けていなかったら、はたして彼は監獄に行くはめになったでしょうか？　今みたいに、生きるための戦いってわけで、人間を斬り殺すようなことをしてるでしょうか？　さあ、どんなもんでしょう、美学者でおられる先生？」（第三部第一章4）

興味深いのは、この、まさに根本的とも思える聴衆からの批判にたいするヴェルホヴェンスキー自身の、お門ちがいともいえる反応である。

「足で砂をけって呪ってやる……終わりだ……終わりだ」

流刑囚フェージカが『悪霊』を駆動させる死の歯車であるという意味において、ヴェルホヴェンスキー氏もまた容易にはぬぐうことのできない罪を負っていたはずだが、「嬉々とした」神学生の口から飛びだした批判はついに彼の胸の奥にまで届くことはなかった。ニコライ・スタヴローギンとステパン・ヴェルホヴェンスキー、この擬似的な親子は、まさにあらゆる意味において『悪霊』の前史に決定的な役割を果たしていたのである。

では、第三の「偏執」者には、どのような役割が与えられていたのか。「この人物も大学教授風で（わたしは今もってこの人物が何者であったのか、正確には把握していない）、かつて学生騒動があった折りに、どこかの大学の職を自発的にしりぞいた……」

ロシアが過去一千年の歴史で「いまだかつてこれほどの恥辱にまみれたことはいちどもなかった」という「第三の男」の主張は、端的に言って、帝政ロシア批判である。この人物を登場させた作家の意図も含め、これほどの体制批判が、当時どの程度危険性を帯びるものであったか気になるところだが、総じて全体のバランスが考慮された、つまり二枚舌が行使されたということだろうか？　ともあれ、彼の政治的背景を説明しておくことが不可欠だろう。この「偏執狂」のモデルは、ペテルブルグ大学でロシア史を講じていたリベラル派の教授プラトン・パヴロフ（一八二三〜一八九五）。一八六二年にこの人物がロシア千年記念祭の講演会で行った反政府的な演説は（「ロシアはいま崖っぷちに立っている」）、聴衆の大喝采を浴びたものの、当局からいちじるしい不興を買った。その後、彼は、ドストエフスキー自身も出席したある文学講演会で講演をおこない、事前に検閲にだした講演原稿にはない表現を用いて政府にたいする不満を喚起するアピールを行った。その結果、ペテルブルグ大学教授たちの抗議文にもかかわらず、コストロマー地方に追放され、流刑は、皇帝暗殺未遂事件が起こる一八六六年まで続いた。当時の秘密警察（皇帝官房第三課）に残されている記録によると、文学講演会でのパヴロフの演説ぶりは「熱狂的、預言者的」だったという。

ドストエフスキーがこの、ほとんど不要とも思える人物を配した理由はそれなりにあったと思われる。ここには、ドストエフスキーの驚くべき二枚舌がかいまみえる。『悪霊』が、一方的で浅薄なイデオロギー小説に陥るのを防ぐため、彼は思想上のカウンターパートを用意した。レビャートキンを前座として、演壇に登場する三人の人物布置を考えれば一目瞭然である。それらの声には、同時代の政治情況をなぞる三つの声が代弁されていたとみていい。しかし、小説全体がはらむ異様な熱気にくらべると、文学講演会での弁士たちの影の薄さ、空疎さは疑うべくもない。この「祭り」での主役は、むしろ、ピョートルの奸計によってそれこそ崖っぷちに追いつめられていくレンプケー夫妻だったのではないか、とさえ疑いたくなる。妻とピョートルとの関係を嫉妬し、激しい自責の念から徐々に鬱の病に入りこんでいくレンプケーと、権力の失墜を目の前にしたユーリヤ夫人のおののきぶりを描きだす作者の筆致はみごとの一言に尽きる。他方、ピョートルの標的は、いよいよ県政そのものにまで及びはじめていた。

「そう、この町に元老院議員が任命され、ペテルブルグの指示で、あなた方は更迭されるって話。いろんな人から聞きましたがね」（第三部第二章2）

3　舞踏会と火事

「それまで閉められていた白亜の大広間の脇のドアが開かれ、とつぜん数人の仮装した人たちが姿を現わした。……仮装した人たちは、カドリールを踊る位置についた」

「この《文学カドリール》以上に、みじめで、俗悪で、ばかばかしくて、面白おかしくもない諷刺劇を想像することは困難だった。……カドリールは、みすぼらしい仮装をした六組のペアから

構成されていた。その仮装も、ほとんど仮装とはいえない代物だった」（第三部第二章3）
文学講演会のあとの舞踏会では、貴族たちによる優雅なワルツに続いて「文学カドリール」という世にも奇妙なダンスが演じられる。カドリールとは、十八世紀の終わりにフランスで起こり、ヨーロッパそしてロシアを風靡した二ないし四組の男女によるダンスをいうが、この《文学カドリール》では、わたしたち現代の読者にはほとんど理解できない仮面劇の体裁をとった。というのも、このカドリールでは、当時のロシアの出版界における激烈な政治闘争が舞踏のかたちで表現されていたからである。『公正なるロシア思想』が暗示しているのは、当時創刊されてまもない、ペテルブルグ系で革命派のラジカルな雑誌『事業』であり、踊り手の手にはめられた「手かせ」は、この雑誌の寄稿者にたいしてロシア政府が行った厳しい弾圧と、雑誌そのものが事前検閲の対象となっていた事実を暗示している。また、本文中にある「開封された外国からの手紙」は、逆にこの雑誌が、国外に亡命した革命勢力との間に関係があったことを示唆するもので、このあたりにドストエフスキーの「密告」趣味とサディスティックな「二枚舌」的思考が透けて見える。なお、「非ペテルブルグ系のお堅い新聞」は、革命勢力にはげしく対抗した保守反動の新聞で、一八六三年に新たにカトコフの傘下に収まった新聞『モスクワ報知』が暗示されており、とくに『事業』を標的として秘密暴露的な記事を掲載していた。
むろん、こうして、検閲に結びつく内容も欠かせなかっただろうが、そもそもこれが仮面によって演じられたという点にドストエフスキーの意図があった、とわたしは見ている。「棍棒を手に踊っていた『非ペテルブルグ系のお堅い新聞』の発行者が、とうとう『公正なロシア思想』のメガネごしの視線に耐えられないと観念し、もはや身の置きどころもなく、ふいにこれが最後の一手とばかり、メガネに向かって逆立ちで歩きだしたのだ。……逆立ち歩きができるのは、リャームシンひとりだったので、彼がこの棍棒をもった発行者の役を買って出たのである。ユーリヤ夫人は、逆立ち歩きの場面があるなど、予想だにしていなかった」（第三部第一章3）

悠然としてユーリヤ夫人のもとを立ち去るピョートルのシナリオ通り、「祭り」は理想的な展開を見せていた。いずれにしても、謀反劇の第一幕はこれで閉じられた。そして次の手を打つべき段階にきていた。後述するように、馬車でリーザをスクヴォレーシニキのスタヴローギンのもとに送り届けることとである。そして、次の次なる手は、まさにカーニバルの仕上げとなる放火である。文学カドリールの終わりで、バフチンがカーニバルの定義に用いた「あべこべ」が現出したその瞬間、「火事だ！　川向こうが燃えている！」の叫びが発せられる。

改めて思い起こしていただきたいのは、ピョートルによる「革命の手法」である。小説本体では、第二部「イワン皇子」にごくわずかながらその説明があるが、創作ノートには明確に国家転覆のプロセスが書き記されていた。

本書の冒頭でもすでに一部を紹介したとおり、創作ノートの「ネチャーエフがなにを望んでいたかについて」というメモのなかで、国家転覆の手法とその標的を十三項目（！）にわたってあげつらっていた。現段階ではすでに、その第四ステージとなるアジビラなどの手法の段階は終わりを告げていた。ドストエフスキーは書いている。

「五、アジびらによらず、混乱、火事などによる農民扇動、六、教員、神学校教師への扇動、七、工場と農村の蜂起、さらにユダヤ人、八、軍隊の一部、九、県庁役人らの生活やわいろ、中傷などの暴露、十、民心の騒擾と、ステンカ・ラージン的な反乱分子を喚起するための悪行、犯罪、自殺の熾烈化。アルコール。十一、両首都の反乱。十二、ペストの流行、毒をまき、火をつけるという風説を流すこと。どこかの県知事を暗殺すること（傍点――筆者）」。この手順にしたがって『悪霊』を読んでいくと、現下の情況が、この十三のステージのどこに位置しているか、一目瞭然に把握できる仕組みである。それにしたがうと、レンプケー知事はおろか、ユーリヤ夫人の命もけっして安泰というわけにはいかなかったことがわかる。

『悪霊』を構想するにあたって、ドストエフスキーは当初から火事のモチーフの導入を必須と考えていた。そもそも彼の記憶には、二つの歴史的な大火があった。一八六二年五月にペテルブルグに起こった大火（おそらくカルマジーノフにとって一種のトラウマとなった経験である。「しかし、モスクワで火事が起こるかもしれませんし、そうなるとわたしの原稿もね」）と、一八七一年五月、パリ・コンミューンが樹立されたあと、「パリ自治市」とヴェルサイユ政府軍との戦闘によって市内のいたるところで生じた大規模な火災である。

川向こうの火事を描き出すドストエフスキーの筆致は、すばらしい臨場感に満ちあふれる。だが、この火事を描写するクロニクル記者の筆は、これが一種の「悪魔つき《ベソフシチナ》」たちのカーニバルであることも示唆している。

「夜の火事には、どこかわくわくさせるような印象はあっても、恐怖と、多少とも身の危険を感じさせるところから、何かしら脳震盪めいたものを見物人（もちろん家が焼かれている住人でない）に引きおこし、独自の破壊本能を呼びさますことになる。ああ！　この破壊本能は、だれの心にも、家族持ちで温厚そのものの九等文官の心にすら、ひそんでいるのだ……この隠微な感覚には、いつも人を酔わせるような感じがある」（第三部第二章4）

そして支配者として、完全に自分の無力を悟った県知事のレンプケーは、この火事をきっかけに狂気の淵に投げこまれてしまう。この火事で完全に理性をうしなったレンプケーの叫びが、傷ましくも滑稽である。

「ぜんぶ放火だ！　こいつはニヒリズムなんだ！　燃えているものがあれば、そいつはニヒリズムだ！」

「火事は頭の中なんでな、家の屋根じゃないんだ」（第三部第二章4）

県知事レンプケーのうちで「内」と「外」の反転ともいうべき事態が生じようとしていた。まさにカーニバルの原理が、彼の狂いかけた脳をも支配しはじめたといってもいい。

やがて「奇妙な事実」と「驚愕すべき事実」が明らかになる。「奇妙な事実」とは、次のようなものである。火の手は二カ所からあがり、「ほかの家々とは少なくとも五十歩以上離れた菜園につづく空き地」に新築された小さな木造家屋から、先に火の手が上がった。そして「驚愕すべき事実」とは、全焼をまぬがれたその家屋から、「町ではよく知られた大尉とその妹、そして年輩の女中」の惨殺体が発見された。カーニバルはいまや終息期を迎えようとしていた。だが、カーニバルの犠牲劇は、まだ第一ステージを迎えたにすぎなかった。

III 愛と黙過

1 スクヴォレーシニキで何が起こったのか

「スクヴォレーシニキの大広間……からは、火事の様子がはっきりと見てとれた」

スクヴォレーシニキでの深夜の密会を終えたスタヴローギンとリーザの二人は、大広間の窓をとおして、川向こうに火の手を見る。正妻にして神がかりであるマリヤ・レビャートキナが惨殺された場所を彼らは半ば無意識のうちに見つめている。スタヴローギンには、十日ほど前、川向こうのマリヤの新居から戻る途中、懲役人フェージカに金をばらまいた記憶があるので、川向こうの火事にもつとめて冷静を装っている。

前夜から早朝にかけて、この別荘では何が起こっていたのか。

二人の間で交わされる言葉は、極度に断片的かつ暗示的であり、なおかつリアリティと非現実のぎりぎりの境界で吐かれているという印象がある。それゆえ、読者はその情況に完全に身を委ねようとしなければ、おそらく何ひとつ理解できないにちがいない。ただし理解の手がかりがないわけではない。同時代人の回想には、ドストエフスキー自身が現実に経験した「愛《ロマン》」で口にした言葉が生々しい鮮度でもって記録されている。といっても、それを読者に期待することが不可能なかぎり、わたしたちはその状況をゼロから再現してみせなくてはならない。ここはまさに、翻訳という営みの根本が問われる部分でもある。与えられたテクストにたいするそれなりの解釈にのっとらなければ、一般の読者に理解を届けることはできないからである。

そこでまず、創作ノートを手掛かりにしてみる。

「九月十二日」と傍点が打たれたノートの「大いなる構想」の部分に、「愛の終わり」におけるスタヴローギンとリーザの関係をめぐる次のようなメモが残されている。

「公爵は、彼女が身をまかせようとの気になっているのを見て、関係する。その翌日、足の悪い女と大尉が殺される。シャートフは身を引く、美人は譫妄症にかかる」

「公爵と美女の情熱的な、急速な恋の場面。公爵はすっかりよみがえったようになり、優しく、情熱的。以前とは人がちがったよう、足の悪い女のことも話す」

「オペラ育ち」のリーザは、絶望的なあがきとともに最後の賭けに出た。婚約者のマヴリーキーを振りきり、ピョートルの差し金で遣わされた馬車に乗ってスクヴォレーシニキの別荘に駆けつけるのだ。スタヴローギンとの「一瞬」にリーザはすべての人生を賭けようとしていた。

さて、『悪霊』を理解するキーワードの一つともいうべき「僭称者」のモチーフとの関係から、一つだけ指摘しておかなくてはならない。それは、リーザ・トゥーシナの姓の由来である。ロシアの中世史ないしモスクワの地理にくわしい人なら、トゥーシナと聞いて何かしらピンと来るはずである。モスクワ市の北西部に位置するトゥーシノの町は、僭称者として知られた偽ドミートリー（本名グリゴーリー・オトレーピエフ）が、モスクワ占領を前に本陣を置いた場所として知られている。このとき、偽ドミートリーは、「トゥーシノの泥棒」と呼ばれていた。その後、グリゴーリーは、一六〇五年六月に皇位につき、翌年五月、ポーランド貴族の娘マリーナ・ムニーシェクを后妃に迎えるが、結婚生活は十日とつづかず、反乱軍の手で惨殺され、マリーナは命からがらポーランドに逃げ帰った。その後、マリーナは失地回復をめざしてトゥーシノに舞いもどり、偽ドミートリー二世とひそかに結婚、しかし政権の奪還にはいたらず、その後放浪の身となって命を奪われた。トゥーシノの姓に暗示されているのは、偽ドミートリーとポーランド貴族に二重写しにされたスタヴローギンとリーザの関係である。

リーザは言う。

「わたしは世間知らずの娘で、わたしの心はオペラによって育てられたんです、それが事の起りってことですよ、これで謎が解けたでしょう」（第三部第三章1）

いかにももってまわったセリフだが、これはスタヴローギンにたいしてというより、わたしたち読者に向かって放たれたセリフのようにひびく。ドストエフスキーがこのとき念頭に置いていたのは、おそらくプーシキンの戯曲『ボリス・ゴドゥノフ』だが、奇しくも一八六九年に、モデスト・ムソルグスキーによって同名のオペラが書かれている事実を彼がどこまで察知していたかあきらかではない。

では、創作ノートの「すっかりよみがえったようになり、優しく、情熱的」という筋書きどおり、最終稿のスタヴローギンは、「愛《ロマン》」にふさわしい一夜を過ごすことができたのか。否――。祭りの夜が明けようとする朝の五時頃、わたしたち読者は、「ロマン」から遠く隔たったすれちがいのドラマを目撃する。

この朝のスタヴローギンは、創作ノートよりもはるかに曖昧で、謎めいている。作品を読みとくうえで、創作ノートが必ずしも信頼に足る資料とはならず、最終稿が創作ノートを裏切ったみごとな例がこの場面である。それはともかく、創作ノートでの意図はいったん反古にされたとの前提に立って、「ロマン」の深層に深く切りこんでいくしかない。

この場面をめぐってはじめて本格的な解釈を試みたのが、ロシア象徴主義の批評家ヴォルインスキーである(『偉大なる憤怒の書』)。その主旨をかんたんにまとめてみると、二人の間には「正常な感情の発展」と呼べるものは存在せず、スタヴローギンは「完全な無力を示した」、二人はともに「たんに、それ自身にのみ集中した、青ざめた、デカダン的な快楽の代用品を与えようと試みた」。さらに「この夜は、彼女にとって、通常の意味ではなくまったく純粋に精神的な意味において汚辱に満ちたものであった」とされる。ヴォルインスキーが述べている内容は、それ自体どこか矛盾しているようにも見え、彼自身がこの夜のドラマをどのように想像しているのか正確に読みとれない。二人は、動物的なひとときの快楽どころか、むなしいあがきを確認するだけで終わったというのか、それとも、リーザはスタヴローギンのむきだしの欲望の犠牲になったと言いたいのか。とくに興味を引くのは、「事実、スタヴローギンは不具者である。生きた感情をもたない人間として心理的に不具者であるのみならず、肉体的にも不具者なのだ」という解釈である。ドストエフスキーの創作ノートを閲覧できなかったヴォルインスキーが、みずからの直感にたよってひたすら読みといた答えと考えていい。

では、ヴォルインスキーの解釈を、どこまで正当なものとみなせるのか。きわめて抽象的な答えではあるが、リーザは、「魂と現実をうしなった欲望だけといったものが存在することを想像できなかった」という指摘は、二人の関係の実体をほぼまちがいなく捉えているように思える。

では、ピョートルが口にする次のセリフに、この「ロマン」の謎を解きあかしてくれる手がかり、すなわち核《コア》となるリアリティはないといえるのだろうか。

「ふたりとも、ひと晩、広間の椅子に行儀よく隣りあって腰をおろしたまま、何やら高尚なおしゃべりで、だいじな時間を過ごされたんでしょうよ……」（第三部第三章2）

問題は「愛の終わり」で、何が終わったか、ということである。それはほかでもない、精神的なものの「終わり」である。だからこそ、ドストエフスキーは、「愛」という言葉に「ロマン」という言葉を当てたのだろう。章のタイトルに付けられた「ロマン」は、あくまで、リーザの立場、リーザの視点を代弁する言葉である。逆にスタヴローギンの立場からすれば、およそ、「ロマン」と名づけうる実体は存在していなかった。事実、彼は、スクヴォレーシニキの別荘に入ってきたリーザを見定めることができなかったほどである。リーザとの夜の「愛」は、かつて四年前、彼がこの町でおかした三つの「罪」と同じ、ある種の境界性の喪失にすぎなかった可能性もある。先ほどの「高尚なおしゃべり」とうらはらに「明日にもリーザをそちらにお連れします」と約束したピョートルが、リーザに向けて放ったひと言「狼みたいな食欲の持ち主」が、そのあからさまな「事実」を暗示している。彼は、一人の人間としてリーザを扱うすべを知らず、逆に、リーザがスタヴローギンに見たのは、あからさまなかたちでせり上がってくる無意識下の欲望だけであった。すべての意味が「一瞬」である以上、そこに充実した性があろうとなかろうと、リーザにとっては同じだった。彼女はすでに「死人」だったのである。

さて、『悪霊』におけるもっとも悲劇的なヒロインであるリーザがこの日にとった行動を理解するには、春先から彼女の心に起こっているさまざまな変化を思い起こす必要がある。春先にパりでスタヴローギンと出合ってから彼女の心は確実に失調をきたしはじめた。第一部第三章「他人の不始末」ではじめて読者の前に姿を現した彼女が乗馬姿というのが痛々しい。クロニクル記者はこう解説している。

「事実、彼女は病んでいた。一瞥しただけで、彼女が病的で、神経症的な不安にたえず苦しめられていることがありありと見てとれた」

それにもまして強い印象を呼びおこすのは、路上で久しぶりの再会を果たしたヴェルホヴェンスキー氏に向かって放たれる次のひと言だろう。

「こんな瞬間にどうしていつも悲しい気分になるのか、その謎を解いてくださいな、だって先生は学者でしょ?」

リーザを苦しめていたのは、スイスで顔を合わせた幼馴染ダーシャとの葛藤である。スタヴローギンに狂おしいまでの情熱を感じながら、若い婚約者マヴリーキーと行動をともにするのも、あくまで自己防衛が目的だった。最大のライバルが、スタヴローギンと同じ屋根の下で暮らしているという事実にも苦しめられていただろう。また、彼女の神経症の原因は、「足の悪いマリヤ」にもあった。ただしマリヤは、リーザが唯一自己回復できる相手でもあった。それを暗示しているのが、第一部第五章の次のくだりである。

「ママ、ママ、ねえ、ママったら、わたしがほんとうに両足を折ったりしても、びっくりしないで。わたしにも同じことが起こるかもしれないのよ。……マヴリーキーさん、びっこを引くわたしでも手を引いてくださる?」そう言ってリーザは、またげらげらと笑いだした。「そんなことになったら、わたし、あなた以外のだれにも手を引かせませんから、本気でそのことをあてにしていいわ」

リーザはさらにこう言いつのる。

「それどころか、あなたはきっと朝から晩までわたしを説得にかかるの、足がきかなくなったらもっと魅力的です、ってね！」

むろん、このセリフは、同じ広間にいるスタヴローギンへのあてつけだったが、彼女の精神にきざしつつある変調はそれほどにも深刻なものだったということだろう。しかも、彼女は、みずからが同一化を願った足の悪いマリヤを裏切るかたちでスタヴローギンのもとに走った。そうしたいくつかの周辺的な事情をかえりみることなく、彼女の死の衝動の正体を見きわめることは困難である。少し唐突に聞こえるかもしれないのだが、「足の悪い」という属性をみずからに引き受けることで、リーザは、足の悪いマリヤと同様、『ファウスト』に描かれた「永遠に女性的なもの」の役割を担うことになる。

では、どのような意味でリーザは、グレートヒェンと化すのだろうか。

2　時よ、とどまれ

スクヴォレーシニキでの一夜が明けてから、スタヴローギンとリーザの間では、一読しただけでは理解できないやりとりが続く。その原因の一つに、ドストエフスキー自身の体験が投影されているということがあるが、それにはあえて触れず、テクストに書かれたセリフの分析をとおして読み解いていく。寝室から出てきたスタヴローギンに向かって、リーザは次のように言う。

「暦だと、もう一時間も前に明るくなってていいはずなのに、これじゃまだ真夜中ね」（第三部

第三章1）

一読して奇妙なセリフである。常識的にこのようなセリフが吐かれるのは、冬の終わりから春先にかけてのことである。しかしこの日は、暦のうえで冬の到来を告げる十月一日「ポクロフの日」ではないか。このセリフもまた、リーザの心にきざしている「変調」の証だろうか。しかし、ここもあえて目をつぶろう。問題は、それにたいするスタヴローギンの言い草である。

「暦なんて、なんの当てにもなりませんよ」

このセリフは、ドストエフスキーの実体験にもとづく会話として想像するより、作者がみずからの意図を暗示する故意のセリフと考えるべきだろう。すなわち、今日は、何月何日ですよ、どのような日かしっかり思い返してくださいというサインである。それは、ほかでもない、すでに詳しく説明した「ポクロフの日」である。この日が、民間でもっていた意味とリーザの「決心」との関係についてはもはや説明を要しないと思う。

次に問題になるのは、リーザが前日の晩、この別荘を訪れると同時に放った言葉（「自分はもう死人同然です」）をスタヴローギンが覚えていないという事実である。リーザを別荘に迎えいれたとき、スタヴローギンは恐らく完全な放心状態にあった。

リーザは、さらに次のように言いつのる。

「わたしね、この世の一時間を、これでもう生きつくしてしまったんです」

リーザの「もってまわった言い方」にスタヴローギンは苛立ちながら、次のような謎めいたひと言をつぶやく。

「誓ってもいいけど、いまぼくはね、昨日、きみがここに入ってきたときよりもずっときみのこ

に付する。

とを愛しているんだ！」（第三部第三章1）

スタヴローギンの思いもかけず真剣な告白を、「ずいぶん変な告白だこと！」とリーザは一笑に付する。

スタヴローギンはそこでやんわりとスイス行きをにおわせるのだが、リーザはますます攻撃的に「またその、《復活する》ためとやらで、どこかへいく？」と語調をつよめ、「実験はもうたくさん」のひと言で拒絶する。そこでスタヴローギンはずばり核心に入る。

「リーザ！　昨日、いったいどういうことがあったんだろう？」

「あったことがあっただけ」

「そんな、ばかな！　なんて残酷な言い方をするんです！」

問題は、次のセリフである。

「それじゃ、なぜぼくにプレゼントしたんです……《あれほどの幸せ》を？」

読者はここで大きな困惑に直面する。《あれほどの幸せ》になぜカッコがついているのか。おそらくドストエフスキーは、《　》をつけることで、その内容が具体的に何を意味しているかを想像しなさいと読者に指示したかったのだろう。この夜から朝にかけて、二人はおよそ八時間をともにした。この間の二人に何があったかを想像することが、『悪霊』の読解にどこまで役立つのかわからないが、「あれほどの幸せ」を与えてくれたリーザにたいして、スタヴローギンが「ぼくは愛し方が足りなかった」と述べているのには理由がある。しかも彼は、「この新しい希望が、ぼくにとってどれほどのものか？　ぼくはそのために命を賭けたんだ」とまで断言している。

ここから、両者によるやりとりには、おたがいにまるで別のことを考えながら話しつづけているといった雰囲気がただよいはじめる。平行線はどこまでも交わらない。「命を賭けた」というスタヴローギンの揚げ足をとるかのようにリーザは、「ご自分の、それともひとのを？」と問い返す。この時点で、リーザはまだ、スタヴローギンの妻マリヤの死を知らず、「命を賭けた」という意味を、自分の命を試したという意味にとらえている。だが、スタヴローギンが「命を賭けた」というとき、そこには「自分の命」に重ねて、「マリヤ」の命を二重写ししていたことはいうまでもない。解釈を要するのは、次のセリフである。

「かりにきみがなにかを知ってるとしても、リーザ、誓ってもいい、ぼくは何も知らない……それに、さっき、命を賭けたって言ったけれど、ぼくが言わんとしたのは、けっしてあれのことじゃない……」

傍点によってスタヴローギンが何を言わんとしていたかが明らかになる。スタヴローギンは、リーザが、ピョートルの口をとおして、マリヤ殺しの事実を一部なりとも耳にしたのではないか、との疑いを持ったのだ。まさに状況は根源的だった。その状況を意識し、不測の事態を案じるスタヴローギンは恐らく忘我状態にあった。だからこそ、ピョートルに伴なわれてリーザが来ることを知らされながら、心はそこから完全に遊離した状態にあった。この状況は、ほかでもない、スタヴローギンがマトリョーシャの自殺を黙過したときと同じ意味を持っていた。「告白」の存在を前提として言うと、スタヴローギンはその瞬間、妻の死を想像しながら「陋劣な」感覚に浸っていた可能性すらある。そしてその感覚は恐らく、リーザとともにいた時間だけ続いていた。「告白」のなかで、マトリョーシャが縊死するまでの時間を頭のなかで刻みながら、なおかつ一種の忘我状態にあったように、恐らくマリヤが殺害されるまでの時間を脳裏に刻みながら、リーザとの「愛《ロマン》」に没入しようとしていた。他方、その後彼が口にする「愛し方が足りなかった」という言葉と右に述べた複雑な心理状態を重ねあわせたときに見えてくる現実もある。ヴォルインスキーの解釈がおそろしく両義的であるように、ドストエフスキー自身、両義的にしか解釈できないようにどこまでも状況を曖昧化させていた。それは、ことによると、クロニクル記者の想像力の限界を示すものだという、アイロニカルな見方も成り立つ。しかしそれでもドストエフスキーは回答を用意していたとみるべきなのか。あるいは、ドストエフスキー自身さえ、スクヴォレーシニキの別荘で何があったかを知らなかったのか、つまり、答えを用意していなかったと考えるべきなのか。

答えは二つある。一、関係はあった。二、関係はなかった。

しかし問題は、関係のあるなしではなく、そこで生まれた「愛《ロマン》」の実体である。

さて、スタヴローギンとリーザの「終わり」では、ある言葉が符牒のようにして飛び交い、読者を混乱に陥れる。その言葉とは、「一瞬」(ないし「瞬間」)、「一時間」という言葉である。

「この世の一時間を、これでもう生きつくしてしまったんです」(L)

「きみのその言葉、その笑い方、ぼくはね、もう一時間も、怖ろしくて背中がぞくぞくして」(S)

「何かを怖れてらっしゃる、今も、この瞬間も……」(L)

「《その一瞬》をご自分のものになさった」(L)

「ドアを開けるのは、きっかり一時間のためだけだってことが?」(S)

「そうでなくても前からわかっていたんです。自分には、ほんの一瞬で十分だってことが」(L)

「わたしは、自分の人生を一時間だけって決めていたって、だからもう落ちついたものよ」（L）
「だって、これから先も、まだいろんな《一時間》や《一瞬》をたくさんお持ちになるんでしょうから」（L）

（　）内のLの数からもわかるように、「一瞬（мгновение）」「一時間（час）」という言葉の大半がリーザの口から洩れている。ここで疑問が起こる。原文ではいくつかイタリック体に変えられたそれらの単語に付与されたある種のニュアンスは、果たしてだれが何のために付与しているものなのか、ということだ。つまり、ドストエフスキー（ないしクロニクル記者）が付与しようとしているニュアンスか、それともリーザが付与しようとしているニュアンスか。

これまでの『悪霊』において、この「愛の終わり」の章をめぐって、ゲーテ『ファウスト』との関連で言及されてきたいくつかの事実がある。

すでに「足の悪い」マリヤを扱った章で、その「赤子殺し」のモチーフとの関わりからマリヤ＝グレートヒェンのつながりを考察したが、「愛の終わり」では、「ロシアの負のファウスト」とグレートヒェンの「恍惚」がアイロニカルに二重写しにされている。とくにカッコで括られた「瞬間」には、スタヴローギンとリーザの性的関係を暗示する微妙なニュアンスも含まれるが、しかしこの言葉は、むしろヨーロッパ文学史の中に、はっきりとその出自を確定できる。ゲーテ『ファウスト』第一部「書斎」の場面で、ファウストとメフィストが契約を交わす場面である。ファウストが口述した契約の条件では、「時」がキーワードとなっている。

「美しい時よ、とどまれ！

と、思わず口にしようものなら、

すぐさま、このわたしを鎖につなぐがいい、
喜んで、死に赴こう
わたしを弔う鐘を響かせよう
おまえの勤めも、これで終わりだ。
時計は止まり、針は落ちる。
わたしの人生の時は尽きたということだ」

この詩のなかの「わたし」こそ、ファウスト＝スタヴローギンだが、ドストエフスキーは、グレートヒェン＝リーザの立場に立って「一瞬」と死を重ね合わせたのだった。リーザがこの「一瞬」という言葉でスタヴローギンに伝えようとしていたのは、「わたしの人生の時は尽きた」という思いだった。ちなみにリーザとピョートルの関係は、グレートヒェンとメフィストとの関係でもあったと考えていい。

「ロシアの負のファウスト」とスタヴローギンを呼んだイワーノフは、「足の悪い」マリヤに「永遠に女性的なるもの」の顕現を見た。だが、「負のファウスト」の恋のお相手を演じたのは、何もマリヤひとりではなかった。スタヴローギンに魅入られた四人の女性が、それぞれに一つの役を分かち合ったというのが正しい。

さて、そこで改めて「愛の終わり」の章の冒頭部に注目しよう。

川向こうの火事のモチーフをめぐって、アリフレード・ベームが、『ファウスト』第二部との関連性を指摘している。ファウストが、望楼から遠くに火事を眺めやる場面である（「フィレモンとバチウス」）。今や功なり名をとげ、一国の主となったファウストは、新国土建設の意欲に燃

えているが、その彼の唯一の心残りは、菩提樹の林におおわれた土地だけが手に入らず、建設の妨げになっていることである。望楼からその場所を眺めているファウストをメフィストフェレスが、立ち退きの命令を聞かない老夫婦を焼き殺したと報告しにくる。ベームはこの老夫婦が、妻のマリヤとレビャートキンの兄妹にあたると指摘している。きわめて興味深い指摘だが、問題はひとえに、みずからが願望する他者の死の光景を、望楼から無意識のままにながめるという行為にある。そして、ファウストがめざす新たな国家建設の前に立ちはだかる障碍、すなわち老夫婦をなきものにしたいという無意識の願望を、メフィストフェレスはこともなげに代行していく。フェージカによるレビャートキン兄妹殺害およびフェージカ殺害は、いずれもピョートルが陰で糸を引いていた。

イワーノフによれば、スタヴローギンが「負のファウスト」であるのは、彼のなかで愛は消え、愛とともに、ファウストを救いあげる耐えざる希求も消滅しているからだという。スタヴローギンとは、キリストにたいする背教者であり、悪魔にたいしても不実である。彼は、人ものすべてを裏切り、ユダと同じ運命をたどるというのだ。その意味で、この場面は、まさに『ファウスト』の構造をそのままなぞっていた。

負のファウスト＝スタヴローギンのまなざしは、限りなく無のまなざしに近い。そしてそのまなざしを被造物である人間がもつということのうちに、とりもなおさず、神の不在が暗示されている。もしも、それでなお神が存在するならば、きっと彼のまなざしは、神への最大の挑戦、神への不敬、傲慢のしるしとなるにちがいない。そしてその挑戦が、みずからの欲望の実現を意味するとき、そのまなざしをもつものは、黙過から教唆へと態度を改める。マトリョーシャの死を黙過したスタヴローギンは、妻殺しを使嗾し、妻の死を黙過したのだった。

3　魅入られた女たち

スタヴローギンという「空」をめぐるバッカナール、最初の犠牲者は、マリヤ・レビャートキナとその兄イグナート・レビャートキン（そして二人の面倒を見ていた年老いた女中）である。犯人は、直接的にも間接的にも、ヴェルホヴェンスキーとスタヴローギンの二人によって直接間接的に使嗾された懲役人フェージカである。

「殺された大尉は喉をかき切られ、服を着たまま長椅子で発見された。彼はおそらくぐでんぐでんに酔いつぶれているところを切られたので、本人は何もわからなかっただろうとか、『牛を殺したみたいに』大量の血が流されたとかいう話である。また妹のマリヤは、ナイフで全身を『めった突きされ』、しかもドアに近い床のうえに転がっていた。つまり、彼女は眠りから覚め、のたうちまわりながら犯人と格闘したにちがいない。また、同じように目を覚ましていた女中は、頭を叩き割られていた」（第三部第二章4）

第一の犠牲者、イグナート・レビャートキンが殺される理由はいくつかあった。ペテルブルグ時代、フォールスタフとしてハリー王子につかえる道化役を演じていた時代こそまさに彼の黄金時代だったが、金と酒欲しさのあまり、ビラまきを請け負ったり、スタヴローギンがマリヤと秘密の結婚をしてからは、そのネタで彼をゆすったり、過去には、前知事イワン・オーシポヴィチを失脚に追い込んだ紙幣偽造事件にもかかわっていたとみられている。またヴィルギンスキーの妻を寝取り、富豪の娘リーザにしつこく言いより、あくどい手紙を名士たちに送りつけるなど、まさに予測不能な行動に走る性癖があった。好きな酒のためなら、何ものでも見境なく犠牲にするほどのアルコール依存症だが、スタヴローギンの帰郷以降、その存在はますますグロテスクな陰影を帯びはじめた。とくに妹のマリヤとスタヴローギンの結婚が公のものになろうとしている事態を見て、彼の妄想は膨らみはじめた。だが、五人組の首領ピョートル・ヴェルホヴェンスキーは、この酒のみが、「革命家のカテキジス」とはまるきり無縁に、欲望のおもむくまま行動していることを見抜き、遠からず当局に密告するだろうと読んでいた。まさに、殺されるべく生きていたというのが正しい。

だが、他方で、レビャートキンの死は、一種の「犠牲」の意味も帯びている。その死はたんに、政治的に動機づけられているばかりではない。なぜなら、足の悪いマリヤとレビャートキンとは、ある意味でスタヴローギンの罪の反映であり、彼の恥辱でもあって、恥辱は、必然的に排除されなければならなかったからである。その彼が、たとえ三文詩人であったとしても、その自由闊達ぶりは、貴族社会全体を不安のるつぼに陥れるだけの力を持っていた。まさに、歴史に登場し、権力の犠牲者となった大詩人たちに負けない不敵な影を背負っていたのである。そうした詩人の自由闊達さを守りぬくためには、第一に、ある程度の権力へのすり寄りも不可欠であり、権力への迎合はおのずから二枚舌を生んだ。ロシアにおいて詩人という存在が歴史的にになってきたメカニズムを、レビャートキンもまた立派にになっていたことになる。

では、第二の犠牲者、妻マリヤ・レビャートキナはなぜ殺されたのか。

スタヴローギンの最大の犯罪は、妻殺しにある。それは、一瞬の憎悪を、使嗾すなわち殺害の許可に向けたという意味において、その犯罪は、神的意味を帯びている。後に、ダーシャ宛ての手紙で告白するように、彼は確実に「責任があることを認め」ていた。『ファウスト』との比較のうえで誤解してはならないのは、レビャートキン兄妹の殺害と、ザレーチエの放火がそれぞれ別人の手で行われているという事実である。おそらく、殺人と放火を一つの枠組みのなかで考えていたのは、ドストエフスキー自身である。しかしだからといって、スタヴローギンの罪が軽減されるわけではない。妻殺しにおける犯罪の神性はむしろ、完全に彼女の死を黙過したという点にある。それは、次にシャートフ殺しを予感しながら、ピョートルよりも一足先に町を出ていることと正確に符合する。スタヴローギンをとらえた「無関心」の本質とはまさにアリバイ工作としての意味すら帯びていた。

第三の犠牲者、リーザ・トゥーシナの場合はやや複雑である。婚約者マヴリーキーを振りきり、スクヴォレーシニキの別荘から見た火事の現場に赴き、群衆の犠牲となる。

「『そいつだぜ、スタヴローギンの女は！』すると、別の方角から声があがった。『殺すだけじゃ足りねえで、見物にまで来やがった！』そのとき、リーザの背後から振りあげられただれかの手が、彼女の頭めがけて振りおろされるのをわたしは見た。リーザは、ばったりと倒れた。……どうやらリーザは体を起こしたらしいが、今度は、別の男になぐり倒された。とつぜん、群衆がさっと後じさりし、倒れているリーザのまわりに小さな空っぽの円ができあがった。……彼女は、そのときはまだ息があり、ひょっとして意識もあったかもしれない。群衆のなかにいた例の町人と、ほかに三人の男が逮捕された。こちらの三人は、今もって、この犯行にはいっさい関わっていない、自分たちは誤って逮捕されたと頑強に主張している。ことによると、彼らの言うとおりかもしれない。例の町人は、明確な証拠を突きつけられながら、そもそも道理をわきまえない男なので、今も事件の経緯を説明できずにいる。かくいうわたしも、現場からはかなり離れたところにいたにもかかわらず、一目撃者として、予審での証言を余儀なくされた。わたしは、こう申し立てた。この事件全体は、きわめて偶発的に起こったもので、ひょっとしてそうした気分はあったにせよ、とくにはっきりした自覚もなしに、ただ酒に酔い、前後の見境をなくした連中が引きおこしたものである、と。今も、そういう見方をしている」（第三部第三章3）

もっともここにも、ある種の危うさが隠されている。引用の冒頭にある「そいつだぜ、スタヴローギンの女は！」という言が、群衆によるリーザ殺害の直接の引き金になるが、いったい、だれがその噂をばらまくにいたったのか、ということだ。ピョートルは、この直前に、スクヴォレーシニキの別荘でスタヴローギンにこう説明していた。

「町じゃいま、大げさに騒ぎたててます。スタヴローギンは、妻を焼き殺す理由があって、そのために町も焼きはらったとかね」（第三部第三章2）

問題は次のセリフである。

「Vox populi, vox Dei（民の声は神の声）っていうでしょう。どんなにばかげた噂だって、ばらまこうと思えば、それほど手間はかからない……」

このセリフには、ピョートルの狡猾な二枚舌が透けて見える。実際の放火犯から目を逸らせるために、何がしかの噂が意図してばらまかれたにちがいない。ネチャーエフ事件が明るみに出た際、背後でバクーニンが糸を引いていたという新聞報道がなされたように、事件の裏にスタヴローギンがいるということを匂わせるピョートルの策略だった可能性がある。その意味でスタヴローギンはたしかに法的に「完全にシロ」であったわけだが、リーザの立場に立つとそうはいえなくなる。マトリョーシャと同じくリーザもまた陥れられた。妻のマリヤが殺されるということを知りつつ、スタヴローギンは彼女を別荘に迎えいれたからである。

「ぼくは殺してはいません、そのことに反対していました、でも彼らが殺されることはわかっていました、それでも、人殺しどもを止めようとしなかった」

まさに、未必の故意であり、なおかつレビャートキン兄妹は完全に黙過された。黙過という非・行為の背後にどのような欲望が渦を巻いていたか、については、ドストエフスキーは何も書いていない。だが、この行為は、じつは、キリーロフの「すべてがよい」という世界観に深く通じており、その行為のもつ根源性をリーザは直観できた。「愛」の終わりのあと、リーザが火事の現場に駆けつける可能性を、スタヴローギン自身察知できたはずであり、そこでもまた「黙過」が起こった。思えばリーザは、火事の現場で死ぬことで、足の悪いマリヤとともにグレートヒェンの運命を完《まっと》うするのである。

第四の犠牲者は、マリヤ（マリー）・シャートワである。

そもそも、マリーは、早産の危険をおかしてまで、なぜこの町にやってきたのだろうか。スタヴローギンにたいして何かしらの期待、あるいは復讐の意図を秘めて訪れてきたとでもいうのだろうか。現に、自分がみごもっている赤ん坊がスタヴローギンの子である以上、彼女には、スタヴローギン家の遺産に与かれる可能性がある。しかし、少なくとも表面的に読むかぎり、そのいずれの動機の気配もない。ただし、創作ノートを読むと、マリーの登場の意味がわずかながらも明らかになる。まず、スタヴローギンがマリーを誘惑した理由は明らかである。端的に、ジラールのいう「模倣の欲望」だった。マリーを愛しつづけるシャートフの内面に自分の欲望を投影させたと考えていい。創作ノートを読むと、夏にスイスに来たダーシャとスタヴローギンの関係をマリーが疑っていたことが明らかになる。その意味で、彼女が嘗めた苦しみは、リーザと同質のものであった。また、マリーがスタヴローギンについて発するたった一言「ニコライ・スタヴローギンは人でなしよ！」には、さまざまな含蓄がこめられていた。そもそも、スタヴローギンがマリーの妊娠を察知していたかどうか、わからない。おそらくそうした事実そのものに、スタヴローギンはほとんど興味を抱くことがなかったと考えていい。では、「人でなしよ」の一言は何を意味するか。常識的には、むろん自分を妊娠させて捨て、他の女（リーザ、ダーシャ）に走ったその事実に言及している。しかし、スクヴォレーシニキでのリーザとの「愛」と同様、スタヴローギンが、マリーをどう扱ったか、という点に踏みこんで解釈を下すこともできる。すなわち、マリーを対等に扱わず、ぞんざいに、暴力的に扱うことで、自己の優越性を証明したということである。と同時に、またしても読者の頭におのずと浮かんでくるのは、かつてスタヴローギンが「牙をむいた」一連の行為である。

最後に、注意を喚起したいのは、創作ノートに記された次の一行である。

「シャートフの妻は、秘密結社の密使としてパリから戻ってきた」

それまでの一連の行動からマリーが、無神論者《ニヒリスト》であったことは、明らかだが、これですべての説明がつくだろうか。次の段階の創作ノートが次のことを暗示している。ただし本文中にその説明はいっさいない。

「彼女は、彼らの規約や教義に怖れをなしてシャートフのもとへ逃げてくる」

つまり、マリーは、シャートフがすでに改心していることを知り、その上でピョートルの組織から逃れるためにロシアに帰ってきた。それは、何よりもお腹の赤ん坊を救うのが第一の目的だった。しかし組織を裏切った以上、魔の手はこのマリーにも及ぶ可能性があった。

4　魅入られた男たち

『悪霊』はこの後、いよいよシャートフ殺害のクライマックスへと向かう。そこには、事件がはらむリアリティのみがあるだけで、象徴的なレベルでの読み解きの難しさはない。読者は、劇画的ともいうべき物語の進行を単純に楽しめばよい。ドストエフスキーはこうして、『悪霊』が当初ねらいとした「パンフレット小説」のクライマックスを政治スリラーと哲学小説ぎりぎりの境界線に置いた。シャートフ殺害の場所として、スクヴォレーシニキのスタヴローギン公園が選ばれたのは、ドストエフスキーの計算以外の何ものでもなかった。現実にネチャーエフ事件が起こったモスクワのペトロフスカヤ農業大学が、スクヴォレーシニキに移され、しかもそこが、スタヴローギン（十字架）公園と名づけられているのは、話としていかにもできすぎている。まさにそこは、後に詳しく示すように、「あらゆる汚れた鳥の巣窟」であり、バビロンの地であった。

シャートフ殺害の現場から自宅に戻ったピョートルは、出発の準備を整えたあと、ボゴヤヴレンスカヤ通りにある「フィリッポフの家」に出かけていく。キリーロフから、シャートフ殺害の「証書」を確保するという最後の目的を果たすためだった。第三部第六章「多難な一夜」の第二のクライマックスが、キリーロフの自殺である。

驚くべきことに、キリーロフを見つめるドストエフスキーの筆遣いは、まるで態度を一変させたかのように、きびしく冷徹である。最後に来てドストエフスキーはキリーロフを裏切った。いや、そうとしかいえない無惨な死をキリーロフに選ばせる。最後のキリーロフの自殺の場面は、『悪霊』のなかでももっとも鬼気迫る場面の一つである。

さて、キリーロフの人神哲学についてはすでに第二部で紹介したのでここでは触れない。彼の生命愛と「すべてはよい」の思想をあれほど多面的に描きあげたドストエフスキーは、ここで人が変わったように、いっさいの同情を交えず、彼の死をトラジ・コミカル風に描きあげていく。何よりもキリーロフの死に、ピョートルという死神がハエのようにうるさくまといついているという点がトラジ・コミカルなのだ。キリーロフについて、クロニクル記者は思いもかけず次のように書いている。

「キリーロフは彼の来訪を喜んでいるらしかった。彼はもう、おそろしく長いこと、病的にじりじりしながら彼を待ちうけていたように見えた」（第三部第六章2）

ピョートルは、キリーロフの憎悪を掻きたてるためにあらゆる策を弄して挑発する。そのなかで、キリーロフと革命結社そしてスイスの本部との関係があからさまに浮き彫りにされていく。ピョートルは、キリーロフがスイスにいる「外国のメンバー」たちのもとにみずから現れ、自分の思想を公けにした事実を明らかにし、次のように断言する。

「もうどうしようもないんです。だって、この町での行動計画は、あのときあなたの同意と提案を得て（そう、ここが勘どころですよ、提案ですよ！）、そのうえで成りたったわけですから」

「いいや、あなたは義務を負ってるんですよ、約束して金を受けとったわけですから。これだけは否定しようにも否定できないでしょう……」

ピョートルの発言は、つねにその信憑性を疑ってかからなくてはならない。たとえ、事実ではないとしても、事実であるかのように言い、それを相手に（というか、読者に）既成事実として認めさせてしまう強引さがある。しかし、この場面での彼の発言は、ほぼ、事実に即していると見てまちがいない。

しかも驚くべきことに、いよいよ決行という段をむかえたキリーロフは、自分の思想の愚劣さに思いいたったかのような口ぶりで告白する。

「ばかめ、ぼくもきさま同様、ほかのみんな同様、悪党だし、まともじゃない。まともなやつなんてどこにもいやしない」

キリーロフは、このとき、完全に無時間のなかで生きていた。なぜなら、彼はすでに九月二十日の時点で時計の振子を止め（「時計を止めました。二時三十七分でした」）、恐らくはほとんど日常的に時間の感覚を失っていたと見られるからである。この間、彼は多くの時間外出しなかった。「フィリッポフの家」の一室に閉じこもり、エクスタティックな興奮にひたるうちに、徐々に「現実」が見えてきた。しかも、彼は、自分が自殺すべき時間を決めていた。時刻の観念が消え、経験としてある純粋な時の流れから、自分が時計を止めた時刻を直感でつかみ、その一瞬にみずからの命を捨てなくてはならなかった。その時間とはほかでもない、午前二時三十七分である。

その暗示が、ヴェルホヴェンスキーの一言にある。

「『おっと、二時ちょうどか』ピョートルは時計を見て、タバコに火をつけた。《どうやらまだ話ができそうだな》——ピョートルは腹のなかで思った」

ドストエフスキーは、あたかもピョートルに時間稼ぎを促しているかのようである。サラスキナが述べたように、世界の終わりが午前二時三十七分である理由は数秘学的な謎解きに基づいている（157分、すなわち1＋5＋7＝13）。では、なぜ、十三でなくてはならないのか。キリーロフが時を止めてから、すでに二十日以上の時間が経過していた。牽強付会をおそれずに言えば、十三の数は、少なくともドストエフスキーにとって必要だった。十＋三、すなわち十月三日、キリーロフの自殺の日にあたる。彼は、十月三日午前二時三十七分の時をもとめてさまよい、いま、その時刻に着地しようとしていたのである。

しかもキリーロフのなかでは、「こいつは別の展開」とピョートルが叫ぶような、新しい思想が生じつつあった。それは、キリストの存在と神の不在の確信という二律背反である。

「この男は、全大地で最高の人間であり、全地球が生きていくための目的をかたちづくっていたんだ。惑星全体が、そこにあるすべてをひっくるめ、この男がなければ、狂気そのものなんだ。……その男ほどの人はこれまでけっして現われなかったし、これからも現われないだろうという点が、まさに奇跡なんだ」（第三部第六章2）

だが、天国も復活も見つからなかった。

「自然の法則が、その男をも憐れまず、みずからの奇跡さえも容赦せず、その男をも偽りのなかで生き、偽りのために死ぬことを強いたとしたら、それはつまり、惑星全体が偽りであり、偽りと愚かな嘲笑のうえに立っているという話になる。してみると、惑星の掟そのものが偽りであり、悪魔のボードビルということになる」

「その男」とは、ほかでもない、十字架にかけられたイエス・キリストである。

くどいようだが、キリーロフの無神論は、キリストの存在の追認と神の不在という観念のアマルガムである。神が存在しないということは、自分自身が神であるということの証明となる。人間はおのずから神に昇格するのである。しかし、自分がたんに肉体存在として生きつづけているだけでは、神であるということの証明にはならない。しかも、これまで一度としてその事実が証明されてきたことはない。なぜなら、神には死の恐怖が存在しないが、人間にはそれがある。だから、すべての恐怖の源である死を克服することによって、つまり、完全に冷静な状態のなかでの自殺を実現することで、それを実証してみせなくてはならない。キリーロフはいう。

「ぼくはまだ、いやおうなく神になるだけだから、不幸だ。なにしろ、我意を主張する義務を負っているからね」

　そしてキリーロフはついに発見する。

「ぼくは三年間、自分の神としての属性を探しもとめてきて、見つけた。ぼくの神の属性とは、**我意**なんだ、とね！」

　その発見の興奮とインスピレーションのきわみで彼は、シャートフ殺害を認める遺書への署名に同意する。興味深いのは、キリーロフの内的なロジックである。いま、向かいあっている営みが、醜悪な行為であるという自覚が彼にはある。また、ピョートルの企みに乗ることが悪であることも認識している。彼はそこで、福音書の言葉に救いを求める。いったんは、ピョートルの要請に屈するものの、黙示録的な信念に罪障消滅の道を見いだすのだ。

「隠されたものはすべて顕れるってことがな！」

　思えば、これはまさに、パングロス的な「全面肯定」の哲学のもっとも悲惨な姿を象徴するものだった。

だが、どれほど人神哲学に入れあげようと、結果的にキリーロフは、死からはかぎりなく遠い地点にいた。このあとキリーロフは、ピョートルの口述どおり、シャートフ殺害の罪をみずから着る遺書をしたため、「ロシア貴族にして神学生、文明世界市民」のサインを終えると拳銃を手にとり別室に駆けこんでいく。

ドストエフスキーはここで、考えられるもっともぶざまな死をキリーロフに用意した。そのぶざまさは、キリーロフ本人も予感できなかったにちがいない。

「キリーロフの肩に触れようとしたその瞬間、相手はすばやく首を傾げ、頭でそのろうそくをピョートルの手から叩きおとした。燭台は音を立てて床に転げおち、ろうそくの火は消えた。その瞬間、ピョートルは左手の小指に怖ろしい痛みを感じた。……やっとのことで指を引きはなした彼は、暗闇のなかを手さぐりしながら一目散に家の外に駆けだした。その彼を追いかけるようにして、怖ろしい叫び声が部屋のなかから聞こえてきた。

『いまだ、いまだ、いまだ、いまだ……』

同じ叫び声が、十回ほどもつづいた。だが、ピョートルはなおも走りつづけ、すでに玄関口に出ようとしたところで、とつぜん甲高い銃声が聞こえてきた」

拳銃自殺の場面の圧倒的な描写もさることながら、読者を何よりも驚かせるのが、キリーロフが死の直前に、ピョートルの左手小指を噛むという奇怪な行為に出ることである。この行為＝エピソードにドストエフスキーは何を暗示させようとしていたのか。それこそ、スタヴローギンが四年前、県知事イワン・オーシポヴィチの耳に噛みついた事件と同じ意味をもたせようとしたのではないか。ここで改めて、キリーロフがクロニクル記者に向かって発した言葉を思いだそう。

「そのとき新しい人間は生まれ、なにもかも新しいものが……そこで歴史は二つの部分に分かれます。ゴリラから神が絶滅するまでの部分と、神の絶滅から……」（第一部第三章8）

このとき、クロニクル記者が引きとった言葉が「ゴリラまで、ですか?」の一言だった。拳銃自殺の瞬間にキリーロフが経験していたのは、彼自身が口にした「人間の物理的変化」である。そして「ゴリラ」のイメージに二重写しにされていたのが、「獣」としての蛇だった。すなわち、キリーロフは、このとき、四年前のスタヴローギンと一体と化していたのである。

答えをドストエフスキーは用意していた。つまり、恍惚と狂気のなかで発せられたキリーロフの叫び声を記録することで、作家は、人神哲学と「我意」の思想の無残さを生々しく暴きたて、シャートフの思想と同様、それが不完全で未熟なものであることを証明してみせたのである。

Ⅳ　光明の原理

1　甦る民衆

『悪霊』の物語は、リアルタイムで数えると、ドロズドワ母娘（プラスコーヴィヤ夫人とリーザ）が帰郷する「八月も押しつまった」頃から、スタヴローギンが自殺する十月十一（十三）日までのおよそ一カ月半を扱っている。しかし物語の周縁部には、その前史も含めて、『悪霊』の舞台となったこの町の貴族社会の崩壊の光景がまざまざと描き出されている。思うに、その最初のきっかけを生んだのは、領地の一部をレビャートキンに譲りわたし、マリヤとの結婚を公表する意図を公にしたスタヴローギンの「気まぐれ」だった。

スタヴローギンがマリヤとの結婚を隠そうとしていたのは、遺産相続の問題がつねに念頭にあったからではないか、と思う。結婚がたんに一時的な気まぐれにすぎなかったとして、その結果もたらされる事態を、スタヴローギン自身予見できなかったはずはない。母親にたいして意外なほど従属的な態度をとるスタヴローギンのなかに、「旦那」たる自己保存本能もしぶとく息づいていたのだろうか。結婚の公表によって、ワルワーラ夫人の遺産の大半が（遺言によるもの以外）、マリヤ・レビャートキナに相続される可能性も出てきた。レビャートキン大尉が、スタヴローギンからまきあげた額は、そうした事態を考慮するとお話にならないくらい微々たるものだったことがわかる。

しかし、いずれにせよ、スクヴォレーシニキの領地も含め、ワルワーラ夫人が遺産処理の問題を真剣に考えはじめた背景には、ほとんど周囲を顧みようとしない「ニコラ」のアナーキーな行動があった。ワルワーラ夫人もたんに「他人の不始末」の世話どころか、根本的な自己防衛に入る必要性を感じはじめていた。

スタヴローギンの第二の破壊行動は、まさにこの「他人の不始末」である。農奴解放後の法改正もあって問題が生じる余地はなかったものの、スタヴローギン家の将来にとって、計二十万ルーブルの遺産を相続するリーザ・トゥーシナとの結婚が望ましかったことはいうまでもない。夫人が、元農奴であるダーシャの妊娠を疑い、つよい不安に陥れられたのも、そうした思惑が根底から突きくずされるおそれがあったからである。

さて、『悪霊』全体をとおして、たんに貴族社会の没落のみならず、社会の底辺で生じつつある劇的ともいうべき変化が鮮かに写しとられている。個性ゆたかな主役たちのかたわらで、驚くほど生気をみなぎらせた脇役たちが登場する。

「三分の一」が滅び去る物語は、逆に、解放された名もなき民衆たちの復活の物語である。シャートフとダーシャが、いわばその筆頭に立つ人間ということができよう。そして、元農奴たちのいきいきとした姿をどの章にもまして伝えてくれるのが、第三部第七章「ステパン・ヴェルホヴェンスキー氏の最後の放浪」の章である。農奴解放後のロシア社会が劇的に変化していく様子を、これほど的確に描写している章はほかにない。ヴェルホヴェンスキー氏が、遍歴の途上で出あう二人の農民夫婦もそうだし、かつてガガーノフの家で奉公していた下僕のアニーシムもそうだろう。支配者対被支配者という構図のなかで安定していた両者の関係は根底から破壊されつつあった。

牛を買った農民夫婦とのやりとりのなかで、ヴェルホヴェンスキー氏はふとこう思う。

「《なんて目でぼくをじろじろ見る……mais, enfin（でも要するに）……つまり、妙なことに、ぼくがこの連中に悪いことをしているみたいに感じてるってことだ、べつに何も、悪いことなどしちゃいないのに》

《この『現実の生活』ってのは、なんだかものすごく面白いところがあるんだ……》

《おそろしく好奇心旺盛な連中だな。もっとも女の話のほうが亭主よりはましだ、それに、こうして聞いていると、あの二月十九日以来、連中のしゃべり方がいくらか変化してるみたいだ》」（第三部第七章1）

「あの二月十九日」とは、一八六一年二月の農奴解放公布日である。

さらには、より現実的に農奴解放後のロシア社会に新しい階級の誕生を物語る記述も見のがせない。湖のほとりで漁業を営む家の主人がその一人である。

「この家の主人も、土地ではたいへんな金持ちであるため、傲慢でやけにお高くとまっている、所有する魚網ひとつだけで千ルーブルはするという話だった」

他方、民衆たちのいきいきとした再生の傍で、彼らの負のエネルギーもまた鬱積しはじめていた。貴族社会がおびえていたのは、まさしくその力だった。そうした状況を端的に示しているのが、群衆によるリーザ撲殺の場面である。

このように見て行くと、『悪霊』のドラマ全体が、おおよそ三つの異なる力による複雑なせめぎ合いからなっていることがわかる。父と子の世代間の闘争のかたわらに、合唱団《コロス》のように背後に構える民衆たちの姿がある。この視点でもっとも印象に残るのが、スタヴローギンの自殺の場面にさりげなく挿入された次のくだりだろう。

「驚くべきことに、ワルワーラ夫人につづいて『ご自分のお部屋』に、何人かの従僕たちが入っていった。残りの従僕たちは、そのまま広間で待機していた。以前なら、だれもこうして作法に反するまねはしなかっただろう」（第三部第八章）

ロシアの支配階級は、まさに巨大なうねりに呑みこまれようとしていた。そのドラマティックな変容を描くこともまた、『悪霊』にになわされた重要な使命だったとみていい。もっとも、事態は、その後の歴史が示すように、ドストエフスキーの想像力をはるかに超える勢いで動きはじめていたのである。

2　ヴェルホヴェンスキー氏の旅立ち

ここで、改めて振りかえらなくてはならない。語り手ならざる作者のドストエフスキーと革命との関係性をめぐる問題である。すなわち『悪霊』は、反革命の書としてどこまで有効であり、逆にこの小説を「反革命の書」として規定することがどこまで可能か――。

『悪霊』が書かれるきっかけとなったのは、ネチャーエフ事件である。ドストエフスキーはそれがかりに「パンフレット」的なものになることも辞さないという覚悟で、執筆を思いたった。社会主義革命そのものを誹謗する文書として、ソビエト時代、長く禁書扱いされていたのもまさにそのためだった。

では、ドストエフスキーは、作家として、ピョートル・ヴェルホヴェンスキーほか五人の「革命家」たちへのいっさいの共感を断ち、思想的にも心情的にもあくまで彼らの外部に立とうとしていたのだろうか。

わたしたち読者の素朴な印象としては、ピョートル以外、作者（＝クロニクル記者）の五人組にたいする悪意はかならずしも強く感じられない。戯画的に描かれていることは事実でも、そこに悪意が潜む、潜まないはまた別問題である。それは、ドストエフスキーがこの作品に、語り手（クロニクル記者）を導入した意図とも関わっている。逆に作者が、彼らの外部に立つことを拒んだからこそ、物語に登場する人間がマリオネット人形となることをまぬかれ、『悪霊』全体が、「パンフレット小説」の限界をのり越えることができたということもできる。それは、ヴェルホヴェンスキー氏の五人組にたいするひそかな愛情とも深く関わっている。

では、『悪霊』ではなぜ、これほどにもおびただしい死者が必要とされたのか。むろん、第一義的には、小説の冒頭にエピグラフとして掲げられた「ルカによる福音書」からの引用と深く結びついていた。悪霊が人から出て豚に入ると、豚の群れは、崖より湖に駆けおりて溺れ死んだ、という福音書の文脈に、作者はどこまでも忠実でありたいと願っていた。だからこそ彼は、水のある場所にこだわり、物語の舞台にふさわしい二つの場所を用意したのである。

『悪霊』のモデルとなった町は、ヴォルガ河沿いの小都市トヴェーリだが、作者は物語の終わりで小説の舞台を大きくずらし、「われらが敬愛するステパン・ヴェルホヴェンスキー」をある湖のほとりまで導いていく。その湖の向こうにはスパーソフという名前の村がある（スパーソフには、「救済の村」の意味がある)。物語に示される「ウースチエヴォ」という村の名称から、ドストエフスキーがこのとき脳裏に思い浮かべていた湖が、彼の第三の故郷スターラヤ・ルッサに近いイリメニ湖であったことがわかる。作者は、ヴェルホヴェンスキー氏を湖に溺れさせることなく、無事、イエスの足もとに跪ずかせることをみずからの使命とみなしていたにちがいない(「イエスの足もとに座る」)。

ドストエフスキーは、彼自身が「革命家」だった青春時代へのノスタルジーのなかで農奴解放以降のロシア社会がたどりつつあった現実を見つめていた。ヴェルホヴェンスキー氏の口をとおしてその思いをこう告白させている。

「人間存在のすべての掟というのは、人間がつねに、はかりしれず偉大なものの前でひれ伏すことができる、という一点にあるのです。人間から、このはかりしれず偉大なものを奪いさってしまえば、彼らはもう生きることをやめ、絶望にくれたまま死んでしまうでしょう。はかりしれずかぎりないものは、人間にとって、彼らがいま生息するこの小さな惑星と同じように、不可欠なものなのです……みなさん、みんな、みんな、偉大な思想、万歳！　永遠の、はかりしれない思想、万歳！」(第三部第七章3)

ヴェルホヴェンスキー氏が最後にたどり着くこのひと言こそが、おそらく、『悪霊』を書きつづけるドストエフスキーの心にともる唯一の光明だったのではないだろうか。「正義とは何か」をめぐるこの小説において、ドストエフスキーがわずかに見いだすことのできた「光明」とは、「はかりしれず偉大なものの前でひれ伏すことができる」謙虚さにあった。しかしなぜ、ヴェルホヴェンスキー氏は、ここで神と名指すことができなかったのか？　かりに卒直にそう述べたとして、彼としてもけっして耐えられないことではなかったろう。「はかりしれず偉大なもの」にはすべてが含意されているという意味において、キリスト教よりもさらに包括的な世界がイメージされていたにちがいない。

そしてその「はかりしれず偉大なもの」を実現するのが、キリスト教の神であるのか、社会主義の革命であるのかなど、ドストエフスキー自身にとってはある意味でどうでもよかったのかもしれない。

しかし、「悪霊」いや「悪魔つき《ベソフシチナ》」をはねつけることのできる強い自立心と信仰をもった人間が、この世界にどれだけ存在するのか。ヴェルホヴェンスキー氏が病床でつぶやくひと言には、『悪霊』という小説の時代性のみならず、時代を超えて避けえない力としての「悪霊」の意味がしっかりと刻みこまれている。

「病人から出て豚のなかに入る悪霊どもも、これはね、何世紀、そう、何世紀にもわたってぼくたちの偉大な愛すべき病人、つまり、ぼくたちのロシアに積もりにつもったすべての疫病、すべての病毒だし、ありとあらゆる不浄の輩《やから》だし、ありとあらゆる悪霊どもだし、その子鬼でもあるんです！……これはぼくたちなんです、ぼくたちであり、あの連中なんです」（第三部第七章2）

しかしドストエフスキーが、湖のほとりで死の病に伏したヴェルホヴェンスキー氏の口をとおして、いかに熱く「悪霊」のひとりとしての自覚を語り、「はかりしれず偉大なもの」の前にひれ伏すことの意味を説いてみせたとしても、これほど多くの登場人物の死を運命づけた意図をそこに探りあてることは困難である。わたしたち読者の印象として、この作品からはほとんど光明を見いだせないというのが真実なのだから。

では、光明をもたない小説を書くことがかりに許されるとして、作者はどのような方法をとることが可能だったろうか。それは言うまでもなく「黙示録」の精神に殉じ、「黙示録」の作者ヨハネに即した人物を配することである。それこそが語り手であり、クロニクル記者であるG氏になわされた使命だった。だが、黙示録をとおして、どこまで『悪霊』の物語を責任をもって書きこむことができるか、そもそも、黙示録における光明とは何か、という根本的な問いが生じてくる。

さて、「黙示録(アポカリプス)」には、「覆いを外すこと」の意味がある。わたしたち読者がこの小説に見ることのできる唯一の光明とは、第一に、悔い改めである。最終的にヴェルホヴェンスキー氏をこの世界観へとうながした言葉が、黙示録の中の一節「ラオディキアにある教会の天使にこう書き送れ」にある。

「わたしはあなたの行いを知っている。あなたは、冷たくもなく熱くもない。むしろ、冷たいか熱いか、どちらかであってほしい。熱くも冷たくもなく、なまぬるいので、わたしはあなたを口から吐き出そうとしている」(「黙示録」第三章十五〜十六節)

熱くなり冷たくなるということにこそ、神の僕《しもべ》である人間の人間たる証がある——。作者は、『悪霊』冒頭においた「ルカによる福音書」によって物語の結末を予言し、第三部第七章に引用された黙示録からの一節により、究極の光明ともいうべきものを提示しようとしていた。それは、傲慢の否定である。「悪霊」とは、ほかでもない、傲慢そのものの代名詞である。

ところが、ここに問題がひとつ生じてくる。つまりこの「ラオディキア」のモチーフが、『悪霊』のなかでは二度用いられていて、しかも作者による意味づけが微妙に異なっているのである。

最初に引用されるのは、第二部の後半、エピソード風に配した「チーホンのもとで」の章である。ここではまさに、ニコライ・スタヴローギンが「なまぬるい」存在としてイメージされている。ただ、お気づきになった人もいると思うが、「創作ノート」によると、本来は「サルデスにある教会に書き送れ」が引用されるはずだった（「あなたは、生きているとされているが、実は死んでいる」）。ここで彼がおこなった変更の理由は明らかではないが、スタヴローギンの本質をつく重要な一行であったことに変わりはない。ところが、小説もいよいよ「大詰め」近く、こんどは、最後の遍歴の旅に出たヴェルホヴェンスキー氏が、「なまぬるい」存在としてイメージされてくる。読者のなかには、「ラオディキア」のモチーフがこのようなかたちで反復されたことに、少なからず違和感をもたれる向きも少なくないだろう。逆にここは、「チーホンのもとで」を『悪霊』の正式の章として認めるか、認めないかをめぐる岐路となるポイントである。

周知のように、雑誌発表および単行本出版のさい、「チーホンのもとで」の章を削除することにより——そのことは、「ラオディキア」モチーフが自動的に消滅することを意味した！——ドストエフスキーは、物語の最後で、改めてこのモチーフに言及せざるをえなくなった。作家にとっては、それほどにも切実なテーマだったのである。と同時に、「ラオディキア」モチーフについて、これを改めて解釈し直すという重大な態度の変更を迫られるにいたった。

しかしわたしたち読者の目に、これは一見、不可解に映る。なぜなら、十九世紀のロシアに生きて社会主義の実現を夢みた革命家たちを、はたして「なまぬるい」のひと言で切り捨てることができるのか、という倫理的な問題が残るのだ。個人的な印象としては、少なくとも、革命家たちの「熱さ」とニコライ・スタヴローギンの「冷たさ」の狭間にあり、ステパン・ヴェルホヴェンスキー氏こそが、煮えきらない、唾棄すべき「なまぬるい」存在と映る。では、その彼がはたして神の「口」から吐きだされるほどに忌まわしい存在といえるかといえばむしろ逆だろう。それとは逆に、少なからず愛すべき人間という印象さえ生まれる。ヴェルホヴェンスキー氏は、『悪霊』読解のキーワードともいうべきこの言葉をそれ以上展開することはない。「ラオディキア」モチーフをどこまで展開してよいのか、ドストエフスキー自身に迷いがあったにちがいない。彼の頭のなかには、失われた「第二部第九章」の存在があった。うがった見方をすれば、この展開の不足は、その直後に「ルカ伝」からの引用を控えていたこともあって、あくまでおしるし程度の引用に留めておいたほうがよいとの判断が働いたためということになる。

ここで明らかになるのは、『悪霊』執筆のプロセスでドストエフスキーのうちにこの「なまぬるい」の解釈をめぐる重大な変化が生じた可能性がある、ということだ。小説本体の一部に「チーホンのもとで」を組み入れることを断念した段階で、作者は、小説そのものが体現すべきヴィジョンにひとつの根本的ともいえる変更を行ったと考えられる。ワルワーラ夫人の手厚い庇護のもとで酒とカードに明け暮れてきたヴェルホヴェンスキー氏こそが「なまぬるさ」の証であり、神の口から吐きだされてしかるべき存在であるという認識である。

他方、わたしたち読者にとって、ステパン・ヴェルホヴェンスキー氏ほど、魅力的で面白おかしい人物はいない。第一部の冒頭のタイトルに「われらが敬愛する」のひと言を記したとき、作者はむしろこの「なまぬるさ」に、何がしかの救いの道を見いだしていたとさえ感じられる。

では、第二部「チーホンのもとで」の章における「なまぬるさ」にたいしては、どのような解釈が妥当となるのだろうか。

熱い存在も、冷たい存在も、先ほど述べたように、それこそが神の僕、神の被造物としての人間の証《あかし》である。もともと「悪霊」のロシア語（бесы）には「取りつかれた者」の意味があるが、小説『悪霊』のなかでひとり「取りつかれていない」状態にある人間がいるとすれば、それはニコライ・スタヴローギンである。スタヴローギンは、むしろ取りつく霊である。彼は、熱くもなければ冷たくもなく、時として神のように慈悲深いふるまいを見せてきた。たとえば、彼の妻マリヤにたいするいんぎんな態度を思い浮かべるだけでいい。足の悪い、神がかりの女性との結婚は、少なくとも外向きには、「隣人を愛せ」の実践、慈悲の行為と映る。ところがこの結婚の背後に隠されていた真の動機とは、慈悲とはおよそ対極にある悪魔的なシニシズムと無関心にあった。そしてこの悪魔的なシニシズムと無関心こそが、永遠に神をおびやかしつづける「なまぬるい」悪霊の力となるのである。ドストエフスキーはそう意味づけようとしていた。

V　黙示録としての『悪霊』

1　黙示録イメージ

モチューリスキーは、ドストエフスキーの黙示録への傾倒を次のように書いている。

「彼は世界史を、ヨハネの黙示録に照らしあわせ、神と悪魔の最後の闘いのイメージで見、ロシアの宗教的使命を熱狂的に信じていた。けれども確信は、現実によって裏づけられなければならず、預言者の予見は、芸術家のリアリズムと結ばれていなければならない」

『悪霊』執筆のために残された創作ノートは、総計三百頁にものぼり、ドストエフスキーが「黙示録」との関連性を深く意識していたことを物語る書き込みも無数といってよいほどにある。たとえば次の一節が、黙示録の第十三章「二匹の獣」を踏まえた言及であることは明らかだろう。

「公爵、シャートフに黙示録について、獣の名の象形について語る、頭に傷を負っている」

また、「幻想的な頁」と題されたノートには、次のように書かれている。そこでの公爵は、熱烈なロシア正教徒として立ち現われ、その熱烈さの行きつくところに破壊が存在する。

「われわれロシア人は、失われた理念の復活を世界にもたらす。頭を傷つけられた獣、千年」

ここに記された「千年」とは、いうまでもなく、神が地上を支配する至福千年（千年王国）であり、キリスト教では、この千年王国に入るための条件が「悔い改め」とされている。そして、その千年の終わりに生じる悪魔との世界終末戦争を経て、最後の審判が下される。創作ノートのなかで、公爵＝スタヴローギンは次のように語る。

「考えてごらんなさい。獣とは、信仰を捨てた世界でなくてなんでしょう。おのれ一人になってしまい、科学にもとづいて、神との直接的なまじわりの可能性も、天啓や、地上への神の出現の奇跡をもしりぞけてしまった知性でなくて何でしょう」

ところが、創作ノートのなかでそう熱烈に語った「公爵」こそが「獣」であり、偽キリストでもあった。

信仰を捨てた二人の「獣」は、それぞれに性質を異にするものの、ドストエフスキーの目から見て、「天啓や、地上への神の出現の奇跡」を退けた人物であったことはまちがいない。それら二人の「獣」によって導きだされた「終わり」の光景、それが『悪霊』の世界である。ドストエフスキーは、黙示録の光景の目撃者としてクロニクル記者を設定し、その現実をつぶさに描きだしてみせたのである。

思い起こせば、一八四九年、三月革命の余波でロシア国内に不穏な政治の嵐が吹き荒るなか、ヴェルホヴェンスキー氏は一片の叙事詩を書きあげ、この世界に起こるべき事態を彼なりに想像力を駆使して予言してみせた。それは、ある意味でのバベル賛歌である。

「抒情劇の形式で書かれた一種のアレゴリーで、ゲーテの『ファウスト』の第二部を思わせるところがある。舞台は、まず女声合唱で幕をあけ、それに男声合唱がつづき、それからさらに何かの妖精の合唱が加わって、すべての終わりに、まだ生を享けていない、懸命に生きようとする霊魂たちの合唱へと移る。これらの合唱は、何やらひじょうにあいまいで、大部分は誰かを呪う歌がうたわれているのだが、それがなかなかに高級なユーモアの気配を含んでいるのだ。ところが、舞台がいきなり変わったかと思うと、一種の『生命の祝典』が訪れ、そこでは虫けらたちまでもがうたい、奇妙なラテン語の聖礼式の文句をとなえるカメが現われて、記憶するかぎり、何かの鉱物までが、つまり、もうまるで生命をもたない事物たちまでが歌をうたいだす始末である。おおむね全員がたえまなくうたいつづけ、たまにセリフが交わされるにしても、何やらあいまいに罵りあうだけなのだが、それでいてなかなか高級な意味のニュアンスを含んでいるのだ。やがてふたたび舞台は変わり、荒涼とした土地が現われ、ごつごつした崖のあいだを文明人たるひとりの青年がさまよい、何か草を摘みとってはその汁をすすり、どうしてそんなことをするのかとの妖精の問いに対してこう答える。自分はわが身に溢れんばかりの生命を感じながら忘却を求め、その草の汁のなかにそれを見いだしたが、自分の最大の願いはいち早く知恵を失うことだ、と（この願いというのは、ことによると余分かもしれない）。するととつぜん、えも言われぬ美しい青年が黒馬で乗りつけてやって来る。そして彼のあとから、恐るべき数のありとあらゆる民衆がつきしたがってくる。青年はみずから死を体現し、すべての民衆がその死を渇望している。やがていよいよ終幕へといたり、忽然とバベルの塔が現われ、若い力持ちたちが新しい希望に満ちた歌をうたいながら、塔の建設を終えようとしている。そうしてすでに塔の頂が完成しようとするそのとき、たとえばオリュンポス山の、とでもしておこう、いずれにせよその塔の支配者が滑稽な姿で逃げ出していき、それに気づいた人類がその場所を支配下に収めると、ただちに事物の新しい洞察力でもって新しい生活をはじめるのである」（第一部第一章1）

この叙事詩と内容的にきわめて近い作品が、ヴェルホヴェンスキー氏のモデル、グラノフスキーと同時代人の思想家チチェーリンによって書かれていることが知られている。しかし、さしあたり、その源泉についてはふれないでおこう。問題は、この叙事詩が、ヴェルホヴェンスキー氏らしい異教的なオプティミズムに溢れていることである。そこには、ヴェルホヴェンスキー氏がかつて夢見ていた世界の将来の図が暗示されていた(「えも言われぬ美しい青年が黒馬で乗りつけてやって来る」とは、ニコライ・スタヴローギンの暗示とよめる)。叙事詩の最後でついにバベルの塔は完成する。ギリシャ的な異教の明るさに彩られた社会主義の成就——。キリスト教に懐疑的なヴェルホヴェンスキー氏に夢みることができたのは、そこまでだった。その彼が、悪霊たちの前でキリスト教的原理の実現のために犠牲となることを覚悟せざるをえなくなるときが来たのだ。そして『悪霊』は、ヴェルホヴェンスキー氏が予言したような叙事詩ではなく、まさにアイロニーとコミズムをふんだんに含みこんだ「悲劇」(サラスキナ)として幕を閉じるにいたった。では、かりに『悪霊』を悲劇と仮定するなら、それはどのような意味において「悲劇」なのか? まず「悲劇」そのものの定義から入ろう。スタイナーは次のように書いている。

「人間の外と内には、《他者》が、世界の《他者性》がある。……(悲劇に対してなぜそれが起こるのかの根源的な)合理的説明や慈悲を求めても無駄なのである。この世のあり方はどうにもならない。仮借なく、不条理なのだ。我々は犯した罪よりもはるかに大きな罰を受ける」「悲劇」をめぐるスタイナーの定義には、人間の生命にたいするおそるべき洞察が示されている。しかし、ここには、個人的な悪意は前提として含まれていない。一種の世界苦とでもいうべき不条理の前に悲劇がある、という考えである。人為的なものではコントロールできない、有無を言わさぬ、絶大な力のまえに蹂躙される個人の悲劇――。かりにこの絶大な力が、個人によって表象される場合、当然のことながらその個人には、絶大な力が付与されていなくてはならない。思えば、『悪霊』においてその個人は、二人の「獣」によって表象され、世界は二人の「獣」の力によって支配されていたのだった。一人の「獣」は、徹底して戯画化の対象となった、ロシアのメフィスト、そしてもう一人の「獣」は、悲劇的なオーラに包まれた、「なまぬるい」負のファウスト――。

この二人の「獣」によって支配された終末の時間が、『悪霊』の世界《クロノトポス》ということになる。具体的には、ニコライ・スタヴローギンとピョートル・ヴェルホヴェンスキーが、『悪霊』のなかの、二匹の「獣」と二人の「僭称者」としての役割をにない続けていく。ただし、二人は、すでに「黙示録」によって階層化されていた。物語全体の流れからいえば、もちろん、第一の「獣」として登場し、真の王の地位をうかがい、スタヴローギンの代役として八面六臂の活躍をするヴェルホヴェンスキーこそ僭称者と呼ぶにふさわしい。

「わたしはまた、一匹の獣が海の中から上って来るのを見た。これには十本の角と七つの頭があった。それらの角には十の王冠があり、頭には神を冒瀆するさまざまの名が記されていた。わたしが見たこの獣は、豹に似ており、足は熊の足のようで、口は獅子の口のようであった。竜はこの獣に、自分の力と王座と大きな権威とを与えた。この獣の頭の一つが傷つけられて、死んだと思われたが、この致命的な傷も治ってしまった。そこで、全地は驚いてこの獣に服従した。竜が自分の権威をこの獣に与えたので、人々は竜を拝んだ。人々はまた、この獣をも拝んでこう言った。『だれが、この獣と肩を並べることができようか。だれが、この獣と戦うことができよう

か』」（「黙示録」第十三章一～四節）
そしてこの後に、新たにもう一匹の「獣」が現れる。
「わたしはまた、もう一匹の獣が地中から上って来るのを見た。この獣は、小羊の角に似た二本の角があって、竜のようにものを言っていた。この獣は、先の獣が持っていたすべての権力をその獣の前で振るい、地とそこに住む人々に、致命的な傷が治ったあの先の獣を拝ませた。そして、大きなしるしを行って、人々の前で天から地上へ火を降らせた。更に、先の獣の前で行うことを許されたしるしによって、地上に住む人々を惑わせ、また、剣で傷を負ったがなお生きている先の獣の像を造るように、地上に住む人に命じた。第二の獣は、獣の像に息を吹き込むことを許されて、獣の像がものを言うことさえできるようにし、獣の像を拝もうとしない者があれば、皆殺しにさせた。また、小さな者にも大きな者にも、富める者にも貧しい者にも、自由な身分の者にも奴隷にも、すべての者にその右手か額に刻印を押させた。そこで、この刻印のある者でなければ、物を買うことも、売ることもできないようになった。この刻印とは、あの獣の名、あるいはその名の数字である。ここに知恵が必要である。賢い人は、獣の数字にどのような意味があるかを考えるがよい。数字は人間を指している。そして、数字は六百六十六である」（「黙示録」第十三章十一～十八節）
「第二の獣」がその支配下においた人々の「右手か額に刻印された」名前、あるいは「その名の数字」については、古来、さまざまな説が唱えられている。現在では一般に、ローマ時代の皇帝ネロを指すとするのが、定説のようである。「黙示録」の記述者であるヨハネもまた、皇帝ネロをサタンの化身とみなしていた。当時、ネロの名前を明示的に記すことは危険をともなう行為だったので、ヨハネは古代ギリシャ文字やヘブライ文字に特有の数的価値（666）によって置き換えたのだ。

さて、『悪霊』では、ピョートル・ヴェルホヴェンスキー（「第一の獣」）とニコライ・スタヴローギン（「第二の獣」）の二人が、黙示録的に包まれる「終わり」の町全体をさらなる混乱の渦に陥れていく。ちなみに、「第二の獣」の名前について少しばかり解説しておかなくてはならない。名前のニコライ（Николай）とは、「国家の征服者《ニカオ》（νικάω＝勝利する、ラオス λαός＝民）」の意味であり、父称のフセヴォロドヴィチの「フセヴォロド（Всеволод）」は、古代ロシア語起源で「すべてを統治するもの」を、姓のスタヴローギン（Ставрогин）は、ロシア語を起源とするなら「角《ローク》を立てる者」、ギリシャ語で「十字架（σταυρός）」をあらわしている。たとえば、このような連想が誤りではないことが、第一部第五章の「賢しい蛇」の表題そのものに示されている。むろんここで用いられている「蛇《ズミイー》（змий）」は、イヴを誘惑した悪魔の蛇を指している。現代ロシア語訳によるヨハネの黙示録では、「竜《ドラコーン》（дракон）」が用いられているが、いわゆる聖ゲオルギーによる竜退治の伝説では、これらの二つの単語がほぼ同じ意味で用いられ、たとえば、この図柄を一部にとりこんだモスクワ市の紋章（竜）でも、前者の「ズミイー」で呼ばれてきた事実がある。蛇＝竜と反キリストとしての役割をになわされたスタヴローギンの怪物的な腕力には、聖ゲオルギーをも打ち倒すほどの圧倒的な力がイメージされ、そうした神話的な意味づけを裏づけるものである。

さて、ここで思い出していただきたいのは、四年前の春にスタヴローギンが故郷で起こした三つの事件である。なかでも県知事イワン・オーシポヴィチの耳に噛みついた事件ほど、スタヴローギンの「獣」性を明らかにするものはなかった。のちにキリーロフによって反復される「噛む」という行為は、確実に「黙示録」のイメージが投影されていた。「耳を噛む《ウクース》」（укус）の語源に照らして、これを、「誘惑《イスクース》（искус）」との類比のなかで解釈したファリノの意見に耳を傾けてみよう。

「《言葉》が《噛む》に変わったことは、何よりも雄弁に、スタヴローギンが、《獣》である蛇の役割を演じていること、そして実際に……人を噛んで、痛みの原因となることはあっても、誘惑する（＝試練にかける）ことができなくなっていることの証左である。それと並行し、小説では、スタヴローギンの《賢しき蛇》、《ハ虫類》、《蛇》から、《蛆虫》、《ゼロ》への緩慢な非人格化《デペルソナリゼ》も生じている」

次に、黙示録第十八章「バビロンの滅亡」を読んでみよう。そこには壮大な霊感に満ちた天使たちの力強い歌声が響いている。

「大バビロンは倒れた。
　そしてそこは悪霊どもの住みか、
あらゆる汚れた霊の巣窟、
あらゆる汚れた鳥の巣窟
あらゆる汚れた忌まわしい獣の巣窟となった」

『悪霊』は、「悪霊どもの住みか」であり、あらゆる「忌まわしい獣の巣窟」であるにとどまらず、「あらゆる汚れた鳥の巣窟」でもある。このイメージを手がかりに、『悪霊』の主人公たちの名前に注目するのも面白い。そもそも、『悪霊』の物語の中心的な舞台となるスクヴォレーシニキには、「むくどりの巣箱」の意味があり、リーザの家名であるドロズドフは、「つぐみ」、ガガーノフは、「カモ」の一種を、レビャートキンは、「白鳥」に由来している。また、「足の悪い」マリヤが、「公爵」を「鷹」に、スタヴローギンを「フクロウ」になぞらえているのも興味を引く。ドストエフスキーは、ことによると、スクヴォレーシニキを「あらゆる汚れた鳥の巣窟」とみなし、崩壊する古代バビロンの地をそこに二重写しにしていたのかもしれない。

さて、黙示録を熟知したドストエフスキーならば、スタヴローギンの名前ニコライと黙示録との関係に気づかなかったはずはない。「黙示録」第二章で二度ほど言及される「ニコライ派」の人々である。

「だが、あなたには取り柄もある。ニコライ派の者たちを憎んでいることだ」

「同じように、あなたのところにもニコライ派の教えを奉ずる者たちがいる。だから、悔い改めよ。さもなければ、すぐにあなたのところへ行って、わたしの口の剣でその者どもと戦おう」

ここで言うニコライ派とは、はたしてどのような人々を言うのだろうか。

新・旧の聖書全体をとおして「ニコライ」派に関する記録は、この「黙示録」にのみ限られている。彼らは、神を試みる占い師で、偶像を崇拝し、利欲や不品行の教えを説いた占い師バラムの系譜につらなる人々の集団で、その暮らしぶりは、律法の存在などものともしない自由奔放きわまるものであったとされる。

では最後に、創作ノートにしばしば現れる「頭に傷を負っている」とは、どのような意味だろうか。

それはむろん、６６６の刻印にほかならず、恐らく作者は、『罪と罰』の主人公ロジオン・ロマーノヴィチ・ラスコーリニコフの頭文字（ＰＰＰ）との類推から、獣の数「６６６」のイメージをニコライ・スタヴローギンに重ねたかったにちがいない。

２「告白」と「遺言」の間

ドストエフスキーは創作ノートに次のように書いていた。

「公爵はいっさいの説明ぬきで、漸次、行為のなかで明らかになっていく」（一八七〇年十二月）

それにしても、スタヴローギンの天才は、具体的に何によって保証されているのだろうか。知力、美貌、腕力という三つの特徴と、彼のカリスマ的な能力との間にどれほどの整合性があるのか。たとえば、スタヴローギン熱から逃れられないシャートフにたいして、一種のメシヤ的なキリスト教観を吹き込み、キリーロフにたいしては、人神哲学を鼓吹したとされているが、思想家としてのスタヴローギンの本領は、あくまでも他者の言及を通してしか垣間見ることができない。スタヴローギンの思想家としての真の偉大さを保証するディテールは驚くほど少ない。彼の過去に、かりに、学術的な文献に通じ、マルクスをドイツ語で読み、ルソーをフランス語で読むといった知的訓練の時期があったとすれば、それは当然シャートフやキリーロフの思想に照らしだされたはずである。だが、『悪霊』のなかに描かれたスタヴローギンは、そうした学術的な訓練とはおよそ別の次元に位置していたように思われてならない。ことによると、スタヴローギンの「天才」は、一種の共同幻想として、あるいは、共有された「公的な嘘」として成立しているにすぎないかもしれないのだ。ドストエフスキーは、恐らくスタヴローギンの偉大さを説明するすべをそう多く持っていなかったのではないかと思う。むろん、犯罪能力の高さは、それなりに彼の知力のありかを物語るものである。

さて、スタヴローギンの死への意志、それは、自分が死ななければ、いっさいが解決しないという認識の表れであったと思う。しかし、彼の死は、あまりにも遅すぎた。スタヴローギンに魅入られた登場人物のすべての死をみとるかたちで彼はこの世を去る。では、スタヴローギンが、だれよりも先に死んだと仮定して、『悪霊』は「悲劇」から免れることができただろうか。必ずしもそうとはいえない。彼は、「獣」としての破壊的な役割にどこまでも忠実だった。なぜなら、彼は、ファリノがいみじくも指摘したように、「誘惑者」としての役割をとうの昔に演じ終えていたからである。つまり、『悪霊』の物語が語りだされた時点から、スタヴローギンはすでに緩慢な死を演じつつあった。その事実を象徴する印象的な場面をひとつ引用しよう。第二部第一章「夜」の場面で、ワルワーラ夫人が息子のニコラの部屋を訪れる場面がある。

「しかもきちんと背筋をのばし、身動きひとつせずにすやすや眠っていられるのにショックを受けたらしかった。おまけに、寝息もほとんど聞こえなかった。青白く、けわしい顔をしていたが、まるで凍りついたようにぴくりともしない。眉を軽くゆがませ、額には八の字のしわができている。それはまさしく、血の通わない蠟人形そのものだった。

彼は長いこと、一時間以上も眠っていた。その間ずっと、同じこわばった状態がつづいていた。顔の筋肉ひとつ動くことなく、体のどこを見まわしても、ぴくりともする気配がなかった。眉はやはり、気むずかしげにゆがんだままだった」

スタヴローギンは、「カタレプシー（蠟屈症）」とでも呼ぶべき症状を呈していた。これは、ドストエフスキーが彼を死者として意味づけようと意図した結果と考えてよい。突っ張った身体のイメージは、キリーロフの死の直前の硬直にもよく似ている。

「彼が何より驚いたのは、叫び声をあげ狂ったように襲いかかっていったにもかかわらず、相手がまるで石か蠟人形と化したかのようにぴくりともせず、手足ひとつ動かそうとしないことだった。その顔色は不自然ともいえるほど青白く、黒い目はまるきりすわったままで、虚空の一点を見つめていた」（第三部第六章2）

ドストエフスキーは、キリーロフとスタヴローギンの死を一種のフーガ形式で描き分けていたわけだが、スタヴローギンがそもそもこの町に帰郷してきたのは、「甦り」の試練に耐えるためではなかったか。

たしかに、スタヴローギンはこれまでいくつかの試練に耐えてきた。そのなかでもっとも強烈な例が、シャートフによる殴打だった。スタヴローギンは、怒りを抑えて両手を背中で十字に組み、みずからの内部に暴力的に湧きおこる欲望に耐えた。次に、足の悪いマリヤとの結婚の公表であり、命尽きるまでスイスのウリー州でともに過ごす計画である。しかし、それらの決断も、計画も、当のマリヤから拒否される。さらには、五人組によるシャートフ殺害計画を本人に知らせ、彼を救いだそうとしたのも、みずからの無関心の罪を乗りこえようとする一種の試練だった。しかしこれも、結局は、彼の不徹底さのゆえに実現せず、シャートフは殺害された。

このように、『悪霊』が描き出している時点でのスタヴローギンの悪魔性を暗示するエピソードはごくわずかである。むしろ、功業や善にむかって突き進もうという意志のほうが優っているように思える。たとえば、川向こうのマリヤの新居を訪ねる途中、橋の上に姿を現したフェージカを撃退する場面にも、スタヴローギンの強烈な意志を垣間見ることができる。だが、にもかかわらず、彼の行為は総じて、おそろしく曖昧な二重性に貫かれていた。それは、彼が、内なる良心と本能にしたがって行動しておらず、あくまでも、外的な規範にのっとって行動していたためと見てよい。したがって当然のことながら、そこには限界が生じた。われを忘れて、人間らしい行動に踏みだすことにこそ、救いの道が存在していたからである。逆にシャートフやキリーロフが、われを忘れて行動し、ぶざまな死を迎えた姿を、「底」の浅い彼の良心は、どうしても受け入れることができなかった。善悪の境界を見失った彼は、もともと行動の自由を奪われていたのかもしれない。その悲劇を余すところなく予言していたのが、ほかでもない、「黙示録」のなかの一行だったのである。

3　最後の手紙、または「寛大さ」ということ

スタヴローギンは、すべての悲劇が終わろうとする時点での心境をダーシャ宛ての手紙でつぶさに告白している。内容を整理し、箇条書きにしながら、その心境を探ることにしたい。スタヴローギンは、前年、スイス・ウリー州に「市民登録」を行い、すでにそこに「小さな家」を購入していた。現に彼が所持している額は、一万二千ルーブル（現在の日本円にして一億円強）。これらもろもろの副次的な事情を報告したうえで、「いっしょに出かけ、そこで永久に過ごしましょう」とダーシャに誘いかけている。マリヤ、リーザにつづく、三度めの「誘い」だった。

スタヴローギンは書いている。

「ぼくは妻の死に良心のうえで責任があることを認めます」

「リザヴェータにたいしてもぼくは責任があります」（第三部第八章）

しかし彼は、ここで思いもかけず、胸の奥から溢れでてきた言葉を書き記すことになる。

「あなたが愛おしい、悲しみに沈んでいるとき、あなたのそばにいるだけで心地よかった」

「愛おしい」という感覚こそ、生命感覚そのものの証ではないだろうか。この感覚を経験しながら、彼の理性はなぜ、死をめざしてまっしぐらに進むのか。矛盾ではないのか。

スタヴローギンはここから自己分析に入る。そこで彼の徹底したデラシネ性が明らかにされる。

「ロシアにいても、ほかのどの場所とも同じように、すべてがぼくには無縁なのです」

そして彼が、過去何年にもわたって「自分の力」を試そうとしてきたことをふり返る。それは、みずから「更生」と「復活」のための闘いであるはずだった。

「ぼくはいたるところで自分の力を試しました。それは、あなたが《自分を知るために》と言って勧めてくれたものです」

「力を試す」プロセスで明らかになったのは、その力が「途方もないこと」だった。この「力を試す」行為が何を対象としていたかはあいまいだが、少くとも次の二つの行為ないし行動なりが、彼がみずからに課した試練であった。

「あなたの見ているまえで、ぼくはあなたのお兄さんの頬打ちを耐えました」

「ぼくは公に結婚を認めたのです」

しかし、この、「何に用いたらよいか」わからない力が、つねに両義的であったこともスタヴローギンは認めている。

「ぼくはずっとよいことをしたいと願うことができるし、そのことで満足を感じることもできる。それとならんで、悪いことも望んでいるし、そのことで満足を感じている。でもそのいずれの感情も、依然として、つねにあまりに底が浅く、たいへんにはであったことがいちどもないのです。ぼくの欲望はあまりに弱々しく、導くことができません」

ダーシャ宛ての手紙には、「告白」に記されていたマゾヒズムの感覚について、一行なりとも言及はない。

またこのくだりには、『ファウスト』的なモチーフのこだまを聴きとることができるが、「欲望はあまりに弱々しく」というひと言がそれを裏切っている。「負のファウスト」というイワーノフの表現はここに由来していた。それにしても、この、「欲望はあまりに弱々しく」というひと言と、創作ノートのなかのスタヴローギン像とのあまりの断絶に驚かされる。最後の段階でドストエフスキーは、スタヴローギンの像を大きく変えたと考えていい。そしてここに否応なく疑問が生じてくる。ことによると、その変更は、「告白」の削除を受け入れた段階で決せられたものかもしれない、ということである。

わたしたち読者にとって気になるのは、この手紙を認めている時点でのスタヴローギンの脳裏に「告白」のなかで明らかにされた数々の罪の記憶が息づいているのかどうかという問題である。端的にいうと、「告白」は、前提とされているのか、されていないのか。たしかに、前提とされている形跡はわずかながらもうかがえる。

「ぼくの人生の多くのことをあなたにお話ししました。でも、それがすべてではありません。あなたにさえ、すべてというわけにはいかなかった!」

「ぼくは大きな淫蕩を試し、そのなかで力を使い果たしました。でも、ぼくは淫蕩が好きではないし、望みもしませんでした」

しかし果たして現実においてはどうだったのか？　これは、自己欺瞞ではないだろうか。スタヴローギンが書いている「大きな淫蕩」とは何か。「告白」に書かれた内容だろうか。もし、「告白」に書かれた内容が念頭にあるとするなら、当然のことながら、彼がおかした「四つの罪」が問題とされなければならない。何よりも、マトリョーシャ凌辱と、「毒殺」の記憶こそが甦ってこなくてはならない。それらの経験は、はたして「淫蕩が好きではないし、望みもしませんでした」という言葉で片付けてしまえる類の経験だろうか。スタヴローギンは、一時的な記憶喪失に陥っているのではないだろうか。本来ならば、何日か前にチーホンに読ませた五年前の「告白」の内容が、現在に近い記憶としてなまなましく息づいていなければならない。そうでないとすれば、この手紙は、ある意味で、悪魔的な資質を失ったスタヴローギンの「告白」すなわち、第一の「告白」の異稿ととらえることが可能になる。

この時点で、スタヴローギンはすでに死が不可避であることを認識している。ただし、彼には、どのような方法によってそれを実現すべきかがわからない。

「寛大なキリーロフは、観念をもちこたえられず――拳銃自殺してしまった……彼が寛大だったのは、健全な理性を持っていなかったからだ」

「ぼくにはわかっているのです。自分を殺さなくてはならない、卑しい虫けらみたいに、この大地から自分を掃きすてなくてはならない。でも、ぼくは自殺が怖い。寛大さを示すことを怖れるから」

「ぼくのなかでは、憤慨や羞恥の念といったものはけっして起こりえないのです。したがって絶望も」

ここでいう「寛大さ」ないし「心の広さ」「おおらかさ」とも訳せる「ヴェリカドゥーシエ（великодушие）」とは、何なのだろうか。スタヴローギンのような、超越的なまなざしをもつ人間にとって、それはまさしく人間の限界、人間という「狭さ」そのものを意味してはいないだろうか。参考のために、サラスキナが下した一般的な定義にしたがってみる。

一、性格。無私で謙譲の精神、控えめ、悪意がなく、執念深くないこと、自分の利益を犠牲にできる能力。

二、肯定的なモラルの資質、人間同士の関係における人間性の発露、人間愛が、通常的なノルマを凌駕するか、まったくそれに値しないものにたいしても示される。

三、自分を侮辱した相手への罰の要求を断念すること、打ち負かした敵にたいする人間愛。

四、エゴイズムにたいする利他主義の、低劣さにたいする高潔さの、吝嗇にたいする鷹揚さの優位。

五、誤り、失策、欠落を許す能力。

六、精神の力、精神の鷹揚さ、賢い高貴さ、内面的な純粋さ、調和。

ここに記された精神性は、まさに人間が、理想形とする資質そのものではないか。「寛大なキリーロフ」というときに、スタヴローギンは、そうした彼のポジティブな精神性をどこまで念頭においていたのか。むろん、スタヴローギンは、キリーロフに潜む「悪魔的な」部分を知らず、逆に彼を理想化していた可能性もある。といって、キリーロフの自殺と「寛大さ」をストレートに結びつける論理の糸が見つかるわけでもない。つまり、「寛大さ」の一般的な定義とは別のところで、スタヴローギンはこの言葉を用いていたということである。では、それははたしてどのような意味においてだろうか。寛大であることと「健全な理性を持たない」を等号で結ぼうとするロジックは、スタヴローギン独自の観念であって、解釈であり、ある意味でおそろしく倒錯的な印象を与える。まさにここに、彼岸に立ったスタヴローギンの悲劇があった。なぜなら、寛大さをおそれるということは、人間存在そのものにたいする本能的な忌避に近いからである。

さて、スタヴローギンの自殺にこめられている意味を二つだけとりだしてみようと思う。一つには、その死がマトリョーシャと同じ縊死の形式をとっていること。本来なら、マトリョーシャと同じ道をたどるなどとうてい許しがたかったはずである。なぜなら、マトリョーシャを縊死に走らせたのは、ほかならぬ彼自身であり、マトリョーシャは、彼からすれば、あくまでも一つの道具、すなわち神殺しを唆す相手としての道具にすぎなかったからである。もしも、マトリョーシャの耳もとで囁いた言葉が、彼女がうわ言にいう「神さまを殺してしまった」に影響していたとするなら、スタヴローギン自身の縊死は、「神を殺す」という行為に通じているはずである。拳銃自殺では、神を殺せない。スタヴローギンはいま「必要であったすべて」のものを、みずから命を賭けて世界に開いて見せなくてはならない。しかし、それはあくまで、「告白」の存在を想定したうえでの仮説であり、もしもこの最後の場面を書いているスタヴローギンの脳裏から「告白」の存在がすっぽり抜け落ちていたとするなら、この仮説はまったく意味をなさなくなる。スタヴローギンの「縊死」の意味は、ますます孤高性をつよめたはずである。

創作ノートの段階から、スタヴローギンの内部では一貫して、自殺が一種のミッションのごとく存在していた。彼は、外部的な「言葉」による命令によって自殺を念頭に置いていた。その彼が、自殺をおそれるのは、笑いをおそれるのと同じように、自分の寛大さを示すことをおそれるからである。寛大さは、神への屈服を意味する。拳銃自殺が欺瞞だということがわかっている。憤慨も、羞恥も、絶望もない。そこでわたしたち読者はふと立ちどまる。それではなぜ死ぬのか、と。死を願望していない（ドストエフスキーはあきらかにそれを否定している）としたら、死ぬということに、どれほどの意味づけが可能となるのか。病以外にどのような答えがあるというのか。スタヴローギンの死もまた、ドストエフスキーのイデオロギーの犠牲者としての死なのか。かりにそうではないとしたら、ほかにどのような理由が残されているのか。理由がない、ということを立証するために死ぬのか？　むしろ、虫けらのような死を望むこと自体に、スタヴローギンに固有の「快楽」があったのではないか。殴打を浴びる快楽、屈辱の快楽、虫けらの快楽。ことによると自殺は、そうしたもろもろの快楽の探求の総仕上げということはできないのか。それとも、屈辱の快楽からさえ見放されていたのか。

ダーシャ宛ての手紙に記されているように、「憤慨や羞恥の念」も「絶望」もないとしたら、スタヴローギンはいっさいの生命の快楽から見放されていたことになる。「寛大さ」とは、つまるところ、「ラオディキア」の一節に記された「熱く」「冷たい」状態を言う。人間として留まるということを許さない、という覚悟に殉じることで、スタヴローギンは小説の冒頭に掲げられた「ルカによる福音書」のシナリオを演じきった。

「ルカによる福音書」でも、『悪霊』でも、「悪霊」（бесы）は複数形をなしている。だが、『悪霊』に登場した悪霊は、スタヴローギンをおいてほかに存在しなかった。『悪霊』の名前とは、ほかのだれでもない、ニコライ・スタヴローギンであり、彼はそれを運命づけられていたといえるが、しかし、彼が悪霊であった理由とは、まさに世界との、法との関係を、そしてその関係を支えている「アウラ」を経験できない人間になかば永久的に堕してしまったからにほかならない。最後にひとこと言い添えるなら、スタヴローギンはたしかにドストエフスキーの「魂の中から取り出された」主人公だったかもしれない。しかし、彼は、永遠に小説のなかに、彼の魂のなかに留まりつづける存在でもある。

ダーシャに宛てた「手紙」が伝えているメッセージは、どちらかというと、自分は裁かれねばならないとする自己懲罰の欲求であり、それは自分に対する死刑宣告の欲求をも意味している。しかし、彼は死に切れない。自殺すること、すなわち人間としての「度量」を示すことは、自尊心が許さない。そうである以上、彼は、ぎりぎりの地点まで理性的であることを願って、自分の死に非人間としての意味をこめなくてはならなかった。

すでにいくつかの「犯罪」から明らかにされたように、スタヴローギンにとって生きる「悦び」とはもはや神経的なくすぐりと、それによる興奮しかなかった。「告白」における主題とは、挑戦だった。しかし、ダーシャ宛ての「手紙」における主題は、敗北である。「告白」における戦いが意味のないことをついに彼は悟る。

スタヴローギンはスクヴォレーシニキの別荘の屋根裏部屋で首を吊る。その状況をドストエフスキーは次のように描写している。

「ウリー州の市民は、ドアの真うしろにぶらさがっていた。テーブルには、鉛筆でしたためた紙きれが載っていた。『だれも責めてはならない、ぼく、自身だ』。同じテーブルには、金槌、石鹸のかけら、そして予備に用意しておいたものらしい大きな釘があった。ニコライ・スタヴローギンが首を吊った頑丈な絹のロープは、明らかに事前に準備し、選びぬかれたものらしく、べっとりと石鹸が塗りたくられていた。すべては、それが覚悟のうえであったこと、そして最後の瞬間まで意識が保たれていたことを物語っていた。

わたしたちの町の医師たちは、遺体を解剖したうえ、完全にかつ頑強に、精神錯乱を否定した」（第三部第八章）

医学にとりたてて知識のない人でも、遺体の解剖をとおして精神錯乱の有無を診断できるとは思わないはずである。ドストエフスキーの筆が滑ったか、クロニクル記者のG氏が医学の知識をまったく欠いていると作家は言いたかったのか。

4　スタヴローギンの犯罪

そもそもスタヴローギンが縊死にみちびかれる契機となった事件とは何だろうか？

スタヴローギンの死の動機をめぐって、ドストエフスキーは、まるで現実に存在した人間でもあるかのように考察をかさね続けていた。彼の運命ははじめから決せられていたが、むろん、それなりの動機づけを与えてやる必要があった。創作ノートの終わりには、あいまいながらも次のようなメモが残されている。

「情熱——リーザ。彼女を犯してから——びっこの女を殺す。シャートフ殺害とともに、狂気の発作（演説、祈禱式）その後、縊死する。憂愁。しかし最大のものはやはり——不信。自分自身への恐怖、たとえば、他人の苦しみに快感を覚えることを意識することで。……道徳感情のよりどころがない」

この数行の文章で、はたしてスタヴローギンを縊死にみちびくことが可能かという、疑念は残る。そもそも小説にとって登場人物の死とは、いや、自殺とは、何だろうか。作家は、どのような権利、どのような立場から登場人物を自殺にみちびくことができるのか。物語を構築し、その世界に沈潜し、登場人物に同化するうちに生まれてくる必然の結果ということだろうか。思えば、ドストエフスキーは、『罪と罰』のスヴィドリガイロフにつづき、この『悪霊』でも「自殺」する主人公という問題に立ち向かった。しかしその実験において、彼はついに納得できる回答を見いだすことはできなかった。それゆえにこそ二つの形式(ないしは選択肢)が考えだされたにちがいない。キリーロフの拳銃自殺はともかくも、スタヴローギンの自殺については、可能なかぎりの理由と手段が考えだされ、結果として、大きな迷いのなかで縊死という決論にたどり着いたのだと思う。つまり、作者の決断がスタヴローギンの自殺の原因ではなく、逆に彼は、作者の思惑とは別の地点で生きることができたし、別の死を選ぶこともできた可能性がある。そもそもスタヴローギンがみずからの死の理由を知っていたとだれに断言できるのか。別の言い方をすれば、創作ノートから最終稿までに用意されたすべてのディテールが原因であるといっても過言ではない。自殺の動機にはそれぐらいの重みが隠されている。

たとえば、「ぼくは自殺が怖い。寛大さを示すことを怖れるから」といった理由にすなおに納得できる読者がどれほど存在するだろうか。ここでいう「寛大さ」とは、人間における最高の精神とでも呼ぶべきものである。スタヴローギンは、「自殺をする」という行為が、人間らしさの証となることを怖れると書いているのだが、そのように書ける彼の自尊心と傲慢さを共有できる読者がどれだけいるというのか。読者は、「自殺を怖れる」スタヴローギンの理由をきわめて思弁的であり、かつ抽象的なものとしてしか受けとめられない。

他方、「ぼくにはわかっているのです。自分を殺さなくてはならない、卑しい虫けらみたいに、この大地から自分を掃きすてなくてはならない」という告白には、むしろ大いに納得できる。むろん、スタヴローギンは、みずからの死をもってすべての悲劇の責任をあがなうべきだ、といった皮相なモラルに発して納得するわけではない。『悪霊』という悲劇の連環を断ちきるために自分が存在してはならない、という決断には、それなりに強烈なリアリティが存在するということである。スタヴローギンには、自分に魅入られた者すべてを死に追いやるおそろしい力がある。まさに、「悪霊」の力である。彼と関わりをもったほとんどすべての登場人物がすでにこの世を去っている。現実に生じたすべての事件に照らして縊死という選択を考えるなら、彼の決断は、正当かつ必然的なものと判断できる。しかし、「ポクロフの日」の惨劇から十日経った現在も生きているという事実には、どことなく違和感を覚える。そもそも彼は、「ポクロフの日」からこの十日間、何を考えながら生きていたというのか。町から六つ目の駅の駅長宅に待避したのは、みずからのアリバイを確保するためであったのか？　それとも静かに事態が収束するのを静観しようとしていたのか。すべてを見きわめた上での死を意識していたということだろうか。それならば、何のために？　ここでも、スタヴローギンは自分の生を生きているというより、むしろ、象徴的な生を生かされているという印象を受ける。いや、この十日間の「生」は、スタヴローギンの記憶に「告白」に盛られた事実が存在していないということの証なのかもしれない。

最後に、もういちど彼の二十九年の歴史、いや、そもそも彼のなかにおけるニヒリズムの歴史を多少ともリアルに掘り起こしてみよう。

わたしの脳裏にしきりに思い浮かぶ疑問とは、一八六三年のポーランドでの一月蜂起で彼がかち得た、「十字勲章」の意味である。どのような軍功によって十字勲章が得られたのか。ことによると、この時の経験が、彼に最初の「堕落」をもたらした可能性がある。テクストにないディテールにまで想像力を膨らませることがいかに危険かは百も承知で、あえて足を踏みこんでみよう。

一八六三年一月二十二日に、旧ポーランド・リトアニア領内で起こった反乱は、ポーランドの青年による、ロシア帝国軍へのポーランド人徴兵にたいする抗議運動に発端をもち、その後、政府高官や政治家もこれに加わった。背景に、クリミヤ戦争に敗れたロシア政府の弱体化があった。しかし反乱軍に対して外国からの期待された支援がなかったため、結果的にはゲリラ的戦闘を余儀なくされ、ロシア軍の大規模な介入の前に敗北を喫した。戦闘では、何千人もの市民が命を落とし、「首吊り屋」と渾名されたミハイル・ムラヴィヨフ将軍は、男女の別なく絞首刑を行い、おびただしい数のポーランド人をシベリア流刑に処した。ここまではすでに述べたとおりである。

わたしはいま、こんなふうな想像をめぐらせている。ドストエフスキーは、スタヴローギンをポーランド蜂起に関わらせ叙勲に与からせることで、そこでの彼の非道ぶりを暗示しようとしたのではないか——。

そもそも、スタヴローギンは、ルソーの「異常な耽溺」が示すように、幼い時から罪の意識にさいなまれてきた人間である。だが、というべきか、だからというべきか、罪深さの意識のなかで果てしなく罪を犯し、快感を経験しつづけてきた。罪の克服のために罪を犯しつづけるという構図は、死の克服のために自殺しようとするキリーロフの行為にも通じるところがある。創作ノートを読むと、後悔を感じたいという欲求にかられ、後悔を感じるために罪を犯すという悪しきサイクルをはっきりと見てとることができる。

では、現実に、スタヴローギンが意識していた罪の重さとはどのようなものであり、現にどこまで彼に責任があったのか。ここは期間を、彼が帰郷する九月十四日の「運命的な」日曜日から、十月十一（十三）日の縊死までの約一カ月間に限定して、彼がおかした罪をひとつずつ検証しておこう。

最初に対象となるのが、イワン・シャートフの死である。

シャートフの殺害は、第三部第六章「多難な一夜」が余すところなく示すように、ピョートルを筆頭とする五人組の手で行われた。スタヴローギンは、シャートフに身の危険が迫っていることを伝えに行き、なおかつピョートルにたいして「シャートフは渡しませんよ」とまで明言しており、五人組の魔の手から彼を救いだそうという意思はあった。しかし、はたしてどこまで真剣にシャートフを守りとおす気があったのかは不明である。逆にまた、シャートフの殺害に関し、彼が完全に無罪かというと必ずしもそう断じることはできない。なぜなら彼は、同志仲間の会合に向かう道すがら、五人組を団結させる手段として「血で縛る」という方法をピョートルにほのめかしており、これが間接的にシャートフ殺しの見えざる導火線となった可能性も否定できないからである。

「サークルのメンバー四人をそそのかし、残りの一人のメンバーを、密告の怖れありとかなんとか言って殺させるんです。そうしたら、あなたは、たちまち四人をがっちり結束させられる、流された血で縛るんですよ」（第二部第六章7）

わたしたち読者が慄然とさせられるのは、シャートフの殺害が、スクヴォレーシニキに隣接するスタヴローギン公園で行われたことである。現場は、スタヴローギンとリーザが一夜をともにした別荘から一キロとなかった。スタヴローギンに憑かれ、スタヴローギンに寝取られ、スタヴローギンの十字架を背負っての死であった。しかもそのスタヴローギンは、シャートフの運命が決せられようとし、みずからの手でまだ救済できる手立てがある直前、スクヴォレーシニキの別荘を後にし行方をくらませた。まさに黙過したのである。

次に、レビャートキン兄妹殺害と流刑囚フェージカの殺害について、その経過をかんたんに分析しておく。

スタヴローギンが川向こうの新居に住むマリヤを訪れた夜、フェージカが突如、橋の上に姿を現わし、金を無心する。このとき、スタヴローギンは有無を言わさずフェージカを撃退した。ところが、新居からの帰り道、スタヴローギンは、ふたたび姿を現わしたフェージカに向かって「五十ルーブルばかり」の細かい紙幣を空中にばらまく。この行為は、まさにスタヴローギン自身のなかの「悪魔」が、とつぜん顔をのぞかせた（「牙をむいた」）瞬間だった。フェージカは、この金によってスタヴローギンの願望を見ぬき、レビャートキン兄妹の殺害を委託されたと解した。じつはそうした彼の一連の行動を陰であやつっていたのが、ピョートルである。流刑囚フェージカはまさにニコライ・スタヴローギンの無意識と、ピョートル・ヴェルホヴェンスキーの陰謀が交錯する境界線上に立っていた。いずれにしても、スタヴローギンの有罪性は明らかであり、「責任を感じる」の一言ではとうてい片付けられない重さがある。

では、レビャートキンの妹マリヤが殺された理由とは何か。スタヴローギンのうちに、マリヤ殺害をそそのかすべき合理的な理由は存在しない。ただひたすら、潜在的な願望と事実のみがあったというべきだろう。内輪ながらマリヤとの結婚を公にしたスタヴローギンに、マリヤが何かしら重大な障碍として立ちはだかっているはずもなかった。事実、彼女がスイス・ウリー州への同行に素直に応じていれば、殺害をまぬがれた可能性がある。ましてや、彼は、リーザとの結婚を本気で望んでいたわけではなかった。

そもそも、マリヤとの結婚には、どこかサディズムの匂いのする傲慢さが潜んでいた。その傲慢さによって満足を得たかった、といってもよいだろう。だが、第二部第二章「夜（つづき）」の場面で、マリヤから「フクロウ」「偽公爵、オトレーピエフ」と罵られた彼の心に一瞬憎悪が燃えあがった。その憎悪の正体は、文字通り、悪魔的な「傲慢」である。そしてその「傲慢」の正体をだれよりも早く見破ったのが流刑囚フェージカだった。川向こうのレビャートキン兄妹の新居からの帰途、スタヴローギンは、金を無心するフェージカにたいして金をばらまく。では、かりにこの謎めいた「フィフティ・フィフティ」の指示がマリヤ殺害の教唆だったと仮定して、スタヴローギンはこの殺害から、どのような満足を得ることができたのだろうか。彼の無意識に巣食う破壊衝動、つまり、悪魔的な傲慢、というひと言のみで片付けられるのか。

次に対象となるのが、リーザ・トゥーシナの死である。じっさいに、彼女は、スクヴォレーシニキでのスタヴローギンとの逢引きのあと、火事の現場に駆けつけたところを群衆によって撲殺された。少くとも表面的には、「スタヴローギンの女」とのアジに煽られた、何人かの跳ねあがりによる殺害という以上の意味をもたない。だが、リーザ本人の意識はすでに根本的に変容をとげていた。その理由は、スタヴローギンのひと言にあった。

「ぼくは殺してはいません、そのことに反対していました、でも彼らが殺されることはわかって

いました、それでも、人殺しどもを止めようとしなかった」（第三部第三章2）

足の悪いマリヤの死は、未必の故意であり、そこで第三の「黙過」が起こった。リーザを絶望に陥れたのは、妻マリヤの死を予知していたスタヴローギンと夜をともにし、動物的な快楽に身を任せようとした事実そのものである。リーザは、死を覚悟して火事の現場に赴いたのであり、その意味ではまさに「自殺行為」だった。その「自殺行為」の背景には、許されざるタブーを犯したという意識があった。それは、何か。悪魔に魅入られるという原罪の感覚において、リーザの死は、マトリョーシャの死とかぎりなく近い意味を帯びるにいたった。しかし火事の現場で撲殺されることがなくても、リーザはいずれ自殺をまぬがれないというのが、ドストエフスキーの結論だったと思う。

最後は、マリー・シャートワとその赤子の死。むろん、だれかに直接の責任があるわけではないし、母親マリー自身にも大いに責任がある。だが、出産という事実の重みを考えるとき、当然のことながら浮かびあがってくるのが、父親スタヴローギンの存在である（「ニコライ・スタヴローギンは人でなしよ！」第三部第五章6）。それは、足の悪いマリヤの場合とは大いに異なっている。この「人でなし」の意味がどのような重さをになっていたかについてはすでに述べたとおりである。

このように考えていくと、スタヴローギンがこの一カ月間におかした罪と、ダーシャ宛ての手紙の内容との間には、一筋縄では理解できない謎や齟齬が潜んでいることが明らかになる。スタヴローギンは、みずからの周囲に生じた悲劇をどこまでも自意識のレベルでしかとらえていない。リーザとの情事からまもなく、一時、行方をくらましたスタヴローギンは、町の駅から六つ目の駅の駅長宅に身を寄せた。町から六つめの駅というディテールが、どこからもたらされたのかわからない。ただしこの駅長宅で彼は、マリヤ、リーザ、マリーの死のみならず、シャートフ殺害、五人組の逮捕といった一連の出来事について何らかの情報を確実に手に入れていたことはまちがいない。そうした状態のなかで、はたして現実にスイスに赴くことが可能だったろうか。

しかしそれはともかくも、わたしがここで強く興味を惹かれるのは、スタヴローギンが自分の死に場所に選んだ屋根裏部屋の意味である。彼のような大地主の息子が、屋根裏部屋を死に場所に選ぶということ自体、異常である。思うに、ドストエフスキーはここでまたしても一つの象徴劇を企んでいた。『悪霊』のラストシーンを見てみよう。別荘に駆けつけた母親のワルワーラ夫人は、屋根裏部屋に上ることを頑として拒む。

「たしかに、いつもは閉めきってある小部屋のドアが、今は開けはなってある。ほとんど屋根の真下まで届く、木造の、長くて、ひどく狭苦しい、しかもおそろしく急な階段を昇らなくてはならなかった。そこにも、ちょっとした小部屋があったのである」（第三部第八章）

「あんなところ、わたし、行きませんよ。どうしてあの子が、あんなところに上がったりするんです？」

「どうしてあの子が、あんなところに上がったりするんです？」――。

「長くて、ひどく狭苦しい、しかもおそろしく急な」という説明から、ドストエフスキーがこの屋根裏部屋に特別な意味づけを行っていたことがうかがえる。連想力に長けた読者は、ただちに絞首台をイメージするかもしれない。縊死であり、絞首刑である。

では、なぜ、屋根裏部屋だったのか。なぜ、母親は、「どうしてあの子が」と言ったのか。それは、恐らくドストエフスキーのサインだった。スタヴローギンは、屋根裏部屋に昇らざるをえなかったと考えていい。

ロシアをとことん嫌い、大地を憎んだ彼は、たとえ死んでも、この大地に横たわることを拒もうとしていたのではないか。屋根裏部屋での死とは、天と地の間で宙吊りにされた死、とでも呼ぶことができる。

ドストエフスキーは、創作ノートに記した次の一行を、最後まで忘れることはなかった。

「足下に大地がないことを意識した人間を表現すること」(一八七〇年三月)

では、屋根裏部屋に残された石鹸を塗ったロープのディテールが示しているものは何か。スタヴローギンは、自分の死が、狂気や錯乱の結果ではなく、限りなく正気に近い観念による自殺であることを示したかった。ダーリヤに宛てた手紙でスタヴローギンが、「けっして、けっして、ぼくには、拳銃自殺などできません!」と書いていたことに注意しよう。

「寛大なキリーロフは、観念をもちこたえられず——拳銃自殺してしまった。でも、ぼくにはわかるのです。彼が寛大だったのは、健全な理性を持っていなかったからだと」

すでに述べたように、スタヴローギンの死の描写は、キリーロフの死と「フーガ的な関係」(シラード)にあった。また、エルミーロワが書いているように、「多くの登場人物のなかにあって、スタヴローギンは、現実化したキリーロフの夢である。新しい神、ないしは人神である」。

ダーリヤに宛てた手紙は、遺書ではない。旅への誘いである。事実、この手紙を最初に読んだダーリヤも、次にそれを手にしたワルワーラ夫人も、その時点でスタヴローギンの死を予感してはいなかった(「ここにいて何ができるっていうの?……わたしもウリー州に籍を移して、渓谷に住みます」)。他方、スタヴローギンは恐らくこの時点で死を決意していた。「ぼくには、拳銃自殺などできません!」という宣言で彼が暗に示そうとしていたのは、拳銃以外の手段による自殺の追求である。ともあれ、縊死した人間のぶざまな姿を、「現実化したキリーロフの夢」にも、「人神」にもなぞることはできない。むしろ、彼は、みずからの死によってキリーロフの「夢」をとことん叩きつぶそうとしていたとも言える。

いずれにせよ、「十字架」の名前を背負ったスタヴローギンの死は、当然のことながら、十字架上のキリストとユダの死のイメージを招きよせる。ドストエフスキーは、このスタヴローギンに縊死の運命をたどらせることで、復活と「信仰の道」を閉ざしたといえるかもしれない。これはまさにドストエフスキーによる裁きでもあったのである。

次に屋根裏部屋の小机の上に置かれていた紙切れに注目する。

「だれも責めてはならない、ぼく、自身だ」

この一行は、ひどく謎めいている。縊死の直前に認めた一文で、彼は、自分の死にはだれの責任もないと言っているのだが、責めるべきだれかがいるということが前提なのか、それとも、これが、自殺者による「遺書」の常套句だというのか。ここにもまた、「告白」にみられたおそるべきエゴイズムが露出している。

なぜなら、だれ一人、彼の死を責めるものなどいないからである。『悪霊』の物語は、スタヴローギンが自殺する十月十一(十三)日ですべてが締めくくられた。少なくともこの段階で、彼を責めるべき人はすべて死に絶えていた。では、なぜ、「だれも責めるなかれ」と書いたのか。わたしがここで言いたいのは、「ぼく、自身だ」(「ぼくが自分を罰するのだ」)の意味するところである。これはほかでもない、縊死という恐ろしく醜悪かつぶざまな死が、神の裁きとして見られることを拒否しようとする態度の表明だった。スタヴローギンは、ドストエフスキーの裁きにも抵抗している。しかし、終局的な裁きは、ドストエフスキーにも、スタヴローギン自身にも下せなかった。この場面をめぐってロシアのある研究者が面白いことを言っている。

「これらの散文的かつ日常的なディテールのなかで欠けているものがあるとすれば、それは、屋根裏部屋で石鹼をべっとり塗ったロープに袋のようにぶらさがった悪魔的主人公の（尿で）びしょ濡れになったズボンの記述だけである」

ドストエフスキーの想像力は果たしてそこまで及んでいただろうか？　及んでいたと考えることのできるヒントはあるのだろうか。スタヴローギンはそのぶざまさ、滑稽さを敢えて選んだということだろうか。そのぶざまさ、滑稽さをスタヴローギンは見通していたのだろうか。見通していた、というより、ドストエフスキーは予感していた。恐らく、五年前の夏、ペテルブルグの同じアパート内の納屋でマトリョーシャが縊死を遂げ、戸の隙間からその姿をのぞき見たとき、おそらくは彼の鼻を生々しい匂いが打ったにちがいない。しかしそのことを「告白」に書きつけることは、良心が許さなかった。ドストエフスキーは、スタヴローギンのその時の行動を次のように書いていた。

「私はすぐにドアに駆けより、それを細めに開けて、便所の並びにある、鶏小屋のような納屋にマトリョーシャが入っていくのを見届けた」

「便所」「鶏小屋」というディテールを重ねることで（そこまで書く必要があったのか）、ドストエフスキーがマトリョーシャの縊死をとおして読者に何を経験させたかったかが想像できる。

マトリョーシャの縊死を目撃したスタヴローギンが、その姿に見た「すべてのもの」が何であったかを思い出してほしい。彼は、まさにその「すべてのもの」をみずからが世界にむかってさらしたのだった。彼はついにおのれの死をも唆すほどの傲慢な意志を最後まで保持しながら、ついに神に勝つことはできなかった。そしてこのぶざまさ、滑稽さとは、神という絶対的なまなざしにさらされた人間すべての悲しい宿命ということになる。

思えば、スタヴローギンの手元にはつねにピストルがあった。彼が、チーホン僧正のもとを訪ねる前夜、しきりに目を向けていたタンスの引き出しに入っていたのは、ことによると、「告白」の原稿でも、縊死用のロープでもなく、ピストルそのものであったかもしれない。誇り高い一貴族として、ピストルによる自殺は、それなりに潔い手段とみなしうるし、事実、彼の手もとにはつねにピストルが用意されていた。ドストエフスキー自身も、創作ノートでは、何度か拳銃自殺による死を暗示している。それは、たしかに貴族にふさわしい死にざまかもしれない、しかしあまりにもステレオタイプ的に過ぎることも事実だった。キリーロフの反復は、ぜひとも避けたかったし、自尊心が許さなかった。つまり、彼は、自分の死にたいする「評価」を一定程度念頭において行動していたのである。だから、彼は、拳銃自殺を拒否し、縊死を選択したのである。まさに「十字架」にして「角《ローク》」――。スタヴローギンの死には、キリストとユダが同居している。スタヴローギンという十字架上でユダがはりつけとなる。これほどにみごとな自己完結はない。思うに、「告白」に綴られた文体の露悪趣味は、まさに最後の首吊り自殺に通じていた。たしかに、その死にざまの醜さは、自分に向けられた「仮面」に対する謀反を物語るものといえるかもしれない。シラードは、「スタヴローギンの悲劇は、彼が、レビャートキンよりも下手な役者だった、ことにある」という。しかし少くとも縊死による自殺という手段の選択において、彼はみごとにその「十字架」としての役を演じきったというのがふさわしいだろう。

いずれにしても、仮面劇は終わった。『悪霊』に登場する全員の顔から仮面がはぎ落とされた。いや、死そのものが、仮面を剝ぎとる行為が、まさに仮面劇の終わりでもあった。

5 「悪魔つき《ベソフシチナ》」のロシア

セルゲイ・ブルガーコフは、書いている。

「『悪霊』とは、ロシア革命にかかわる小説ではなく、ロシア人の精神の病について述べた小説である」

「ドストエフスキーの悲劇は、『悪霊』と名づけられている。この悲劇では、善ではなく、悪の力が、救済者ではなく、誘惑者がロシア人の魂を支配している。《われわれは多勢ゆえにレギオン》と名づけられたその名前は、みずからいくつもの顔をもつ悪である」

この二つの言葉を検証するために、もういちど、冒頭のエピグラフの問題に帰ってみたい。はじめに、プーシキンの「悪霊」の詩が引用された。この詩は、各連が八行からなり、全体で七連からなる長詩である。ドストエフスキーが小説のエピグラフに用いた部分は、中間部のリーダーによって合成されたものである（具体的には、第二連と、第五連の後半部分が合成された）。ドストエフスキーがこの詩の一部を『悪霊』のエピグラフに使用する決心をしたのは、むろんドレスデン滞在中のことである。手もとにプーシキンの作品集がなかったため、『悪霊』の冒頭部分を『ロシア報知』編集部に送る旨を記した手紙のなかで彼は次のように書いている。

「長編に出てくるフランス語の言いまわしを貴編集部で見直してくださるよう伏してお願いいたします。誤りはないと思いますが、まちがえる可能性がありますので。

同様に、エピグラフに使ったプーシキンの詩も、プーシキンの原文と照合してくださるよう、謹んでお願いします。小生は暗記していたのを思い出して書いたのです」

プーシキンの詩が描きだしているのは、地霊と人間が共生する強大な神話空間である。そこでは、人間もまた、神話に登場する端役の一人でしかない。プーシキンは、神話と人間が地続きに生きてある感覚を「悪霊」の詩で描きだしてみせた。ロシアの現実には、聖書が描きだしている神と人間の二元的構図のなかではとらえきれない何かがあるという信念の証である。あるいは、悪魔をめぐるロシア民衆世界での理解と、福音書における理解の落差を示したかったのだろうか。

ロシアは、十世紀末にキリスト教を受け入れてから、スラブ大地を支配していた異教の神々をうちに取りこむ「二重信仰」という独特の宗教形態を維持してきた。それは、危険な因子をうちにはらんだ支配原理であった。まさにドストエフスキーの目に、一八六九年十一月に起こったネチャーエフ事件は、異教的な原理である「悪魔つき《ベソフシチナ》」の誕生を意味するものであった。より正確を期すなら、「ベソフシチナ」は、けっしてネチャーエフ事件のみに限られていたわけではない。一八六一年の農奴解放後ロシア社会において、その説明しがたい混沌と革命思想の台頭こそ、「ベソフシチナ」の現出だったのである。

しかし、この「ベソフシチナ」の現象は、そもそもキリスト教がロシアに入りこんでから、普遍的に見られる現象であることをドストエフスキーは強調したかった。果てしなくつづく荒涼の地、森林地帯、マローズとよばれる極寒、干ばつ、疫病、困窮の生活、日常的にあとを絶たない暴力、アルコール中毒、犯罪という、もろもろの否定的力が跋扈《ばっこ》する社会で、人々は神を信じることもできず、異教や迷信を心のなかに保ちつづけていた。白石治朗は、「ロシアでは、神を信じない者も、悪魔は信じた」と書いているが、ロシア社会全体が、歴史的に長い「ベソフシチナ」の状態を経験してきたといって過言ではない。それが現実にどのようなものであったか、『悪霊』執筆当時の地方の雰囲気を表す例を二つほど紹介しておこう。

一、一八七一年、ノヴォグルゥドゥク郡のトルカチ村では、コレラを終息させるために農婦マルツェリヤを生き埋めにしようとして失敗し、その代わり病気のソフィヤが生き埋めになった。現地を調査したある新聞記者によると、生き埋めは、この郡ではけっして珍しくないとのことであった。

生き埋めはまさに、「母なる大地」への供犠であり、疫病に感染した病人を生き埋めにすることは、悪の力を死の世界に封じこめる効能があった。このような古代的観念のなかで生きるロシア人をどのようにして立ち上がらせることができるのか。

二、一八七二年、キエフ県カネフ郡である少女の墓が暴かれた。捜査の結果、三人の農夫に疑惑が生じ、尋問すると、少女の手を切断し、少女が握っていた蠟の十字架で蠟燭をつくった。これをもって馬泥棒を働くつもりであったと自白した。

キリスト教の受容から九百年近く、ロシアはいまだ未開の状態をぬけだせず、文明の世界にまではるか遠い距離にあった。たしかに、ある一定の階層については、近代西欧が失った精神性をいまだに豊かに宿した世界と肯定的にとらえることもできるだろう。だが、現実に、下層部分でのロシアの、精神性とも呼ぶことのできない恐ろしい後進性を、精神性の美名のもとに放置しておくことは許されなかった。

いずれにしても、この、非文明的なロシアをどう変革するか、救いを求める道は二つに分かれていた。それこそは、革命的な手段による西欧化か、キリスト教による治癒かの二者択一である。しかし、右に引用した二つの事例に接して読者の多くは、十九世紀ロシアが生みだした知と文化の華やぎが、民衆的下層からすればはるか遠い夢の部分であったことを理解するにちがいない。たとえば、『悪霊』にしても後に単行本として売り出された部数は、三千五百部にすぎなかった（むろんこの数を多いとする見方もあるだろう）。他方、ロシア社会に巣くう悲惨さはもはや目を覆うべくもなく、文学それ自体が、その悲惨さを掬いあげることのできる器とはとうていなりえなかった。文学とは、あくまでも夢を見るための器であり、『悪霊』ですら一箇の文学としての宿命を免れることはできなかった。そこで改めてヴェルホヴェンスキー氏の最後のセリフに戻らなくてはならない。

「そう、これはまさしくぼくたちのロシアそのままじゃないかって。病人から出て、豚のなかに入る悪霊ども、これはね、何世紀、そう、何世紀にもわたって、ぼくたちの偉大な愛すべき病人、つまり、ぼくたちのロシアに積もりにつもったすべての疫病、すべての病毒だし、ありとあらゆる不浄の輩だし、ありとあらゆる悪霊どもだし、その子鬼でもあるんです！……ぼくたちは正気を失い、悪霊に憑かれて、崖から海のなかに飛びこみ、全員が溺れ死んでしまう。それがぼくたちの道なんです。なぜって、ぼくたちにできることはそれくらいのことですから。でも、病人は病から癒え、『イエスの足もとに座る』ことになり……みんなが驚きの目を見張る……」（第三部第七章2）

臨終の床にあって、このヴェルホヴェンスキー氏に明察の時が訪れようとしていた。

では、この「ベソフシチナ」の宿命に抗し、これをまぬがれることのできた人物はいたのだろうか。少くとも『悪霊』が描き出した知識層にそうした人物はひとりとして存在しない。

ロシア社会をおおう「ベソフシチナ」という現実にたいする対抗原理をドストエフスキーは必死で探し求めようとしていた。そしておそらくは、ヴェルホヴェンスキー氏と福音書売りの女性との出会いが、こうした「ベソフシチナ」への最後の砦として提示されていたと考えることができる。「祭り」の狂騒のなかで、「シェイクスピアとラファエロ」の価値を訴え、ひたすら美への献身を説いたヴェルホヴェンスキー氏こそは、たとえば、ロシア民族の崇拝に傾くシャートフの狭いメシヤ主義を脱けだし、より普遍的な神の道をもとめる人物として思い描かれていたのだと思う。創作ノートにもそのことを裏付けてくれる文章がひとつある。

「ヴェルホヴェンスキー氏、聖書売りの女のあとで、『わたしはあそこ（民衆のなか）がこれほど堅固だろうとは思わなかった』」

湖をめざして旅をつづけてきた彼は、湖の手前で福音書売りの女性に出会い、ワルワーラ夫人に看取られながらこの世を去る。この光景こそが、この小説のなかでの唯一の光である。逆にそれほどにも光量に欠けた小説、それが、『悪霊』の世界である。さらなる光量を探し求めるなら、それこそは、イワン・シャートフの、未完成ながらも、生命力にあふれた信念と生きざまということになるのだろうか。

しかしかりにそれが、小説世界を覆う暗黒から読み手を救いだす光とはなりえても、現実に、ロシアをおおいつくす暗黒から人間ひとりひとりを救いだす力たりえるのか、という問題が残る。

農奴の出であるシャートフは、ワルワーラ夫人の特別の引き立てでヴェルホヴェンスキー氏の教育にあずかり、除籍処分になったとはいえ、大学にまで進学できた、いってみればエリートである。かりにシャートフがその後、思想的な深化をとげることができたとして、はたしてそれで現実のロシアがよくなるわけでもない。事情は、ヴェルホヴェンスキー氏にしても同じである。問題は、小説ではなく、現実にある。むろん、ドストエフスキーの本音としては、せめてロシアの知識層ぐらいは、との思いがあったにちがいない。他方、『悪霊』が、現実のロシアを暗黒から救いだそうと奮いたつ若い革命家たちの意気を阻喪させる小説であったことはまぎれもない事実である。これほどまでに革命家を戯画化した小説を、革命家のモラルを矯正する書物と理解することはどうみても困難だからである。その意味で、『悪霊』は、確実に一つの政治的方向性を選択していたのである。

伝記4 『悪霊』後

1 単行本化の試み

連載開始からまる二年を経た一八七二年十二月、『悪霊』はとにもかくにも完結を迎えることになった。次に待っていたのは、単行本化の作業である。課題は何より、読者の熱が冷めないうちに刊行することだった。そうでなくても読者の多くが物語の流れを見失っている可能性があった。一年間の休載を間にはさむ二年間の連載では、印税分と前渡し金（つまり借金）が相殺され、最終的に受けとることができたのは、わずか二百四十五ルーブル八十八コペイカだった。現在の金にみつもって、二十五万円相当である。

それでも、金銭面でのしがらみから解放され、自費による単行本を出版できるのは、ドストエフスキーのみならず、アンナ夫人にとっても大きな喜びだった。

刊行までわずか五週間しかなかった。その間、ドストエフスキーは、保守系の雑誌である『市民』から編集長の打診を受け、受託の証文を書いている。提示された額は、雑誌の編集およびエッセー掲載を含めて年に約五千ルーブル（現在の額にして約五百万円）。ドストエフスキー年譜に目をやると、同じ十二月十六日に、皇帝官房第三課、いわゆる秘密警察は、印刷物管理局にたいし、ドストエフスキーが『市民』の編集者となることを許可する旨が伝えられている。また、印刷物管理局は、即刻、その旨を、サンクトペテルブルグにある検閲委員会に通知している。

年明けて一月、いよいよ単行本化のための本格的な作業がはじまり、校正の作業に忙殺される日々がつづいた。雑誌連載中、本来なら、第二部第九章として掲載されるはずであった「チーホンのもとで」の章が、最終的に削除されたため、そこから生じた不具合をとくに念入りに修正する必要があった。アンナ夫人が書いている。

「わたしが初校と再校を、夫が著者校をおこなった」

作業の途中、ドストエフスキーの脳裏に、この「チーホンのもとで」の章を新たに挿入するというアイデアが閃いたことも一度ならずある。たとえば、『悪霊』の原稿に書き記された次の数行がそれを物語っている。

「ニコライ・スタヴローギンの死後、手記のようなものが残されているという話である（ただしだれにも知られていない）。わたしは懸命になってそれを探している（ことによると、探し出せるかもしれない、そこで、もしも可能であれば）。Finis」

だが、それでも結局のところ、そのささやかな野心も放棄された。正確な理由はわからない。ただ、かりにこの章を新たに書きくわえると決断した場合、すでに完成している本文との間に新たな齟齬をきたす恐れがあったし、そうすると逆に第三部全体を根本から書き変える必要性が生じてくるはずだった。前節でも触れたように、たとえばダーシャへの「手紙」は、あくまで「告白」は存在しない、との前提のもとに書き進められていた可能性が大きい。まさに、マトリョーシャ凌辱の経験をもたないスタヴローギン――。かりに「チーホンのもとで」の章を加えるとした場合、今後は、雑誌『ロシア報知』編集部ではなく、検閲当局すなわちペテルブルグ検閲委員会との間で悶着が生じる可能性もあった。

結局、ドストエフスキーが行った主な修正は、章構成の大幅な見直しという構成面での変更に集中した。

雑誌（一八七二年）　単行本（一八七三年）
第三部第一章　→　第二部第九章「ヴェルホヴェンスキー氏、家宅捜索を受ける」
第三部第二章　→　第二部第十章「海賊ども、運命の朝」
第三部第三章　→　第三部第一章「祭り――第一部」
第三部第四章　→　第三部第二章「祭りの終わり」

また、第二部第三章「決闘」（単行本も同じ）の最終節で、決闘を終えたスタヴローギンが、ダーシャと顔をあわせる場面で告白した「幽霊の来訪」のくだりが大幅にカットされた。

さて、「チーホンのもとで」の章を小説本体の一部とすべきか、否か、という議論は、この章の存在が広く世に知られるにいたった一九二二年の時点で大きな関心を呼んでいた。「チーホンのもとで」の章を、本体の一部とするべきではないと主張するコマローヴィチは、次のように説明している。すなわち、一八七一年以降、『悪霊』の出版はもはやカトコフの検閲に縛られることがなかったにもかかわらず、作家はあえて「チーホンのもとで」の章を加えなかった。つまりスタヴローギンの性格の「一貫性」と、作家の意思に鑑み、「チーホンのもとで」の章はたまたま小説本体から抜け落ちたわけではなく、事実上、小説とは無縁のものとなった、それは、草稿のバリエーションにすぎず、それ以上のものではないとみなさざるをえないという考え方である。

つまり、『悪霊』の主人公としてスタヴローギンが浮上し、作者みずから「自分の魂の中からつかみだしました」と書いた時点で、『悪霊』の構想は、本来あった「偉大な罪びとの生涯」の構想ときわめて近いものとなり、スタヴローギンは、この「生涯」の主人公と同一視されるにいたった。しかるに、「生涯」における基本モチーフとは、「偉大な罪びと」の改心と、チーホンの助けによる神への帰依にあって、この段階でのドストエフスキーは、「変貌」という使命をスタヴローギンに与えていた。たしかに、この段階では、『悪霊』にとって「チーホンのもとで」の章は不可欠だった。なぜなら、第二部全体に筆を進めていた時点でのドストエフスキーは、病から癒える「偉大な罪びと」の像を提示できるという確固とした見こみがあったからである。『悪霊』第二部が、この「チーホンのもとで」の章で閉じられる予定であったことに鑑みても、第二部を終えるぎりぎりの段階まで、スタヴローギンの「復活」は可能だとドストエフスキーは考えていたはずである。ところが、第三部に入り、いよいよ大団円が近づくにつれて、ドストエフスキーは、当初のそうした宗教的（かつ芸術的な）目的を果たすことができない、すなわち、「偉大な罪びと」を治癒できないと考えるにいたり、最終的に、この「チーホンのもとで」は断念された。以上が、コマローヴィチの主張である。

現代のドストエフスキー研究者のなかにも、コマローヴィチのこの視点に賛同している研究者は少なくない。たとえば、マイケル・ホルキストは、ドストエフスキーが第二部第九章を最終的に復活させないという決断に立ったのは、作者のうちでナラティブ上および美的な配慮が働いたからで、かならずしも検閲を考慮したものではないと主張している。つまり、最終的にドストエフスキーは、「チーホンのもとで」の章の復活を諦めたうえで次のステップを踏んでいたということになる。

しかし、ロシアの研究者たちの間では、「チーホンのもとで」の章の復活は不可欠だとする考え方が主流である。この系列に連なる研究者としてユーリー・カリャーキン、リュドミラ・サラスキナ、ウラジーミル・ザハーロフらの名前を上げることができる。カリャーキンは、「チーホンのもとで」の章のない『悪霊』は、「中心の丸屋根のない正教寺院を思わせる」とまで書いている。

結局のところ、問題は、この『悪霊』という小説に構成面の統一と小説そのもののもつ力のどちらを求めるか、という点に帰着する。そこでわたしなりの結論を記すならば、次のようになる。「チーホンのもとで」の章は不可欠である。不可欠との前提のうえで、新たな統合的視点からの『悪霊』読解が欠かせない。かりに矛盾点が存在するにしても、それらの矛盾点をも含みこむ、より高次のレベルの小説世界として『悪霊』を見るべきだ、という立場である。

2　皇太子に捧げる

単行本による『悪霊』の出版予告が、一八七三年の一月二十二日に出され、同じ一月末、ついに自費出版による『悪霊』が刊行された。発行部数三千五百部（一冊三ルーブル五十コペイカ）のうち、最初の百十五冊は、刊行当日の午前中に、アンナ夫人が自宅で売り切った。「ひと口にいって、わたしたちの出版事業ははなばなしく開始され、その年の終わりまでに三千部がはけてしまった。残りの五百部が売れるまでにその後、二、三年かかった。結局、本屋の手数料と出版費用をすべて差っ引いても四千ルーブル以上になり、おかげでわたしたちを煩わしてきた借金のいくらかは片をつけることができた」

他方、ドストエフスキーは、すでに週刊誌『市民』の編集と「作家の日記」の原稿執筆に追われており、徐々に精神的な余裕を失いはじめていた。

アンナ夫人が回想するように、『市民』の編集人の仕事には、思いのほか労力と神経が必要であることがわかった。

「ほとんど三年がかりで『悪霊』を仕上げたあとでは、いくらか休養にもなるだろうと思って、夫の仕事の変化をよろこんだ。ところが、とても性にあわない仕事を引き受ける過ちをおかしたことが、夫にもわたしにもだんだんわかってきた。夫はこの編集の仕事をきわめて良心的にはたし、のこらず投稿に目をとおすばかりか、発行者自身の論文のようなまずい文章に手を入れるので、そのためうんと時間をとられた」

二月十日、ドストエフスキーは、政界の大立者で個人的に親しい交わりのあった政治家ポベドノースツェフを介して、皇太子アレクサンドル・ロマノーフに『悪霊』の一冊を献呈した。夫人の回想によると、「かねがね、夫ドストエフスキーの作品に関心を寄せてくださっていた殿下が、ポベドノースツェフに『悪霊』の作者は自作をどう見ているか知りたいという意味の言葉を漏らされた。一八七三年のはじめに単行本が出たのを機会に夫ドストエフスキーはこのポベドノースツェフを介して殿下に一冊献呈した」のだという。

ドストエフスキーは、献呈にあたって次のような説明を施した。長文にわたるがこれも引用しておこう。

「殿下の御前にわたしの労作を奉呈する栄誉と幸福をお授け下さることをお許しください。これはほとんど歴史的エチュードにひとしいもので、わたしはこれによって、ネチャーエフの犯罪のような奇怪な現象が、わが国の異常な社会に起こりうる可能性を解明しようと望んだのであります。わたくしの見解は、これらの現象は偶然でなければ、単発的なものでもない、ということにあります。これは——ロシアの文明全体が、ロシアの生活の血縁的な独自の原理からいちじるしく遊離した直接の結果にほかなりません。わが国のえせヨーロッパ的発展のもっとも才能豊かな代表者たちでさえ、すでに久しい以前から、われわれロシア人にとって自己の独自性を夢想するなどまったく犯罪的であるという信念に達しております。なによりおそろしいのは、彼らがまったく正しいということです。なぜなら、いったん誇りをもってヨーロッパ人と名乗った以上、われわれはほかならぬそのことによってロシア人であることを拒否したからであります。知的・学問的発達においてヨーロッパからかくも遠く立ち遅れてしまったことに対する困惑と恐怖にかられて、われわれは、わが国の発達の独自性という条件の下で、われわれ自身もロシア人として世界に新しい光をもたらすかもしれぬ能力を、ロシア精神の内奥と課題とに蔵しているのだということを失念したのです。みずからを卑しめることに酔うあまり、民族としての自己の世界的意義というものいっさいの傲慢さなしには、われわれは決して偉大な民族となり得ないし、全人類の利益のためにせめて何かしら独自のものを自己のあとに残すこともできないという、確固たる歴史的法則を忘れたのであります。すべての偉大な民族は、その自負においてきわめて『傲慢』であったことによって自己の偉大な力を発揮してきたのであり、ほかならぬそのことによって世界に貢献もしたし、まさにそのことによってそれぞれの民族がたとえ一条の光なりと世界にもたらし、その結果、それらの民族自身も誇り高く、不屈に、常に傲慢に独自的でありつづけた、ということをわれわれは忘れたのであります。

現在わが国でこのように考え、このような思想を表明するのは、とりも直さず、みずからを不可触賤民の役割に運命づけることを意味しております。にもかかわらず、わが国の民族的非独自性を唱える最高の伝道者たちは、慄然として真っ先にネチャーエフ事件から顔をそむけることでしょう。わがベリンスキーやグラノフスキーといった手合いは、彼らこそネチャーエフたちの直接の父祖と言われても、信じないにちがいありません。父祖から子に発展してきた、まさにこの思想の血縁性と継承性こそ、わたくしがこの作品で表現したかったものであります。成功には程遠いものでありますが、仕事は良心的にいたしました。

殿下、世界のもっとも偉大な玉座の一つの継承者であられ、ロシアの大地の未来の指導者であり支配者であられる殿下が——わが国の現在の文明、奇妙で不自然で、非独自的でありながら、今日までいまだにロシア生活の先頭にとどまりつづけている文明の、もっとも危険な害悪の一つを芸術的形象で描こうとしたわたくしの非力な（それはわたくしも承知しております）、しかし良心的な試みに、たとえわずかなりとも注意をお払い下さるかもしれないという希望が、わたくしを喜ばせ、精神を昂揚させるのであります。

いと恵み深き皇太子殿下、かぎりなき尊敬と感謝の心をもって、いつまでも殿下のもっとも忠実な、信服せるしもべでありつづけることをお許し下さい。

フョードル・ドストエフスキー」

アレクサンドル・ロマノーフ皇太子殿下にたいする手紙は、ドストエフスキー自身による優れた『悪霊』注解のかたちをなしている。そこでの主張を要約すると次のようになる。

ネチャーエフとは、そもそも、「ロシアの文明全体が、ロシアの生活の血縁的な独自の原理からいちじるしく遊離した直接の結果」であるということ、次に、わたしたちの時代のもっとも才能ある代表者たちは、ロシアにはロシア固有の発達の道があるということ、そしてその条件のもとで、ロシア人が世界にむかって光を発しうる力をもつという信念を忘れてしまった。「民族としての自己の世界的意義」という「傲慢さ」を持つことなしに、民族は偉大な民族たりえない、また全人類のためにも何がしかのことをなしえないという「歴史的法則」を忘れてしまった。そもそもすべての偉大な民族は、「傲慢」であることによってみずからの力を発揮してきたのだ、と述べている。そして最後に、この小説で自分が追求しようとしてきたテーマとは、ベリンスキーやグラノフスキーといった父祖の世代と子どもの世代の思想の「血縁性と継承性」であり、自分は、ロシアの文明にとって「もっとも危険な害悪の一つ」を描こうとしたとその意図を明らかにしている。

相手が皇太子陛下ということであれば、礼儀を失することだけは何としても避けなくてはならないし、その内容にいかなる二枚舌も許されないことは、ほかのだれよりも作家自身が承知していた。その意味でも、この手紙は、『悪霊』という小説が放つメッセージとそこに含まれる精神性をみごとなほどコンパクトに伝える内容となっている。わたしが何よりも興味深く感じるのは、『悪霊』が根底にはらんでいる思想的メッセージが、おもにシャートフの世界観によって代弁され、一八四〇年代の知識人とニヒリスト世代との血縁性が必要以上に強調されていることである。しかし、作家はおおむねこの小説の思想的なアウトラインを大きく踏みはずすことはなかったと見てよいだろう。ただ、彼が、献辞の末尾に残した一行は（「もっとも忠実な、信服せるしもべ」)、その後のドストエフスキーの作家生活に大きな重石となってのしかかることになった。彼は、ひとりの人間として、作家として、けっして裏切ることを許されない相手をもったということである。

しかし、ここであえて触れておきたいことがある。それはつまり、思想と小説は別次元のものだということである。小説は、思想よりもはるかに深い精神世界をさまよい、はるかに複雑な精神運動を表象する。むろん、『悪霊』もまた、神か、革命かといった単純な二分法からはるかに深い地点をさまよいながら生まれでた小説であり、革命勢力にたいする戯画化がいかにきわどいものであれ、思想よりも人間にたいする愛がつねに優位を占める。末期のステパン・ヴェルホヴェンスキーが、息子のピョートルに語りかけた一言がその証であるし、そもそも創作ノートの終わり近くに書かれた未完の序文がそのことを物語っている。

「キリーロフには、真理のためにはただちにみずからを犠牲にするという民衆的な思想がある。四月四日の不幸な、盲目的な自殺者でさえ、あの時点ではみずからの真実を信じていた（のちに彼は悔い改めたという、神に栄光あれ）……

真理のために自分そしてすべてを犠牲にしようとすること――これは、この世代の民族的特質である。神よ、この世代に祝福を与え、彼らに真理の理解をつかわしたまえ。なぜなら問題のすべては、何を真理とみなすかにあるからだ。そのためにこそこの小説も書かれたのである」

右の引用に記された「四月四日の不幸な、盲目的な自殺者」とは、一八六六年四月にアレクサンドル二世暗殺未遂事件を起こした犯人ドミートリー・カラコーゾフをさしている。キリーロフとカラコーゾフが対置されているのを怪訝に思われる向きもあるだろう。だが、キリーロフは、当初、『悪霊』全体の構想が固まるプロセスのなかで、皇帝暗殺の役を振りあてられた人物でもあった。

それにしても、この、新しい革命世代への阿《おもね》りさえ感じられる序文は、『悪霊』でのドストエフスキーがたどり着こうとしていた、ある意味で危険な水域でもあった。逆に、創作ノートのなかであればこそ、書くことのできた「序文」でもあった。

3 小説と現実

『悪霊』の単行本化を終えたドストエフスキーは、それから約一年、週刊誌『市民』の編集人としての職務を「きわめて良心的に」果たしつづけていくが、仕事それ自体にかなり無理と労力が伴うことがわかった。『市民』の執筆者の一人には、先にも紹介した国会議員ポベドノースツェフ（彼は、後に宗務院長となった）もいた。帝政ロシア崩壊期の極右思想家の一人とされる人物だが、かねて『罪と罰』を高く評価していた彼は、ドストエフスキーの囲いこみに熱をあげ、ことあるごとに彼を引き立ててきた経緯があった。といってもそのことが、『市民』誌におけるドストエフスキーの立場を強化することにはつながらなかった。グロスマンによると、ドストエフスキーが編集長に任命されたとき、皇帝官房第三課（秘密警察）は、「この人物の将来の活動に責任を負うこと」を拒否したほどだという。検閲当局は、ドストエフスキーが『市民』の編集長の任にあることを好ましく思わず、彼の作家としての一挙一動を監視していたふしがうかがえる。やがて、彼には、編集者として特権を利用し、検閲を無視しているという理由で次々と行政処分が下されるようになった。まず、「皇族」に関するニュースを宮内大臣の許可なく、雑誌に掲載したことが槍玉にあがった（ドストエフスキーはこれにより、二十五ルーブルの罰金と二日間の拘留を宣告された）。編集人としての仕事がはじまって一年後の七四年三月、内務大臣は、雑誌『市民』が、「帝国在住の一部外国人にたいして敵意をいだくような見解」を保持しているとして、発行者兼編集人であるドストエフスキーにたいし最初の警告を行った。これは、発行所を閉鎖するとの脅しのもとにドストエフスキーを編集人の職務から遠ざける意図を隠しもつものだった。ドストエフスキーが健康上の理由からすみやかに辞職を申しでるのは、この警告が出てまもなくのことである。

さて、ドストエフスキーが、雑誌『市民』の編集人として精力的に作業を開始してまもない一月八日、モスクワ地方裁判所では、セルゲイ・ネチャーエフ本人に対する裁判が結審し、強制労働二十年、シベリア終身流刑の判決が下された。それから数日後、『政府通報』を皮切りに、ネチャーエフ裁判の公判記録が新聞各紙に掲載された。

ここでネチャーエフ関連の事実を明らかにしておくと、ドストエフスキーがドレスデンからペテルブルグに戻った直後の七一年七月十五日、ネチャーエフ一派にたいする判決が下され、首謀者にたいしてそれぞれ流刑が下されたことはすでに述べたとおりである。モスクワから国外に逃亡したネチャーエフは、その後、バクーニンに資金援助をあおぎ、雑誌『鐘』や『人民の裁き』などの出版事業に勤しんだ。『人民の裁き』に発表した論文「来るべき社会制度の主なる基盤」では、「共産党宣言」を引用しながら、「できるだけ多くを社会のために生産し、できるだけ少なく消費する」社会を描き、死の脅威のもとでの労働が不可欠であり、すべての事業は「だれにも知られることのない」委員会が司るべきだとしている。亡命地にあってネチャーエフは、バクーニンやゲルツェンの娘にたいして恐喝や脅しを行うなどしたため、亡命家のほぼすべてから敬遠され、徐々に孤立を深めていった。他方、マルクスらからは「バラック共産主義」との烙印を押された。やがて、恩人バクーニンからも不信を買い、ロンドン、パリ、チューリヒなど各都市を転々と放浪せざるをえなくなった。その間、一八七一年十月、インターナショナル総会は、マルクスによって書かれた特別声明を各国の新聞に発表した。「ネチャーエフは、国際労働者連盟のメンバーや代表者であったことはいちどもない」、「上述のネチャーエフは、国際労働者連盟の名前をかってに悪用し、ロシアの人々を欺き、彼らを犠牲にした」という内容だった。こうして完全に行き場を失った彼は、ポーランドのブランキ派に接触するものの孤立をまぬがれず、一八七二年八月中旬、チューリヒで逮捕され、身柄をロシア警察に引き渡された。アレクサンドル二世の恩赦により、シベリア終身流刑ではなく、独房での二十年の禁固を言い渡されたが、判決の際に、「土地寺院万歳！　専制打倒！」と叫んだという。独房のなかでネチャーエフは独学を重ね、長編小説『ジョルジュエタ』を書きあげた。また、会話を禁じられていた看守らを手なずけ、「人民の意志」派とも接触を図りつづけた。「人民の意志」派は、皇帝アレクサンドル二世の暗殺と同時に、ネチャーエフの救出も計画したが、不成功に終わった。その後、一八八一年三月に皇帝が暗殺され、ネチャーエフと「人民の意志」とのつながりが明るみに出るにおよんで看守たちは追放され、ネチャーエフ自身も、翌年八二年十一月二十一日、奇しくもイワーノフ殺害からまる十三年後の同じ日に壊血病でこの世を去った。享年三十五歳――。

4　『悪霊』批判

『悪霊』の販売が好評のうちに推移したことに、ドストエフスキーは大いに気をよくした。ただし、単行本として出版される前から、作者にたいして主に進歩派のジャーナリズムから、厳しい批判が向けられていた。そこには、『悪霊』は「文学的な奇形」「陰惨な狂気の事例」「神秘的なうわごと」であるといった批判や、作者は、保守派「カトコフのオーケストラ」に加わった、「裁判記録を転記していながら、芸術作品を書いているつもりでいる」といった中傷に近い内容の記事も含まれていた。たとえば、『新時代』の批評家は次のように書いている。

「われわれはそれでも、老いぼれた、無性格の食客の父親より、たとえ非道徳的ではあれ、知的で、エネルギッシュで、自分の目的にむかってひたすら突きすすむ若いヴェルホヴェンスキーのほうにはるかに多くのシンパシーを感じている……『悪霊』を読み終えたあとでわたしたちに残されているのは、この作家に十字を切ってやり、彼のやるべき仕事は終わったと考えることだけである」

友人たちの説得にもかかわらず、ドストエフスキーは自分を罵倒し、批判する新聞を読みかえしては怒り、いきり立っていたという。

同じく進歩派の批評家ミハイロフスキーは、「ドストエフスキーはなぜ、十四、五世紀のヨーロッパの生活に取材した小説を書かないのか?」と問い、「あの当時の犯罪者、悪魔つき、狼つき、死の舞踏、ペスト流行時のなかの酒盛り、あるいは、エゴイズムと罪の意識や贖罪の渇望との驚くべきコンビネーション、これらはみな、ドストエフスキーにはうってつけのテーマだろうに」と皮肉な疑問を投げかけた。ドストエフスキーは、柄にもなく同時代の革命運動を扱ったが、しかし登場人物たちの一人一人にあまりにも「エキセントリックな理念」を与えたため失敗作に終わったとする主張である。

『悪霊』連載中から、その物語の行方を興味津々見守っていたカルマジーノフのモデル、ツルゲーネフは、次のように書いている。

「ドストエフスキーはパロディよりもひどいことをしてくれた。彼はカルマジーノフの名前に託して私をネチャーエフ一派にひそかに共感を抱いている人間のように描いている」

カルマジーノフが「赤いラシャ布」を意味することも含め、ツルゲーネフがこの『悪霊』を、「政治的密告」（グロスマン）ととらえていたことはいうまでもないことである。

想像以上にきびしい批判に、若干の不安を感じていたのかもしれない。しかし、進歩派の陣営からすれば、当然の批判だった。なぜなら、ドストエフスキーが過剰なまでにあざとくロシアの現実を描きだしたことは疑いようのない事実だからである。ロシアがいかに病み、ドストエフスキーがロシアの将来をいかに深く案じていたとはいえ、これほどにも光明のないロシアの姿を描く権利がいったいだれにあるというのか――。だが、ドストエフスキーの見立てはちがった。むろん、ロシアの将来にたいする憂いもあったにちがいない。彼は、ロシアの現実のみならず、人間存在の奥深くに巣食うエゴの悲劇をどこまでも冷徹に見通していたのである。

批判は恐らくドストエフスキーとしても十分に予想していたことにちがいない。

ドストエフスキーは、ネチャーエフを、「あくどい戯画化」の手法によってピョートル・ヴェルホヴェンスキーに投影し、そのいびつな内面を描きあげていったが、ある時点から、作家自身、ネチャーエフというモデルの存在を忘れ、ピョートルというひとりの人間の本質を外形的なものとして自立させていく方向に興味を移していった。事実、ピョートルと「革命家のカテキジス」

を書いたネチャーエフを比べた場合、前者の未熟さ、幼稚さはあまりにも歴然としている。ドストエフスキー自身、かつて、カトコフ宛ての手紙で、「たんに起こった事実を借りるだけです」と書いたことがあるし、ソビエト時代の研究者のグロスマンも「ほんもののネチャーエフはその悲劇性と力という点で、ピョートル・ヴェルホヴェンスキーの戯画化された姿を圧倒しており、作家が描きあげた人物は、歴史上の人物より計り知れないほどに低いものに仕上がっている」と書いているとおりである。ピョートルにたいする評価は、評価する側の人間の政治信条がもろに反映されるだけに、つねに注意してかからなければならないが、ドストエフスキーがときとして悪意すらにじませながらピョートルをコミカルに描いていたことはまちがいのないことである。だからこそ、現実のネチャーエフと小説のピョートルとの間の落差は、進歩派からの批判を招きよせる格好の部分となったのである。

では、ドストエフスキーはそれにたいしてどう反論しようとしたのだろうか。

5　批判に答える

一八七三年の終わり、雑誌『市民』に連載されてきた「作家の日記」の終わりで、ドストエフスキーは「現代の欺瞞の一つ」という文章を著し、公式の場ではじめて『悪霊』について言及した。その内容はアレクサンドル・ロマノーフ皇太子に宛てた親書の内容と明らかに趣をことにするものである。ドストエフスキーはこの論文で、『ロシア世界』に『悪霊』批判を寄せたとある寄稿者に反論するかたちで、思いもかけずネチャーエフ擁護の弁を展開している。ドストエフスキーは、この寄稿者の、「ネチャーエフのような白痴的な狂信者は、発育不全で、まったく学校に行かないのらくら青年たちの間にしか追随者は見いだせなかった」という一文に噛みついた。「それにしても諸君はなぜ、ネチャーエフの徒がどうしても狂信者でなければならないとお考えなのか?」という疑問から出発し、「わたし自身」(つまりドストエフスキー自身)も古い「ネチャーエフの徒」であり、死刑を宣告されて死刑台に立たされたことがあると告白している。しかも自分は、教養ある人々の仲間として立っていたし、仲間の全員が最高学府を卒業していた、とも述べている。そして現代において、自分が「ネチャーエフの徒」にならなかったからといって、ネチャーエフ・グループの一員にならなかった保証はない、当時、自分たちは「理論的社会主義」に感染していたが、政治的社会主義はヨーロッパには存在していなかったと主張し、次のように書くのである。

「当時は、事態はまだこのうえなくばら色の、楽園のような道徳的なものと解されていた。まったく実際の話であるが、芽生えつつあった社会主義は、当時、キリスト教と等しいものとされたのである。……このような当時の新しい思想は、すべてわれわれペテルブルグの人間にはひどく気に入られたものであって、きわめて神聖にして道徳的な思想であるように思われ、要するに全人類的な思想であり、例外なしの全人類のための未来の規範であると思われた」

この文章から、ドストエフスキーが、世界を、一八四八年以前と以降の二つに分けて考えていることが明らかになる。おそらくは前者を、彼は、思想界の黄金時代として位置づけていたにちがいない。この時代の彼を魅了したユートピア社会主義は、シラー風の熱烈なヒューマニズムに満たされ、この世界で人類がもちうる究極の理想だった。生命と夢と神秘感覚に満ちあふれた生命体そのものとしての社会主義――。

ところが、農奴解放とほぼ同時に現れた新たな社会主義は、まさに、アウラ（夢想）なき社会主義であり、若い時代の彼のロマンティックな夢を根本から打ち砕くものだった。そしてその不吉な予感が、もっとも醜悪なかたちで的中したのが、一八六九年十一月にモスクワで起こったネチャーエフ事件だったのである。

ドストエフスキーは、右に引用した「現代の欺瞞の一つ」で、農奴解放後の過渡の時代、疑いと否定、懐疑論が横行する時代、社会の基本的信念がゆらぐ時代には、このうえなく純朴な人間でさえ、イワーノフ殺人にみる「ぞっとする悪業の遂行」に引きこまれる可能性があること、しかも、争う余地のない卑劣な行為に身をまかせながら、自分は卑劣漢ではないと考えたり、卑劣漢とみられずにすんでしまうことがあると述べ、そこにこそ「わが国の現代の不幸が存する」と説いている。

そして最後にドストエフスキーは、ふたたびペトラシェフスキー事件にふれ、銃殺刑を申し渡された人間のほとんど全員が、この宣告が執行されることを信じ、はかりしれず恐ろしい十分間を耐えしのんだ、しかし、自分たちが裁かれる原因となったあの行為やあの思想を悔いる気持ちなどなく、むしろそれらは自分たちを「浄化してくれ」た、それはまさに殉教であった、しかし自分たちの信念を変えてくれたものとは、それとはまったく「何か別のもの」、それこそは、「民衆との直接の接触」であり、同じ不幸を経験するなかでの「民衆との兄弟的結合」であり、「民衆のもっとも低い段階のものと同一になったという認識」だったと書いている。

結論は、おそらくこれに尽きていた。一八四〇年代の理想をもういちどここに改めて確認し、次の世代へ希望を託すという試み——。

最終的に破棄された『悪霊』の序文案で、ドストエフスキーは次のように述べた。ここに改めて引用する。

「真理のために自分そしてすべてを犠牲にしようとすること――これは、この世代の民族的特質である。神よ、この世代に祝福を与え、彼らに真理の理解をつかわしたまえ。なぜなら問題のすべては、何を真理とみなすかにあるからだ。そのためにこそこの小説も書かれたのである」

序文案に書かれた「何を真理とみなすか」という問いかけは、ドストエフスキーが、革命運動とその理念に対してどこまでも中立的立場を保ち、バランスを保とうと苦心していたことをうかがわせている。犠牲という観念そのものにたいして彼はどこまでも、公平であろうと念じていた。逆にいうと、彼はそれほどにも分裂し、あるいは分裂を余儀なくされていたということである。

では、この「新しい世代」の人々への希望は、果たして予言どおり実を結んだのだろうか。

答えは、否である。「ネチャーエフの徒」と呼んだ若い世代のなかから、ドストエフスキーの想像力をはるかに超える勢いで新しい世代の革命家たちが生まれつつあった。ドストエフスキーが「神の祝福があらんことを」と願った世代は、まさに「自分そしてすべてを犠牲にしようとする」というひたすらな願いから、帝政打倒の道を歩みはじめていたのだ。ドストエフスキーに命を与え、ドストエフスキーに作家としての道を与えた皇帝の命は、『悪霊』の完成から八年後、「人民の意志」派のテロリストの手によって永久に断たれることになった。

あとがき

『悪霊』という小説にちりばめられた「謎」に答えはあるのだろうか？　答え、つまり「謎とき」とは、たんに小説の深層にひそむディテールを丹念に掘り起こすだけで事足れりと言える作業なのだろうか。私はそうは思わない。『悪霊』の「謎」とは、作者ドストエフスキーがあえて小説の表面から隠そうとした何かであり、同時にまた、『悪霊』を読む私たち読者の心にあいまいに淀みつづける印象そのものでもある。「謎とき」とは、その意味で、『悪霊』というテクストを介した、作者ドストエフスキーと読者の、もっとも密やかな部分における語らいということになる。

思うに、『悪霊』は、私の青春の書だった。

二十歳過ぎにはじめてこの小説を手にしてから、これほど長い間こだわりを持ちつづけてきた理由とは、何だったのだろうか。今、改めて振りかえってみると、『悪霊』は、まさに、私の生活の一部となり、私自身が年々、『悪霊』とともに変貌し、『悪霊』もまた、私とともに変貌していった、そんな印象がある。青春時代の私にとって『悪霊』とは、何よりまず、ニコライ・スタヴローギンという一人の青年の精神を呑みこんだ暗黒そのものだった。むろん、今もそれは変わらず、とくに『悪霊』の翻訳に費やした二年半近い歳月は、作者と主人公の関係をめぐって問いつづける堂々巡りの日々だったといっても過言ではない。ドストエフスキーは、「自分の魂の中から」取り出してきたこの主人公に、みずからの作家生命の危険もかえりみず惜しみなく愛情を注ぎこんだが、私自身も一人の読者として、スタヴローギンに深く魅了されつづけてきた。スタヴローギンというよりスタヴローギンが行ったすさまじいばかりの感情の実験にである。しかしながら、深く魅了される、深く魅入られるという状態は、どうやら人から言葉を奪いとるところがあるらしい。『悪霊』をテーマにした拙い卒論を証文がわりに、まもなくドストエフスキーから離れ、三十年近くもその興味を封印しつづけてきた理由とは、深く魅入られ、こだわりを持ちすぎた相手ときっぱり一線を引きたかったからである。そうでなければ（もしドストエフスキー研究を続けていたら）、何がしかの客観性をもってものを書くということもできず、そのままずるずるとロシア文学の道を歩みつづけていくような気がした。しかし、その後、ロシア未来派やスターリン時代の文化の研究にいそしむなかでも、私はつねに『悪霊』の存在を身近に感じつづけ、『悪霊』と対話しつづけていたように思う。とりわけ、スターリン主義が跋扈しはじめる一九三〇年代半ば、「反革命の書」『悪霊』の出版という大胆な試みに挑んだ心ある人々の粛清という事実を知るにいたって、私はきっと、いつの日か『悪霊』研究に戻るにちがいない、という予感をもった。

この二年半、『悪霊』の翻訳に取りかかりながら、私は、「青春の書」であるはずの『悪霊』が、「壮年の書」へと変容していることに気づかされた。若い時代の私には、どこか疎ましい存在であり、ろくに注意を向けることもしなかったステパン・ヴェルホヴェンスキーが大好きになり、ワルワーラ夫人との二十年におよぶ、曖昧な「ロマン」にドストエフスキーの人間的な成熟を見る思いがしたのだ。こうして、老い先長くない二人の「ロマン」に気持ちが動く分、私の心は確実に老いて、逆にスタヴローギンの感情の実験に生々しく反応できない自分に気づかざるをえなくなった。しかしそれはおそらく老いそのものの宿命であり、逆に老いの宿命を認識させてくれるくらい、『悪霊』は懐の深い小説なのだとわかった。思えば、ドストエフスキーにおける「父と子」の世代の対立という問題は、私自身が長く悩みつづけた問題の一つでもある。

『悪霊』の翻訳に携わりながら、つねに意識していたのは、新潮版ドストエフスキー全集『悪霊』の翻訳者、江川卓先生である。先生が四十代半ばで完成させた、ほとんど奇跡的といってよいレベルの高さにとてもたどりつけないだろうと思いつつ、翻訳をつづけてきた。つまり最初から負け戦を覚悟していたわけだが、それでも、『悪霊』の翻訳そのものに携わることができるだけで、私は限りなく幸せだった。そしてこの幸せとの別れの書ともなるはずの本書と正面から向きあうのが怖いばかりに、「スタヴローギンの告白」の三つの異稿翻訳や、『悪霊』をめぐる対談集を作るといった作業にまで手を伸ばす結果になった。この念押しのような仕事には、たんに別れを先送りするというにとどまらず、どこか江川訳『悪霊』への競争意識、というか、負け犬の悲しい意地のようなものがあったことを認めよう。

本書の刊行までに思いのほか時間がかかったが、原因は、何よりも、全体の構成にたいするこだわりと、資料読みの時間、そして最後は「暦」の問題である。『悪霊』が、具体的にいつ、どの時期のロシアを想定して描かれたか、という問題に、校了まぎわまで悩まされた。しかし、最終的に答えはだすことができたと信じている。そしてまた、多少とも自信をもって語ることがあるとすれば、過去何年間かにわたって集めてきたほぼすべての文献に目をとおすことができた点である。それらの文献から、『悪霊』ファンの読者に興味をもっていただけそうな事実や情報はすべて網羅したつもりである。残された課題は、それらの事実や情報をどううまく調理して読者のみなさんに差し出せるか、ということだったが、私は、改めて『悪霊』について書くことのむずかしさを、自分の書き手としての不器用さを痛感せざるをえなかった。けっして謙遜して書いているわけではない。ただしことによると、『悪霊』という小説そのもののなかにもその原因は、潜んでいたのかもしれないと思う。『悪霊』がはらむ驚くほど生々しいテーマの現代性と、作者が、同時代人の目を過剰に意識しすぎた結果生じたトリヴィアリズムとの間に生まれた溝、ズレのようなものである。

しかしともかく、私の『悪霊』との旅は、本書でもって終わることになる。

さて、新潮選書編集部から執筆のお誘いをいただいたのは、かれこれ五年前のこと。この間、『悪霊』について何か書くという気持ちが変わることはなかった。自分なりにこれまでのドストエフスキーの翻訳と研究に一区切りをつけるといった覚悟もあって、担当の編集者には、これは、仕切り直しの本とします、これまで書いてきたことと重複する部分もあるかもしれませんが、現代の『悪霊』ファンの目を奪うような新真実もたくさん盛り込めると思います、ただし、資料読みはぎりぎりまで続けますので、再校でも赤字だらけになるとご覚悟くださいと、脅しともとれる冗談でこの本に寄せる自分なりの思いを伝えた。そして現実に、初校よりも再校のほうが赤字が多いという、校閲者泣かせの驚くべき事態が現出した。

本書は、最終的に、同じ「新潮選書」でかつて連続して企画されていた江川先生による「謎とき」シリーズの空白を埋めるという役割をになうことになった。江川先生のドストエフスキー読解に心の底から魅了されていた私にとって、この代役はあまりに荷が重すぎると感じられたが、かえってそれを大きな励みとさせていただいた。ただし、叙述のスタイルや謎ときの方法といった点では、自分なりのやり方を貫かざるをえなかった。

ここで少し横道に入るのをお許しいただきたい。

じつは、江川先生は、晩年、「謎とき『悪霊』」の執筆に着手し、すでにその一部を雑誌『新潮』に二回だけ掲載していた。連載の開始は、一九九六年一月号のことで、副題は「椋鳥の里の惨劇」となっていた。隔月での連載という予定だったらしく、同年三月号には、「覇を競う父と子」と題された文章が掲載されている。各回、四百字詰め原稿用紙三十枚程度が予定されていたとみられるが、ひとつだけ気になる事実がある。それは、この第二回目の連載である。全体で九頁分ある原稿のうち、じつに五頁分がほとんど切れ目のない小説からの引用となっているのである。今回、改めてこの文章を読み、当時の江川先生の身の上に何か異変が起こりつつあったのを感じないではいられなかった。事実、先生は、この原稿を切れ目にいっさい筆を絶つにいたった。

江川先生がどのような構想のもとに、「謎とき『悪霊』」の執筆に励んでいたのか、今となっては知るよしもない。しかし、連載第一回の冒頭に、先生がかつて勤務しておられた東京工業大学でのエピソードが紹介されているのが興味深かった。当時、学園紛争の渦中にあって学生から厳しく詰め寄られた先生は、次のように答えたという。

「いまぼくはドストエフスキーの『悪霊』を翻訳している。その内容が今度の事態についてのぼくの考えをまとめて表現しているように思う。だからそれを読んでくれ」

江川先生の「謎とき『悪霊』」の書き出しは、『悪霊』という小説が誕生する経緯をしっかりと念頭に置いて書かれたものだった。当時、四十代半ばだった先生が、この時代の嵐をどう受け止めていたのか、いまの私にはとてもよくわかるような気がする。

とくに興味をそそられるのは、連載の第一回目で、江川先生が、「スクヴォレーシニキ」(椋鳥の里)の意味にこだわり、その謎ときからはじめていることである。おそらく、先生の脳裏に渦を巻いていた『悪霊』の宇宙は、あまりにも広大すぎて、雑誌連載という器のなかに毎回収めること自体に矛盾を感じていたにちがいない。小林秀雄による『悪霊』論が、ニコライ・スタヴローギンの「告白」の引用に費やされ、ドイツ旅行中に彼が見る黄金時代の夢とマトリョーシャの幻影の描写で断ち切られている事実を否がおうにも連想させられた。

江川先生は、この連載の中断から五年後の二〇〇一年七月に亡くなられた。先生とは、いちど、あるドストエフスキー論集の共著者とさせていただいたことがある(『ドストエフスキーの現在』)。また、いまも懐かしく思い出すのだが、江川卓訳『悪霊』が出る何年か前、当時、大学院の博士課程に学んでいた私は、東京・東中野にあったマヤコフスキー学院で、先生の『悪霊』ゼミに加わり、「スタヴローギンの告白」の読解に接したことがある。一回二時間の授業で一ページしか進まないという徹底した精読スタイルに圧倒され、ロシア文学を職業とすることの意味を教えられたような気がした。思えば、そのときすでに先生は、遠い日の「謎とき『悪霊』」の執筆を思い描いていたにちがいない。それは、ほかの「謎とき」シリーズにもまして圧倒的な迫力に満ちた研究になるはずだったと私は信じている。そうして時がきて、満を持して執筆に臨んだのもつかのま……。

本書が生まれるまでに、多くの人々のお世話になった。ほかのだれよりも、『悪霊』研究の第一人者とされるリュドミラ・サラスキナさんにお礼を述べなくてはならない。約一年にわたるメールのやりとりをとおしてどれほど読みの甘さを痛感させられたことだろう。彼女の、惜しみない励ましなくして本書を書き上げることは、おそらく不可能だったと思う。そして最後に、この五年間、辛抱強く原稿の提出を待ってくださった心優しき新潮社編集部の今泉眞一さん、また膨大な赤字で多大なご迷惑をおかけした校閲の方々のご苦労に心より感謝申しあげる。

亀山　郁夫

二〇一二年七月二十四日

《主要参考文献一覧》

・本書の執筆にあたって、『悪霊』からのテクスト引用は、基本的に次の二つの文献に依拠している。

Достоевский Ф. М., Полное собрание сочинений: В 30 томах., Том10-12, Ленинград, 1974-1975

Достоевский Ф. М., «Бесы»: Антология русской критики, Сост. послесл. коммент. Л.И.Сараскиной. М., «Согласие», 1996

・『悪霊』における「チーホンのもとで」の章に関する異稿については次の文献に依拠している。

Достоевский Ф. М., Полное собрание сочинений: Канонические тексты / Изд. в авторской орфографии и пунктуации под ред. проф В. Н. Захарова. —Петрозаводск: Изд-во ПетрГУ, Т. 9, 2010

・『悪霊』からの引用はすべて次の二つの翻訳に依拠しているが、必要に応じて変えた部分もある。

ドストエフスキー『悪霊』(一〜三)亀山郁夫訳、古典新訳文庫、光文社、二〇一〇〜二〇一一年

ドストエフスキー『悪霊』別巻「スタヴローギンの告白」異稿、亀山郁夫訳、古典新訳文庫、光文社、二〇一二年

・「作家の日記」からの引用は、基本的に左記の文献を使用したが、必要に応じて訳を変えてある。

『ドストエフスキー全集』十七〜十九巻、川端香男里訳、新潮社、一九七九〜八〇年

・ドストエフスキーの書簡については、左記の文献を使用した。

『ドストエフスキー全集』二十二巻、江川卓訳、新潮社、一九八〇年

『ドストエフスキー全集』二十三巻、木村浩訳、新潮社、一九八〇年

・ドストエフスキーの伝記に関わる事実照合では、左記の文献を基本とした。

グロスマン編『ドストエフスキー全集』別巻、年譜（伝記、日付と資料）、松浦健三訳編、新潮社、一九八〇年

・『悪霊』の英訳文献は、次の3点を参照した。

Dostoevsky F., The Possessed, translated by C. Garnett, London, J.M. Dent & Sons, 1960

Dostoevsky F., The Devils, translated by D. Magarshack, Penguin Books, 2004

Dostoevsky F., Demons, translated by R. Pevear and L. Volokhonsky, Vintage Books, 1995

◆『悪霊』に関する主要参照文献（ロシア語、単行本）

Достоевский Ф. М., «Бесы» : Антология русской критики, Сост., послесл., коммент. Л.И.Сараскиной. М. «Согласие», 1996.　なお、本文献には、本稿執筆のために参照した次の論文が含まれている。

・Сараскина Л., «Бесы», или Русская традедия.

・Мережковский Д., Пророк русской революции, Весы. 1906. No.2-No.3

・Булгаков С., Русская трагедия, Русская мысль. 1914. No.4

- Иванов Вяч., Основной миф в романе «Бесы», Русская мысль. 1914. No.4
- Бердяев Н., Духи русской революции, Из глубины. М-Пг. Русская мысль, 1918
- Бердяев Н., Ставрогин, Русская мысль. 1914, No.5
- Переверзев В., Достоевский и революция, Печать и революция. 1921, No.3
- Виноградов В., Последний день приговоренного к смерти, «Достоевский». Однодневная газета Русского библиологического общества, Пг.: Госиздат, 1921, 30 окрября
- Долинин А., «Исповедь Ставрогина», Литературная мысль. Вып. 1. Пг.: Мысль. 1922
- Бродский Н., Угасший замысел, Документы по истории литературы и общественности. Вып. Первый. Ф.М Достоевский. 1. М., 1922
- Комарович В., Неизданная глава романа «Бесы». Былое. 1922. No.18
- Александрович Ю., Матрешикина проблема. «Исповедь Ставрогина» и проблема женской души, М., Поморье, 1922
- Бобров С., «Я, Николай Ставрогин...», Красная новь. 1922, No.2 (6). Март-апрель
- Вышеславцев Б., Русская стихия у Достоевского. Берлин: Обелиск, 1923
- Гроссман Л., Стилистика Ставрогина. К изучению новой главы «Бесов», Ф. М Достоевский. Статьи и материалы. Под ред. А. С. Долинина. Сб. Второй. М-Л.: Мысль, 1924
- Гроссман Л., Спешнев и Ставрогин, Каторга и ссылка. 1924., No.4 (11)
- Полонский Вяч., Николай Ставрогин и роман «Бесы», Печать и революции, 1925, No.2
- Бем А., Эволюция образа Ставрогина, Труды 1-го Съезда Русских академических организации за границей. София, 1931
- Бем А., Сумерки героя, Научные труды Русского Народного Университета в Праге. 1931. Т.4

・Гессен С., Трагедия зла (Филосовский смысл образа Ставрогина), Путь. Париж. 1932. No.36
・Степун Ф., «Бесы» и Большевистская Революция, «Встречи», Мюнхен: Товарищество зарубежных писателей, 1962
・Иваск Ю., Упоение Достоевским, Новый журнал. Нью-Йорк. 1972. No.107
Евнин, Ф., Роман "Бесы" // Творчество Достоевского. М.: Изд-во АН СССР, 1959
Сараскина Л., «Бесы»: роман-предупреждение, М., «Советский писатель», 1990
Сараскина Л., Фёдор Достоевский. Одоление демонов, М., «Согласие», 1996

◆ドストエフスキー全般に関する主要参照文献（ロシア語、単行本）

Бачинин В., Достоевский: метафизика преступления, Л., Издательство С. Петербургского Университета, 2001
Бем А., Достоевский. Психооналитические этюды, в кн.: Исследования. Письма о литературе, Сост, С. Бочарова, М., Языки славянской культуры, 2001
Буданова Н., «И Свет во Тьме светит...» К характеристике мировоззрения и творчества позднего Достоевского, С-Пб., Петрополис, 2012
Гарин И., Многоликий Достоевский, М., «Терра», 1997
Ермаков И., Психоанализ литературы. Пушкин. Гоголь. Достоевский. М.: НЛО, 1999
Кантор В., «Судить Божью Тварь» Пророческий пафос Достоевского, М., РОССПЭН, 2010
Карякин Ю., Достоевский и канун XX1 века, М., 1989
Лобас Вл, Достоевский. В 2 книгах, М., АСТ, 2000
Наседкин Н., Самоубийство Достоевского. Тема суицида в жизни и творчестве писателя, М., «Алгоритм», 2002
Наседкин Н., Достоевский. Энциклопедия, М., «Аргоритм», 2003

Нейчев Н., Таинственная поэтика Ф. М Достоевского, Екатеринбург, 2010
Померанц Г., Открытость бездне. Встречи с Достоевским, М., РОССПЭН, 2003
Сараскина Л., Николай Спешнев Несбывшаяся судьба. —М.: Наш дом—L'Age d' Homme, 2000
Сараскина Л., Достоевский в созвучиях и притяжениях, М., Русский путь, 2006
Сараскина Л., Достоевский, ЖЗЛ, Молодая Гвардия, М., 2011
Серезнев П., Достоевский, ЖЗЛ, Молодая гвардия, М., 1991
Степанян К., Явление и диалог в романах Ф. М Достоевского, СПб., Крига, 2010
Тарасов Ф., Евангельское слово в творчестве Пушкина и Достоевского, Языки славянской культуры, М., 2011

◆『悪霊』に関するロシア語の研究文献（個別論文）

Альтман М., Этюды о романе Достоевского «Бесы», Прометей, No.6, 1970
Бем А., «Фауст» в творчестве Достоевского, Записки Рус. Науч.-исслед. Об-ния, Прага, 1937
Ермилова Г., Событие Падения в Романе Ф. М. Достоевского «Бесы», Вопросы онтологической поэтики, Иванов. Гос. Уни-т, 1998
Захаров В., Символика христианского календаря в произведениях Достоевского, Новые аспекты в изучении Достоевского, Петрозаводск, 1994
Иванов Вяч., Достоевский и роман-трагедия, //Борозды и межи. М., 1916
Кабакова Е., Юродивые и «юровствующие» в романе Ф. М. Достоевского «Бесы», Вестник Челябинского университета. Сер. 2. Филология, 1997. No.1
Лотман Л., Романы Достоевского и русская легенда, Реализм русской литературы 60-х годов XIX века, Л., 1974

Мальшев М., Крайности нигилизма: образ Ставрогина в романе Достоевского «Бесы», пер. О. С. Мастюгиной, // Alter Idem ., М., 2009 , Вып. 2

Мичурин В., Бесы назревающего надлома, «Дети фельмаршала», // Дети фельдмаршала, 2000, No.11

Назиров Р., Вражда как сотрудничество (Достоевский и Тургенев), Русская классическая литература: Сравнительно-исторический подход. Уфа, 2006

Назиров Р., Петр Верховенский как эстет, // Русская классическая литература: сравнительно-исторический под ход. Исследования разных лет: Сборник статей. Уфа: РИО БашГУ, 2005

Неклюдов С., К проблеме места и роли главы «У Тихона» в архитектонике романа «Бесы», Вестник Московского университета, сер. 9, Филология, 2010, No.6

Орлова С., Мифо-Фольклорный мотив дома в романе Ф. М Достоевского «Бесы», Вестник Челябинского Государственного Университета, 2009, No.43

Орнатская Т., Николай Ставрогин в свете «некоторых легендарных воспоминаний», ТОДЛ., 1993, Т. 48

Силад Л., Своеобразие мотивной структуры «Бесов», Dostoevsky Studies, vol. 4, 1983

Свасьян К., Растождествления. Достоевский и Несть Ему Конца, «Новая Россия», 1995

Туниманов В., Рассказчик в «Бесах» Достоевского, // Исследования по поэтике и стилистике. Л., 1972

Черешня В., Заметки к «Бесам» Достоевского, Стороны света, http://www.stosvet.net/11/chereshnya/

Allain L., Роман «Бесы» в свете почвенничества Достоевского, Dostoevsky Studies, vol. 5, 1984

Egeberg E., «Бесы» у Достоевского и картины прошедшего Сухово-Кобылина, Dostoevsky Studies, vol. 5, 1984

Jovanovic M., Техника Романа тайн в «Бесах», Dostoevsky Studies, vol. 5, 1984

Kavacs A., Принцпы поэтической мотивации в романе «Бесы», Dostoevsky Studies, vol. 5, 1984

◆ドストエフスキーに関するロシア語以外の研究文献（単行本）
Frank J., Dostoevsky. A Writer in His Time, Princeton University Press, 2010
Martinsen D., Surprised by Shame: Dostoevsky's Liars and Narrative Exposure, The Ohio State University Press, 2003
Jackson R., Dialogues with Dostoevsky: The Overwhelming Questions, Stanford University Press, 1993
Terras V., Reading Dostoevsky, The University of Wisconsin Press, 1998
The New Russian Dostoevsky, Edited by C. Apollonio, Bloomington, Indiana, 2010

◆『悪霊』に関するロシア語以外の主要参考文献（単行本）
Leatherbarrow W., Dostoevsky's The devils: a critical companion, Northwestern University Press, 1999

◆『悪霊』に関するロシア語以外の主要参考文献（個別論文）
Belknap R., Shakespeare and the Possessed, Dostoevsky Studies, vol. 5, 1984
Boertnes J., The Last Delusion in an Infinite Series of Delusions: Stavrogin and the Symbolic Structure of The Devils, Dostoevsky Studies, vol. 4, 1983
Cicovacki P., The Role of Goethe's Faust in Dostoevsky's Opus, Dostoevsky Studies, vol. 14, Tubingen, 2010
Hanak M., Hegel's «Frenzy of Self-conceit» as key to the Annihilation of Individuality in Dostoevsky's "Possessed", Dostoevsky Studies, vol. 2, 1981
Leatherbarrow W., Apocalyptic Imagery in "The Idiot" and "The Devils", Dostoevsky Studis, vol. 3, 1982
Matlaw R., The Chronicler of the Possessed: Character and Function, Dostoevsky Studies, vol. 5, 1984

Miller R., Imitations of Rousseau in The Possessed, Dostoevsky Studies, vol. 5, 1984
Moore G., The Voices of Legion: The Narrator of The Possessed, Dostoevsky Studies, vol. 6, 1985
Slattery D., Idols and Icons: Comic Transformation in Dostoevsky's "The Possessed", Dostoevsky Studies, vol. 6, 1985
Natov N., The Theme of "Chantage"(Blackmail) in The Possessed: Art and Reality, Dostoevsky Studies, vol.6, 1985

◆『悪霊』に関する主要参考文献（日本語、単行本）

亀山郁夫『「悪霊」神になりたかった男』、みすず書房、二〇〇五年
清水正『ドストエフスキー「悪霊」の世界』、鳥影社、一九九〇年
藤倉孝純『悪霊論』、作品社、二〇〇二年
ウォルインスキイ『偉大なる憤怒の書――ドストエフスキイ「悪霊」研究』、埴谷雄高訳、みすず書房、一九五九年

◆『悪霊』に関する主要参考文献（日本語、個別論文）

江川卓「謎とき「悪霊」1、椋鳥の里の惨劇」、『新潮』、一九九六年一月号。
江川卓「謎とき「悪霊」2、覇を競う父と子」、『新潮』、一九九六年三月号（なお、江川卓氏によるこれら二編の原稿は、中途で執筆が放棄された）
国松夏紀「『悪霊』に入らなかった一章」（木下豊房・安藤厚編著）『論集・ドストエフスキーと現代』所収、多賀出版、二〇〇一年
島田透「スタブローギンの精神分析」、ドストエーフスキイ研究、創刊号、一九八四年
近田友一「ドストエフスキーとスタヴローギン（1）」、法政大学教養部紀要、一九八八年
近田友一「ドストエフスキーとスタヴローギン（2）」、法政大学教養部紀要、一九九四年

山路龍天「『悪霊』ノート――スタヴローギンをめぐる図像論的分析の試み」、江川卓・亀山郁夫編、『ドストエフスキーの現在』所収、JCA出版、一九八五年

◆ドストエフスキーに関する主要参考文献（日本語、単行本）

グロスマン『ドストエフスキイ』、北垣信行訳、筑摩書房、一九六六年
グロスマン編『ドストエフスキー全集』別巻、年譜(伝記、日付と資料)、松浦健三訳、新潮社、一九八〇年
ドストエフスカヤ『回想のドストエフスキー』一、二、松下裕訳、みすず書房、一九九九年
シクロフスキー『ドストエフスキー論　肯定と否定』、水野忠夫訳、勁草書房、一九六六年
モチューリスキー『評伝ドストエフスキー』、松下裕・松下恭子訳、筑摩書房、二〇〇〇年
バフチン『ドストエフスキーの詩学』、望月哲男・鈴木淳一訳、ちくま学芸文庫、一九九五年
コマローヴィチ『ドストエフスキーの青春』、中村健之介訳、みすず書房、一九七八年
ドリーニン編『スースロワの日記』、中村健之介訳、みすず書房、一九八九年
ベリチコフ編／中村健之介編訳『ドストエフスキー裁判』、北海道大学図書刊行会、一九九三年
ジラール『ドストエフスキー　二重性から単一性へ』、鈴木晶訳、法政大学出版局、一九八三年
ジラール『地下室の批評家』、織田年和訳、白水社、二〇〇七年
フロイト「ドストエフスキーと父親殺し」、フロイト著作集第三巻、高橋義孝他訳、人文書院、一九六九年
原卓也・小泉猛編訳『ドストエフスキーとペトラシェフスキー事件』、集英社、一九七一年
中村健之介編訳『ドストエフスキーの手紙』、北海道大学図書刊行会、一九八六年
井桁貞義『ドストエフスキイ、言葉の生命』、群像社、二〇〇三年
江川卓『ドストエフスキー』、岩波新書、一九八四年

江川卓『謎とき「罪と罰」』、新潮選書、新潮社、一九八六年
江川卓『謎とき「カラマーゾフの兄弟」』、新潮選書、新潮社、一九九一年
江川卓『謎解き「白痴」』、新潮選書、新潮社、一九九四年
亀山郁夫『ドストエフスキー　父殺しの文学』、上・下、日本放送出版協会、二〇〇四年
亀山郁夫『ドストエフスキー　謎とちから』、文春新書、二〇〇七年
亀山郁夫『ドストエフスキー　共苦する力』、東京外国語大学出版会、二〇〇九年
亀山郁夫、サラスキナ『ドストエフスキー『悪霊』の衝撃』、光文社新書、二〇一二年
作田啓一『ドストエフスキーの世界』、筑摩書房、一九八八年
清水正『ウラ読みドストエフスキー』、清流出版、二〇〇六年
冷牟田幸子『ドストエフスキー　無神論の克服』、近代文藝社、一九八八年
三田誠広『新釈「悪霊」』、作品社、二〇一二年
山城むつみ『ドストエフスキー』、講談社、二〇一〇年
大江健三郎、他『二十一世紀ドストエフスキーがやってくる』、集英社、二〇〇七年
亀山郁夫、望月哲男編集『現代思想　総特集ドストエフスキー』、二〇一〇年四月、臨時増刊号

◆その他の文献

Голосовкер Я., Логика мифа, М., 1987
Успенский Б., Избранные труды, том I. Семиотика истории. Семиотика культуры, М., «Языки русской культуры», 1996
Белкин А., Третий пол, http://1001.vdv.ru/books/belkin/19. htm

Эткинд А., Хлысты, М., Новое литературное обозрение, 1998
Энгельштейн Л., Скопцы и царство небесное: Скопческий путь к искуплению. -М., «Новое литературное обозрение», 2002
ヴォルテール『カンディード』、植田祐次訳、岩波文庫、二〇〇五年
カナック『ネチャーエフ』、佐々木孝次訳、現代思潮社、一九六四年
ゲーテ『ファウスト』第一部、第二部、池内紀訳、集英社、一九九九〜二〇〇〇年
ジラール『欲望の現象学——ロマンティークの虚偽とロマネスクの真実』、古田幸男訳、法政大学出版局、一九七一年
スタイナー『悲劇の死』、喜志哲雄、蜂谷昭雄訳、ちくま学芸文庫、筑摩書房、一九九五年
ルソー『告白録』、上・中・下、井上究一郎訳、新潮文庫、一九五八年
白石治朗『ロシアの神々と民間信仰　ロシア宗教社会史序説』、彩流社、一九九七年
山田稔「《滑稽なもの》——わがジャン＝ジャック」、筑摩世界文学大系、第二十二巻付録、一九六六年
中井晶夫「一八四九年ドレスデンの五月蜂起におけるワーグナー、バクーニンとW・ハイネ」、ドイツ語圏研究、上智大学ドイツ語圏文化研究所、第一号、一九八三年

＊この本には、身体障害をもつ人に対する差別的な表現があります。本来、このような言葉は使うべきではないのですが、原作品が対象としている時代背景と、本書の成立上やむをえず使用しました。ご理解くださいますようお願いします。

新潮選書

謎《なぞ》とき『悪霊《あくりょう》』

著　者……………………亀山郁夫《かめやまいくお》

発　行……………………2012年 8 月25日

発行者……………………佐藤隆信
発行所……………………株式会社新潮社
〒162-8711 東京都新宿区矢来町71
電話　編集部 03-3266-5411
読者係 03-3266-5111
http://www.shinchosha.co.jp
印刷所……………………錦明印刷株式会社
製本所……………………株式会社大進堂

乱丁・落丁本は、ご面倒ですが小社読者係宛お送り下さい。送料小社負担にてお取替えいたします。
価格はカバーに表示してあります。

ISBN978-4-10-603713-9 C0398